Werner Ryser
Die Revoluzzer

Werner Ryser

Die Revoluzzer

Roman

Cosmos Verlag

Für Heidi und Ursula

Lektorat: René Karlen
Umschlag: Stephan Bundi, Boll
Satz und Druck: Merkur Druck AG, Langenthal
Einband: Schumacher AG, Schmitten
ISBN 978-3-305-00476-8

Das Bundesamt für Kultur unterstützt
den Cosmos Verlag mit einem Strukturbeitrag
für die Jahre 2016–2020

www.cosmosverlag.ch

Die Leibeigenen
1775–1796

1

Am Sonntag, dem 16. Juli 1775, wollte Mathis Jacob, dessen Vater Pächter auf dem Sennhof Sankt Wendelin am Oberen Hauenstein war, mit der achtzehnjährigen Barbara Strub vor den Traualtar treten. Die Zeit drängte, denn die Braut war bereits im vierten Monat schwanger, und ihr Zustand würde sich nicht mehr lange verbergen lassen. Was noch fehlte, war der Eheschein, der in der Kanzlei des Schlosses ausgestellt wurde und für den eine Gebühr von zwei Pfund zu entrichten war. Gleichzeitig wurden Uniform und Waffen inspiziert, welche sich die Wehrmänner der Landmiliz, der Mathis wie jeder Baselbieter angehörte, auf eigene Kosten anschaffen mussten. Mathis hatte sein Steinschlossgewehr und das Bajonett gereinigt, und jetzt, vier Tage vor der Hochzeit, war er in der blauroten Montur, die seine Mutter am Vorabend ausgebürstet hatte, unterwegs Richtung Schlossberg.

Seit bald sechs Jahrhunderten beherrschte die hochmittelalterliche Veste, die wie ein Adlerhorst auf einer zerklüfteten Fluh über dem Städtchen Waldenburg thronte, die Strasse über den Oberen Hauenstein. Sie diente seit bald vierhundert Jahren den Gnädigen Herren der Stadt Basel als Sitz für die Landvögte, die in ihrem Auftrag über ihre leibeigenen Baselbieter Untertanen regierten. Die Anlage war durch eine Ringmauer und steil abfallende Felswände geschützt und bestand aus einer Hauptburg, einem Bergfried, Wohngebäuden sowie dem alten und dem neuen Schloss, einem mehrstöckigen Palas.

Gegen neun Uhr stieg Mathis die schier unendlichen Treppenstufen hinauf und durchquerte den Zwinger der Vorburg. Eine Wache, die am inneren Tor stand, wies ihm den Weg in den Empfangsraum, wo ihm ein zweiter Soldat bedeutete, Platz zu nehmen. Rund ein Dutzend Bauern und

Handwerker warteten bereits. Sie waren entweder vorgeladen worden oder hatten, wie er, ein Anliegen an die Obrigkeit.

Die städtischen Landvögte in den sieben Ämtern des Kantons überwachten die von ihnen als Gemeindevorsteher ernannten Meier oder Untervögte und die dörflichen Niedergerichte. Darüber hinaus zogen sie die Steuern ein und machten, zusammen mit den Pfarrherren, die Erlasse des städtischen Rats bekannt und kontrollierten deren Einhaltung. Neben ihrem Gehalt und den Einkünften aus dem von einem Pächter geführten Bauerngut, dem Schlosshof, standen ihnen die Gebühren für die von ihrer Kanzlei ausgestellten Urkunden zu. Ausserdem erhielten sie einen Anteil der von ihnen verhängten Bussen.

Während der Schlossschreiber, Koni Schäublin, die Vorgeladenen, einen nach dem anderen, in die Kanzlei rief, unterhielten sich die Wartenden. Man erzählte sich, weshalb man hier war. Einer war verklagt worden, weil er nach seiner Hochzeit den Gästen zum Tanz hatte aufspielen lassen, ein Vergnügen, das die sittenstrengen Gnädigen Herren partout nicht dulden mochten. Zumindest nicht unter den Landleuten. Ein anderer erwartete eine Geldstrafe, weil er seine Verwandten im fricktalischen Rheinfelden besucht, also verbotenerweise fremdes, vorderösterreichisches Territorium betreten hatte. Die Rede kam auf die Willkür der Landvögte, auf die Gier, mit der sie Bussen und Gebühren eintrieben, um so ihre Amtszeit, die sie dem Losglück verdankten, möglichst ertragreich zu gestalten. Franz Brodbeck, der zurzeit das Amt Waldenburg verwaltete, hatte den Ruf, ein launischer Herr zu sein, der seine Entscheidungen ganz nach eigenem Gusto traf.

Staunend folgte Mathis Jacob der Unterhaltung. Bis heute hatte sich der zweiundzwanzigjährige Jungbauer wenig Gedanken über Fragen von Macht und Herrschaft gemacht. Wenn es im Schloss etwas zu regeln gegeben hatte, war das von seinem Vater Johannes erledigt worden. Aber die Kräfte des Alten liessen nach, und Mathis würde wohl bald den Hof und damit auch den Verkehr mit der Landvogtei übernehmen müssen.

Gegen Mittag trat der etwa dreissigjährige Schreiber in die Tür der Kanzlei und sagte, der Herr Landvogt habe die Geschäfte mit den Vorgeladenen erledigt. Jetzt sei er ausgeritten. Jene, die ein Anliegen an ihn hätten, müssten sich bis zu seiner Rückkehr gedulden.

Mathis wurde unruhig. Er hatte damit gerechnet, zum Mittagessen zu Hause zu sein. Er fragte einen älteren Mann, der ebenfalls etwas vom Landvogt wollte, wie lange es wohl dauern werde, bis der Gnädige Herr zurück sei.

Der andere zuckte mit den Schultern: «Wenn wir Glück haben, vielleicht drei Stunden. Es kann aber auch sein, dass wir morgen früh wiederkommen müssen.»

«Aber ich brauche den Eheschein! Er kann uns doch nicht einfach hängen lassen!»

«Er kann», sagte der Mann. «Glaub mir, er kann.»

Die Gespräche verstummten. Die meisten dösten auf den harten Bänken an der Wand. Mathis wanderte unruhig hin und her. Er hatte Hunger. Die Zeit zog sich in die Länge. Man hörte den Glockenschlag der Schlossuhr. Er verkündete die erste, die zweite und dann die dritte Stunde des Nachmittags.

Um vier Uhr wurde die Tür zur Kanzlei wieder geöffnet, und der Erste der Wartenden durfte sein Anliegen vortragen. Er schien seine Sache schlecht zu vertreten. Bis in den Empfangsraum hörte man die Stimme des Landvogts, der den Bittsteller lautstark massregelte. Mit betretenem Gesicht kam der Mann heraus. Wortlos verliess er den Ort seiner Niederlage. Auch den beiden Nächsten, die vorgelassen wurden, ging es nicht besser. Der Lärm, der aus der Kanzlei drang, machte deutlich, dass sich die Laune des Gnädigen Herrn zusehends verschlechterte.

Dann war Mathis an der Reihe. Er trat über die Schwelle. Franz Brodbeck lag halb in seinem grossen, geschnitzten Sessel, die Hände über dem Bauch gefaltet. Koni Schäublin beugte sich hinter seinem kleinen Pult über irgendwelche Akten.

«Nimm Stellung an!», bellte der Landvogt. Und während Mathis Jacob steif und starr dastand, sein Gewehr vorschriftsgemäss mit der Linken am Lauf umklammerte und gegen Hüfte und Ferse presste, erhob sich der Herr, umkreiste ihn lauernd und musterte ihn aus zusammengekniffenen Augen. Mathis kam sich vor wie ein Stück Vieh, das auf dem Markt vom Händler begutachtet wurde.

«Wenigstens einer, der nicht aussieht wie ein vollgeschissener Strumpf», knurrte Brodbeck schliesslich. «Rühr dich! Was willst du?»

Er bitte untertänigst um einen Eheschein, sagte der junge Mann.

«Das kostet zwei Pfund. Hast du das Geld?»

Mathis holte seinen Beutel aus der Tasche. Schäublin fragte nach seinem Namen und dem seiner Braut. Alles wurde notiert. Und während der Hochzeiter umständlich die geforderten vierzig Schillinge, die ihm der Vater gegeben hatte, auf den Tisch zählte, wollte der Vogt wissen, wann die Trauung sei.

«Am Sonntag, Gnädiger Herr.»

«Was?», schrie Brodbeck. «Seid ihr schon verkündet?»

«Ja, Gnädiger Herr.»

«Der Pfaffe weiss, dass er niemanden verkünden darf, bevor ich nicht die Einwilligung gegeben habe. Ich will ihn lehren, sich an Recht und Ordnung zu halten. Sag ihm, dass ich ihn beim wohlweisen Herrn Bürgermeister verklagen werde. Und nun verschwinde!» Er wandte sich an den Schreiber: «Ihr werdet dem Bauern keinen Schein ausstellen.»

«Aber Gnädiger Herr ...», begann Mathis, der an seine schwangere Braut und an das bereits bestellte Hochzeitsessen im Wirtshaus dachte.

«Schweig», brüllte Brodbeck, «oder ich lasse dich ins Verlies sperren, wo du Zeit hast, darüber nachzudenken, wie man sich gegenüber seiner Obrigkeit benimmt!»

Mathis spürte, wie der Zorn in ihm hochkroch. Was konnte er dafür, dass sich Pfarrer Werthemann nicht an die Regeln gehalten hatte. «So gebt mir wenigstens mein Geld zurück ...»

Weiter kam er nicht. Der Landvogt hieb mit der flachen Hand auf den Tisch. «Der Kerl kommt für fünf Tage bei Wasser und Brot ins Loch!», schrie er. «Das wird ihn lehren, wie sich ein Bauernlümmel gegen seine Herrschaft zu benehmen hat. Schaff ihn hinaus.»

Schäublin stand auf und drängte Mathis aus dem Zimmer. «Komm», flüsterte er dem sich Sträubenden ins Ohr, «mach dich nicht unglücklich. Fünf Tage sind keine Zeit.»

Draussen im Empfangsraum wies er die Wache an, Mathis in den Kerker zu bringen.

Es war ein finsteres Loch, in das man Mathis Jacob eingesperrt hatte. Aus einer schmalen Luke fiel nur wenig Licht in den engen Raum mit vier feuchten Mauern aus rohen Quadersteinen und einem gestampften Lehmboden. Seine Notdurft würde er in einer Ecke verrichten müssen. Er setzte sich auf eine aus ungehobelten Brettern gefügte Pritsche. Noch immer war er voller Zorn über die Willkür des Landvogts. Zu Hause wartete man auf ihn. Auch seine Braut würde gegen Abend von Waldenburg, wo sie lebte, nach Sankt Wendelin hinaufsteigen, um mit ihm noch dieses und jenes im Zusammenhang mit der Hochzeit zu besprechen, die nun gar nicht stattfand, jedenfalls nicht am nächsten Sonntag. Hoffentlich erzählte ihr der Schlossschreiber, der auch im Städtchen wohnte, was geschehen war.

Seiner misslichen Lage zum Trotz lächelte Mathis, als er sich vorstellte, wie Barbara zetern würde, wenn sie von seinem

Missgeschick erfuhr. Sie war ein temperamentvolles Ding und würde ihn dafür verantwortlich machen, dass sie nun mit dickem Bauch vor den Altar treten musste und man sich im ganzen Tal das Maul über das hitzige junge Paar zerreissen würde, das nicht hatte warten können und es bereits vor der Hochzeitsnacht miteinander getrieben hatte.

Mathis hatte seit dem Frühstück nichts mehr gegessen. Wasser und Brot, hatte der Landvogt gesagt. Ob er bereits heute etwas bekommen würde? Er glaubte es nicht. Der Hunger, die Dunkelheit, das Nichtstun – ihm standen wohl die fünf längsten Tage seines bisherigen Lebens bevor.

Während er so dasass, den Kopf in die Hände gestützt, fiel ihm ein, dass er nicht der erste Jacob war, den man ins Verlies geworfen hatte. Seine Vorfahren waren im letzten Jahrhundert im Emmental als Täufer verfolgt worden. Den Urgrossvater, Ueli Jacob, hatten die Gnädigen Herren von Bern seines Glaubens wegen zu einer Galeerenstrafe verurteilt. Auf einer Ruderbank angeschmiedet, war er elend zugrunde gegangen. Seine Frau Anna, die sich gegen die Obrigkeit aufgelehnt hatte, war im Schloss Trachselwald eingekerkert und dann aus ihrer Heimat verbannt worden. Mit ihren drei Jüngsten war sie auf den Sonnenberg im Fürstbistum Basel gezogen, wo man mit Erfolg eine Käserei geführt hatte. Ihr Enkel Johannes, der Vater von Mathis, hatte keinerlei Aussicht, den Betrieb übernehmen zu können, denn dieser wurde nach bernischer Tradition an den jüngsten Sohn vererbt. So wanderte er in den Baselbieter Jura aus. Am Oberen Hauenstein, auf halber Höhe zwischen dem Städtchen Waldenburg und Langenbruck, fanden er und seine Familie ein Auskommen als Pächter von Sankt Wendelin, einem Sennhof, der dem reichen Basler Seidenfabrikanten Remigius Preiswerk gehörte. Der Bändelherr hatte ihn vor zwei Jahren, als seine Tochter Dorothea den Obristen Staehelin heiratete, der jungen Frau als Mitgift überschrieben.

Mathis legte sich auf die harte Pritsche und starrte in die Dunkelheit. Was wohl die Leute auf Sankt Wendelin machten?

Zur selben Stunde sassen dort Elisabeth Preiswerk, eine geborene Debary, und ihre Tochter Dorothea vor dem Hof an ihren Staffeleien und bemühten sich, den rot flammenden Abendhimmel über den bewaldeten Hügeln im Westen auf die Leinwand zu bannen. Remigius Preiswerk stand hinter ihnen. Er unterbrach seine wenig kunstsinnigen Bemerkungen, mit denen er das Schaffen der beiden Frauenzimmer kommentierte, und starrte stirnrunzelnd auf seinen Pächter, der vergeblich versuchte, die hemmungslos weinende Braut seines Sohnes zu trösten. Sie war soeben auf Sankt Wendelin eingetroffen.

«Was hat denn die Dirne so zu heulen», knurrte Preiswerk schliesslich. «Geh, frag sie», befahl er Dorothea.

Die junge Frau gehorchte widerwillig. Es widerstrebte ihr, sich in die Angelegenheiten der Jacobs zu mischen.

Schluchzend erzählte Barbara Strub, sie habe vor einer Stunde vom Schlossschreiber Schäublin erfahren, dass der Landvogt ihren Mathis für fünf Tage ins Loch gesteckt habe und dass nun am Sonntag nichts aus der Hochzeit werden könne.

Der Seidenbandfabrikant, der zu ihnen getreten war, hörte zu. «Soso», bemerkte er spöttisch. «Und den Pfarrer Werthemann will er beim wohlweisen Herrn Bürgermeister verklagen.» Dann wandte er sich barsch an die weinende Barbara: «Hör auf zu flennen, das bringt jetzt auch nichts! Ich werde morgen ins Schloss reiten und die Sache regeln.»

Als Remigius Preiswerk am nächsten Tag von seinem Ausritt zurückkam, übergab er Dorothea den Eheschein. «Bring ihn zu Johannes und sag ihm, sein Sohn könne heiraten, sobald er seine Strafe abgesessen habe.» Er war gut gelaunt. Auf ihre Frage, wie er das Kunststück fertiggebracht habe, den Landvogt umzustimmen, erklärte er: «Ich habe dem Parvenü mit seinem wohlweisen Herrn Bürgermeister gedroht.»

Dorothea begriff. Für den reichen und angesehenen Fabrikanten und Handelsherrn, der als Dreizehnerrat dem wichtigsten Kollegium der Basler Obrigkeit angehörte, waren Zeitgenossen wie Brodbeck Nonvaleurs. Selbst wenn sie ein gewisses Vermögen besassen, stammten sie nur aus Handwerkerkreisen. Für solche Leute war das Amt eines Landvogts, das sie nur dank Losglück erhielten, bereits die höchste Stufe, die sie erreichen konnten. Brodbeck gehörte eben nicht zu jenen alteingesessenen Familien wie die Burckhardts, die Vischers, die Staehelins, die Preiswerks, die Iselins oder die Werthemanns, die über die Verhältnisse im Kanton Basel bestimmten. Als Mitglied des Kleinen Rats war der Vater letztlich Vorgesetzter des Landvogts. Ausserdem war er nicht nur mit dem Pfarrer von Waldenburg, sondern über seine Frau auch mit dem Bürgermeister Johannes Debary verwandt. Dass Brodbeck damit gedroht hatte, Werthemann beim Staatsoberhaupt zu verklagen, war für ihn unfassbar. Er hatte den Wichtigtuer auf den ihm gebührenden Platz verwiesen.

«Und wann kommt Mathis zurück?», wollte Dorothea wissen.

«Der wird seine Strafe abhocken müssen», knurrte Preiswerk. «Ich habe ihm übrigens noch fünf weitere Tage aufgebrummt. Es ist höchste Zeit, dass der Kerl lernt, was ein Herr und was ein Knecht ist.» Er wandte ihr den Rücken zu und stolzierte über den Hof. Am Sonntag würden er und seine Frau nach Basel fahren.

Dorothea sah ihrem Vater nach. Sie hasste ihn. Er war ein machtbesessener, auf seine Würde bedachter städtischer Patrizier, der das Glück seiner Mitmenschen bedenkenlos mit Füssen trat, wenn es um seine eigenen Interessen ging. Manchmal geschah dies gar aus einer blossen Laune heraus. Nicht nur Mathis, auch sie selbst war ein Opfer der väterlichen Willkür.

Mathis war zwei Jahre älter als sie. In ihrer Jugend waren sie unzertrennlich gewesen. Sie begleitete ihn auf die Weide und in den Wald. An seiner Seite half sie bei der Heuernte mit. Er brachte ihr das Melken bei. Einmal durfte sie dabei sein, als eine Kuh kalbte. Dorothe nannte er sie – bis zu jenem Tag vor vier Jahren, als ihr Vater zwischen seinen Geschäften in der Stadt wieder einmal für zwei oder drei Tage nach Sankt Wendelin kam. Preiswerk machte dem damals Achtzehnjährigen unmissverständlich klar, dass er als Sohn des Pächters seine Tochter als Jungfer Dorothea anzusprechen habe. Er hatte ihn unterm Kinn gefasst und gezwungen, ihm in die kalten Augen zu schauen. «Jungfer und Dorothea. Dorothea, nicht Dorothe. Sie ist schliesslich keine Bauerndirne. Hast du das verstanden?» Und als der junge Mann eingeschüchtert schwieg, lauter: «Hast du das verstanden?»

«Ja, Herr», presste Mathis zwischen den Zähnen hervor.

«Na also, es geht doch.» Remigius Preiswerk wandte sich an Mathis' Vater, der schweigend danebenstand. «Wenn du auf dem Hof Pächter bleiben willst, Johann», knurrte er, «dann sorg dafür, dass die Ordnung der Dinge gewahrt bleibt.»

Später, beim Nachtessen, oben in der Wohnung, begehrte sie gegen den Alten auf. Sie nahm ihren ganzen Mut zusammen: «Ich bin nicht die Jungfer Dorothea!», schrie sie. «Nicht für Mathis.»

Er zog die Brauen zusammen. «Jungfer Dorothea und später Madame und der Name des Mannes, den ich für dich aussuchen werde.»

«Nein.» Sie ballte die Fäuste.

«Nein?» Remigius Preiswerk packte sie, legte sie übers Knie und verprügelte sie mit seinem Stock. «Wer bist du?», brüllte er, immer wieder. «Wer bist du?» Er liess erst von ihr ab, als sie ihm schluchzend bestätigte, sie sei die Jungfer Dorothea.

Am andern Tag, als sie sich vor dem Hof begegneten, schauten sich die beiden Jungen verstört an. «Grüss dich, Mathis», sagte sie schliesslich.

«Grüss Euch.» Er schaute sie kurz an und lief dann in Richtung Wald davon.

Damals war etwas in ihr zerbrochen. Zwei Jahre später wurde Dorothea, ohne dass man sie nach ihrer Meinung gefragt hätte, standesgemäss mit dem mehr als doppelt so alten Christoph Staehelin verheiratet. Nachdem dieser während Jahren als Offizier in einer der vier Basler Kompanien in Frankreich gedient hatte, wurde er Oberst bei der Landmiliz. Die Ehe war nicht glücklich. Trotz Dorotheas Bitten und Drängen weigerte sich Staehelin, ein ausgesprochener Libertin, sein Verhältnis mit einer Dame von zweifelhaftem Ruf aufzugeben.

Dass sie zur Heirat den Hof Sankt Wendelin als Brautgabe erhalten hatte, war für sie ein Trost. Staehelin war kurz nach der Hochzeit einmal dort gewesen. Aber das Landleben behagte ihm nicht. Dorothea hingegen verbrachte die Zeit zwischen Johanni und Michaelis meist auf dem Hof.

Mathis schloss, vom ungewohnten Licht geblendet, die Augen. Die Tür zu seinem Kerker war endlich aufgeschlossen worden, und eine Laterne erleuchtete das Verlies. Gestern hätte seine Hochzeit stattfinden sollen. Jetzt würde man ihn laufenlassen.

«Das stinkt ja wie in einem Schweinestall», sagte Brodbeck angewidert und trat einen Schritt zurück. Der Landvogt hatte sich persönlich zu ihm in die Unterwelt bemüht. Eine Wache begleitete ihn. «Ich hoffe, du hast deine Lektion gelernt», knurrte er.

«Ja, Gnädiger Herr», sagte Mathis, gewillt, den Zorn zu bezähmen, der ihm geholfen hatte, die vergangenen Tage zu überstehen.

«Nun, der Ratsherr Preiswerk war der Meinung, die fünf Tage, zu denen ich dich verurteilt habe, seien für einen Flegel wie dich zu wenig, um ihn zur Besinnung zu bringen. Wir werden dich deshalb bis Ende Woche hierbehalten.» Brodbeck sah seinen Gefangenen lauernd an.

Mathis biss sich auf die Unterlippe

«Du hast nichts dazu zu sagen?»

«Nein, Herr», sagte er gepresst.

«Weiterhin Wasser und Brot!», befahl der Landvogt der Wache. «Und nun sperr die Türe wieder zu!»

Wie betäubt liess sich Mathis auf die Pritsche fallen. Seit Remigius Preiswerk ihm zu verstehen gegeben hatte, dass er keinerlei freundschaftlichen Verkehr zwischen ihm und Dorothea dulde, hatte er den Sohn seines Pächters mit Misstrauen beobachtet. Mathis wusste, dass der Tyrann an jenem Abend seine Tochter gezüchtigt hatte. Er war damals im Hof unter dem offenen Fenster gestanden, ohnmächtig, mit geballten Fäusten.

Mathis hatte sich geschämt, dass er unfähig war, sie vor ihrem Vater zu schützen. Er war überzeugt, ihrer nicht wert zu sein. Seither hatte er sich von Dorothe – für ihn war sie Dorothe geblieben – ferngehalten. Und er hatte auch stets darauf geachtet, dem Alten nicht in die Quere zu kommen. Weshalb hatte Remigius Preiswerk trotzdem seine Kerkerhaft verlängert? Aus schierer Boshaftigkeit? Ging es ihm darum, seine Macht zu demonstrieren und ihn, den leibeigenen Untertanen, klein zu halten?

Mathis spürte, wie sich zum Zorn der vergangenen Tage der Hass gesellte, ein kalter, abgrundtiefer Hass: auf den Landvogt, auf Remigius Preiswerk, auf die Gnädigen Herren von Basel. Und er fühlte, dass dieser Hass ihn künftig begleiten würde.

Am 22. Juli blieb Dorothea Staehelin in ihrer Wohnung. Sie wusste, dass Mathis heute im Verlauf des Tages aus seiner Haft entlassen würde. Das niederträchtige Handeln ihres Vaters erfüllte sie mit Scham, und die Vorstellung, dass Mathis glauben könnte, sie sei damit einverstanden gewesen, quälte sie. Was sollte sie tun oder sagen, wenn sie ihm draussen vor dem Haus gegenüberstehen und er an ihr vorbeigehen würde, ohne sie zu beachten?

Sie hatte sich mit einer Stickerei ans Fenster gesetzt, aber sie mochte nicht arbeiten. Sie dachte an das schwärmerische junge Mädchen, das sie einst gewesen war. Ihr Herz war weit geworden, wenn sie das Geläut der Herden und den morgendlichen Gesang der Vögel gehört hatte. So hatte sie es jedenfalls in einem Brief an ihre Freundin, Anna Sarasin, formuliert. Was sie ihr aber nicht geschrieben hatte: In Mathis Jacob, dem Sohn des Pächters, sah sie das lebende Vorbild für den allerliebsten Schäfer in seinem Rokokokostüm, das in der Manufaktur von Meissen hergestellt worden war und im elterlichen Haus zum Goldenen Falken am Nadelberg die Kredenz zierte.

Vom Vorhang halb verborgen, schaute sie immer wieder aus dem Fenster. Endlich, um die Vesperzeit, sah sie, wie Mathis vom Wald her auf den Hof zuschritt: ein Soldat der Landmiliz, das Gewehr an einem Riemen über die Schulter gehängt. Ihr Herz klopfte wie wild, und sie spürte, wie ihr das Blut in die Wangen schoss. Seine Uniform war verschmutzt, sein Gesicht ausgezehrt vom zehntägigen Fasten, sein schwarzes, struppiges Haar fiel ungekämmt über die

Ohren, und seine unrasierten Wangen und das Kinn schimmerten bläulich. Das war nicht mehr der romantische Schäfer ihrer Jungmädchenträume, das war ein Krieger, der stattlichste Mann, dem Dorothea je begegnet war.

Mathis schaute zum Fenster hoch. Ihre Blicke kreuzten sich. Zaghaft hob sie die rechte Hand. Huschte ein Lächeln über sein Gesicht? Sie glaubte, es gesehen zu haben. Sie wollte es gesehen haben.

2

Dorothea liebte das Land am Oberen Hauenstein mit seinen steilen Hügeln, den schroffen Kalksteinfelsen, dem lichten Mischwald und den Waldweiden. Sie liebte den weiten Blick nach Norden über die Hochebenen des Tafeljuras bis zum fernen Schwarzwald. Sie liebte Sankt Wendelin, ihren Hof, mit seinen aus hellem Jurakalk gefügten Bruchsteinmauern und dem mit Ziegeln bedeckten Satteldach. Es beschirmte den grossen Stall, das Tenn und die beiden Wohnungen, von denen sie jene im ersten Stockwerk für sich bestimmt hatte. Sie oben, die Jacobs unten. Besitzer und Pächter, städtische Herrschaft und ländliche Untertanen, oben und unten – wie es im Baselbiet Brauch war.

Fünfzehn Jahre waren vergangen, seit Mathis aus seiner Haft entlassen worden war. Remigius Preiswerk, der reiche Handelsherr, und Johannes Jacob, sein Pächter auf Sankt Wendelin, hatten längst das Zeitliche gesegnet, und auch ihre Ehefrauen waren den beiden ins Grab gefolgt.

Im Dezember 1775 hatte Barbara Jacob das von Mathis in vorehelicher Lust gezeugte Kind zur Welt gebracht. Auf Martha folgte ein Jahr später Peter, der erste Sohn. 1778 schrie der zweite, Paul, in seiner Wiege. Zwölf Monate darauf gab es noch einmal ein Mädchen, Hanna. Nach einer unfruchtbaren Zeit stillte Barbara die kleine Klara, der aber lediglich drei Wochen auf dieser Welt beschieden waren. 1786 schliesslich, sieben Jahre nach Hanna, kam Samuel zur Welt. Er blieb der Jüngste der Familie Jacob.

Nach dem Tod seines Vaters wurde Mathis Pächter von Dorothea Staehelin. Auch sie war inzwischen Mutter geworden. Ihre 1784 geborene Tochter Salome wuchs vaterlos auf, denn Dorothea hatte im Jahr ihrer Geburt den Obristen Christoph Staehelin, der sie immer wieder mit losen Weibern betrogen hatte, wegen Ehebruchs vor Gericht zitiert.

Die Familie des treulosen Gatten hatte mit allen Mitteln versucht, eine Scheidung, die als schimpflich galt, zu verhindern. Als Dorothea den alten Elias Staehelin auf dessen Landgut in Münchenstein aufsuchte, um über die bevorstehende Trennung zu sprechen, verjagte der Wüterich seine Schwiegertochter mit Steinwürfen und drohte, sie zu erschiessen, falls sie von ihren Plänen nicht Abstand nehme. Sie liess sich nicht einschüchtern, und nach langwierigen Verhandlungen gelang es ihr, mithilfe eines Anwalts, die Scheidung durchzusetzen und das Sorgerecht für Salome zu erstreiten. Zum Vormund des Mädchens bestellte der Kleine Rat ihren älteren Bruder, Benedikt Preiswerk, der die väterliche Seidenbandfabrik übernommen hatte und Mutter und Tochter im elterlichen Haus zum Goldenen Falken am Nadelberg in Basel aufnahm.

Als geschiedene und alleinerziehende Frau erlitt Dorothea Staehelins gesellschaftliche Reputation Schaden. Ob sie darunter litt, liess sie sich nicht anmerken. Eines aber war unübersehbar: Die vordergründig stolze und kalte Frau blühte auf, wenn sie die Sommermonate, zusammen mit ihrer Tochter, fern der Stadt, auf Sankt Wendelin verbrachte.

Ihr Verhältnis zu Mathis blieb allerdings seltsam distanziert. Zwar sprachen sie unbefangen über Dinge, die den Betrieb betrafen, über Neuanschaffungen etwa oder Viehzucht, manchmal auch über Allgemeines, aber was sie als Kinder und Jugendliche verbunden hatte, schien zerstört. Sie nannte ihn «Ihr» und «Mathis». Er selber blieb beim nackten «Ihr». Die «Madame Staehelin» wollte ihm so wenig über die Lippen wie seinerzeit die «Jungfer Dorothea». Gleichwohl entging ihr nicht, wie er sie in Augenblicken, in denen er sich unbeobachtet fühlte, betrachtete. Sie schalt sich ein närrisches Wesen, wenn sie merkte, wie unsinnig sie sich darüber freute.

Sie liebte es, ihn bei der Arbeit zu beobachten. Mithilfe seiner beiden heranwachsenden Söhne Peter und Paul verarbeitete Mathis die Milch seiner drei Dutzend Kühe zu Butter und Käse, die er auf den Märkten in Waldenburg und Liestal verkaufte. Daneben betrieb er eine Schweinemast. Die Tiere fütterte er mit der Molke, die aus der Käseherstellung übrigblieb. Ausserdem besass er Schafe, ein Hühnervolk und zwei Pferde, die er gegen Entgelt seinem Schwiegervater, dem Fuhrunternehmer Emil Strub, auslieh, als zusätzlichen Vorspann für die schweren Deichselwagen, mit denen dieser Waren über den Oberen Hauenstein transportierte.

Jedes Jahr legte Mathis auf seinem Weideland einen neuen Acker an, auf dem er Dinkel, Hafer und Roggen ansäte. Das alte Feld überliess er dem Graswuchs. Im Gemüsegarten vor dem Haus pflanzte Barbara Bohnen, Lattich, Kresse, Spinat, Kabis, Kohl und Zwiebeln. An den Obstbäumen im Bungert wuchsen Kirschen, Äpfel, Birnen und Zwetschgen. Und aus dem nahen Wald holte man Pilze, Beeren und Nüsse. In den Abendstunden arbeiteten Barbara und ihre Töchter an den beiden Webstühlen, die in der Spinnstube standen, und verdienten so ein Zubrot für die Familie.

Im Frühsommer 1790 wurde die Wohnung im oberen Stockwerk von Barbara Jacob, Martha und Hanna gründlich gereinigt. Die Tücher, die das Mobiliar vor Staub geschützt hatten, wurden entfernt, denn Anfang Juni traf Madame Staehelin mit Salome auf Sankt Wendelin ein, zweispännig kutschiert von einem Bediensteten ihres Bruders Benedikt. Wie jedes Jahr standen die Jacobs – Vater, Mutter und die sechs Kinder – vor dem Haus und erwiesen der Besitzerin des Hofs, die in den nächsten Monaten mit ihnen unter demselben Dach leben würde, die Reverenz. Und wie jedes Jahr hatte diese Geschenke mitgebracht, dieselben wie immer: Tabak für Mathis, einen Likör für seine Frau Barbara und Süssigkeiten für die Kinder.

Madame Staehelin trug, dem sommerlich warmen Wetter entsprechend, eine *Robe à la Chemise*, ein hemdartiges, knöchellanges Kleid aus federleichtem, weissem Musselin. Ihr Gurt, ein aufwendig gewobenes, mit farbigen Mustern durchsetztes Seidenband aus der Fabrikation ihres Bruders, das sie im Rücken zu einer grossen Schleife gebunden hatte, betonte ihre schlanke Taille. Ihr dunkles, gewelltes Haar war bedeckt von einer weichen, ebenfalls mit einem Seidenband geschmückten Haube mit breiter Krempe, die ihr Gesicht halb verdeckte. Die sechsjährige Salome war ähnlich gekleidet wie ihre Mutter. Die beiden folgten Mathis, der dem Kutscher half, die Bagage in den ersten Stock zu tragen.

Samuel, der vor kurzem vier Jahre alt geworden war, schaute ihnen staunend nach. Sie sahen ganz anders aus als seine Mutter und seine Schwestern mit ihren dunklen Röcken und den mit Ärmeln versehenen Schnürmiedern, über denen sie Schürzen trugen. Obwohl man ihm gesagt hatte, dass Madame Staehelin und ihre Tochter schon im vergangenen Jahr hier gewesen waren, erinnerte er sich nicht mehr an sie.

Am nächsten Tag hatten Madame Staehelin und Salome die Musselinkleider gegen ähnliche Trachten ausgetauscht, wie sie Barbara und ihre Töchter trugen.

«Wir sind jetzt auf dem Land», bemerkte Dorothea, «und wollen uns nicht herausputzen.»

Salome, die entdeckt hatte, dass Hanna und Samuel keine Hüte tragen mussten und barfuss gingen, quengelte so lange, bis auch sie die Haube ablegen und ihre Schnürstiefelchen und Strümpfe ausziehen durfte. Die kleine Mamsell nahm den um zwei Jahre jüngeren Samuel, der sich ihr bereitwillig unterordnete, unter ihre Fittiche.

«Mir will scheinen», sagte Dorothea zu ihrem Pächter, der über den Hof schritt, «meine Tochter habe einen neuen

Galan gefunden. Manchmal frage ich mich», fuhr sie fort, «ob Ihr Euch noch erinnert, dass wir als Kinder auch miteinander gespielt haben?» Sie sah ihm forschend ins Gesicht.

Er strählte mit den Fingern durch den schwarzen Bart. Ihre Frage war ihm unangenehm. «Ich habe in der Käserei zu tun», brummte er.

Sie sah ihm betroffen nach. Ob er ihr nicht verzieh, dass sie durch den Zufall ihrer Geburt zu jener Schicht gehörte, die Menschen wie ihn zum Stand der Leibeigenschaft verurteilte? Sie seufzte.

Dorothea glaubte, selber von ständischem Denken frei zu sein. Sie bestand darauf, auf Sankt Wendelin dasselbe zu essen wie die Jacobs: Das dunkle, von Barbara gebackene Brot, dazu Käse, ferner Gemüse aus dem Pflanzgarten, manchmal auch Fleisch und zur Nachspeise Beeren. Nach dem Vorbild von Jean-Jacques Rousseaus *Émile* sollte Salome ein Stück jener Natürlichkeit erfahren, die Dorothea, im Vergleich zum Leben im Stadtpalais ihres Bruders, als die wahrhaftigere Form des Daseins erschien.

Nicht ganz dazu passen wollte, dass ihr die inzwischen elfjährige Hanna auf Sankt Wendelin als Magd dienen musste. Das Mädchen hatte am Morgen als Erstes die Nachttöpfe von Madame und Salome zu leeren. Später war sie bei der Morgentoilette behilflich. Mit geschickten Händen flocht sie den dunkelbraunen Zopf, den Dorothea anschliessend *à la Pompadour* auf ihrem Scheitel feststeckte. Täglich fegte Hanna den Boden, denn man hielt im oberen Stockwerk auf Reinlichkeit. Ausserdem hatte sie Botengänge zu erledigen. Zu Dorotheas Vetter etwa, Pfarrer Theophil Grynäus, nach Waldenburg. Mit ihm tauschte Madame Bücher aus: Goethe, Schiller und Lessing, auch Diderot, Voltaire und eben – Rousseau. Letztere im Originaltext. Dorothea Staehelin sprach fliessend Französisch.

Vetter und Base trafen sich regelmässig, um sich über ihre Lektüre zu unterhalten.

Wenn sie nicht las, unternahm sie ausgedehnte Spaziergänge, manchmal zusammen mit ihrer Tochter und dem kleinen Samuel. Meistens aber streifte sie, ausgestattet mit einer Botanisiertrommel, allein durch die Wälder am Nordhang des Oberen Hauensteins. In ihnen wuchsen neben den belaubten Buchen, Eichen, Sommerlinden und Mehlbeerbäumen auch Fichten, Eiben, Föhren und Edeltannen. Wo die Sonne durchs Geäst brach, fand sie, je nach Bodenbeschaffenheit, den leuchtend roten Pyramiden-Hundswurz, das violette Knabenkraut, den Berg-Seidelbast und die Alpenhagrose. Sie pflückte einzelne Blumen, die sie zu Hause presste. Auf einem Herbarbogen, der ihre lateinische Bezeichnung und Angaben über den Fundort enthielt, wurden sie später in ihre Sammlung aufgenommen. Daneben malte sie mit Wasserfarben Pflanzen, die ihr besonders gefielen.

Dorothea genoss die ländliche Idylle, während jenseits der Grenzen des Freistaats Basel ein Sturm aufzog. Wenn er sich ausbreitete, konnte er die Weltordnung auf den Kopf stellen. Als vor einem Jahr, im Juli 1789, die aufständische Bevölkerung von Paris die Bastille erstürmte, etwas später die französischen Standesprivilegien abgeschafft wurden und die Nationalversammlung eine Art Volksherrschaft erzwungen hatte, waren adelige Emigranten auf ihrer Flucht durch Basel gekommen. Man hatte sich wochenlang über die Sundgauer Bauern erregt, die Schlösser in Flammen aufgehen liessen und die Bezahlung von Zinsen und Zehnten verweigerten. Dorotheas Bruder Benedikt, der Besitzungen im Elsass hatte, hatte Verluste erlitten. Ob die Baselbieter Bauern auch zu solchen Aufständen fähig wären? Mathis Jacob? Sie wusste, dass er einen tiefen Groll gegen die Obrigkeit hegte. Aber sie wagte nicht, ihn zu fragen. Er selber äusserte sich nicht zu den Vorgängen in Frankreich.

Jener Teil der städtischen Oberschicht, der sich in den Reformgesellschaften traf und das Gedankengut der Aufklärung diskutierte, war überzeugt, dass man handeln müsse. Der Ratsherr Abel Merian, der mit den neuen Ideen sympathisierte, hatte mit vor Pathos bebender Stimme gefordert, *die Barbarey des Mittelalters* zu beenden und die Leibeigenschaft der Untertanen draussen in der Landschaft aufzuheben. Das war vor bald neun Monaten gewesen. Aber noch immer hatte man im Grossen Rat nicht über den Antrag entschieden.

3

Sankt Peter, die einzige Kirche der Talschaft, lag flussabwärts, unterhalb von Oberdorf. Am Sonntag nach ihrer Ankunft begleitete Dorothea Staehelin Barbara Jacob und deren drei älteste Kinder in den Gottesdienst. Heute war Anwesenheit Pflicht, denn die Männer des Amtes Waldenburg hatten vor dem neuen Landvogt Hans Jakob Müller den Huldigungseid abzulegen. Mathis war allerdings nicht mitgekommen. Er habe sich nachts mehrmals übergeben müssen, berichtete seine Frau. Ausserdem quälten ihn heftige Kopfschmerzen. Auch Salome und Samuel waren, unter der Obhut von Hanna, zu Hause geblieben.

Amüsiert beobachtete Dorothea, wie Müller, ein kleiner, gedrungener Mensch, hoch aufgerichtet auf dem für ihn reservierten Stuhl im Chor der Kirche sass. Er war Meister der Zunft zu Metzgern in Basel. Durch einen Losentscheid war ihm für acht Jahre die Herrschaft über das Amt Waldenburg in den Schoss gefallen. Er trug einen schwarzen Mantel, schwarze Kniehosen und schwarze, seidene Strümpfe. Den Ratsherrenhut hielt er auf den Knien. Das Kinn in die gefältelte spanische Halskrause gedrückt, betrachtete er misstrauisch seine Untertanen. Dorothea wusste, dass bei der Besetzung von einträglichen Stellen im Freistaat Basel in der Vergangenheit ein unschöner Ämterschacher üblich gewesen war. Neuerdings liess man sich bei der Vergabe von Landvogteien vom Zufall leiten – nach dem Grundsatz, wonach Gott jenen, denen er ein Amt gibt, auch den notwendigen Verstand schenkt.

Ihr Vetter, der Pfarrer, hatte an diesem Tag auf Anordnung des Antistes einen Text aus dem Römerbrief auszulegen: *Jedermann sei untertan der Obrigkeit, die Gewalt über ihn hat. Denn es ist keine Obrigkeit ohne von Gott; wo aber Obrigkeit ist, die ist von Gott verordnet. Wer sich nun der*

Obrigkeit widersetzt, der widerstrebt Gottes Ordnung; die aber widerstreben, werden über sich ein Urteil empfangen.

Während er predigte, fragte sich Dorothea, ob es Theophil Grynäus, mit dem sie zuweilen geistreiche Gespräche über Freiheit und Menschenrechte führte, nicht genierlich war, von seiner Gemeinde bedingungslosen Gehorsam gegenüber dem Bürgermeister, dem Oberstzunftmeister und dem Landvogt zu verlangen.

Nachdem er endlich zum Schluss gekommen war, sprach er den Männern der Talschaft, die sich erhoben hatten, den Treueeid vor, den sie Wort für Wort dumpf nachbeteten.

Hans Jakob Müller stand vor dem Altartisch und schien in den verschlossenen Gesichtern seiner Untertanen nach Widerborstigkeiten zu suchen. Die Hand auf dem Zierdegen an seiner Rechten war er bereit, sie im Keim zu ersticken. Ein kleiner, kampfbereiter Mann. Was für ein aufgeblasener Frosch, dachte Dorothea halb belustigt, halb ärgerlich. Sie war froh, dass Mathis nicht an diesem Ritual der Unterwerfung hatte teilnehmen müssen.

Theophil Grynäus war wie so viele zweit- und drittgeborene Söhne von Basler Handelsherren, denen es nicht vergönnt war, das väterliche Geschäft zu übernehmen, vor die Wahl gestellt worden, Offizier in fremden Diensten oder Geistlicher zu werden. Der durch und durch unkriegerisch gesinnte Mensch hatte sich für Gott entschieden und war nach seinem Theologiestudium vom Rat als Pfarrer in Waldenburg eingesetzt worden. Er hätte es schlechter treffen können. Wie seine Amtsvorgänger lebte er im Schönthaler Hof, dem «Steinernen Haus», wie man es im Ort nannte. Es lag in der Nordwestecke der Stadtbefestigung. Ein mächtiger, zweigeschossiger Bau, der durch einen Toreingang über den Hof zugänglich war. Ursprünglich hatte das Haus, das zu den ältesten im Städtchen gehörte, wohl als Adelssitz gedient. Er war verwitwet. Eine Magd besorgte ihm den Haushalt und kümmerte sich um seine vier Kinder. Für die kleine pfarrherrliche Landwirtschaft war ein Knecht zuständig.

Wie von jedem Pfarrer in der Landschaft erwartete die städtische Obrigkeit auch von ihm, dass er sie regelmässig über mögliche Unruhestifter in seiner Herde informierte. Da jetzt zu befürchten war, die Baselbieter könnten sich die aufrührerischen Sundgauer Bauern zum Vorbild nehmen, war das Misstrauen der Gnädigen Herren besonders gross. Grynäus richtete seine akkurat verfassten Schreiben an den Münsterpfarrer, der als Antistes Vorgesetzter aller Geistlichen im Kanton war. Die Berichte wurden an die Staatskanzlei weitergeleitet, wo man entsprechende Massnahmen gegen unbotmässige Untertanen ergriff.

Schon vor ein paar Tagen hatte Theophil Grynäus seine Base eingeladen, nach dem sonntäglichen Gottesdienst das Mittagessen mit ihm im Schönthaler Hof einzunehmen. Jetzt sass man bei Tisch in der Halle unter der Balkendecke, die mit Blumen, Granatäpfeln, Trauben und einem Hirsch bemalt war. Die Haushälterin hatte einen Braten zubereitet. Dazu gab es Kartoffeln und Apfelschnitze.

Nach dem Essen schickte der Pfarrer seine Jungmannschaft in den Hof zum Spielen und bat Dorothea zu einem Gespräch unter vier Augen in seine Studierstube. «Es geht um deinen Pächter», sagte er, als sie Platz genommen hatte. «Im Schloss oben verdächtigt man ihn der Ketzerei.»

Dorothea lachte. «Das kann nicht sein. Mathis ist ein braver Mann, der jeden Sonntag in die Kirche geht. Er hat alle seine Kinder taufen lassen und schickt sie auch in die Kinderlehre.»

«Ich weiss», seufzte der Pfarrer. «Gleichwohl hat mich der Landvogt beauftragt, der Sache nachzugehen. Er hat sogar gedroht, andernfalls selber die Obrigkeit zu orientieren.» Er schaute seine Base an. «Ich frage dich nun ganz direkt: Ist Mathis ein Täufer, wie sein Vater Johannes einer war? Und bevor du jetzt etwas sagst», schob er eilig nach, «musst du wissen, dass er sich regelmässig mit ein paar anderen Bauern in einem Hauskreis trifft, wo man die Bibel liest und das Wort Gottes auslegt.»

Davon wusste Dorothea nichts. «Wer hat dir das erzählt?»

«Heinrich Bidert, der Schuhmacher, der in Bärenwil bei Langenbruck lebt. Er nimmt in meinem Auftrag an diesen Konventikeln teil und berichtet mir darüber.»

«Du lässt die Mitglieder deiner Gemeinde heimlich überwachen?» Dorothea schaute ihn ungläubig an.

«Das gehört zu meinem Hirtenamt.» Grynäus zitierte aus dem Lukasevangelium: «Welcher von euch, wenn er hundert Schafe hat, und verliert eines von ihnen, lässt nicht die neunundneunzig in der Wüste, und gehet dem verlorenen nach, bis er es findet?»

Dorothea stellte sich den kleinen, rundlichen Vetter als Hirten vor und ihren Pächter, der ein stattliches Mannsbild war, als verlorenes Schaf. Nur mit Mühe konnte sie ein Lächeln unterdrücken. Natürlich wusste sie um den täuferischen Hintergrund der Jacobs. Tatsächlich gab es viele reiche Basler, die, wie ihr Vater, ihre Sennhöfe in der Landschaft am liebsten an Mennoniten verpachteten. Diese standen im Ruf, zuverlässig und fleissig zu sein. Ihr Glaube störte nicht, solange sie ihre Zinsen pünktlich bezahlten. Es erschien ihr als Anachronismus, jemanden als Ketzer zu bezeichnen, nur weil er einem etwas abweichenden Glauben anhing. «Aber Theophil», tadelte sie den Cousin, «denk an unsere Diskussionen über die Dichter und Denker, die in deinem Bücherregal stehen. Ich kann nicht glauben, dass du dich dafür hergeben magst, deine Schäfchen auszuspionieren.»

«Der Herr Landvogt und der Herr Antistes in Basel ...» Grynäus, der wenig mutig und überdies obrigkeitsgläubig war, rang die Hände. Das Gespräch war ihm peinlich. «Mathis Jacob war heute nicht in der Kirche, als die Treue zur Stadt beschworen wurde. Der Herr Landvogt hat von mir verlangt, eine Liste jener Männer zu erstellen, die an der Zeremonie fehlten. Während des Gemeindegesangs habe ich seinen Auftrag erledigt. Mathis Jacob war nicht da!» Grynäus schaute seine Base herausfordernd an.

«Du wirst ihn von deiner Liste streichen! Er ist krank.»

«Ob das der Landvogt glauben wird?»

«Da gibt es nichts zu glauben. Er steht nicht auf deiner Liste, sonst sind wir geschiedene Leute.»

Grynäus blieb hartnäckig: «Immerhin hat dein Pächter den Ruf, wider den Stachel zu löcken. Du weisst: Man hat ihn auch schon einmal mit Kerkerhaft bestrafen müssen.»

«Mach dich nicht lächerlich.» Wie immer, wenn sie sich ärgerte, vertieften sich die zwei Falten über Dorotheas Nasenwurzel. «Erstens liegt die Sache fünfzehn Jahre zurück, und zweitens war das eine Schikane, an der mein Vater, Gott möge ihm verzeihen, ein gerütteltes Mass an Mitschuld trägt. Wie kommt der hochwohlgeborene Metzgermeister überhaupt dazu, von diesen Dingen zu wissen?»

«Das Schlossarchiv hat ein langes Gedächtnis. Nach seiner Ankunft in Waldenburg hat er sich alle Akten, die Strafsachen betreffen, vorlegen lassen. Wenn sich jetzt noch herausstellen sollte, dass er ein Ketzer ist, gerät er in Schwierigkeiten. Ich habe gehofft, dass du mir bestätigst, dass Mathis Jacob kein Täufer ist. Dann könnte ich mich in meinem Bericht auf dich berufen. Am Wort einer geborenen Preiswerk wird der Landvogt nicht zu zweifeln wagen.»

«Das würde dir so passen, die Verantwortung auf ein Frauenzimmer abzuschieben.» Wieder war eine gewisse

Schärfe in ihrer Stimme. Und mit leisem Spott fuhr sie fort: «Wie du richtig gesagt hast: Du bist sein Hirte, also wirst du selber auch Zeugnis für seine brave Gesinnung ablegen. Lass deinen Knecht die Chaise anspannen, und fahr mit mir nach Sankt Wendelin. Dann kannst du ihn gleich selber fragen.»

Eine Stunde später sassen sie in der Stube von Sankt Wendelin: Mathis Jacob, der offenbar wieder munter war, seine Frau Barbara, Dorothea Staehelin und Pfarrer Grynäus. Martha, Peter und Paul hatten noch im Städtchen bleiben dürfen und würden später heimkehren. Hanna war angewiesen worden, im oberen Stockwerk auf Salome und Samuel aufzupassen. «Macht keinen Lärm!», hatte ihnen Madame eingeschärft. «Wir haben hier wichtige Dinge zu besprechen.»

Mathis war Theophil Grynäus unheimlich. Er war grösser und kräftiger als der Geistliche, und mit seinem vollen, dunklen Haarschopf und dem Bart, die sein markantes Gesicht umrahmten, schien er ihm bedrohlich. Jetzt schwieg er und wartete darauf, was Grynäus zu sagen hatte.

Der schaute um Hilfe heischend zu seiner Base. Ein spöttisches Lächeln spielte um ihre Lippen.

Der Pfarrer gab sich einen Ruck. «Ich will nicht drum herumreden, Mathis. Es geht das Gerücht, dass du zu den Täufern gehörst.»

«Unsinn!» Der Bauer sah Grynäus durchdringend an.

«Unsinn? Das musst du mir genauer erklären.» Und hastig: «Der Herr Landvogt hat mir den Auftrag gegeben, über dich einen Bericht zu schreiben.»

«Ihr wisst genau, dass ich getauft bin und dass Ihr selber meine Kinder getauft habt. Ich und die Meinen kommen Sonntag für Sonntag zur Kirche. Mein Vater war ein Taufgesinnter. Ich bin es nicht.»

«Der Herr Landvogt scheint dir nicht zu glauben.»

«So, er glaubt mir nicht?» Mathis erhob sich und trat ans Fenster.

Grynäus duckte sich, als er an ihm vorbeiging. Von dem Mann ging eine versteckte Gewalttätigkeit aus, die ihn ängstigte.

«Wenn er meinem Wort nicht vertraut», sagte der Bauer und schaute hinaus auf die Weide, «kann man nichts machen. Was wollt Ihr?» Er kehrte sich um und schaute den Pfarrer an. «Möchtet Ihr, dass ich einen heiligen Eid schwöre? Oder geht es Euch gar nicht darum? Möchtet Ihr und Euer Landvogt mich und meine Familie vom Hof vertreiben, wie es die Gnädigen Herren von Bern mit meinen Vorfahren getan haben?»

«Mathis, bitte», versuchte ihn seine Frau zu beschwichtigen.

Er wischte ihren Einwand mit einer Handbewegung weg. «Wie lange noch glaubt Ihr und Euresgleichen, über unser Gewissen bestimmen zu können?» Er schaute Grynäus feindselig an. «Selbst wenn ich Täufer wäre, so wäre das eine Sache, die ich allein vor Gott zu verantworten hätte. Die Menschen werden frei und gleich an Rechten geboren und bleiben es. Das schliesst unserer Meinung nach auch das Recht auf den freien Glauben ein.»

Dorothea Staehelin hob den Kopf. Sie besass ein Exemplar der *Droits de l'Homme et du Citoyen*. Mathis hatte von «uns» gesprochen. Dass auch die Untertanen in der Basler Landschaft die Menschenrechte lasen und sogar daraus zitierten, verblüffte sie.

Der Pfarrer war schockiert. «Woher hast du das?»

«Glaubt Ihr, wir wüssten nicht, was in Frankreich geschieht?»

Grynäus verschlug es die Sprache. War man schon so weit? Musste man bei den eigenen Untertanen mit Gewalt und Rebellion rechnen? Der Pfarrer stand auf. Auf seiner Stirn standen Schweisstropfen. «Ich sehe schon, du bist kein Täufer, du bist ein Revoluzzer. Ich werde dies dem Herrn Landvogt mitteilen müssen.»

«Nichts wirst du!», zischte Dorothea. Und dann fuhr sie auf Französisch fort: «Was Mathis sagt, ist genau das, was auch du mir gesagt hast, als wir das letzte Mal über die Menschenrechte und die verknöcherte Herrschaft in Basel diskutiert haben. Wenn ein Wort über dieses Gespräch nach aussen dringt, wenn du es wagen solltest, Mathis Jacob zu denunzieren, wenn du erwähnst, dass er heute beim Huldigungseid nicht anwesend war, werde ich deine Vorgesetzten über deine Lektüre und deine aufrührerischen Reden ins Bild setzen, und dann wird es mit deiner Pfarrherrenherrlichkeit im schönen Waldenburg ein rasches Ende nehmen.»

«Dorothea!» Er schaute seine Base entsetzt an.

«Mathis Jacob ist mein Pächter», sagte sie jetzt wieder im Dialekt, «und ich lasse nicht zu, dass ihm ein Leid geschieht.»

Noch während sie dem Vetter zornig in die Augen starrte, hörte man einen Schrei, dann wurde die Tür zur Stube aufgerissen.

«Sämi», stammelte Hanna. Sie war kreidebleich.

Hinter ihr stand Salome. Auch ihr war der Schrecken ins Gesicht geschrieben. «Er ist tot.» Sie stürzte zu ihrer Mutter und vergrub schluchzend den Kopf an ihrer Brust.

4

So schnell sie konnte, lief Hanna über den Waldweg zur Chlusweid hinauf. Tränen flossen über ihre Wangen. Einmal stolperte sie über eine der knorrigen Flachwurzeln und fiel hin. Sie rappelte sich hoch, ohne auf die blutig geschürften Ellenbogen zu achten. Sie lief weiter, immer weiter. Nur einmal blieb sie kurz stehen und rang nach Atem, dann rannte sie wieder. In der Hand hielt sie das Papier mit der Nachricht von Madame Staehelin, die sie Doktor Alioth übergeben sollte.

«Sag ihm, er soll sich beeilen, vielleicht kann er Samuel retten», hatte sie gesagt. «Und nun lauf. Es geht um Leben und Tod!»

Hanna hatte im oberen Stockwerk die Kinder hüten müssen. «Seid leise», hatte sie gesagt, immer wieder: «Seid leise, wir dürfen die Erwachsenen nicht stören.» Aber Salome und Sämi hatten ihr nicht gehorcht. Sie waren übermütig gewesen, hatten begonnen, Fangen zu spielen und sich gegenseitig durch die Wohnung gejagt. Hanna war ihnen nachgerannt, hatte sie beschworen ruhig zu sein, aufzuhören, hatte gefleht und gedroht. «Sämi!», hatte sie gerufen und «Mamsell Salome!» Vergeblich. Für die beiden war ihre Aufregung ein zusätzlicher Anreiz, Teil des Spiels. Dann endlich hatte sie den kleinen Bruder am Arm erwischt. Sie standen am oberen Ende der Treppe. Sie hielt ihn fest, aber er konnte sich losreissen – und stürzte kopfvoran die Treppe hinunter. Zweimal überschlug er sich. Dann blieb er am Fuss der Treppe liegen. Bewegungslos. Aus seinem Mund und den Ohren floss Blut. Hanna hatte laut geschrien.

Starr vor Schreck waren Vater und Mutter vor dem kleinen, regungslosen Körper gestanden. Der Pfarrer hatte sich im Hintergrund gehalten. Madame Staehelin aber hatte sich von der weinenden Salome gelöst und war neben Sämi auf den

Boden gekniet. Sie hatte ihr Ohr an seine Brust gelegt, hatte seinen Puls gefühlt und schliesslich gesagt: «Er lebt noch». Dann hatte sie Anweisungen erteilt: «Ihr, Barbara, müsst das Bett in der leeren Kammer in meiner Wohnung frisch beziehen. Sobald das getan ist, werdet Ihr, Mathis, Euer Kind ganz vorsichtig hinauftragen. Ich denke, dass sein Kopf nicht bewegt werden darf. Und du», sie hatte sich an Hanna gewandt, «wirst nach Langenbruck laufen, zu Doktor Alioth. Du bittest ihn, so rasch wie möglich hierher zu kommen. Ich gebe dir ein paar Zeilen mit. Wenn er fragt, wie es Samuel geht, so sagst du ihm, er sei die Treppe hinuntergefallen. Er habe die Besinnung verloren und blute aus dem Mund und den Ohren.»

«Er lebt noch», hatte sie gesagt. Hanna klammerte sich an dieses «noch». Inzwischen hatte sie das ehemalige Kloster Schönthal erreicht, das vor vielen hundert Jahren, mitten in der bewaldeten Hügellandschaft am Oberen Hauenstein, erbaut worden war. Abermals blieb sie stehen, um Atem zu schöpfen. Ihr Blick fiel auf die Fassade der Kirche. Über dem Torbogen war ein Lamm zu erkennen, das auf seinen Schultern ein Kreuz trug. Links davon war eine Muttergottes samt Jesuskind in den gelben Sandstein gehauen.

Hanna wusste, dass sich die Katholiken drüben im Solothurnischen an die Jungfrau Maria wandten, wenn sie ein Herzensanliegen hatten. Pfarrer Grynäus hatte in der Kinderlehre erklärt, das sei eine Art Götzendienst. Wer den wahren, reformierten Glauben habe, könne sich direkt Gott oder Jesus anvertrauen. Ergriffen von der Innigkeit, mit der Maria das Kindlein in ihrem Schoss betrachtete, schickte Hanna aber auch zu ihr ein Stossgebet. «Lass lieber mich sterben als ihn», flüsterte sie.

Doktor Alioth und seine Frau sassen bei einer Tasse heisser Schokolade und einem Stück Kuchen unter dem grossen Apfelbaum vor ihrem Haus und genossen den Frühsommernachmittag. Karl Alioth war gegen fünfzig Jahre alt. Seine ehemals blonde, inzwischen silbergraue Lockenpracht hatte sich an der Stirn ziemlich gelichtet. Aus seinem runden Gesicht blickten, umrahmt von unzähligen Lachfältchen, zwei kluge blassblaue Augen. Sie weiteten sich erstaunt, als Hanna Jacob durch seinen Garten stürmte und mit hochrotem Kopf, schwitzend und verheult, vor ihm stehen blieb. Vor elf Jahren war er wegen ihr geholt worden, da ihre Geburt mit Komplikationen verbunden gewesen war. Seither hatte er sich ab und zu nach ihrer Entwicklung erkundigt.

«Du bist ja ganz ausser dir, Kind», sagte seine Frau. «Was ist denn geschehen?»

«Sämi!», stiess Hanna hervor, und dann wurde sie von einem Weinkrampf geschüttelt.

Der Doktor strich ihr beruhigend übers schweissnasse Haar. «Nun sag schon, was mit dem Brüderchen ist.»

«Er stirbt», schluchzte Hanna. Sie reichte ihm das zerknüllte Blatt, das ihr Madame Staehelin mitgegeben hatte.

Karl Alioth las die Zeilen. «Er ist also die Treppe hinuntergestürzt?»

«Er ist ohne Besinnung und blutet aus den Ohren und dem Mund und der Nase, soll ich Euch ausrichten», stammelte das Mädchen.

Der Doktor nickte. «Sag dem Knecht, er soll das Pferd satteln», bat er seine Frau. «Ich werde inzwischen die Tasche mit den Medikamenten holen. Und dich nehme ich zu mir aufs Pferd», sagte er zu Hanna. «Unterwegs kannst du mir dann nochmals genau erzählen, was passiert ist.»

Die nächsten Tage wurden für Hanna zu einem einzigen Albtraum. Sämi lag in einer verdunkelten Kammer in Madame Staehelins Wohnung. Der Doktor hatte einen Schädelbruch diagnostiziert und verschiedene Anordnungen getroffen. Er hatte Madame ein Fläschchen mit einer Opiumtinktur gegeben und sie angewiesen, Samuel alle paar Stunden davon fünf Tropfen einzuträufeln. Es gehe darum, ihn stillzulegen, er dürfe sich so wenig wie möglich bewegen. Nur sie dürfe zu ihm. Vielleicht noch ab und zu die Mutter, sonst aber niemand. Samuel brauche Ruhe, absolute Ruhe, ausserdem höchstens Dämmerlicht. Er dürfe auch keine feste Nahrung bekommen. Fleisch- und Gemüsebrühe, das schon, und vor allem Schafgarbentee, den man auch Blutstilltee nenne oder, wie das seine Mutter getan habe, «Heil der Welt». Man müsse ihn mit Honig süssen, denn er schmecke bitter. Aber die zarten, weissen Blüten, die man auf jeder Wiese finde, würden das Blut reinigen und den Kreislauf anregen, hatte er erklärt. Im Übrigen müsse man der Natur ihren Lauf lassen. Wie sich die Sache entwickle, liege in Gottes Hand. Samuel könne sterben oder genesen. Aber auch dann müsse man abwarten, ob keine Schädigung des Hirns zurückbleibe. «Aber davon sagt Ihr den Eltern besser nichts», hatte er Madame Staehelin geraten. «Falls das Schlimmste eintrifft, werden sie es noch früh genug erfahren.» Er selber werde regelmässig vorbeikommen, um nach dem Kleinen zu sehen.

Die Eltern kam es hart an, ihren Jüngsten in der Obhut und Pflege von Madame Staehelin zu belassen, aber sie wagten nicht, gegen die Anweisungen des Doktors aufzubegehren. Beim Abendbrot schöpfte die Mutter schweigend den Haferbrei aus der Schüssel. Alle erhielten ihre Portion. Nur Samuels Teller, den Barbara aufgetischt hatte, blieb leer. Sie mochte sich einreden, solange man auch für den Jüngsten den Tisch decke, bleibe er am Leben. Für Hanna allerdings war dieser leere Teller ein stummer Vorwurf. Niemand sprach mit ihr. Niemand beachtete sie, als Tränen auf ihren Brei tropften. Sie würgte ihr Essen hinunter. In der Nacht weinte sie sich in den Schlaf. Sie biss ins Kissen, um Martha, die mit ihr die Kammer teilte, nicht aufzuwecken.

«Hättest du nicht besser aufpassen können?», hatte die grosse Schwester gefragt.

«Hättest du nicht besser aufpassen können?», wollten am nächsten Morgen die beiden Brüder, Peter und Paul, wissen.

Der Vater sagte nichts. Er schaute sie nur an. Vorwurfsvoll? Hanna war überzeugt, dass er ihr die Schuld an Sämis Unfall gab. Sie täuschte sich. Mathis Jacob, dessen heimlicher Liebling sie war, ahnte, wie es in seiner Tochter aussah. Er hätte es aber weder ausdrücken können, noch hatte er je gelernt, dass man anderen mit einem guten Wort wenigstens einen Teil der Last, die jetzt seine eigene Tochter zu erdrücken drohte, von der Seele nehmen konnte.

Auch die Mutter sprach nicht mit ihr. Sie behandelte sie wie Luft. «Sag ihr», wies sie Martha an, «sie soll hinaufgehen und ihre Arbeit machen.»

Hanna schlich mit hängendem Kopf davon. Am Fuss der Treppe waren noch Blutflecken. Sie holte draussen am Brunnen einen Kessel Wasser und schrubbte den Boden, bis nichts mehr zu sehen war.

Madame Staehelin stand oben und schaute ihr zu. Dann befahl sie ihr, die Nachttöpfe zu leeren und die Wohnung zu putzen. «Später gehst du mit Salome nach draussen und pflückst mit ihr einen Strauss Schafgarben. Ich brauche die Blüten für Samuel.» Ihre Stimme klang wie immer, gleichgültig, so, wie man eben mit einer Magd sprach.

«Wie geht es ihm?», wagte Hanna zu fragen.

«Er hat die Nacht überstanden. Geh jetzt an deine Arbeit.» Die Frau verschwand in der Kammer, in der Sämi lag.

Hanna quälte sich mit Vorwürfen. Hätte sie den Kleinen doch nicht am Arm festgehalten, dann hätte er sich nicht losreissen müssen und wäre nicht die Treppe hinuntergestürzt. Wenn sie nach Waldenburg hinuntergeschickt wurde, um bei Pfarrer Grynäus die von Madame Staehelin gelesenen Bücher zurückzugeben und neue mitzunehmen, so drückte sie sich mit gesenktem Kopf den Häusern entlang durch die Strassen. Sie war überzeugt, gezeichnet zu sein, so wie Kain, der seinen Bruder Abel erschlagen hatte, von Gott gezeichnet worden war. Sie glaubte, jedermann könne erkennen, dass sie schuldig war.

Nachts schreckten sie Träume aus dem Schlaf, der sie nur für kurze Zeit erlöste. Immer wieder überschlug sich Sämi vor ihren Augen auf der Treppe und blieb regungslos liegen. Manchmal schrie sie auf. «Sei still!», fauchte dann Martha, die schlafen wollte. Hanna mochte kaum mehr essen. Niemand kümmerte sich darum.

Einmal, als er auf Krankenvisite kam, bemerkte der Doktor das Mädchen, das im Hof stand und ihn mit grossen Augen verzweifelt ansah. «Was ist denn mit dir, Hanna?», fragte er, erschreckt über ihr blasses Aussehen. «Du wirst doch nicht etwa auch krank sein?»

Es war seit Tagen das erste Mal, dass jemand ein Wort an sie richtete, in dem eine gewisse Wärme lag. Sie schlug die Hände vors Gesicht und begann zu weinen.

«Na, na», brummte der Arzt. Er legte den Arm um ihre schmalen Schultern, führte sie zur Bank vor dem Haus und liess sie neben sich ausweinen. «Willst du mir nicht sagen», fragte er endlich, «was dir so grossen Kummer macht?»

«Ich bin schuld, wenn Sämi stirbt!», brach es aus ihr heraus, und schniefend erklärte sie dem Doktor, dass sie doch nicht gewollt habe, dass der Bruder die Treppe hinunterfalle. Sie habe doch versucht, ihn zurückzuhalten.

Der Arzt, der ein einfühlsamer Mensch war und wusste, wie sehr sich eine Kinderseele quälen konnte, zog Hanna näher an sich und strich ihr über den Kopf. «Du bist nicht schuld.» Er betonte jedes einzelne Wort. «Du bist nicht schuld.»

Er blieb noch eine Weile neben ihr sitzen. «Ich muss jetzt zu deinem kleinen Bruder», sagte er schliesslich. «Er wird den Schädelbruch überleben, aber ich weiss noch nicht, ob er sich völlig erholt.» Dann fasste er Hanna unter dem Kinn und zwang sie, ihn anzuschauen. «Aber denk immer daran: Du bist nicht schuld.» Er strich ihr nochmals über den Kopf und stand dann auf.

Eine halbe Stunde später beobachtete Hanna, wie der Doktor unter der Haustüre mit den Eltern und Madame Staehelin sprach. Sie sahen immer wieder zu ihr hinüber. Als er ging, winkte er ihr zu.

Von da an redete die Mutter wieder mit ihr. Sie tat, als sei nichts geschehen. Auch der Vater strich ihr jetzt wieder ab und zu über die Wangen, so verlegen wie vor dem Unglück, denn er hatte seine Gefühle nie zeigen können. Hanna lächelte verstohlen. Zum ersten Mal seit langem.

Und dann, vier Wochen nach dem schrecklichen Unfall, kam jener Tag, an dem Madame Staehelin die Tür zu Samuels Kammer öffnete und Hanna zu sich rief. «Der kleine Mann scheint jetzt wieder hergestellt zu sein. Jedenfalls hat er mich erkannt und dann nach dir verlangt. ‹Wo ist Hanna›, hat er als Erstes gefragt. Er will dich sehen, nicht die Mutter, nicht den Vater, nur dich.»

5

Zu Silvester 1790 lag das Land am Oberen Hauenstein unter einer dicken Schneedecke. Auf den Waldweiden waren Spuren von Wildtieren zu erkennen, die sich nachts, getrieben von der Hoffnung auf etwas Essbares, in die Nähe des Hofs wagten. Die bizarren Felsformationen auf der Gerstelfluh trugen weisse Kappen. Auch auf den Ästen der Bäume lag Schnee.

Tags zuvor war überraschend Dorothea Staehelin mit Salome eingetroffen. Die Kutsche ihres Bruders hatte in Waldenburg umkehren müssen. Die Passstrasse war vereist und nicht befahrbar. So waren sie, in Begleitung des Knechts von Pfarrer Grynäus, der ihr Gepäck trug, zu Fuss nach Sankt Wendelin hinaufgestiegen. Sie wolle das alte Jahr auf ihrem Hof ausklingen lassen und hier auch die ersten Tage des neuen verbringen, hatte sie gesagt.

Mathis befahl Hanna, den Kachelofen in der oberen Wohnung einzuheizen. Einstweilen wärmten sich Mutter und Tochter in der Stube der Jacobs auf. Während Barbara Glühwein und Gebäck auftischte, kramte Madame Staehelin die üblichen Geschenke aus ihrer grossen Reisetasche: Tabak, Likör und Süssigkeiten. Für Samuel aber hatte sie etwas Besonderes mitgebracht: eine für seine Grösse passende Uniform der Basler Landmiliz mit dunkelblauen Hosen und einem dunkelblauen Frack mit scharlachroten Auf- und Überschlägen. Dazu einen schwarzen Dreispitz, Gamaschen, ein weisses Bandelier sowie Flinte und Säbel aus Holz. Sie half Samuel, die Sachen anzuziehen. «Ist er nicht ein süsser Soldat, mein kleiner Goldschatz?», wandte sie sich an die Eltern. «Er wird gewiss einmal ein schmucker Offizier.»

Mein kleiner Goldschatz. *Mein!* Barbara Jacob hob die Brauen. Dorothea bemerkte es nicht. Sie liess den kleinen

Burschen in der Stube auf und ab marschieren. «Links – links – links!», kommandierte sie lachend. Salome klatschte in die Hände.

«Das sollte jetzt reichen. Er wird das Exerzieren noch früh genug verfluchen», sagte schliesslich Mathis. «Und Offizier wird er auch nicht, höchstens Sergeant.» Er wusste, wovon er sprach. Es gehörte zu den Pflichten der leibeigenen Baselbieter, im Krieg ihre Haut für die Obrigkeit zu Markte zu tragen. Jeder Mann zwischen dem sechzehnten und sechzigsten Altersjahr hatte in einem der beiden Regimenter der Landmiliz Dienst zu leisten. An bestimmten Sonntagen wurden sie nach der Predigt auf dem Gemeindeanger gedrillt. Die Offizierslaufbahn war ausschliesslich Stadtbürgern vorbehalten.

Mit Ausnahme von Salome und Samuel, die man in der Obhut von Hanna zurückliess, nahmen die Leute von Sankt Wendelin in der Silvesternacht den weiten Weg zur Kirche unter die Füsse.

Pfarrer Grynäus legte seiner Predigt Vers acht aus dem siebten Kapitel des Matthäusevangeliums zugrunde: *Denn wer da bittet, der empfängt; und wer da sucht, der findet; und wer da anklopft, dem wird aufgetan.* Er zitierte aus dem Bittbrief, den die Liestaler Bürgerschaft im Juli des vergangenen Jahres an die Basler Obrigkeit gesandt hatte, in dem sie den vor Monaten eingereichten und immer noch nicht behandelten Antrag des Ratsherrn Abel Merian unterstützten und *unsere Gnädigen Herren demüthigst* gebeten hatten, *Hochdieselben möchten dero Unterthanen die Leibes Freÿheit und mit Verbundenes in Gnaden schenken.*

«Denn wer da bittet, der empfängt», wiederholte Theophil Grynäus den Predigttext, um dann mit bewegter Stimme zu erklären, der Rat der Stadt Basel habe vor vier Tagen, am 27. Dezember 1790, beschlossen, *dass die Leibeigenschaft, mit welcher die Landleute der Stadt zugethan sind, aufgehoben und zernichtet sey und sie nebst ihren Nachkommen auf immer leibsfreye Unterthanen erklärt seyn.*

Grynäus hielt inne und liess den Blick über seine Gemeinde schweifen. Erwartete er Beifallskundgebungen? Auch der Landvogt musterte neugierig die Gesichter der Leute, in denen weder Freude noch Ablehnung erkennbar waren.

Dorothea Staehelin war berührt. Ihr schien, die Obrigkeit habe mit der Abschaffung der Leibeigenschaft die Zeichen der Zeit erkannt und das wichtigste Postulat der Menschenrechte erfüllt. Sie suchte unter den Gläubigen, drüben auf der Männerseite, ihren Pächter, dem sie die neue Freiheit von Herzen gönnte. Aber Mathis Jacob hatte die Arme vor der Brust verschränkt und starrte finster zum Pfarrer hinauf. Und als dieser zögernd hinzufügte, dass alle bisherigen Verpflichtungen der Landleute gegenüber der Stadt auch in Zukunft zu erfüllen seien, lächelte er spöttisch.

Als Mathis am Neujahrsmorgen 1791 mit zwei grossen Kesseln Milch aus dem Stall trat, wo er mithilfe von Peter und Paul seine drei Dutzend Kühe gemolken hatte, sah er, wie Sämi in seiner neuen Uniform mit geschultertem Holzgewehr hinter Salome über den Hof marschierte. Mathis schüttelte den Kopf und wandte sich dem Abgang zum Käsekeller zu, aber Dorothea Staehelin vertrat ihm den Weg.

«Vielleicht wird er jetzt, wo die Baselbieter die Freiheit erlangt haben, doch einmal Offizier, was meint Ihr?»

«Freiheit?!» Er lachte unfroh. Dann stellte er die beiden Kessel auf den Boden. Man wisse schon seit zwei Tagen vom Erlass des städtischen Rats. Ein Wort habe man gestrichen, ein einziges Wort, mehr nicht. Alles andere sei geblieben. Er zählte auf: «Die Bodenzinsen, den Zehnten, die Taxen für jeden Wisch, den der Landvogt schreibt, die Ehesteuer, die Waldgebühren, selbst das Fasnachtshuhn.

Auch den Frondienst gibt es noch. Wenn es Strassen und Brücken zu reparieren gilt oder wenn etwas im Schloss in Ordnung gebracht werden muss, dann interessiert es die Obrigkeit einen Dreck, ob wir mitten in der Ernte sind oder nicht. Wir bleiben Untertanen. Wir haben zu schweigen und zu gehorchen. Auch die politischen Rechte will man uns nicht gewähren.»

«Politische Rechte?» Dorothea war schockiert. Es war für sie unvorstellbar, dass ungebildete Bauern im Rat mitreden und mitbestimmen wollten.

«Das Gesetz ist der Ausdruck des allgemeinen Willens», zitierte Mathis Artikel sechs der Menschenrechte. «Alle Bürger haben das Recht, persönlich oder durch ihre Vertreter an seiner Gestaltung mitzuwirken. Glaubt Ihr, man habe das in Basel begriffen?», fragte er.

Erneut stellte Dorothea fest, dass man die Menschenrechte auf der Landschaft wohl besser kannte, als manchem Ratsherrn lieb sein mochte. «Man kann nicht alles auf einmal haben», sagte sie. Und als ob sie spürte, dass das ein ungeschicktes Argument war, fügte sie hinzu: «Immerhin kann der Landvogt Eure Söhne, wenn sie sich einmal verehelichen wollen, nicht mehr so schikanieren, wie Euch Franz Brodbeck vor Eurer Heirat schikaniert hat.»

Mathis' Gesicht verfinsterte sich. Die Erinnerung an jenen demütigenden Vorfall im Schloss war eine offene Wunde, die nicht verheilen wollte. Er bückte sich und nahm seine beiden Milchkessel wieder in die Hände. «Freiheit», sagte er. Es klang, als ob er ein Lachen unterdrücke. Dann stieg er die Treppe zum Käsekeller hinunter.

Sie sah ihm nach. Nicht zum ersten Mal zog sie den Vergleich zwischen diesem stattlichen, ernsthaften Mann, der sich über so vieles Gedanken machte, und ihrem ehemaligen Gatten, der als vermögender Schürzenjäger ein Lotterleben führte. Sie seufzte. Hatte Barbara Jacob, diese

Landpomeranze, das bessere Los gezogen als sie, die reiche Fabrikantentochter?

Am frühen Morgen des sechsten Januars wurde Dorothea von hellen Kinderstimmen geweckt, die ein Lied sangen:

Die Heiligen Drei Könige mit ihrigem Stern,
sie sueched den Heiland und hätten ihn gern.

Sie ritten zusammen das Rainele us,
sie kamen vor König Herodesse Hus.

Sie stieg aus dem Bett und trat im Hemd ans Fenster ihrer Kammer. Mit ihren warmen Händen taute sie die Eisblumen auf, die sich in der Nacht am Glas gebildet hatten. Am Himmel leuchtete hell und klar der Morgenstern.

Vier Kinder standen vor dem Haus. Ein etwa fünf oder sechs Jahre altes Mädchen hielt einen Stecken, an dem ein Stern aus Karton befestigt war. Hinter ihm standen ein etwas älterer Knabe und zwei halbwüchsige Mädchen, von denen eines eine Fackel trug. Die drei Grösseren hatten farbige Tücher um ihre Schultern gelegt und trugen gelb bemalte Kronen auf dem Kopf. Das Gesicht des Jungen war geschwärzt.

«Warum singen die Kinder?» Auch Salome war erwacht und drängte sich jetzt an die Mutter.

«Das sind die Heiligen Drei Könige», erklärte Dorothea. «Sie bitten um eine milde Gabe für arme Kinder oder für sich und ihre Familien. Aber sei jetzt still, hör lieber zu.»

Herodes schaute zum Fenster hinaus:
Ihr Herren Gesellen wo wöllet ihr hin?

Nach Bethlehem führt uns unser Stern,
wir wollen Maria und s Chindeli sehn.

Drüben im Wohnzimmer rumorte Hanna, die den Ofen einheizte.

«Komm herüber, Mädchen», rief Madame Staehelin. Als Hanna unter der Türe stand, fragte sie: «Wer sind die kleinen Sternsinger da unten?»

«Das sind dem Schuh-Heini seine. Sie kommen jedes Jahr hierher.»

Dorothea wusste, dass mit dem Schuh-Heini Heinrich Bidert, der Schuhmacher in Bärenwil, einem Weiler südlich von Langenbruck, gemeint war. Sein Einkommen war schmal, und er musste sich, um seine vier Kinder durchzufüttern, als Tagelöhner ein Zubrot verdienen. Das Dreikönigssingen war für die Familie wohl ein hochwillkommener Brauch.

Jetzt trat der kleine Samuel Jacob aus der Türe. Er schleppte einen grossen Korb mit sich, dessen Inhalt mit einem weissen Tuch zugedeckt war. Er stellte ihn vor die Sternenträgerin.

«Was mag da drin sein?» Dorothea verfolgte die Szene, die sich vor ihren Augen abspielte, aufmerksam.

«Eine halbe Speckseite, Würste, ein Käse, Butter, Birnen- und Apfelschnitze hat die Mutter gestern Abend hineingetan», zählte Hanna auf. «Und der Vater hat für den Schuh-Heini Tabak und eine Flasche Likör dazugelegt. Er solle auch einmal eine Freude haben, hat er gesagt.»

«So, so, Tabak und Likör», murmelte Madame Staehelin. Dann gab sie sich einen Ruck. Sie ging zur Truhe und holte einen Louis d'or heraus. Die Bidert-Kinder wandten sich mit ihrem Korb bereits zum Gehen. Dorothea drückte Hanna die Goldmünze in die Hand. «Lauf, Mädchen, und gib das dem Buben! Seine Eltern werden es brauchen können.»

Sie beobachtete, wie Hanna dem Mohren das Geldstück, das gegen vierzehn Pfund wert war, übergab.

Der Junge rief seine drei Schwestern zurück und zeigte ihnen, was er erhalten hatte. Und während das Goldstück von Hand zu Hand wanderte, sprachen alle aufgeregt auf Hanna ein, die mit der Hand zum Fenster wies, hinter dem Dorothea Staehelin und Salome standen. Sie winkten der vornehmen Dame und ihrer Tochter und zogen mit ihren Schätzen weiter.

Da Dorothea an diesem Dreikönigstag in die Stadt zurückfahren wollte, bat sie ihren Pächter, sie und Salome nach dem Frühstück nach Waldenburg zu bringen. Der Kutscher ihres Bruders sei noch immer nicht in der Lage, mit seiner Chaise den Weg über die vereiste Hauensteinstrasse zu bewältigen. Sie habe ihm deshalb ausrichten lassen, um elf beim Pfarrhaus auf sie zu warten.

Mathis spannte eines seiner beiden kräftigen Pferde vor den Schlitten, auf dem er zuvor das Gepäck von Mutter und Tochter verstaut hatte. Gegen zehn Uhr war er so weit. Madame Staehelin und Salome verabschiedeten sich von Barbara und den Kindern. Dorothea hob Samuel, der sich seit Silvester nicht mehr von seiner Uniform hatte trennen wollen, hoch: «Auf Wiedersehen, bis im Sommer, mein kleiner Soldat.» Sie küsste ihn auf beide Wangen.

Es war kalt. Seit dem frühen Morgen waren Wolken aufgezogen, und nun fielen die ersten Schneeflocken. Eine Decke über den Knien, in warme Mäntel gehüllt, Fäustlinge an den Händen und Pelzmützen auf dem Kopf, sassen Mutter und Tochter eng aneinandergedrängt hinter Mathis Jacob im Schlitten. Man schwieg. Dorothea betrachtete die breiten Schultern des Bauern. Ihr wurde bewusst, dass sie seit der Scheidung nie mehr etwas mit einem Mann gehabt hatte. Errötend schob sie den Gedanken beiseite. «Ich möchte wissen», sagte sie schliesslich, «was in Eurem Kopf vorgeht?»

Er nahm sich Zeit mit der Antwort. «Ich frage mich, was Heinrich Bidert wohl sagen mag, wenn ihm seine Kinder einen Louis d'or vom Sternensingen nach Hause bringen.»

«Er wird sich freuen, hoffe ich.»

«Seid Ihr sicher?»

Dorothea glaubte, einen leisen Tadel zu hören. «Ist es etwa nicht recht, wenn man die Bedürftigen unterstützt?»

«Am Dreikönigstag gibt man Esswaren: Brot, Fleisch, Käse …»

«… oder Likör und Tabak», fügte sie spitz hinzu.

Mathis stutzte. Dann drehte er sich um. Unter seinem Bart schien er zu lächeln. «Oder Likör und Tabak.» Dann wieder ernst: «Aber Geld gibt man nicht. Schon gar nicht so viel. Ein Louis d'or entspricht dem, was Heinrich in einem Monat verdient. Mit einem solchen Almosen nimmt man einem Mann, der tagein, tagaus arbeitet, seine Würde. Glaubt mir, er wird sich wie ein Bettler vorkommen. Es sollte mich nicht wundern, wenn er das Geld in die Armenkasse spendet.»

Dorothea schwieg verstimmt. Man hörte die Schellen am Zaumzeug des Pferds. Landschäftler, dachte sie erbittert. Nichts konnte man ihnen recht machen, weder im Kleinen noch im Grossen: Geschenke gaben sie weiter, und selbst die Abschaffung der Leibeigenschaft genügte ihnen nicht. Nein, sie wollten auch von den Abgaben und Zinsen befreit werden und forderten sogar die politische Mitbestimmung. Sie reckte das Kinn in die Höhe: «Ihr glaubt also, Euer Schuh-Heini habe eine Würde, die er verlieren könnte?»

«Sicher glaube ich das.»

Sie sah, wie sich der Rücken ihres Pächters straffte. «Wenn Ihr Euch da nur nicht täuscht.» Und dann verriet sie ihm, dass ihr Pfarrer Grynäus erzählt hatte, Heinrich Bidert berichte ihm regelmässig über das, was in den Hauskreisen, an denen auch er teilnehme, gesprochen werde.

Mathis entspannte sich. Er wandte sich um und lächelte wie vorhin in seinen Bart. «Kann ich Euch vertrauen?»

«Du weisst, dass ich dich nie verraten würde.» Sie hatte, ohne sich dessen bewusst zu sein, zum vertraulichen Du gewechselt, so wie damals in der Jugendzeit, als sie ihre Geheimnisse miteinander geteilt hatten.

«Wir sprechen vorher miteinander ab, was Heinrich Bidert dem geistlichen Herrn erzählen soll. Schliesslich schreibt der Pfarrer regelmässig Berichte über uns an seine Vorgesetzten in der Stadt.»

«Heisst das, dass ihr in euren Konventikeln ...» Dorothea Staehelin stockte. War es möglich, dass Mathis Jacob und seine Freunde bei ihren Versammlungen nicht die Bibel, sondern ganz andere Schriften, vielleicht gar rebellische aus Frankreich lasen und darüber diskutierten?

«Vielleicht heisst es das», sagte Mathis, der ihre Gedanken erriet. «Aber fragt nicht weiter.»

«Maman, was ist ein Konventikel?», wollte Salome wissen, die der Unterhaltung der beiden Erwachsenen staunend gefolgt war, ohne zu verstehen, worüber sie gesprochen hatten.

«Ein Konventikel, Kind, ist ein Kreis, in dem sich fromme Menschen im Namen des Herrn Jesu zusammenfinden.» Sie kämpfte gegen einen Lachreiz. «Meistens wenigstens.» Ihr Blick blieb erneut an Mathis' Schultern haften.

Sie hatten inzwischen Waldenburg erreicht, und der Wächter am oberen Tor winkte sie durch. Der Bauer lenkte den Schlitten durchs Städtchen zum Pfarrhaus, wo tatsächlich der Preiswerksche Kutscher auf Dorothea und Salome wartete.

Theophil Grynäus trat auf den Hof hinaus, um seine Base zu begrüssen und gleichzeitig von ihr Abschied zu nehmen. Er konnte ihr seltsames Lächeln nicht deuten. Ihm schien, sie amüsiere sich auf seine Kosten, aber er mochte sich täuschen.

Dorothea wandte sich an ihren Pächter: «Ihr wisst, Mathis, dass nichts von dem, was Ihr mir anvertraut, weitergeht.» Sie schaute ihm in die Augen und reichte ihm die Hand. Dem Pfarrer schien, sie halte sie unschicklich lang.

6

Im Winter, wenn es auf dem Hof weniger zu tun gab, sassen Barbara Jacob oder ihre Tochter Martha bis spät in die Nacht beim schwachen Licht einer Öllampe am Webstuhl. Sie verwoben das Garn, das Hilfsarbeiterinnen in der Fabrik in Basel durch die Zwirnmühle gedreht hatten, zu Bändern. Barbaras Vater, Emil Strub, der als Fuhrmann zweimal wöchentlich Waren zwischen Waldenburg und Basel hin und her transportierte, brachte den Faden auf den Hof. Wie die meisten Baselbieter Bandweber bezahlten auch die Jacobs Miete für den Webstuhl, in ihrem Fall an Benedikt Preiswerk, den Bruder von Madame Staehelin. Wie alle städtischen Fabrikanten hatte dieser damit jeden Produktionsschritt, von der Anschaffung des Garns bis zum Verkauf des fertigen Bandes, unter seiner Kontrolle.

Seidenbändel, mit denen man Kleider, Hüte und manchmal sogar Schuhe schmückte, waren beliebt. Aber während die Fabrikbesitzer in Basel reich wurden, waren die Posamenter draussen in der Landschaft schlecht bezahlt. In den Landvogteien des Oberen Baselbiets standen Hunderte von Webstühlen. Man war auf den Zusatzverdienst angewiesen und konkurrierte sich gegenseitig. Das drückte auf die Löhne.

Mit den einfachen Trittwebstühlen, wie sie in den meisten Haushalten standen, konnten im Gegensatz zu den Bändelmühlen, die man in der Fabrik in Basel verwendete, nur einfarbige Bänder produziert werden, die als Massenware in den Verkauf kamen.

Bevor Barbara oder Martha ihre Arbeit aufnehmen konnten, musste das Garn auf Spulen übertragen und die Kettenfäden, den Massen der bestellten Bänder entsprechend, hergerichtet werden. Diese Aufgabe, die viel Zeit in Anspruch nahm, gehörte zu Hannas Pflichten. Anschliessend bereitete die Mutter oder die Schwester den Stuhl vor.

Erst zwei bis drei Tage nachdem Emil Strub das Garn geliefert hatte, konnten sie mit dem Weben beginnen.

Wenn sie auf die Pedale ihres Stuhls trat und sich die geraden und ungeraden Kettenfäden gleichzeitig hoben beziehungsweise senkten, sodass sie das Schiffchen von Hand hindurchführen konnte, hatte Barbara Musse, ihre Gedanken schweifen zu lassen. Ihr war bewusst, dass ihr der Bändelherr die Arbeit und damit einen wichtigen Teil des familiären Einkommens jederzeit entziehen konnte. Insofern waren die Jacobs nicht nur als Pächter, sondern auch als Posamenter auf das Wohlwollen von Dorothea Staehelin und deren Bruder angewiesen.

Seit Samuels Unfall wartete Barbara jeweils darauf, dass das städtische Frauenzimmer mit ihrer Tochter wieder nach Basel zurückkehrte. *Meinen Goldschatz* nannte Madame neuerdings ihren Jüngsten, dem sie eine Montur geschenkt hatte, von der er sich nicht mehr trennen mochte. Barbara biss sich auf die Unterlippe.

In der Nähe dieser vornehmen, stets gepflegten und schlanken Frau mit dem schmalen Patriziergesicht fühlte sie sich klein und hässlich. Sechs Geburten hatten Barbara in den Hüften breit werden lassen. Ihre abgearbeiteten, kräftigen Hände waren rot und voller Risse, und neben Dorotheas kunstvoller Frisur kam sie sich mit ihrem eigenen aschblonden, strähnigen Haar unansehnlich vor. Madame Staehelin war nicht nur schön, sondern auch noch klug, sprach Französisch und Latein, konnte malen und schrieb seitenlange Briefe. Dazu kam, dass sie und ihr Mann in der Jugendzeit einen vertrauten Umgang gehabt hatten. Barbara hatte Mathis im Verdacht, dass er noch heute mehr an die Frau dachte, als ihm guttat.

Bis zu ihrer Heirat hatte Barbara stets im elterlichen Haushalt mitgearbeitet. Sie hatte eine Magd ersetzt, und daran hatte sich bis heute, abgesehen von den zusätzlichen Pflichten als Ehefrau und Mutter, wenig geändert. Sie beklagte sich nicht. Sie wusste, in welchen Stand sie geboren war. Dass sich jedoch die reiche Dorothea Staehelin in ihre Familie drängte, ihrem Mann schöne Augen machte und versuchte, ihr den Kleinen abspenstig zu machen, das schien ihr nicht richtig.

Wenn sich Sämi aber auf sein Schemelchen neben den Webstuhl setzte und darum bettelte, sie möge ihm das Märchen vom gräulichen Landhund mit den feurigen Augen erzählen oder von den Erdweiblein und Hexen, die in den Wäldern am Hauenstein ihr Unwesen trieben, dann verschwanden die bitteren Gedanken, und Barbara wusste wieder, dass er ihr gehörte, ihr und niemand anderem.

Am liebsten hörte Samuel die Geschichte vom steinernen Ritter. Und so berichtete die Mutter zum tausendunderstenmal vom bösen Hans von Waldenburg, der einen armen Bauern in den tiefsten Kerker des Schlosses werfen liess, weil er die Fronarbeit verweigert hatte. Die Frau des armen Mannes warf sich dem Zwingherrn, als der auf seinem Ross dahergeritten kam, mit ihren Kindern in den Weg und flehte um Gnade. Doch dieser gab ihr hohnlachend einen Feldstein und meinte: «Da habt ihr etwas Brot, ihr Hungerleider». Die Frau aber verfluchte den Unmenschen und wünschte, er möge selber zu Stein werden. Und tatsächlich: Im selben Augenblick wurde der Tyrann zur grässlichen Bildsäule. Die Waldenburger aber brachen ins Schloss ein und befreiten den Gefangenen.

Für Samuel hatte der steinerne Ritter das Gesicht des Landvogts. Wenn er Hanna auf einem ihrer Botengänge ins Städtchen begleiten durfte, kam es manchmal vor, dass sie Hans Jakob Müller begegneten, der hoch zu Ross, von Knechten, seiner Familie oder irgendwelchen vornehmen Damen und Herren begleitet, zum Schloss hinaufritt. Die

Schwester nahm Sämi dann jeweils an der Hand und zog ihn an den Wegrand. «Zieh deine Kappe ab!», zischte sie, während sie selber einen ungeschickten Knicks machte. Der gnädige Herr schien die beiden Bauernkinder zu übersehen, aber einmal, als Samuel staunend dastand und vergessen hatte, die Mütze abzunehmen, zügelte Müller sein Pferd und zeichnete ihm mit der Reitpeitsche die nackten Beine. «Das soll dich lehren, Bauernlümmel, das nächste Mal anständig zu grüssen!», hatte er geschrien.

«Dabei ist er nur ein Metzger», hatte sich die Mutter empört, als ihr die Kinder weinend von der Begegnung erzählten. Der Vater hatte sich die Striemen auf Samuels Beinen angeschaut. Er war bleich geworden und hatte schweigend die Stube verlassen.

Sein Hass auf den Landvogt und die Obrigkeit war grenzenlos. Er sog die Berichte über die Ereignisse in Frankreich auf wie ein Schwamm. Sein Schwiegervater brachte neben Garn und Dingen des täglichen Gebrauchs auch Zeitungen, Flugblätter und Pamphlete aus Basel ins verschlafene Waldenburgertal und gehörte selber zu jenen Männern, die sich regelmässig trafen, um über die neuesten Nachrichten aus dem Nachbarland zu diskutieren. Denn während Pfarrer Grynäus glaubte, die Bauern würden in frommen Konventikeln die Bibel auslegen, lasen sie in den dunkeln Stuben die Aufrufe, in denen sich die französische Revolutionsregierung als Schutzmacht aller Geknechteten und Benachteiligten anpries. Im ganzen Tal kursierten Abschriften von solchen Blättern, und an den Mauern von Kirchen und Gemeindehäusern wurden nachts heimlich *Imprimés* aus Frankreich angeschlagen, welche die politische Gleichberechtigung der Landleute forderten. Die Gnädigen Herren, die 1790 mit grossen Worten die Leibeigenschaft aufgehoben hatten, ohne den Baselbietern die Gleichberechtigung zu gewähren und ohne sie von ihren drückenden

Abgaben wenigstens teilweise zu befreien, hofften vergebens, ihre Untertanen mit dieser letztlich folgenlosen Massnahme beruhigt zu haben.

Dass Mathis so empfänglich war für die frohe Botschaft aus Frankreich, war nicht allein die Folge mancher Demütigungen, die ihm Vertreter der städtischen Herrschaft zugefügt hatten. Für die Leute im Tal war er der Sohn eines Zugewanderten, der Nachkomme eines jener Anabaptisten, die regelmässig an den heimlichen Täuferversammlungen teilnahmen. Er selber hatte sich vom Glauben seiner Vorfahren zwar abgewandt, nicht zuletzt, weil sein Vater ein arger Frömmler gewesen war. Doch auch in der Basler Staatskirche, zu der er sich mehr aus Pflicht denn aus Bedürfnis bekannte, fühlte sich Mathis nicht heimisch. So brachten die Ereignisse in Frankreich in ihm den Keim der Rebellion zum Wachsen.

Zugleich galt seine Sorge auch ganz anderem Wachstum. Sobald im Frühling der Schnee am Oberen Hauenstein bis auf wenige Reste im Schatten der felsigen Gerstelfluh dahingeschmolzen war, brach Mathis Jacob mit dem Pflug ein Stück Weideland um und zerkleinerte die braunen Schollen mit der Egge, um der Erde Roggen, Gerste und Hafer anzuvertrauen, die in wenigen Monaten als Brot oder Brei auf den Tisch kommen würden.

Auch Barbara und ihre beiden Töchter bearbeiteten mit der Hacke den Pflanzgarten und düngten ihn mit den eigenen Fäkalien, der *Hüsligülle*, die sie aus dem Abort hinter dem Hof schöpften, damit Bohnen, Kraut, Rüben und Kartoffeln kräftig und nahrhaft wurden.

Peter trieb die Kühe auf die Weide, wo sie ihre Freude, dem dunklen Stall entronnen zu sein, mit närrischen Sprüngen zum Ausdruck brachten. Und Paul, sein jüngerer Bruder, hütete die Schafe, die man nicht unbewacht grasen lassen durfte, denn in den Wäldern hausten Wolf und Luchs.

Daneben wurde täglich Milch zu Käse und Butter verarbeitet und alle vierzehn Tage in Liestal auf dem Markt verkauft, damit genügend Geld vorhanden war, die Pacht und die Abgaben zu bezahlen, die eine nimmersatte Obrigkeit gebieterisch forderte.

Während das Leben auf Sankt Wendelin seinen gewohnten Gang ging, verfolgten die Menschen in der Stadt und Landschaft Basel die Ereignisse im letzten Jahrzehnt des achtzehnten Jahrhunderts mit leidenschaftlicher Anteilnahme. Das neue Frankreich hatte den europäischen Monarchien, die unter der Führung Österreichs und Preussens das Rad der Zeit zurückdrehen wollten, den Krieg erklärt. Im Juni 1792 marschierten eidgenössische Truppen über den Hauenstein. Die Tagsatzung hatte sich Sorgen um die Stadt Basel gemacht, denn diese lag genau zwischen den kriegführenden Mächten: Die Österreicher waren im Nordosten stationiert, im Fricktal und im Breisgau, während im Südwesten, im Fürstbistum, im Laufental und im Birseck, die Franzosen standen. Es bestand die Gefahr, dass eine der beiden Armeen einen Angriff über Basler Gebiet plante und die Eidgenossenschaft in einen Krieg verwickeln würde. Durch die Grenzbesetzung mit tausenddreihundert Mann wollte man dies vermeiden. Als im September etwa hundertfünfzig Franzosen auf der Flucht vor den Österreichern auf Basler Gebiet gelangten, wurden sie von den Eidgenossen gefangengenommen und entwaffnet, anschliessend aber wieder in die französische Festung Huningue zurückgeschickt.

Ein Jahr später kam es dort zum Gefecht, und die Bewohner der Stadt Basel hatten das zweifelhafte Vergnügen, von der Rheinbrücke aus die Bahn der feurigen Kanonenkugeln zu beobachten, die etwas weiter nördlich zwischen den Franzosen und Österreichern über den Strom hin und her flogen.

7

Im Sommer gab es auf Sankt Wendelin viel zu tun. Man stand mit der Sonne auf und ging mit ihr ins Bett, und bis zum Beginn des Winters würde sich das nicht mehr ändern. Ausgerechnet in dieser Jahreszeit bot der Landvogt die Untertanen zur Fron auf. An der Strasse über den Hauenstein mussten Winterschäden ausgebessert werden. Peter, der die Schwelle zur Mannbarkeit überschritten hatte, vertrat den Vater. Während Tagen klopfte er Stein um Stein. Man vermisste ihn sehr, denn die Leute von Sankt Wendelin mussten das erste Heu einbringen. Alle halfen mit.

Auch der inzwischen siebenjährige Samuel wurde eingespannt. Er hatte die letzten Grasresten aus der geschnittenen Wiese zu rechen. Am Vormittag allerdings waren er und Hanna von der Arbeit befreit, denn Dorothea Staehelin erwartete, dass ihr das Mädchen den Haushalt in Ordnung brachte. Ausserdem hatte sie es sich in den Kopf gesetzt, den Jüngsten des Pächters zusammen mit ihrer Tochter Salome zu unterrichten. «Mir scheint, Euer Samuel sei ein aufgewecktes Bürschchen», hatte sie zu Mathis gesagt. «Ihr wisst selber, dass die Schule im Städtchen unten zu nichts taugt.»

Das war in der Tat so. Ein Schneider verdiente sich als Dorflehrer ein Zubrot, indem er den Kindern des Tals, so gut er es eben konnte, zwischen Spätsommer und Frühjahr während vier Stunden am Tag lesen und schreiben beibrachte. Ausserdem mussten sie das Vaterunser auswendig lernen, die Zehn Gebote, die zwölf Glaubensartikel sowie die Einsetzungsworte der Taufe und des Abendmahls. Am Samstag leierte man Busspsalmen und Reimgebete herunter und übte Kirchenlieder ein. Bevor der Mann seine Schützlinge nach Hause schickte, ermahnte er sie zum Besuch der Betstunde am Abend und der sonntäglichen Predigt mit anschliessender Kinderlehre. Wenn sich der Pfarrer beim jährlichen Examen überzeugt hatte, dass ein Kind halbwegs lesen und schreiben und das Nachtmahlbüchlein aus dem Kopf aufsagen konnte, entliess er es aus der Schulpflicht. Das war nach drei, bei den Begriffsstutzigeren nach vier und bei ausgemachten Dummköpfen nach fünf Jahren der Fall.

Mathis hatte Dorothea eher widerwillig seine Zustimmung erteilt. Er zweifelte nicht am Nutzen des Unterrichts. Sein Zögern hatte vielmehr mit den Widerständen seiner Frau zu tun, die prophezeite, Madame werde ihr Samuel vollends entfremden.

Auch wenn es Barbara Jacob nicht gerne sah, lernte Samuel bei Dorothea Staehelin schnell, Buchstaben zu entziffern und zu schreiben. Schon bald war er in der Lage, Salomes Fibeln zu lesen und einfache Sätze selber zu Papier zu bringen. Und eifrig las er den Eltern und Geschwistern laut vor, was immer ihm an Gedrucktem in die Hände kam. Magisterlein nannten sie ihn mit gutmütigem Spott.

Als man Samuel Jacob im September 1793 dem Schulmeister in Waldenburg anvertraute, war nicht zu übersehen, dass er weit grössere Kenntnisse hatte und gewitzter war als seine Mitschüler. Das war kein Wunder, denn während der langen Sommermonate hatte Dorothea Staehelin ihren Schützling so gefördert, dass er in vielen Belangen sogar Salome überflügelte, die mit anderen Töchtern reicher Familien zwischen Herbst und Frühjahr in Basel von Madame Gazin unterrichtet wurde, einer französischen Emigrantin, die vor dem revolutionären Furor in ihrer Heimat geflohen war.

Als Pfarrer Grynäus zwei Jahre später in Anwesenheit des Landvogts und des Gemeindevorstehers die Schulinspektion durchführte, wies der Lehrer darauf hin, dass er dem kleinen Jacob nichts mehr beibringen könne. Der Neunjährige wisse über manche Dinge besser Bescheid als er selber, meinte er errötend, er könne sogar rechnen, eine Kunst, die bis heute keiner seiner Schüler je beherrscht habe und von der auch er kaum etwas verstehe.

Theophil Grynäus, der Samuel aus der Religionsstunde und der Kinderlehre kannte, examinierte ihn eingehend über Themen, die weit über den vorgeschriebenen Schulstoff hinausgingen. Der Junge beantwortete alle seine Fragen richtig. Er schien zu ahnen, dass davon seine Zukunft abhing. Schliesslich wandte sich der Pfarrer an den Landvogt: «Ihr seht selbst, es gibt hier für dieses Kind nichts mehr zu lernen. Ich muss es daher bereits nach zwei Jahren aus der Schule entlassen, und ich denke, dass es der Obrigkeit gut anstehen würde, es durch eine höhere Schulbildung zu fördern.»

«Es gibt schon genug Federfuchser im Land, man muss nicht noch mehr von ihnen pflanzen», entgegnete Hans Jakob Müller ungnädig.

Der Gemeindevorsteher, den der Landvogt in sein Amt als Untervogt eingesetzt hatte, pflichtete ihm beflissen bei: «Wir brauchen im Tal keine Tagediebe, die ihre Nase lieber in Bücher stecken, statt ihren Lebensunterhalt am Bandstuhl zu verdienen.»

Am Abend dieses Tages sassen Mathis Jacob, Heinrich Bidert, Emil Strub und drei weitere Gesinnungsgenossen in der Stube von Sankt Wendelin. Vor ihnen auf dem Tisch lag eine Ausgabe der Strassburger Zeitung. Das war ein Akt des Ungehorsams gegen die Obrigkeit, denn der Kleine Rat hatte die Verbreitung dieses als Revoluzzerblatt verschrienen Journals im Gebiet von Stadt und Landschaft Basel verboten. Als einer der Männer durchs Fenster sah, dass sich Pfarrer Grynäus dem Haus näherte, liess man die Zeitung schnell verschwinden und legte stattdessen die grosse Hausbibel der Jacobs auf den Tisch. Kurz darauf klopfte es an der Tür, und Barbara Jacob komplimentierte den Gast in die Stube.

«Ah», sagte Grynäus, «ein Hauskreis, das ist brav.» Und lächelnd fügte er hinzu: «Denn wo zwei oder drei versammelt sind in meinem Namen, da bin ich mitten unter ihnen. Störe ich etwa?»

Mathis klappte die Heilige Schrift zu. «Ihr stört nicht. Wir sind ohnehin fertig.»

Die anderen standen auf und verabschiedeten sich.

«Ich habe mit dir über Samuel zu reden», sagte der Geistliche, «mit dir und deiner Frau.»

Die Eheleute sahen sich an. Als Sämi heute von der Schule nach Hause gekommen war, hatte er ihnen empört mitgeteilt, der Landvogt wolle nicht, dass aus ihm etwas Rechtes werde. Sie hatten nur begriffen, dass der Kleine, offenbar zum Missfallen des hohen Herrn, die Abschlussprüfung mit Glanz bestanden hatte.

«Ihr wisst wohl, dass euer Jüngster ein begabtes Kind ist, das in der Gemeindeschule nichts mehr zu lernen hat», fuhr Grynäus fort. «Vermutlich weiss er bereits mehr als sein Lehrer. Ich habe den Herrn Landvogt heute vergeblich gebeten, dem Kind eine weitere Ausbildung zu ermöglichen. Ich möchte nicht, dass die Gaben, die der liebe Gott Samuel geschenkt hat, verkümmern, nur weil er ein Bauernkind ist.»

Mathis Jacob runzelte die Stirn. «Worauf wollt Ihr hinaus?»

Der Pfarrherr nahm einen Schluck aus dem Becher, den Barbara vor ihn auf den Tisch gestellt hatte. Einheimischer Wein. Er verzog unmerklich das Gesicht und dachte an den Burgunder, der in seinem Keller lagerte. «Nun», nahm er das Gespräch wieder auf, «ich lasse meine eigenen Kinder von einem Hauslehrer schulen. Er heisst Sebastian Hoffmann und ist Kandidat der Theologie. Er lebt bei mir im Pfarrhaus. Samuel könnte am Unterricht teilnehmen und später, wer weiss, ans Pädagogium nach Basel gehen und dann an der Universität studieren.» Er machte eine Pause. Dann fügte er hinzu: «Ihr müsstet allerdings für das Schulgeld aufkommen.»

Erneut wechselten die Eheleute einen Blick. «Ich habe immer gehofft, an ihm bald einmal eine Stütze zu haben», sagte Mathis schliesslich. «Er ist gelehrig und würde gewiss ein guter Arbeiter.»

Barbara presste die Lippen zusammen. «Pädagogium, Universität. Ihr wollt ihn uns entfremden!», stiess sie schliesslich hervor.

«Hör auf!», fuhr Mathis sie an. «Wenn das Kind etwas Besseres werden kann als Posamenter, Pächter oder Tauner, so dürfen wir ihm nicht vor seinem Glück stehen.» Und zum Pfarrer: «Ihr wisst, dass wir wenig Geld haben. Was wir hier erwirtschaften und nicht dem Landvogt abgeben müssen, reicht gerade für die Pacht und den Unterhalt der Familie. Ich bin nicht in der Lage, eine Ausbildung, wie sie Euch für Samuel vorschwebt, zu bezahlen.»

«Aber ihr seid nicht grundsätzlich dagegen?» Grynäus schaute den Bauern fragend an. «Wie ist es, wenn es mir gelingt, das Schulgeld aufzutreiben? Seid ihr dann einverstanden, dass der Junge in meinem Haus unterrichtet wird?»

«Nur, wenn er jeden Abend nach Hause kommt.» Barbara hatte begriffen, dass Sämi mit dieser Lösung dem Einflussbereich von Dorothea Staehelin entzogen würde. Jetzt erschien ihr der Vorschlag plötzlich verlockend.

«Wenn du meinst ...», Mathis verstand nicht, woher der Sinneswandel seiner Frau kam. «Wenn der Pfarrer jemanden findet, der das Ganze bezahlt», sagte er schliesslich, «so soll es mich freuen, wenn aus dem Kleinen einmal etwas wird.»

Natürlich war es Dorothea Staehelin, die die Kosten für Samuels Unterricht im Pfarrhaus übernahm. Sie wisse selber, dass der Jüngste ihres Pächters ein aufgewecktes Kind sei, schrieb sie in der Antwort auf den Brief ihres Vetters, ein ungeschliffener Diamant, wenn sie sich diese Bemerkung erlauben dürfe. Sie wolle im Juni, wenn sie wieder nach Sankt Wendelin komme, mit dem Kandidaten Hoffmann reden, um sich zu vergewissern, ob der junge Mann fähig sei, Samuel jenes Wissen zu vermitteln, das ihm den Zugang zu einer höheren Bildung öffne. In einem Postscriptum teilte sie Theophil schliesslich mit, sie lebe nicht mehr im Haus ihres Bruders. Sie bat darum, seine Korrespondenz künftig an ihre neue Adresse, dem Haus *zem Crüz* in der Basler Sankt-Johanns-Vorstadt zu schicken. Eine im vergangenen Winter verstorbene Tante habe ihr dort eine Liegenschaft vermacht, in die sie mit ihrer Tochter Salome eingezogen sei.

Der Pfarrer las den Brief mehrmals. Er fand es schön, dass seine Base bereit war, den Unterricht von Samuel zu finanzieren. Dass sie aber den Hauslehrer seiner Kinder examinieren wollte, ging etwas weit. Eigentlich sollte es ihr genügen, dass er für den Mann bürgte. Er seufzte. Sie war schon immer ein resolutes Frauenzimmer gewesen. Sie hatte stets gewusst, was sie wollte.

Auch Barbara Jacob hatte geahnt, dass es Madame Staehelin sein würde, die Sämi eine Ausbildung ermöglichte, wie sie sonst keinem Kind im ganzen Tal zuteilwurde. Ihr Bub würde der reichen Frau wohl ein Leben lang zu Dank verpflichtet sein. Dunkel ahnte die Mutter, dass sie ihren Jüngsten auch in Zukunft mit der Besitzerin von Sankt Wendelin würde teilen müssen.

8

Im Mai 1795 begann für Samuel ein neues Leben. Wie schon in den vergangenen zwei Jahren ging er täglich eine halbe Stunde zu Fuss hinunter nach Waldenburg. Mit einem Gefühl der Erleichterung liess er am ersten Tag die in den Sommermonaten geschlossene Gemeindeschule links liegen und klopfte ans Portal des Schönthaler Hofs. Die Pfarrmagd liess ihn ein.

Der Unterricht fand in einem eigens dafür bestimmten Raum statt. Der Kandidat Hoffmann verlangte von den drei Grynäus-Kindern (der Älteste war bei Verwandten in Basel untergebracht und besuchte bereits das Pädagogium), einen Aufsatz über die Anfangsworte des Gedichts *Das Göttliche* des deutschen Dichterfürsten Johann Wolfgang von Goethe zu schreiben. An der Wandtafel stand: «Edel sei der Mensch, hilfreich und gut!» Und während die Federn von Johanna, Amalie und August Grynäus leise über das Papier kratzten, prüfte er Samuel, um sich einen Überblick über dessen Wissensstand zu verschaffen.

Sebastian Hoffmann war ein ernsthafter, hagerer Mensch mit dünnem, aus der Stirn gekämmtem Haar. Er war einundzwanzig Jahre alt und stammte aus einer nicht unvermögenden Basler Familie. Auf Wunsch des Vaters hatte er Theologie studiert. Nach fünf Semestern hatte er sein Studium aber unterbrochen und eine Stelle als Hauslehrer angenommen. Wohl aufgrund der Lektüre aufklärerischer Literatur zweifelte er an der Existenz eines Gottes, wie ihn sich die christliche Lehre vorstellte. Darüber sprach er freilich mit niemandem.

Seinem Stand entsprechend war er schwarz gekleidet. Selbst das sorgfältig geknüpfte Halstuch zwischen dem bis zu den Ohren reichenden Kragen seines Rocks war schwarz. Anders als sein Dienstherr, der altfränkische Kniebundhosen und Seidenstrümpfe trug, zog er lange enge Beinkleider vor, die der revolutionären Mode entsprachen. Er sei eben ein *Sansculotte*, pflegte er zu sagen, wenn man ihn darauf ansprach.

Als Hoffmann die Befragung Samuels abgeschlossen hatte, erklärte er ihm, dass er noch viel zu lernen habe, wenn er einmal, wie das der Pfarrer hoffe, ins Pädagogium eintreten wolle. Flüssiges Lesen und fehlerfreies Schreiben gehörten, ebenso wie die vier Grundoperationen des Rechnens, lediglich zur Basis einer gepflegten Bildung. Es werde nun darum gehen, ihn auch ins Bruchrechnen und in weitere Geheimnisse der Mathematik, insbesondere auch in die Geometrie einzuführen. Ob er überhaupt wisse, wer Pythagoras und wer Euklid gewesen seien? Und ohne eine Antwort abzuwarten, stellte der Kandidat fest, dass Geschichte, Geographie und mindestens die einfachsten Kenntnisse von Biologie, Physik und Chemie zum unverzichtbaren Bestandteil seines Unterrichts gehörten. Und natürlich die Sprachen. Zuallererst Französisch. Denn nur wer Französisch beherrsche, könne sich in der heutigen Zeit guten Gewissens als Mitglied einer Gesellschaft bezeichnen, welche die Vernunft und den Fortschritt auf ihre Fahne geschrieben habe. Dann natürlich Latein. Griechisch und Hebräisch würden auf dem Pädagogium folgen.

Bis dahin hatte Hoffmann ohne Punkt und Komma gesprochen. Ob er sich klar genug ausgedrückt habe, wollte er jetzt wissen. Streng blickte er durch seine Brillengläser auf den völlig verdatterten Samuel, der von diesem Vortrag kaum etwas begriffen hatte.

Um die schmalen Lippen des Hauslehrers spielte ein Lächeln. Nun, man werde sehen, meinte er versöhnlich.

In der Pause nahm der um ein Jahr ältere August Grynäus Samuel beiseite. «Du musst keine Angst haben vor Hoffmann», beruhigte er ihn. «Er spielt sich gerne auf, aber im Grunde ist er ein patenter Kerl.»

Tatsächlich erwies sich Sebastian Hoffmann als idealer Lehrer. Er forderte viel, blieb aber stets geduldig und verstand es, seine Schüler zu begeistern. Pfarrer Grynäus hatte dafür gesorgt, dass Samuel an den Schultagen Kleider trug, aus denen sein Sohn August herausgewachsen war. Es liege ihm daran, erklärte er dem Kandidaten, dass er den Schützling von Madame Staehelin, der aus einfachen Verhältnissen stamme, genau gleich behandle wie seine eigenen Kinder.

Der Hinweis wäre nicht nötig gewesen, meinte Hoffmann. Selbstverständlich beurteile er seine Schüler allein nach dem Mass ihres Fleisses und ihrer Leistungen. «Auch im Freistaat Basel», fuhr er fort, «wird man lernen müssen, dass gesellschaftliche Unterschiede nur im allgemeinen Nutzen begründet sein dürfen.»

Theophil Grynäus hüstelte. Es war nicht das erste Mal, dass ihm der Kandidat mit den Menschenrechten kam, die er durchaus kannte und im Prinzip für richtig hielt. Im Prinzip.

Ab und zu unternahm Sebastian Hoffmann mit seinen Schülern einen Ausflug in die Umgebung. Es liege ihm daran, erklärte er dem Pfarrer, der ihn nach dem Sinn seiner Exkursionen befragte, den Kindern eine Vorstellung vom Wirken der Natur zu vermitteln, davon, dass in dieser Welt alles mit allem zusammenhänge.

«Vom göttlichen Wirken», fühlte sich Theophil Grynäus bemüssigt zu bemerken.

«Selbstverständlich ist das Wirken der Natur ein Gesetz des *Être suprême*», bestätigte Hoffmann.

Der Pfarrer schwieg verstimmt. Bei aller Sympathie für die Aufklärung und den Fortschritt hielt er den «Kult des höchsten Wesens», den der im vergangenen Jahr hingerichtete Robespierre eingeführt hatte, für blasphemisch. Nicht zum ersten Mal fragte er sich, ob der junge Mann, bei all seiner Gelehrtheit, den Seelen der ihm anvertrauten Kinder nicht Schaden zufüge.

An einem Juliabend des Jahres 1795 sassen die Leute von Sankt Wendelin am grossen Tisch in der niedrigen Stube beim Abendbrot, das Hanna zubereitet hatte. Alle, auch Madame Staehelin und Salome, waren todmüde, denn die beiden städtischen Frauenzimmer hatten es sich nicht nehmen lassen mitzuhelfen, als es darum ging, an diesem heissen Hochsommertag das Heu einzubringen. Ein paar Tage zuvor hatten Mathis und seine beiden älteren Söhne, zum zweiten Mal in diesem Jahr, das Gras geschnitten und gezettet. Seither war es mehrmals gewendet worden, damit es an der Luft trocknete. Bei Tagesanbruch hatte man es zu Schwaden zusammengerecht und auf den Wagen geladen, dem die beiden Pferde vorgespannt waren. Fuhre um Fuhre war es zur Scheune gebracht worden. Mit Rechen und Gabel waren Salome und Samuel daneben hergelaufen und hatten das Heu, das hinunterfiel, wieder auf den Wagen gepackt. Jetzt lag es auf dem Boden des Tenns. Für den dritten Schnitt, der, wenn das Wetter günstig war, im Frühherbst anstand, blieb nur noch wenig Raum. Mathis Jacob war zufrieden. Im kommenden Winter würde sein Vieh nicht unter Futtermangel leiden müssen.

Hanna brachte aus der Küche eine weitere Schüssel Kraut, auf dem ein grosses Stück Speck lag. Vor dem offenen Fenster blieb sie kurz stehen. «Schaut euch den schönen Sonnenuntergang an!», rief sie.

Die anderen hoben die Köpfe.

«Die Sonne geht nicht unter», behauptete Samuel. «Die Erde dreht sich von ihr weg.»

«Wer erzählt solchen Unsinn, Sämi?», wollte die Mutter wissen.

«Das ist kein Unsinn.» Der Junge war beleidigt. «Herr Hoffmann hat uns erklärt, dass die Erde eine Kugel ist, die in einem Jahr die Sonne umkreist und sich täglich um sich selbst dreht. Deshalb wird es bei uns Nacht, und jene, die auf der anderen Seite der Welt leben, haben Tag.»

«Und weshalb fallen wir nicht in den Himmel hinauf, ich meine hinunter, wenn die Erde eine Kugel ist und sich dreht?», fragte Martha. «Kannst du mir das erklären, Magisterlein?»

Die Geschwister lachten.

«Das weiss ich nicht.» Samuel liess sich nicht beirren. «Aber ich werde Herrn Hoffmann fragen.»

«Iss jetzt», sagte die Mutter streng, «und hör auf mit deinen albernen Geschichten!»

«Das ist keine alberne Geschichte», bemerkte Dorothe Staehelin. «Der kleine Bursche hat recht. Dass die Erde die Sonne umkreist und sich jeden Tag um die eigene Achse dreht, hat vor bald dreihundert Jahren Nikolaus Kopernikus entdeckt, ein grosser Gelehrter. Ihr solltet stolz sein auf Euren Jüngsten ...» Sie verstummte, als sie realisierte, dass Barbara Jacob die Lippen zusammenkniff und ihr einen feindseligen Blick zuwarf.

Barbara stand auf. «Ich habe in der Küche zu tun.» Abrupt drehte sie sich um und verliess die Stube.

Mathis Jacob konnte in dieser Nacht nicht einschlafen. Barbara hatte ihm im Bett den Rücken zugekehrt und beleidigt geschwiegen. Offenbar nahm sie es ihm übel, dass er bei Tisch nicht für sie Partei ergriffen hatte. Sicher fand sie, dass Dorothea sie belehrt hatte, um deutlich zu machen, dass sie nur eine dumme Bauernfrau sei. Als er glaubte, sie schlafe, verliess er leise die Kammer und ging in die Stube.

Dort sass er jetzt, den Kopf in die Hände gestützt, am Stubentisch und grübelte beim Schein einer Kerze über einem Buch, das ihm Dorothea Staehelin vor ein paar Tagen ausgeliehen hatte. *Die Wirthschaft eines philosophischen Bauern*, hiess es. Ein Arzt, Hans Caspar Hirzel, hatte es verfasst. Er beschrieb darin Hans Jakob Gujer, bekannt als Kleinjogg, der im zürcherischen Rümlang einen Musterbetrieb geführt hatte. Der Mann hatte unter anderem Klee anstelle von Gras angebaut und konnte damit mehr Kühe füttern. Dadurch fiel mehr Mist und Gülle für die Düngung an, die er mit Kompost und Torfasche anreicherte. Und dies wirkte sich positiv auf die Ernte aus.

Mathis seufzte. Es gab sie immer wieder, diese hellen Köpfe, die zwar nicht an Schulen gebildet worden waren, die aber durch Beobachtung und Experimentierlust neuen, nutzbringenden Ideen zum Durchbruch verhalfen.

Er selber war kein Gujer. Wie seine Frau hatte auch er in der Gemeindeschule nicht viel mehr gelernt, als notdürftig zu lesen und zu schreiben und natürlich jene frommen Sprüche herzusagen, deren Kenntnis der Pfarrer für das Seelenheil seiner Schäfchen für unverzichtbar hielt. Aber anders als Barbara hatte er, wohl dank seines taufgesinnten Vaters, der darauf bestanden hatte, dass er täglich die Bibel zur Hand nahm, Freude an Gedrucktem bekommen. Es bereitete ihm keinerlei Schwierigkeiten, die Pamphlete und Zeitungen zu lesen, die sein Schwiegervater aus Basel mitbrachte. Aber der Gedanke an Kleinjogg, der sich aus eigener Kraft ein Wissen angeeignet hatte, das ihm selber verschlossen blieb, quälte ihn. Er konnte sich des Gefühls nicht erwehren, in all den Jahren, die hinter ihm lagen, aus seinem Verstand zu wenig gemacht zu haben. Das Gespräch beim Abendessen hatte es einmal mehr bestätigt: Nicht einmal, dass sich die Erde um die Sonne dreht, hatte er gewusst. Das musste er von seinem neunjährigen Sohn erfahren.

Er stand auf und trat ans Fenster. Am samtschwarzen Nachthimmel leuchteten die Sterne. Was wusste er von ihnen? So gut wie nichts. Den Grossen Wagen kannte er und den hellen Polarstern. Auch den Morgen- und Abendstern konnte er am Himmel ausmachen. Ob sie aber in Wahrheit ein und derselbe Himmelskörper waren, wie er einmal gehört hatte, wusste er nicht mit Sicherheit. Vielleicht könnte ihm das Dorothe (heimlich nannte er sie noch immer so) sagen. Aber sie würde er nicht fragen. Um keinen Preis der Welt.

Wie immer, wenn er intensiv über etwas nachdachte, strählte Mathis sich mit den Fingern der Rechten den Bart. Dann fasste er einen Entschluss. «Ich will von Sämi lernen», sagte er halblaut. «Er soll mir alles beibringen, was er von seinem Lehrer erfährt.»

Und so sassen vom nächsten Tag an Mathis Jacob und sein Jüngster nach dem Essen zusammen am grossen Tisch. Abend für Abend. Der kleine, blonde Bursche als Schulmeister seines grossen, dunklen Vaters, dessen Sehnsucht nach Bildung ihn die ungewohnte Rolle – recht eigentlich eine Umkehrung der Verhältnisse – annehmen liess. Samuel hielt sich genau an das Vorbild von Sebastian Hoffmann. Beim Bruchrechnen etwa zerschnitt er einen Apfel in zwei Hälften, dann machte er aus ihnen vier Viertel und schliesslich acht Achtel. Er brachte dem Vater bei, einen Bruch mit zwei Zahlen zu schreiben, die durch einen Strich getrennt sind, und erklärte ihm, dass unter dem Strich der Nenner anzeigt, in wie viele Teile das Ganze dividiert wird, während über dem Strich der Zähler deutlich macht, wie viele Teile des Ganzen gemeint sind. Ein paar Tage später liess er ihn wissen, dass man Brüche erweitern und kürzen konnte. Samuel führte Mathis nicht nur in die ersten Geheimnisse der Mathematik ein, er liess ihn auch an seinem neu erworbenen Wissen über Heimat- und Naturkunde, Geschichte und Geometrie teilhaben. Das Kind lehrte ihn, dass eine Gerade die kürzeste Verbindung zwischen zwei Punkten ist. Auch von Pythagoras erzählte er, der rund fünfhundert Jahre vor Christi Geburt gelebt hatte. Gemeinsam konstruierten Vater und Sohn rechtwinklige Dreiecke. Auf das Erlernen französischer und lateinischer Vokabeln allerdings verzichtete Mathis. Dafür sei er zu alt, meinte er. Es falle ihm schon schwer genug zu verstehen, was ihm sein Jüngster in der Muttersprache beibringe.

Die Kenntnisse, die er sich aneignete, entsprachen lediglich jenem Basiswissen, das man Söhnen reicher Basler Stadtbürger vermittelte, um sie für den Eintritt ins Pädagogium vorzubereiten. Gleichwohl eröffnete der abendliche Unterricht bei seinem Sohn dem einfachen Mann eine neue Welt. Wenn er jetzt am Morgen oder abends im Stall seine Kühe molk, hörte er kaum mehr zu, wenn Peter und Paul einander von der kleinen Welt in Waldenburg berichteten. Mathis überdachte, was er gelernt hatte und grübelte über den praktischen Nutzen seines neuen Wissens nach. Er las jetzt auch den *Hinkenden Boten* aufmerksamer, jenen Volkskalender, der einmal jährlich im Spätherbst ausgeliefert wurde und dessen Titelblatt ein Kriegsinvalider mit einem Holzbein zierte. Bis dahin hatte er sich vor allem für die im Almanach publizierten Daten der regionalen Vieh- und Wochenmärkte interessiert. Nun nahm er sich auch die zahlreichen Artikel vor, welche die Leserschaft über Ereignisse des vergangenen Jahrs, diesseits und jenseits der Eidgenossenschaft, unterrichtete. Dazu kamen verschiedene Bücher, die ihm Dorothea Staehelin auslieh. Ihr war sein Lerneifer, der sie faszinierte und rührte, nicht entgangen.

Seine Frau Barbara reagierte mit gemischten Gefühlen auf die abendlichen Unterrichtsstunden. Einerseits erfüllte es sie mit Stolz, dass ihr Jüngster seinem Vater Dinge beibringen konnte, die sie selber nicht verstand und auch gar nicht verstehen wollte. Andererseits ärgerte sie sich im Stillen darüber, dass Madame Staehelin ihrem Mann Bücher zusteckte. Sie befürchtete, das Wissen, das sich Mathis aneignete, trage dazu bei, dass er sich, zusammen mit Sämi, immer mehr von ihr und den vier Grossen entferne. «Wir sind doch nur kleine Leute und Untertanen», hatte sie einmal, bedrängt von ihren Ängsten, die Familie könne auseinanderfallen, zu ihm gesagt. «Was willst du dich über deinen Stand erheben?»

Mathis hatte sie lange angeschaut. Dann hatte er die Stirn in Falten gezogen und sich von ihr abgewandt.

9

«Auf ein Wort, Bürger Jacob!»

Mathis, der sich nach dem sonntäglichen Gottesdienst im August 1795 mitten unter den Gläubigen vor der Peterskirche mit seinem Schwiegervater Emil Strub unterhielt, wandte sich erstaunt um. Bürger Jacob hatte ihn noch nie jemand genannt. Vor ihm stand Sebastian Hoffmann. Ihm musste die helle fordernde Männerstimme gehören. Er kannte den seltsamen Menschen, der stets enge, lange Hosen trug, nur vom Sehen. «Meint Ihr mich?»

Der Kandidat nickte. «Euer Jüngster, notabene ein überaus begabter Schüler, hat mir viel von Euch erzählt. Es ist mir ein Bedürfnis, einem Mann die Hand zu drücken, der sich nicht zu schade ist, von einem Kind zu lernen, einem Menschen, der willens ist, sich aus seiner selbst verschuldeten Unmündigkeit zu befreien.»

Mathis starrte den eifrigen jungen Mann, dessen Wangen sich gerötet hatten und dessen Augen ihn hinter blitzenden Brillengläsern musterten, verwundert an. «Wovon will ich mich befreien?»

«Aus Eurer selbst verschuldeten Unmündigkeit», wiederholte der Kandidat. Das Wort stamme nicht von ihm, sondern von Immanuel Kant, einem deutschen Denker. Die Menschen müssten lernen, erläuterte er, sich ihres Verstandes ohne Leitung eines anderen zu bedienen. «Ihr, Bürger Jacob, gehört zu jenen, die bereits einen ersten Schritt getan haben.» Er streckte ihm seine Hand entgegen.

Zögernd schlug Mathis ein. «Und weshalb nennt Ihr mich Bürger Jacob?»

«Das ist eine Frage des Prinzips der Gleichheit, das wir Patrioten hochhalten.»

«Aha. Und Ihr seid demnach der Bürger Hoffmann?»

«Genau.»

«Bürger Hoffmann», wiederholte Mathis. Er wusste aus den verschiedenen Pamphleten, die er mit seinen Freunden im Hauskreis diskutierte, dass sich in Frankreich alle, ob hoch oder niedrig, als Bürger ansprachen. Selbst der König war, bevor man ihn um einen Kopf kürzer gemacht hatte, nur noch der Bürger Capet gewesen. Gleichwohl erschien ihm die Anrede seltsam. Sie war ihm sogar etwas genierlich – umso mehr, als er aus den Augenwinkeln wahrnahm, dass sich sein Schwiegervater über den Kandidaten mokierte. «Und wie ist das nun mit der Erde?», fragte er deshalb, um das Thema zu wechseln. «Dreht sie sich tatsächlich um die eigene Achse und einmal im Jahr um die Sonne?»

Sebastian Hoffmann schaute ihn überrascht an. Dann huschte ein Lächeln über sein Gesicht. «Hat Euch das Samuel erzählt? Ja, ja, da hat er recht. Und nicht nur die Erde, auch die Planeten kreisen um die Sonne. Sie ist unser Zentralgestirn.»

Mathis fasste sich ein Herz und stellte die Frage, die ihn schon lange beschäftigte: «Drehen sich auch der Abend- und der Morgenstern um die Sonne?»

«Das sind nicht zwei Planeten, das ist nur einer: die Venus.»

«Und da seid Ihr sicher?»

«Natürlich. Ihr seht sie nur zu unterschiedlichen Zeiten, weil da oben», Hoffmann deutete zum Himmel, «alles in Bewegung ist. Ich sehe schon», sagte er nach einer kurzen Gedankenpause, «Ihr seid einer, der als Bauer fest auf der Erde steht und gleichzeitig die Arme zu den Sternen streckt. Bemerkenswert.» Er hüstelte. «Aber jetzt muss ich mich verabschieden. Pfarrer Grynäus hat seine Base, die Bürgerin Staehelin, zum Mittagessen eingeladen, und er erwartet, dass ich ihr die Honneurs mache. Es war mir eine Freude, Euch kennenzulernen.» Nochmals griff er nach Mathis' Hand und schüttelte sie überschwänglich.

Die beiden Männer sahen ihm nach. «Da geht er, der Bürger Hoffmann, und lässt den Bürger Jacob einfach stehen», frotzelte Emil Strub.

Einen grossen Teil der folgenden Nacht verbrachte Mathis Jacob im Freien. Bereits am Nachmittag hatte er bemerkt, dass eine seiner Kühe, die trächtig war, im Verlauf der nächsten Stunden kalben würde. Sie sonderte einen zähen Schleim ab, war unruhig, legte sich hin und stand auf. Immer wieder. Er würde bei ihr bleiben, um Geburtshilfe zu leisten. Dorothea Staehelin hatte ihn gebeten, mit Salome dabei sein zu dürfen. Das Mädchen solle sehen, wie neues Leben auf die Welt komme. Mit elf Jahren sei sie alt genug zu erfahren, was jedes Bauernkind wisse. So begleiteten Mutter und Tochter den Bauern, als er nach dem Nachtessen hinaus auf die Weide ging. Barbara und ihre Kinder blieben zurück.

Es war einer jener schier unerträglich klaren Spätsommerabende, an denen die Luft, lange nachdem die Sonne hinter dem Horizont verschwunden ist, noch schwer und süss über dem Land hängt. Die drei sassen schweigend um ein Feuer, das Mathis angezündet hatte, um die Mücken fernzuhalten. Die Kuh hielt sich in ihrer Nähe, wandte ihnen den Kopf zu und betrachtete sie aus ihren grossen, sanften Augen. Fast unmerklich wurde es dunkel. Die Konturen der Hügel waren vor dem schwarzen Himmel nur noch zu erahnen. Aus dem nahen Wald drangen die Geräusche der Nacht. Salome lehnte ihren Blondschopf an die Schulter der Mutter und verfiel in einen leichten Schlummer.

Sie erwachte, als Mathis eine Fackel entzündete, die er mitgenommen hatte. Er trat hinter das Tier, dessen Flanken arbeiteten, und zeigte dem Mädchen die Fruchtblase, die aus der Schamspalte hervordrängte. Die Wehen hatten eingesetzt. Die Kuh brüllte mehrmals. Dorothea Staehelin legte den Arm um ihre Tochter, die zum ersten Mal das Mysterium einer Geburt miterlebte. Mit gestreckten Gliedmassen lag das Tier jetzt schwer atmend auf der Seite.

«Da», sagte Mathis endlich. Er stand auf und warf einen Armvoll Holz ins Feuer. Im Schein der flackernden Flammen wurden die Vorderbeine des Kälbleins sichtbar. Eine Viertelstunde später platzte die Fruchtblase, ein Schwall Flüssigkeit ergoss sich ins Gras und Salome sah das Maul und kurz darauf den Kopf aus dem Leib des Muttertiers hervorgucken. Jetzt ging es plötzlich sehr rasch. Das Kalb wurde der Länge nach ausgestossen, und die Nabelschnur zerriss. Die Kuhmutter stand schwerfällig auf und begann ihr Neugeborenes abzulecken.

Während sie auf die Nachgeburt warteten, wollte Salome, sichtlich bemüht, das Erlebte zu verarbeiten, von ihrer Mutter wissen, ob auch sie einmal in ihrem Bauch gewesen und ob es bei ihrer eigenen Geburt ähnlich zugegangen sei. Dorothea nickte und zog sie an sich.

Gegen Mitternacht kehrten sie zum Hof zurück. Dorothea schickte Salome, der die Augen zuzufallen drohten, ins Bett. Sie selber trat zu Mathis, der, den Kopf im Nacken, in den nächtlichen Himmel starrte. Er warf ihr einen Seitenblick zu. «Da oben ist alles in Bewegung», sagte er schliesslich.

Die Frau schwieg. Ihr Pächter sei ein Mann, der mit den Füssen auf der Erde stehe und die Arme zu den Sternen strecke, hatte Sebastian Hoffmann beim Mittagessen im Pfarrhaus gesagt. Das ist ein poetisches Bild, hatte Dorothea gedacht. Der Hauslehrer des Pfarrers hatte ausserdem von den Fragen des Bauern nach den Planeten berichtet. Sie nahm an, dass Mathis jetzt versuchte, das Gehörte zu verstehen und in sein Weltbild einzufügen. «Ihr scheint einen grossen Eindruck auf den Kandidaten Hoffmann gemacht zu haben», bemerkte sie.

«So?» Wieder ein Seitenblick. «Er ist ein seltsamer Mensch. Er nannte mich Bürger Jacob.»

Sie unterdrückte ein Lächeln. «Er ist ein Schwärmer», meinte sie dann, «einer von jenen, die davon überzeugt sind, dass mit der Revolution in Frankreich auch die hohen Ideen der Aufklärung in den Köpfen der Menschen Einzug halten werden. Aber Ihr könnt ihm trauen. Er ist einer von uns.»

Einer von uns. Mathis dachte darüber nach, wer mit diesem «uns» wohl gemeint war.

«Er gehört zu den Patrioten», beantwortete Dorothea Staehelin die Frage, die er nicht gestellt hatte.

«Das hat er mir gesagt.» Mathis wusste, dass sich eine Gruppe von Basler Bürgern so nannte. Sie unterstützten den Stadtschreiber Ochs und dessen Schwager, den Ratsherrn Peter Vischer, im Kampf für die politischen Rechte der Landbevölkerung. Den Patrioten standen die Aristokraten gegenüber, die von Bürgermeister Debary angeführt wurden. Für ihresgleichen sollte die Landschaft für Zeit und Ewigkeit Untertanengebiet bleiben. Aber Ochs, frankophil und der Aufklärung verpflichtet, galt als der kommende Mann. Im Auftrag seiner Vaterstadt hatte er verschiedentlich mit den Mächtigen in Paris verhandelt. Er hatte eine wichtige Vermittlerrolle gespielt, als im letzten April ein Frieden zwischen Frankreich und Preussen und im Juli zwischen Frankreich und Spanien geschlossen wurde. Für die Gespräche hatte er sein Haus, den herrschaftlichen Holsteinerhof in Basel zur Verfügung gestellt. Peter Ochs, dachte Mathis, gehörte zu den reichen städtischen Patriziern. Auch wenn er sich für die Landleute einsetzte, war er in seinem ganzen Wesen wohl ein Gnädiger Herr. Ob er es schätzen würde, wenn ein einfacher Bauer, wie er es war, ihn als Bürger Ochs anspräche?

«Ihr sagt ‹uns›.» Mathis vermied es, sie anzusehen. «Gehört Ihr dazu?»

«Ja.» Das tönte beinahe leidenschaftlich. Sie fasste ihn am Oberarm. «Und ich hoffe, dass auch Ihr uns anschliesst, so wie der Uhrmacher Wilhelm Hoch und der Orismüller aus Liestal, zwei Landleute, die, wie Ihr, fähig sind, über ihren Stand hinauszudenken.»

Sein Körper versteifte sich. Ihre Berührung erschreckte ihn. Doch dann legte er seine Hand auf die ihre. Sie sahen sich an. Schweigend.

«Dorothe», sagte er leise und küsste sie auf die Stirn.

Sie senkte den Kopf. «Es darf nicht sein», flüsterte sie. «Du bist verheiratet.»

Am Fenster ihrer Kammer, hinter dem Vorhang verborgen, stand Barbara Jacob. Sie hatte nicht einschlafen können. Erst um Mitternacht war Mathis mit Madame und der kleinen Mamsell zurückgekehrt. Sie hatte gehört, wie Dorothea Staehelin ihre Tochter hinaufschickte. Aber ihr Mann war nicht gekommen. Schliesslich hatte sie das Bett verlassen, auf den Hof hinausgespäht und beobachtet, wie Mathis die vornehme Frau küsste. Barbara schien, sie habe sich nicht mehr von ihm lösen wollen.

Als er später die Schlafkammer betrat und zu ihr ins Ehebett stieg, kehrte sie ihm den Rücken zu und stellte sich schlafend. Er realisierte nicht, dass ihre Schultern bebten.

10

Die Zeit heile alle Wunden, sagt der Volksmund. Barbara Jacob zweifelte daran. Das Bild, wie ihr Mann die vornehme Dorothea Staehelin in jener Nacht auf die Stirn geküsst hatte, liess sie nicht mehr los. Ihr war, als habe sich ein Schatten, der alle Fröhlichkeit erstickte, über sie gelegt. Sie fühlte sich unwert, als sei sie ein Gegenstand, den man fallen gelassen und beschädigt hatte. Zwar nutzte man ihn noch, konnte sich aber nicht mehr über ihn freuen. Obwohl erst achtunddreissigjährig, kam sie sich alt und verbraucht vor. Sie tat, was zu tun war, so, wie sie es immer getan hatte: Sie kochte, putzte und sass am Bandstuhl. Sie besorgte den Pflanzgarten, half auf dem Hof mit, wenn man sie brauchte, aber sie tat es mechanisch, tat es, weil es getan werden musste, weil sie nicht wusste, was sie sonst hätte tun sollen.

Madame Staehelin und ihre Tochter waren längst wieder in Basel. Das Leben auf Sankt Wendelin ging seinen gewohnten Gang. Ihr Mann war nicht anders als früher, verlässlich, schweigsam – und dennoch hatte sich alles verändert. Er war ihr fremd geworden. Nachts im Bett rückte sie von ihm ab, lag auf dem Rücken, starrte in die Dunkelheit, weinte in sich hinein. Mathis schien es nicht einmal zu bemerken, spürte nicht, dass sie litt, dass sie welkte wie eine Blume, der es an Wasser mangelt. Er lag neben ihr und schlief, während sie sich danach sehnte, dass er ihr ein liebes Wort schenkte, sie an sich zöge, tröstete und alles wieder gut würde.

Stattdessen schien es ihr, die Familie falle auseinander. Die drei Grossen waren erwachsen geworden. Noch lebten sie zu Hause, aber sie suchten ihren eigenen Weg. Die zwanzigjährige Martha übernahm immer mehr Pflichten im Haushalt. Barbara glaubte manchmal, ihre älteste Tochter versuche, sie zu verdrängen. Dabei wollte sie die Mutter nur entlasten. Sie war ein seltsames Mädchen, untersetzt und stämmig, dabei wortkarg und spröde. Sie zeigte keinerlei Interesse am anderen Geschlecht. In der Kirche schaute sie nie auf die Männerseite hinüber. Wenn ein Bursche aus der Umgebung ihr schöne Augen machte, sie scherzend ansprach, liess sie ihn mit einem strafenden Blick abblitzen. Mit der Zeit mieden sie die jungen Männer. Sie schien es nicht wahrzunehmen und würde wohl als alte Jungfer enden. Erbittert dachte Barbara, dass das wohl nicht die schlechteste Form sei, sein Leben zu leben.

Peter und Paul waren anders. Wenn sie mit ihrem Vater in den schmucken dunkelblauen Uniformen mit den scharlachroten Auf- und Überschlägen zu den Drillübungen der Landmiliz gingen, so konnte man sicher sein, dass Mathis am Abend allein heimkehren würde. Die beiden jungen Männer, vor überschüssiger Kraft strotzend und stössig wie Stiere, trieben sich bis in den frühen Morgen im Dorf herum, zunächst im Wirtshaus, später auf dem Kiltgang. Sie flüsterten den Mädchen durchs offene Fenster unbeholfene Zärtlichkeiten zu und waren selig, wenn sie von einer, die freizügiger war als ihre grosse Schwester, zu einem Glas Kirschwasser eingeladen wurden. Barbara war überzeugt, dass irgendeinmal einer ihrer Söhne einem dummen Ding, wie sie es selber einmal gewesen war, ein Kind anhängen werde, und man konnte nur hoffen, dass der Pfarrer dann seinen Segen dazugeben würde, bevor das arme Würmchen auf der Welt war.

Peter, der zu einem tüchtigen Bauern herangewachsen war, würde wohl dereinst als Pächter den Hof übernehmen und Salome Staehelin die Zinsen zahlen – genau gleich wie jetzt Mathis ihrer Mutter zinste und vor ihm sein Vater dem alten Remigius Preiswerk die Pacht entrichtet hatte.

Der siebzehnjährige Paul interessierte sich für die Ereignisse in Frankreich, weil er gehört hatte, dass dort jeder Soldat den Marschallstab im Tornister trage. Sehr zum Missfallen seines Vaters, der von seinen taufgesinnten Vorfahren eine tiefe Abneigung gegen alles Militärische geerbt hatte, stand für ihn fest, dass er in einem oder zwei Jahren Handgeld nehmen und sein Glück in fremden Diensten suchen würde.

Barbara musste sich eingestehen, dass ihr die drei Grossen entwachsen waren. Und den Jüngsten, Sämi, hatte ihr zuerst Madame und dann ihr eigener Mann entfremdet. Unverdrossen sass dieser jeden Abend mit dem Kleinen am Tisch und liess sich von ihm erklären, was Sebastian Hoffmann ihn und die Grynäus-Kinder tagsüber gelehrt hatte. Wenn Mathis etwas nicht verstand, fragte er nach und liess nicht locker, bis auch er den Schulstoff, dessen Kenntnis die Voraussetzung für Samuels Aufnahme ins Pädagogium bildete, begriffen hatte. Den Jungen erfüllte es mit Stolz, dass er seinen Vater unterrichten durfte. Seit sie Abend für Abend gemeinsam ihre Köpfe über den Fibeln zusammensteckten, tauchte er kaum mehr im rückwärtigen Anbau des Hauses auf, wo Barbara am Webstuhl sass und mehr und mehr in eine Einsamkeit fiel, aus der sie nicht mehr herausfand. Mit verständnisloser Verwunderung verfolgte sie den verbissenen Lerneifer ihres Mannes, mit dem er, wie sie sich einredete, nichts anderes als Dorothea Staehelin imponieren wollte.

Auch Hanna war unglücklich. Ebenso wie die Mutter spürte sie den Zerfall der Familie. Die Eltern hielten die Sechzehnjährige kurz. Sie durfte sich nicht wie die älteren Brüder in Waldenburg herumtreiben. Martha, die ihren Fragen verständnislos gegenüberstand, gab sich kaum mit ihr ab. Auch Sämi, um den sie sich früher oft gekümmert hatte, brauchte sie nicht mehr. Anfangs hatte sie sich zum Vater und dem kleinen Bruder an den Tisch gesetzt. Doch was die beiden zu besprechen hatten, verwirrte sie. Auch bei der Mutter, die am Bandstuhl Trübsal blies, hielt es sie nicht lange. Vom Hof kam sie nur weg, wenn sie für Madame Staehelin oder die Eltern im Städtchen etwas besorgen musste. Hanna war von Natur aus ein lebenslustiges Wesen, aber jetzt, wo auf Sankt Wendelin kaum mehr fröhliche Worte gewechselt wurden, wo alle anderen mit sich selbst beschäftigt waren, kam sie sich überflüssig vor. Sie verlor sich in Tagträumereien und baute sich eine eigene versponnene Welt auf.

Unberührt von den grossen und kleinen Sorgen der Leute von Sankt Wendelin schritt das Jahr voran. Als man das Getreide eingebracht hatte, als die reifen Äpfel, Birnen und Nüsse geerntet waren und als nach dem dritten Schnitt das Vieh zum Nachweiden auf Wiesen getrieben wurde, kündeten die zarten, blasslila Blüten der Herbstzeitlosen die dunkle Jahreszeit an. Die Zugvögel hatten sich längst Richtung Süden verabschiedet, und in der Abenddämmerung hörte man das dumpfe Brüllen brünstiger Hirschstiere.

Der November brachte eine Reihe von Regentagen und mit ihnen eine feuchte Kälte, die durch Haut und Knochen ging. Das Vieh war jetzt nachts in den Ställen, und bald würde man die Kühe auch tagsüber nicht mehr auf die Weide treiben können. Tatsächlich kam Anfang Dezember der Winter mit Schnee und Eis. Unter seiner Herrschaft erstarrte das Land am Oberen Hauenstein. Aber nach Lichtmess, wenn die Sonne jeden Tag wieder ein wenig früher über dem Hügelkamm erschien und abends etwas später hinter dem westlichen Horizont versank, schien es Mathis Jacob, als spüre er die Kräfte, die sich unter der Erde zu regen begannen. Und wie jedes Jahr war ihm, als sei es ein unfassbares Wunder, wenn im März die Natur zu neuem Leben erwachte, wenn der Schnee an der Sonne schmolz und an den aperen Stellen die ersten Krokusse das Licht des kommenden Frühlings und mit ihm das neue Bauernjahr begrüssten.

Am Gründonnerstag spannte Mathis seine beiden Pferde vor den Pflug, um das Feld für die Aussaat zu bestellen. Ab und zu schaute er hinüber zu seiner Frau, die zusammen mit Hanna ihren Pflanzplätz düngte. Dem Mädchen fiel die unangenehme Aufgabe zu, die stinkende Brühe aus dem Abort hinter dem Haus in einen Eimer zu schöpfen, den sie über die Beete leerte, wo die Mutter sie mit einem Rechen verteilte.

Mathis seufzte. Seine Frau war stets die Seele der Familie gewesen. Doch nun lag manches im Argen zwischen ihm und ihr. Barbara hatte ihre Zuversicht und Fröhlichkeit verloren. Zuerst hatte er geglaubt, es handle sich um eine vorübergehende Weiberlaune. Aber dann hatte er realisiert, dass er der Anlass für ihre Verstimmungen sein musste. Tagsüber behandelte sie ihn wie einen Fremden, nachts verweigerte sie ihre eheliche Pflicht. Er wusste nicht, dass sie ihn in jener Nacht beobachtet hatte, als er Dorotheas Stirn geküsst hatte, wusste nicht, dass sie ihm Treulosigkeit und Verrat vorwarf, wusste nicht, dass sie ihm zürnte, weil sie überzeugt war, er habe ihr mit seinem Lerneifer den kleinen Samuel entfremdet.

Mathis und Barbara Jacob waren einfache Leute, die nie gelernt hatten, über Dinge jenseits des Alltäglichen miteinander zu sprechen. Fühlten sie sich vom anderen verletzt, so schwiegen sie, frassen in sich hinein, was sie beschäftigte, und hofften auf bessere Zeiten.

Drüben im Pflanzgarten streckte sich Barbara, um ihren müden Rücken zu entlasten. Sie stiess mit Hanna zusammen, die mit ihrem Kessel voller Fäkalien hinter ihr stand, und schürfte sich dabei an der schartigen Kante des Gefässes wund. Ein Schwall Hüsligülle schwappte über ihren Arm. «Kannst du nicht aufpassen, du ungeschickter Trampel?», schimpfte sie und gab dem Mädchen eine Ohrfeige.

Hanna stellte den Eimer ab und lief davon.

Barbara schaute ihr nach und wischte sich mit der Hand

die Bescherung vom Arm. Sie war es gewohnt, beim Düngen mit Scheisse in Berührung zu kommen. Die Wunde, die nur wenig blutete, war kaum der Rede wert.

«Hast du dich verletzt?», wollte Mathis wissen, der die Szene beobachtet hatte.

«Was kümmert dich das?», fragte sie unfreundlich. «Sorg dafür, dass deine Tochter weiterarbeitet!»

Deine Tochter! Er runzelte die Stirn, schwieg aber und ging zum Stall, wo Hanna weinend hinter der Tür stand. Er legte ihr die Hand auf die Schulter. «Sie hat es nicht so gemeint», sagte er tröstend.

«Natürlich hat sie es so gemeint», schniefte Hanna. «Nichts kann man ihr recht machen. Seit Monaten hat sie für keinen mehr ein gutes Wort.» Und dann, kaum hörbar: «Ich hasse sie.»

Mathis fuhr ihr ungeschickt durchs Haar, das sie zu einem dicken Zopf geflochten hatte. «Nun geh schon wieder an deine Arbeit, Kind. An einer Ohrfeige ist noch niemand gestorben.»

Am Abend mochte Barbara nichts essen. Obwohl das Haus die Wärme dieses schönen Frühlingstags gespeichert hatte, zitterte sie am ganzen Leib und fror erbärmlich. Sie legte sich ins Bett und schlotterte unter den Decken, die ihr Martha gebracht hatte.

Am Morgen des Karfreitags hatte sie hohes Fieber. «Es wird schon wieder werden», sagte sie, als Mathis wissen wollte, ob man Doktor Alioth holen solle. «Mach dir keine Sorgen. Ich brauche jetzt einfach etwas Ruhe. Ihr müsst ohne mich zur Kirche.»

Mathis sah seine Frau verwundert an. Ihre Stimme klang anders als in den letzten Monaten: schwach, ängstlich. Ihre Augen flehten um Hilfe. Er legte seine Hand auf ihre Stirn. Sie war mit kaltem Schweiss bedeckt.

Als er und die Kinder gegen Mittag vom Gottesdienst zurückkamen, lag sie blass und kraftlos im Bett. Ihre Brust hob und senkte sich in raschem Rhythmus. Ihr rechter Unterarm war dort, wo sie sich am Kesselrand geschnitten hatte, gerötet. Als Mathis mit dem Zeigefinger darüberfuhr, schrie sie leise auf. «Nicht!» Sie biss sich auf die Unterlippe. «Das tut weh.» Aber noch immer verweigerte sie starrsinnig den Arzt: «Ich brauche ihn nicht. Morgen werde ich wieder arbeiten. Heute müsst ihr ohne mich auskommen. Lasst mich jetzt in Ruhe.»

Die fünf Kinder, die ums Bett der Mutter standen, schauten sich ratlos an. Dann zuckte Paul mit den Schultern und verliess den Raum. Bis auf Samuel folgten ihm alle, auch Mathis. Der Jüngste kniete sich an den Bettrand und legte seinen Kopf auf die Decke. Die Mutter streichelte seinen Haarschopf. Sie hatte die Augen geschlossen. Ein kaum wahrnehmbares Lächeln spielte um ihre Lippen. Nach einer Weile fiel sie in einen fiebrigen Schlummer. Ihre Hand blieb auf dem Kopf des Kindes. Es wagte nicht, sich zu rühren.

Im Lauf des Karsamstags sah Mathis zwischen der entzündeten Stelle und dem Oberarm der Kranken rote Striche auf der blassen Haut. Barbara schien verwirrt. Sie stammelte Worte, die für ihn keinen Sinn ergaben. Er befahl Hanna, nach Langenbruck zu gehen und den Arzt zu bitten, nach Sankt Wendelin zu kommen. Nach zwei Stunden kehrte das Mädchen zurück. Die Alioths seien über die Ostertage zu Verwandten nach Basel gefahren. Ihre Magd erwarte die Herrschaft nicht vor Dienstag zurück.

Der Zustand Barbaras verschlechterte sich zusehends. Ihr Atem ging keuchend. Sie hatte die Augen jetzt meist geschlossen. Mathis, der vergeblich versuchte, ihr etwas von der Brühe einzuflössen, die Martha zubereitet hatte, wusste nicht, ob sie wach war oder schlief.

Einmal, mitten in der Osternacht, umklammerte sie seinen Arm. «Ich höre den Tod hier drinnen trommeln», flüsterte sie und in ihrer Stimme war Panik. «Hier drinnen.» Sie klopfte sich auf die Brust. Dann sank sie zurück ins Kissen und murmelte unverständliche Worte. Ihm schien, sie sei für ihn nicht mehr erreichbar.

Am Ostersonntag war sie leichenblass, und wenn sie die Augen öffnete, so schienen sie tiefer zu liegen als sonst. Die Nase ragte spitz aus ihrem Gesicht.

Mathis, der jetzt wusste, dass sie sterben würde, wich nicht mehr von ihrem Bett. Er dachte daran, wie er um sie geworben und wie der Landvogt ihnen die Heiratserlaubnis verweigert hatte. Die vielen Jahre, die sie zusammen verbracht hatten, zogen an ihm vorbei, die Geburten der Kinder, die guten und die schlechten Tage. Er dachte an die vergangenen Monate, wie sie mit ihm gehadert hatte, und daran, dass es jetzt für eine Versöhnung zu spät war. Er stützte die Ellenbogen auf die Knie und verbarg sein Gesicht in den Händen. Weinte er? Seine Kinder, die eines ums andere die Kammer betreten hatten, sahen es mit Verwunderung.

Am Abend zündete Martha zwei Kerzen an. Samuel presste sich an Hanna, die ihre Hände auf seine schmalen Schultern legte. Der Atem der Sterbenden ging rasselnd. Kurz nach Mitternacht verschied Barbara Jacob.

11

Am Donnerstag, dem 31. März 1796 stand Dorothea Staehelin unter dem Seitenportal der Kirche von Oberdorf und schaute hinüber zum offenen Grab, in das Mathis Jacob und seine beiden älteren Söhne gemeinsam mit dem verwitweten Emil Strub den Sarg der Ehefrau, Mutter und Tochter an zwei Seilen vorsichtig in die Tiefe hatten gleiten lassen. Es lag nahe an der Mauer, die den Gottesacker umfriedete. Sie standen um die offene Grube: die Jacobs und der Vater der Toten, nur die nächsten Angehörigen, wie es der Brauch war. Alle waren schwarz gekleidet. Mathis hielt sich ein wenig abseits von den anderen. Eine grosse, einsame, barhäuptige Gestalt. Der Talwind bewegte sein dunkles Haar. Das Gesicht hatte er abgewandt, als wolle er sich den Worten, die Pfarrer Grynäus aus der Bibel las, verweigern.

Dorothea fragte sich, was in ihm vorgehen mochte. Als sie die Nachricht vom Tod Barbara Jacobs erhalten hatte, war sie, diesmal ohne Salome, nach Waldenburg gefahren. Am Vorabend war sie angekommen. Mit Mathis hatte sie nur wenige Worte gewechselt. Ob er trauerte? Er zeigte es nicht, liess niemanden an sich heran, auch nicht seine Kinder. Sie mussten selber schauen, wie sie mit dem Tod fertig wurden, der auf dem Hof Einzug gehalten hatte. Er schien keines Trostes zu bedürfen. Sie mochte sich täuschen. Seit ihrer gemeinsamen Jugendzeit wusste sie, dass Kummer für ihn stets etwas Unteilbares war, etwas das ihm allein gehörte.

Als sie und ihre Tochter sich in den Tagen über den Jahreswechsel auf Sankt Wendelin aufgehalten hatten, war die Bäuerin schlecht gelaunt gewesen. Sie war ihr ausgewichen, hatte, anders als sonst, kaum mit ihr geredet, und ein oder zwei Mal hatte sie Barbara dabei ertappt, wie sie ihr einen bösen Blick zuwarf, als sei sie, Dorothea, schuld an ihrer

Verstimmung. Sie hatte verzichtet, die Frau darauf anzusprechen. Sie war sich zu schade gewesen, sich mit Barbara auf eine Auseinandersetzung einzulassen, und hatte deren Unhöflichkeit ignoriert.

Weshalb hatte sie ihr gezürnt? Hatte sie gewusst oder geahnt, dass sich seit jener Sommernacht auf der Waldweide etwas zwischen Mathis und ihr verändert hatte? Hatte sich überhaupt etwas verändert? War nicht einfach aufgebrochen, was schon immer da gewesen war?

Dorotheas Blick wanderte hinüber zum kleinen Samuel. Anders als die Geschwister, die mit versteinerten Gesichtern dastanden, weinte er. Er hielt sich eng an Hanna. Mehr als alle anderen würde er seine Mutter vermissen. Jedes Kind braucht eine Mutter, dachte Dorothea. Was sollte aus ihm werden? Als sie vor dem Trauergottesdienst Theophil Grynäus im Pfarrhaus von Waldenburg besuchte, hatte sie erfahren, dass Sebastian Hoffmann im Sommer nach Basel zurückkehren würde. Der Kandidat habe sich entschlossen, das Studium der Theologie aufzugeben und stattdessen eine Privatschule zu eröffnen. Ausserdem ziehe es ihn wohl in die Stadt, wo er seinen Beitrag zum revolutionären Umschwung leisten könne. Das Lachen des Pfarrers hatte eher unsicher als spöttisch getönt.

Was das für Samuel, der an Hoffmann hänge, bedeute, hatte Dorothea wissen wollen.

Theophil war zuversichtlich, dass sich eine Lösung finden werde. Er müsse einen neuen Lehrer für seine Kinder suchen, und wenn die Base weiterhin für den kleinen Jacob bezahle, spreche nichts dagegen, dass der Sohn ihres Pächters auch in Zukunft im Pfarrhaus unterrichtet werde.

Die Bestattung neigte sich ihrem Ende entgegen. Mathis warf eine Handvoll Erde auf den Sarg. Seine Kinder und Emil Strub taten es ihm gleich. Dann machten sie sich auf den Rückweg. Als sie schweigend an ihr vorbeigingen, warf ihr Samuel einen Blick zu, in dem so viel Trauer, Schmerz und Hilflosigkeit lagen, dass er sich in ihr Herz brannte.

«Ich werde dich nicht im Stich lassen, mein Goldschatz», flüsterte sie.

Die Leute von Sankt Wendelin traten aus der Porte des Gottesackers hinaus auf die Landstrasse. Wie eine Schar schwarzer, trauriger Krähen, dachte Dorothea.

Am nächsten Tag reiste Dorothea Staehelin wieder nach Basel. Am Abend zuvor hatte sie sich, hinter verschlossener Tür, lange mit Mathis Jacob unterhalten. Als sie fort war, rief der Bauer die Kinder zu sich in die Stube. Er schaute in die Runde, sah jedes von ihnen lange an. «Jetzt, wo Mutter tot ist», sagte er schliesslich, «wird Martha ihre Aufgaben übernehmen. Peter und Paul werden mir wie bisher auf dem Hof helfen.» Er holte tief Atem, dann legte er seine Hand schwer auf Samuels Schulter. «Ende Sommer wirst du mit Madame Staehelin in die Stadt gehen. Du wirst dich in der Privatschule, die der Kandidat Hoffmann dort eröffnet, auf deinen Eintritt ins Pädagogium vorbereiten. Hanna wird dich begleiten. Madame braucht jemanden, der sich um den Haushalt kümmert, und ich denke», er schaute seine Tochter an, «dass du alt genug bist, einen Dienst anzunehmen. Ausserdem wird sich Samuel dann nicht allein fühlen.»

Die Patrioten

1796–1798

1

Am 27. Juni 1796 verliess Sebastian Hoffmann das Waldenburger Pfarrhaus, um in Basel alles für die Privatschule vorzubereiten, die er im September eröffnen wollte. «Auf Wiedersehen, Samuel», sagte er zu seinem Schützling, als er sich verabschiedete. «Auf Wiedersehen im Herbst.»

Samuel sah dem Leben in der Stadt mit ängstlichen Erwartungen entgegen und hatte bereits im Voraus Heimweh nach den grünen Hügeln und dem weiten Himmel des Baselbieter Juras. Er wusste, dass er auch in Zukunft die Sommermonate zu Hause verbringen würde, und dennoch schien es ihm, der Himmel habe sich noch nie so makellos blau über das Land am Oberen Hauenstein gewölbt, das Gras auf den Weiden, an dem sich die Kühe gütlich taten, sei noch nie so grün und fett gewesen, die Blumen im Pflanzgarten hätten noch nie so süss geduftet und die Vögel noch nie so schön gesungen. Sein einziger Trost war, dass Hanna ihn begleiten würde. Im Gegensatz zu ihm konnte sie es kaum erwarten, das Tal zu verlassen. Sie hoffte, in Basel das grosse Glück zu finden, und wie so manche Siebzehnjährige träumte sie bisweilen von einem Märchenprinzen.

Am Mittwoch, dem 31. August 1796 war es so weit: Auf den gepolsterten und mit Leder überzogenen Bänken der zweispännigen Kalesche von Benedikt Preiswerk sassen Madame Staehelin, ihre Tochter und Hanna. Samuel hatte auf dem Bock neben dem livrierten Kutscher Platz nehmen dürfen. Der Mann, der Dorothea und Salome Anfang Juni nach Sankt Wendelin gebracht hatte, war am Abend zuvor in Waldenburg eingetroffen, um anderntags rechtzeitig auf Sankt Wendelin vorzufahren. Mathis, Peter, Paul und Martha hatten sich von den beiden Jüngsten verabschiedet. Der Vater hatte Samuel angeschaut und kaum merklich gelächelt. Dann hatte er ihm und Hanna die Hand gedrückt.

«Macht's gut», hatte er gesagt. Mehr nicht.

«Macht's gut», hatten auch die andern gesagt, und Peter hatte Samuels Haare zerzaust. «Wir sind stolz auf dich, Magisterlein, mach uns keine Schande.»

Das Wesentliche war am Vorabend gesagt worden. Mathis Jacob hatte die Geschwister nach dem Essen aus der Stube geschickt und seinen Jüngsten allein zurückbehalten. Wortlos standen sie sich gegenüber und blickten sich an. Schliesslich zog Mathis seinen Sohn an sich und legte ihm seine Hand auf den Kopf. Die Wärme, die von dieser Gebärde ausging, drang durch den ganzen Körper des Zehnjährigen. «Du wirst der Erste von uns Jacobs sein», sagte Mathis, «der mehr lernen und wissen wird, als alle, die vor dir waren. Du wirst als Erster von uns über den Stand, in den wir geboren sind, hinauswachsen. Aber denk immer daran, woher du kommst und wer deine Vorfahren sind.» Er fasste ihn unterm Kinn und zwang ihn, ihm ins Gesicht zu schauen. Dann küsste er den Jungen auf die Stirn, liess ihn los und wandte sich zur Tür.

Samuel vergass diesen Augenblick nie, in dem er seinem Vater, ohne ein Wort zu sagen, ein Versprechen abgegeben hatte. Jetzt sass er in der Kutsche, deren Verdeck hinuntergeklappt war, und fuhr nordwärts. Bei Bubendorf, wo sich die Vordere und Hintere Frenke vereinigen, öffnete sich das Tal. Samuel wandte den Kopf und schaute zurück zu den Höhenzügen des Juras. Ihm war weh ums Herz. Seine Augen füllten sich mit Tränen. Rasch drehte er sich um. Niemand sollte merken, dass er weinte. Er steckte die Faust in den Mund und biss sich auf die Knöchel.

Die Kutsche passierte Liestal. Samuel kannte das befestigte Städtchen mit seinen beiden Toren. Im vorigen Jahr, am Mittwoch nach dem Laurenzentag, hatte er den Vater und Paul begleiten dürfen, als sie vier Kühe und einen Stier auf den Viehmarkt getrieben hatten, um sie zum Verkauf anzubieten.

Nach Muttenz, das sich an den Fuss des Gempens schmiegt, senkte sich die Landstrasse hinunter in die Aue von Sankt Jakob. Vor ihnen lag Basel. Die tief stehende Sonne tauchte die wehrhafte Festung mit ihren beiden mächtigen Mauerringen, den sieben Toren, den Gräben und Schanzen in ein rotgoldenes Licht. Die Türme von Sankt Martin, Sankt Peter, Sankt Leonhard, Sankt Theodor und des ehrwürdigen Münsters ragten über die steilen Dächer hinaus. Die Stadt am Ufer des grossen Stroms, eingebettet zwischen Jura, Schwarzwald und Vogesen, erschien den beiden Kindern von Sankt Wendelin wie das himmlische Jerusalem, das Pfarrer Grynäus einmal in der sonntäglichen Kinderlehre geschildert hatte.

Vor dem Aeschentor ging es nur noch im Schritttempo weiter. Zwischen den Fuhrwerken drängte sich das Vieh der Vorstadtbewohner, das tagsüber auf der Lehenmatte geweidet hatte und das der Hirte jetzt heimwärts trieb. Von der Brücke, zwischen dem Barrierenhof und dem Turmtor, sah Samuel in den Stadtgraben hinunter, wo Hirsche grasten.

Sie fuhren durch die Aeschenvorstadt und dann unter dem mit einem runden Zinnenkranz geschmückten Aeschenschwibbogen in die Freie Strasse, in der sich eine Menge städtisch gekleideter Menschen drängten. Beim Kornmarkt wies Madame Staehelin auf das Rathaus mit seinen drei Torbogen und dem vergoldeten Dachreiter. «Hier beraten die Gnädigen Herren über das Wohl von Stadt und Landschaft Basel», erklärte sie. «Ihr werdet es euch in den nächsten Tagen in aller Ruhe anschauen können. Salome wird euch durch die Stadt führen.»

Vor dem Rheintor, dessen zwei Durchgänge auf die einzige Brücke der Stadt führten, bogen sie nach links ab. Sie fuhren an der Schifflände und dem Salzturm vorbei, ebenso am alten Gasthaus *Zu den Drei Königen* und am herrschaftlichen Seidenhof. Dann passierten sie den mit einer grossen Uhr ausgestatteten Sankt-Johanns-Schwibbogen, das westliche Tor des inneren Mauerrings, durch den sie die Sankt-Johanns-Vorstadt erreichten. Kurz darauf hielt die Kalesche vor einem schmalen Haus auf der rechten Strassenseite. Über der Tür stand: *zem Crüz, 1447.*

«Das ist von heute an euer neues Heim», erklärte Dorothea Staehelin und liess sich vom Kutscher beim Aussteigen helfen.

Das Haus *zem Crüz* leitete seinen Namen vom inneren Kreuztor ab, wie man vor Zeiten den Schwibbogen genannt hatte. Es stand in einer Reihe schmaler Häuser, die über sechs Geschosse verfügten: Von der Strasse aus gesehen, ragten je drei von ihnen in die Höhe, drei lagen darunter, ermangelten aber nicht des Tageslichts, da sie in den Felsen gebaut waren, der steil zum Rhein abfiel. Die dem Strom zugewandten Liegenschaften, die über altertümliche Namen verfügten wie *zer Haselstude*, *zum Mohreköpfli* oder *zer Hell,* galten als der mindere Teil der Vorstadt, denn die vornehmen Herrschaftshäuser wie etwa der Formonterhof oder der Erlacherhof lagen auf der anderen Strassenseite.

Die gesamte Fläche des Souterrains von Dorothea Staehelins Haus bestand aus der Küche. Über eine Treppe gelangte man in den Keller, in dem Vorräte gelagert wurden, und noch ein Stockwerk tiefer hatte sich ein Schuster eingemietet. Seine Werkstatt lag ebenerdig und war vom Rheinuferweg her zugänglich.

Das Erdgeschoss auf der oberen Ebene des Hauses bestand aus zwei Räumen, die als Esszimmer und Salon dienten. Madame Staehelin hatte sich in der Beletage eingerichtet. Durch ein Arbeitszimmer mit Fenster auf die Vorstadt betrat man das Schlafzimmer, aus dem man einen weiten

Blick über den Rhein und Kleinbasel bis hinüber zum Tüllinger Hügel und zum Badischen Blauen hatte. Im zweiten Stockwerk gab es zwei Zimmer. Eines davon gehörte Salome, das andere, das bisher leer gestanden hatte, wurde jetzt Samuel zugewiesen. Über den beiden Kindern, direkt unter dem spitzwinkligen Dach, war die Mägdekammer, in der künftig Hanna hausen würde.

Es war die erste Nacht, die Samuel in seinem Leben nicht auf Sankt Wendelin verbrachte. Er starrte in die Dunkelheit und dachte an seine Mutter. Jeden Sonntag nach der Kinderlehre war er an ihrem Grab auf dem Gottesacker von Oberdorf gestanden, um für sie zu beten, so wie ihm das der Pfarrer ans Herz gelegt hatte. Wer würde sich jetzt, wo er weg war von zu Hause, um ihr Seelenheil kümmern? Ihm war, als müsse sie mit seinem Wegzug nach Basel ein zweites Mal sterben.

Eine namenlose Trauer überfiel ihn. Nicht nur die Mutter fehlte ihm, auch der Vater. Er begann zu weinen. Er drehte sich auf den Bauch, biss ins Kissen und versuchte vergeblich, sein Schluchzen zu ersticken.

Die Tür zu seinem Zimmer öffnete sich. Jemand kam herein, setzte sich an sein Bett und streichelte seinen Kopf. Er versteifte sich und hielt den Atem an.

«Du musst nicht traurig sein, Sämi», sagte Hanna. Auch sie hatte sich schlaflos im Bett gewälzt und an die Eltern, die Geschwister und den heimatlichen Hof gedacht. Die ungewohnten Geräusche, die vom Flussufer hinauf in ihre Kammer drangen, hatten sie geängstigt. Und dann hatte sie sich gefragt, wie es wohl ihrem kleinen Bruder ging und war leise die Treppe hinuntergestiegen, um nach ihm zu sehen.

Samuel war froh, dass es Hanna und nicht Madame Staehelin war, die ihn tröstete. Er entspannte sich, vergrub seinen Kopf in ihrem Schoss und weinte sich in den Schlaf.

Am nächsten Tag erhielten die beiden Kinder von Dorothea Staehelin den Platz in ihrer neuen Welt zugewiesen. «Da ich von jetzt an anstelle deiner verstorbenen Mutter für dich sorgen werde und du für Salome der Bruder sein wirst, den sie nie hatte», sagte sie zu Samuel, «bin ich ab heute Tante Dorothe für dich. Dorothe, nicht Dorothea.» Ihre Augen wurden weich. Sie dachte an Mathis, der sie stets so genannt hatte. «Und für dich», sie sah Hanna an und ihre Stimme klang eine Spur spröder, «bleibt alles beim Alten: Madame und Mamsell. Du dienst hier als Magd und bekommst den Lohn, den ich mit deinem Vater vereinbart habe und der dir jeweils an Silvester ausbezahlt wird.»

Tante Dorothe und Madame. War sich der zehnjährige Samuel bewusst, dass ihm seine Gönnerin damit den ersten Schritt über seinen Stand hinauswies, wie es ihm der Vater prophezeit hatte?

Hanna schien nicht zu realisieren, dass sich zwischen ihr und ihrem kleinen Bruder ein Riss aufgetan hatte, der möglicherweise immer breiter und schliesslich unüberwindbar werden konnte. Für sie war es ganz natürlich, die Besitzerin des väterlichen Hofs respektvoll als Madame und deren Tochter als Mamsell anzusprechen. Schliesslich war sie nur ein Bauernmädchen, das, wie so viele andere auch, als Magd bei reichen Leuten diente. Vorderhand wenigstens. Später würde sie ihr Glück machen. Davon war sie nach wie vor überzeugt.

Im Haus *zem Crüz* stand Hanna als Erste auf und ging als Letzte zu Bett. Sie war Köchin, Kinderfrau, Zimmermädchen und Zofe in einem. Sie sorgte dafür, dass Salome und Samuel ordentlich frühstückten und in sauberen Kleidern zur Schule gingen. Wie schon während der Sommermonate auf Sankt Wendelin half sie Madame bei der Morgentoilette, bürstete die Fülle ihres dunklen Haars, flocht es zu einem Zopf, steckte ihn hoch (noch immer frisierte sie sich *à la Pompadour)* und schaute ihr zu, wenn sie mit Crèmes und Wangenrouge ihr Gesicht, das den einundvierzig Jahren Tribut zollen musste, zu verjüngen versuchte.

Es wäre falsch zu glauben, Hanna hätte die Arbeit im Haus allein erledigen müssen. Auch die Kinder hatten Pflichten. Das entsprach jenen erzieherischen Grundsätzen, die sich Dorothea Staehelin in irgendwelchen pädagogischen Schriften moderner Autoren angelesen hatte und die sie vernünftig fand. Ausserdem gab es noch Rosa Buser, eine Frau aus dem Viertel, deren Mann gestorben war. Mit einem Leiterwagen holte sie regelmässig die schmutzige Wäsche ab und brachte sie drei Tage später sauber und gebügelt zurück. Sie fegte auch einmal in der Woche die schmalen Treppen des sechsstöckigen Hauses.

Madame Staehelin besorgte zusammen mit ihrer jungen Magd die Einkäufe auf dem Markt und führte sie in die Feinheiten einer bürgerlichen Küche ein. In den ruhigen Nachmittagsstunden lernte Hanna von ihr nähen und sticken und erfuhr dabei manches über die Menschen und das Leben in der Stadt.

Hanna hätte es gewiss schlechter treffen können. Sie wurde nicht über Gebühr ausgenützt und war in gewisser Weise Teil der Familie. Nur wenn Besuch da war, was selten genug vorkam, schlüpfte sie in die Rolle des herrschaftlichen Dienstmädchens und wartete mit weisser Haube und gestärkter weisser Schürze den Gästen auf, so wie ihr das die Meisterin beigebracht hatte.

Dass sie sich dennoch ausgeschlossen fühlte, lag daran, dass man bei Tisch Französisch sprach, wie es im gehobenen Stadtbürgertum üblich war. Ausserdem hatte Sebastian Hoffmann geraten, die Französischkenntnisse Samuels durch den täglichen Gebrauch der Sprache Voltaires und Rousseaus zu verbessern. So kam es, dass Hanna bei Tisch ausser den Anweisungen von Madame kein Wort verstand. Erst später in der Küche erfuhr sie von Salome, die ihr beim Abwasch half, worüber man sich während des Essens unterhalten hatte.

Französisch lernte Salome vormittags in der Schule bei Mademoiselle Anne-Florence Decastel, einer verarmten Adeligen aus dem Elsass. Das Fräulein hatte die Privatschule von Salomes früherer Lehrerin, Madame Gazin, übernehmen können und brachte nun einem guten Dutzend Töchter aus reichen Familien lesen und schreiben bei, ferner die Feinheiten der französischen Konversation, vornehmes Verhalten und allerlei mehr, was ihnen einmal nützlich sein mochte, wenn sie als Ehefrauen einem grossen Haushalt vorstehen würden.

Am Nachmittag wurde auch Salome von Dorothea Staehelin in die frauliche Kunst im Umgang mit Stickrahmen und Nähnadel eingeführt. Anschliessend setzte sie sich jeweils für eine Stunde ans Klavier, das im Salon stand, und spielte die Etüden, welche ihr der Musiklehrer aufgegeben hatte.

Am ersten Schultag zeigte sie Samuel den Weg zur Brandgasse im minderen Basel, auf der anderen Seite des Rheins, wo Sebastian Hoffmann ein Haus gemietet hatte, dessen Erdgeschoss ihm als Schulstube diente. Dort unterrichtete Hoffmann neben Samuel fünf weitere Jungen. Sie alle stammten aus Familien, in denen man viel vom jungen Magister hielt und hoffte, dass er die eigenen Sprösslinge nicht nur erfolgreich aufs Pädagogium vorbereiten, sondern sie auch im Geiste des revolutionären Fortschritts erziehen werde, der in Stadt und Land immer mehr Anhänger gewann.

Äusserlich unterschied Samuel nichts von den Gleichaltrigen, mit denen er den Unterricht besuchte. Tante Dorothe (die Anrede bereitete ihm noch immer Mühe) hatte ihn neu ausstaffiert. Rock, Weste und Hose waren von einem Schneider angefertigt worden; die Hemden hatte sie selbst genäht. Anders als in Waldenburg trug er jetzt auch in der warmen Jahreszeit Schuhe.

Seine fünf Kameraden akzeptierten den Jungen, der aus dem Oberen Baselbiet stammte und dessen Dialekt seine bäuerische Herkunft verriet, als einen der Ihren. Etwas anderes hätte Hoffmann, der nicht müde wurde, den Vorrang von Tüchtigkeit über die Herkunft zu betonen, auch gar nicht zugelassen. Im Übrigen erwies sich bald, dass Samuel den anderen durchaus ebenbürtig war, nicht nur in Bezug auf sein Wissen, sondern erst recht auch während der Pausen, wenn man im freundschaftlichen Kampf die Kräfte mass. Und als der Lehrer einmal nebenbei bemerkte, der kleine Jacob aus Waldenburg werde wohl der Erste sein, der den Übertritt in die höhere Schule schaffe, war seine Stellung gesichert.

Dorothea Staehelin war ihrem Pflegling mit einer besitzergreifenden, närrischen Liebe zugetan, einer Liebe, auf die sie ein Recht zu haben glaubte, weil der vierjährige Samuel nach seinem schrecklichen Unfall dank ihrer aufopferungsvollen Pflege dem Leben zurückgegeben worden war. Er war für sie der Sohn, den sie sich gewünscht und nie gehabt hatte. Nannte sie ihn früher, in Anspielung auf seine blonden Haare, ihren «Goldschatz», so war er jetzt, in Rock und langen Hosen, ihr *Petit Gentilhomme*. Sie war entschlossen, ihn erzieherisch nach jenem Bild zu formen, das sie sich vom Mann machte, zu dem er einmal heranwachsen sollte.

Am Abend, wenn Hanna und Salome in der Küche das Geschirr abwuschen, sass sie bei Samuel, der am grossen Tisch im Esszimmer seine Hausaufgaben erledigte. Sie fragte ihn französische und lateinische Vokabeln ab und liess sich, genau gleich wie sein Vater seinerzeit in Sankt Wendelin, erklären, was er tagsüber in der Schule gelernt hatte.

Sobald Salome unten in der Küche ihre Pflichten erledigt hatte, setzte sie sich zu ihnen und hörte aufmerksam zu. Sie nahm die Zuwendung ihrer Mutter zu Samuel ohne Neid zur Kenntnis, empfand es aber als ungerecht, dass ihm bei Magister Hoffmann ein breiteres Wissen vermittelt wurde, als ihr bei Mademoiselle Decastel vergönnt war. «Weshalb erhält er Unterricht in Mathematik, Geographie und Geschichte, weshalb lernt er Latein und später Griechisch, während man uns Mädchen lediglich beibringt, Französisch zu parlieren, sich wie eine Dame zu benehmen und uns im Übrigen behandelt, als seien wir dumme Gänse?», brach es einmal aus ihr heraus, als Samuel ihr und ihrer Mutter erklärte, wie man den Inhalt einer Kugel und eines Zylinders errechnete.

«Aber Salome!» Dorothea runzelte die Stirn. «Du bist doch ein Mädchen, du wirst später heiraten, Kinder haben und hoffentlich eine Schar Dienstboten anleiten und überwachen. Dafür brauchst du weder antike Sprachen noch Geometrie.»

«Aber du sprichst doch auch Latein», trumpfte ihre Tochter auf.

«Mein Vater hat für Benedikt einen Hauslehrer engagiert. Ich durfte danebensitzen. Ob ich dabei etwas lernte oder nicht, war deinem Grossvater gleichgültig.»

«Und weshalb kann ich nicht mit Samuel zu Magister Hoffmann in die Brandgasse gehen und muss mich stattdessen bei Mademoiselle Decastel langweilen?», quengelte sie.

Über der Nase von Dorothea Staehelin bildeten sich zwei steile Falten. «Buben und Mädchen in derselben Klasse! Rede keinen Unsinn, Kind! Ich will nichts mehr davon hören. Am Ende muss unser *petit Gentilhomme* glauben, du seist eifersüchtig auf ihn.»

Salome senkte schuldbewusst ihren wilden Lockenkopf. Dann lächelte sie Samuel an. Fast schien es, als bitte sie um Verzeihung. «Du weisst, Kleiner, dass ich auf dich nicht eifersüchtig bin. Ich finde es nur ungerecht, dass Mädchen nicht dasselbe lernen dürfen wie Knaben.»

Auch Hanna bemutterte Samuel. Sie war stolz auf ihn, glaubte, er sei etwas Besonderes, und war selig, als er vorschlug, ihr Französisch beizubringen. Tatsächlich stieg der kleine Bruder, nachdem er seine Hausaufgaben erledigt hatte, Abend für Abend hinauf in ihre Kammer unter dem Dach. Er lehrte sie einfache Sätzlein zu drechseln und ruhte nicht, bis sie fähig war, sie einigermassen akzentfrei auszusprechen. Sie dankte es ihm, indem sie ihm Leckerbissen aus der Küche zusteckte und von jenen häuslichen Pflichten entlastete, die Madame Staehelins pädagogischer Eifer ihm auferlegte.

Tatsächlich verwöhnten die drei Frauenzimmer, jede auf ihre Art, Samuel nach Strich und Faden. Dass sein Charakter an dieser törichten Behandlung keinen Schaden nahm, lag teils an der ihm angeborenen Nüchternheit, teils an seinem Widerstand, sich vereinnahmen zu lassen.

Wenn Madame Staehelin hoffte, er würde seine Mutter, die sie niemals erwähnte, sondern im wahrsten Sinn des Wortes totschwieg, allmählich vergessen und ihr in seinem Herzen deren Platz einräumen, so täuschte sie sich. Zwar verlor das Bild der Mutter für Samuel tatsächlich mit der Zeit an Konturen, aber ihm war klar: Er war der Sohn von Mathis und Barbara Jacob und würde es immer bleiben.

2

Im letzten Dezennium vor der Wende zum 19. Jahrhundert begannen die Menschen in Basel zu ahnen, dass die Welt, in die sie hineingeboren worden waren, nicht mehr lange Bestand haben würde. Die Anhänger der neuen Ideen aus Frankreich begrüssten die Veränderungen, die sich ankündigten. Die Aristokraten, zu denen auch zahlreiche in Zünften organisierte Handwerker gehörten, versuchten sich vergeblich gegen den Strom der Zeit zu stemmen und bemühten sich eifrig, den Patrioten um den Oberstzunftmeister Peter Ochs und den Ratsherrn Vischer die demokratischen Allüren auszutreiben.

Auch auf der Landschaft breitete sich eine erwartungsvolle Unruhe aus. Männer aus dem Liestaler Gewerbe wie der Uhrmacher Wilhelm Hoch und der Orismüller Johann Jacob Schäfer, ebenso der Artilleriewachtmeister Hans Georg Stehlin aus Benken, verbündeten sich mit den städtischen Patrioten und setzten sich gemeinsam mit ihnen für die Gleichberechtigung der Baselbieter Untertanen ein.

Die blutigen Kämpfe, die sich Franzosen und Österreicher weniger als eine halbe Stunde rheinabwärts lieferten, hielten die Stadt in Atem. Die Entscheidung zugunsten einer neuen Ordnung in Europa sollte aber nicht am Oberrhein fallen, sondern in Italien. Dort eilte die schlecht ausgerüstete und zahlenmässig meist unterlegene Armee des jungen Generals Bonaparte ab dem Frühjahr 1796 von Sieg zu Sieg.

In jenen Monaten hefteten die Patrioten die schwarz-weiss-roten Kokarden, welche die Farben von Stadt und Landschaft Basel vereinigten, an ihre Röcke, Mäntel oder Hüte. Auch Dorothea Staehelin, Salome, Hanna und Samuel wollten damit ihrer Überzeugung Ausdruck verleihen, dass die Zeit für die politische Gleichstellung der Menschen diesseits und jenseits des Mauerrings reif sei.

Salomes Freundin Juliana, die jüngste Tochter des Ratsherrn Vischer, war ein seltsames Mädchen. Sie war elf Jahre alt, klein und zierlich. Glattes, braunes Haar umrahmte ihr schmales Gesicht. Die Oberlippe stand, als müsse sie die untere schützen, ein klein wenig vor. Aus zwei dunklen, melancholischen Augen schaute sie verwundert in die Welt, fast so, als frage sie sich, weshalb sie überhaupt da sei.

Samuel hatte sie kennengelernt, als er Tante Dorothe mit Salome ins Haus zur Gans am unteren Spalenberg begleiten durfte. Mit der Hausherrin, Anna Vischer, einer geborenen Sarasin, war Dorothea Staehelin seit ihrer Kindheit befreundet. Sobald die Kinder eine Tasse Schokolade getrunken und ein Stück Kuchen gegessen hatten, wurden sie von den Damen, die ungestört miteinander plaudern wollten, hinunter auf die Gasse geschickt. Dort sassen sie auf der Bank vor dem Haus und schauten den Leuten zu, die an ihnen vorbeigingen.

«Und dann holte der Henker mit seinem Schwert weit aus», sagte Juliana plötzlich ohne jeden Zusammenhang. «Er verfehlte aber den Hals des Verurteilten und schlug ihm stattdessen eine tiefe Wunde in die Schulter. Die Militärmusik stimmte die Marseillaise an, um die Schmerzensschreie des Unglücklichen zu übertönen.»

«Wovon sprichst du?», fragte Samuel verstört.

Salome hatte die Geschichte schon mehrmals gehört. Mit einem beschwörenden Blick gab sie ihrem Pflegebruder zu verstehen, ruhig zu sein und die Freundin reden zu lassen.

«Beim zweiten Schlag klappte es dann», fuhr Juliana leise fort. «Der Scharfrichter hob den Kopf an den Haaren in die Höhe und zeigte ihn der Menge.» Sie schloss die Augen, als könne sie so die Erinnerung an das schreckliche Bild auslöschen.

«Warum hat man ihn geköpft?», wollte Samuel wissen. «War er ein Revolutionär?»

«Aber nein, in Frankreich werden doch nicht die Revolutionäre hingerichtet», belehrte ihn Salome, «sondern die andern, die Adeligen und jene, die dem König und der alten Ordnung nachtrauern.»

1793 hatte Juliana ihre Lehrerin Madame Gazin und deren Töchter, Charlotte und Souki, nach Belfort begleiten müssen, wo deren Ehemann und Vater die Heumagazine verwaltete. Julianas Papa mochte gehofft haben, dass sich der Aufenthalt förderlich auf die mangelhaften Französischkenntnisse seiner Tochter auswirken würde. Allerdings hatte die Achtjährige in jenen Monaten nicht nur ihr Französisch verbessert, sondern auch eine Lektion in praktischer Weltgeschichte erhalten, die sie ihr Leben lang nicht mehr loslassen sollte.

In der Stadt herrschte eine aufgeheizte Stimmung. Eine öffentliche Versammlung folgte der nächsten. Banden von Patrioten, darunter zwölfjährige, mit Piken und Gewehren bewaffnete Buben, patrouillierten durch die Gassen und drangsalierten Bürger, deren Gesinnung ihnen nicht revolutionär genug erschien. Es war die Zeit der Schreckensherrschaft. Zehntausende wurden in Frankreich verhaftet, Tausende hingerichtet. Die Köpfe sassen locker auf den Schultern der Verdächtigen.

Nach zehn Monaten, die dem Mädchen schier endlos erschienen waren, bat der Ratsherr Vischer den mit ihm befreundeten Kommandanten der Festung von Huningue, sein Töchterchen zurückholen zu lassen. Ein paar Dragoner übernahmen den Auftrag und führten Juliana zurück.

Es war dem Mädchen unmöglich, sich von den Bildern des Terrors und der Gewalt zu lösen, die sich in ihre kindliche Seele eingebrannt hatten. Sie musste bei jeder Gelegenheit immer wieder aufs Neue ihre Erlebnisse schildern. Die Eltern, Geschwister und Mitschülerinnen bei Mademoiselle Decastel waren ihrer Erzählungen längst überdrüssig. Sie realisierten nicht, dass das Mädchen, indem es darüber sprach, sich von einem Trauma zu befreien versuchte. Hinzu kam, dass ihr Vater für das Basler Justizwesen zuständig war und bei Tisch so manches zu berichten hatte, was ihre Fantasie zusätzlich anregte.

Mit dem Pflegebruder Salomes hatte Juliana einen Zuhörer gefunden, der ihre Geschichten noch nicht kannte. Sie bestand darauf, dass er sie und ihre Freundin bei ihren Streifzügen durch Basel begleitete. Die beiden führten Samuel an jene Stätten, die mit Tod und Verderben zu tun hatten: auf die Rheinbrücke, von der man einst Kindsmörderinnen in Säcke genäht ins Wasser geworfen hatte, und vor den Sankt-Alban-Schwibbogen und den Eselsturm beim Barfüsserplatz, wo der Henker auf Anweisung des Rats Angeschuldigte folterte, bis sie ihre Verbrechen gestanden.

Dank Sebastian Hoffmann, der mit seinen Schülern wie schon in Waldenburg auch in Basel Exkursionen unternahm, kam Samuel Jacob zugleich in den Genuss ganz anderer Stadtführungen. Es war ein Bild für Götter: Der Lehrer und seine Schüler gaben sich als revolutionäre Patrioten. Sie alle trugen ausnahmslos schwarze lange Hosen, die sie in die wadenhohen Stiefel steckten, dazu einen schwarzen Rock, an dessen Revers eine Kokarde in den Farben der Revolution prangte. An der Spitze seiner sechs Buben hastete der Magister durch die Strassen und erzählte dabei die Geschichte der alten Handelsstadt Basel. Er betonte, die Basler hätten es stets vorgezogen, als Kaufleute zu leben, statt ihre Haut in fremden Diensten zu Markte zu tragen wie die Haudraufs aus den inneren Orten.

Samuel versuchte mit dem, was er von seinem Lehrer und den beiden Mädchen hörte, klarzukommen. In der Nacht vom 30. November 1796 träumte er vom Henker von Belfort, der mit seinem Richtschwert weit ausholte. Dessen Auftritt war begleitet von Blitzen und mächtigem Donnergrollen. Als Samuel aus dem Schlaf hochschreckte, war der Scharfrichter weg, aber das Krachen und Dröhnen hielt an, und ihm war, als fiele Feuer vom Himmel. In der Tür seiner Kammer stand Salome. Ihr bleiches, vom wirren, offenen Haar umrahmtes Gesicht wurde von einer Kerze beleuchtet. «Die Welt geht unter», flüsterte sie. Ihre Augen waren vor Schreck geweitet.

Samuel, der dasselbe glaubte, sprang aus dem Bett. Hand in Hand tappten sie barfuss die Treppe hinunter ins Zimmer von Dorothea Staehelin. Die Frau beugte sich, nur mit ihrem Hemd bekleidet, aus dem offenen Fenster und schaute nach Norden, woher der Lärm kam. Verwundert musterte sie die verängstigten Kinder. «Ihr braucht euch nicht zu fürchten», sagte sie. «Die Franzosen und die Kaiserlichen scheinen sich eine Schlacht zu liefern. Hier in Basel sind wir sicher.» Als sie realisierte, dass sie sich nicht beruhigen liessen, legte sie jedem einen Arm um die Schultern.

«Dürfen wir bei dir schlafen, Maman?», fragte Salome mit hohem, dünnen Stimmchen und drängte sich an sie.

Dorothea lächelte. Das war nicht mehr ihre wilde Zwölfjährige, sondern das kleine Mädchen, das sie einmal gewesen war. «Et toi, mon petit gentilhomme», wandte sie sich an ihren Pflegling, «willst du auch bei deiner Tante Dorothe bleiben?»

Der Junge schaute sie mit grossen Augen an. Dann nickte er stumm.

«Dann kommt halt!»

Salome und Samuel schlüpften zu ihr ins grosse Bett, schmiegten sich an sie und fühlten sich in ihrer Nähe sicher und geborgen, dem grossen Morden, wenige Meilen flussabwärts, zum Trotz.

Es war in der Tat ein grosses Morden gewesen in jener Nacht. Auf der unmittelbar vor dem Markgräfler Ufer liegenden

Schusterinsel unterhalb der Stadt besassen die Franzosen ein Vorwerk, das über eine Schiffsbrücke mit ihrer linksrheinischen Festung Huningue verbunden war. Dieses Vorwerk versuchten die Kaiserlichen zu stürmen, und zwar von hinten. Das war nur möglich, weil eidgenössische Offiziere, unter Verletzung der Neutralität, den Österreichern erlaubt hatten, über Basler Gebiet vorzurücken. Die Franzosen schlugen ihre Feinde zurück, aber das Gemetzel forderte zahlreiche Tote.

Wie an jedem ersten Freitag im Monat empfingen der Ratsherr Peter Vischer und seine Frau Anna zwei Tage später ihre Freunde in ihrem grossen Stadthaus zum *Jour fixe*. Dorothea Staehelin, die zu diesem Kreis gehörte, hatte Salome und Samuel mitgenommen, denn es war vorgesehen, dass ihre Tochter mit Juliana und deren Bruder Lukas eine Probe ihres musikalischen Könnens zum Besten geben würden.

Im mit teuren Möbelstücken ausgestatteten Salon, dessen Wände mit grünen Stofftapeten bespannt waren, drängten sich wie immer zahlreiche Gäste. Die Brüder Lukas und Jakob Sarasin, Vater und Onkel von Anna Vischer, waren anwesend, ebenso die Schwester des Hausherrn, Salome Ochs, die Frau des Oberstzunftmeisters, der sein Kommen für später angekündigt hatte. Philipp Bridel, der Pfarrer der *Église Française* in Basel war gekommen, und auch Magister Sebastian Hoffmann war da. Gross, düster und ganz in Schwarz stand er allein in einer Ecke. Ausserdem waren Peter Birmann und seine Frau Döre erschienen. Birmann war ein in Adelskreisen geschätzter Maler und Kunsthändler. Im vergangenen Jahr hatte er in Paris von verarmten adeligen Familien mehrere Gemälde alter Meister weit unter deren Wert erworben und in Basel für gutes Geld verkauft. Einige von ihnen schmückten, neben eigenen Werken Birmanns, die Wände des Hauses zur Gans, denn Peter Vischer war nicht nur reich, sondern auch ein Sammler und Liebhaber der schönen Künste.

Jetzt stand der Sinn des Ratsherrn allerdings nicht nach Malerei. Er erzählte seinen Zuhörern vom Kampf um das Vorwerk auf der Schusterinsel. Er habe gehört, wie die Reihen der Österreicher unter dem Kartätschenfeuer der Franzosen gefallen seien und wie diese die fliehenden Kaiserlichen *au pas de charge et tambour battant* («im Laufschritt und auf Trommelschlag», übersetzte Dorothea Staehelin ihren beiden Kindern flüsternd) verfolgt hätten.

«Wie viele Unglückliche dieses grausige Gemetzel gefordert hat», fuhr Vischer fort, «weiss ich nicht. Es heisst, beide Parteien hätten versucht, ihre Verluste zu verbergen und deshalb bereits in aller Frühe das Schlachtfeld geräumt und die Toten in den Rhein geworfen. Gestern Morgen habe ich in Kleinhünigen rund fünf Dutzend schwerverwundete Soldaten gezählt, Österreicher und Franzosen, die von Basler Chirurgen behandelt wurden.»

Während sich die Gäste, wohlversorgt mit süssem Gebäck und Wein, behaglich die Gräuel der blutigen Auseinandersetzungen vor den Toren der Stadt schildern liessen, meldete ein Lakai, der Oberstzunftmeister Ochs sei soeben eingetroffen. Alle Köpfe wandten sich zur Tür, wo der seit vergangenem Juni gemeinsam mit Bürgermeister Buxtorf höchste Magistrat der Stadt stehen geblieben war und sich präsentierte. Er war nicht sonderlich gross. Die leicht gekrausten, braunen Haare, die über die Ohren und in den Nacken fielen, lichteten sich vorn, was seinem runden Gesicht zu einer hohen Stirn verhalf. Mit der unvermeidlichen Kokarde am Revers des dunklen Rocks trug er seine ohnehin bekannte Gesinnung zur Schau. Ein sorgfältig geknüpftes Tuch aus weisser Seide umschloss seinen Hals bis zum Kinn.

Vischer eilte auf ihn zu. «Willkommen Schwager!» Er bediente sich jetzt ausschliesslich des Französischen, das er zuvor nur nebenbei in seine Rede hatte einfliessen lassen, denn Peter Ochs, der in Nantes und in Hamburg aufgewachsen war, sprach zwar perfekt Hochdeutsch, beherrschte aber den Dialekt seiner Heimatstadt nicht. «Ich erzählte gerade vom Angriff auf der Schusterinsel. Stimmt es, dass die eidgenössischen Truppen die Kaiserlichen, ohne einzugreifen über Basler Boden vorbeiziehen liessen und ihnen so einen Vorteil verschafft haben?»

Mit hochgezogenen Brauen liess der Oberstzunftmeister einen leicht spöttischen Blick über die Anwesenden schweifen. «Nun», sagte er schliesslich, und seine Stimme klang fast etwas gelangweilt, «ich komme gerade aus dem Rathaus, wo der Bürgermeister und ich die französische Protestnote entgegengenommen haben. Man wird die Sache untersuchen. So viel aber ist gewiss: Falls die Anschuldigungen gegen die betroffenen Offiziere stimmen, so haben sie sicher auf Anweisungen gehandelt, die höheren Orts erlassen worden sind. Wir wissen ja, dass unsere lieben Miteidgenossen für den Sieg Österreichs beten – die Narren!» Mit einer Handbewegung setzte er dem Gelächter, das seine letzte Bemerkung quittierte, ein Ende, um leutselig fortzufahren: «Wir sollten uns aber diesen schönen Abend nicht mit Gesprächen über Politik verderben lassen. Ich habe mir sagen lassen, mein Neffe und meine Nichte Juliana hätten für heute Abend zusammen mit der reizenden Salome Staehelin ein Ständchen für uns eingeübt.»

Der sechzehnjährige Lux, wie man ihn in der Familie nannte, und die beiden Mädchen erhoben sich. Die Vischer-Kinder griffen zu Violine und Flöte, Salome setzte sich ans Klavier. Samuel fiel die Aufgabe zu, neben ihr zu stehen und jeweils auf ihr Kopfnicken die Notenblätter umzuwenden. Die Kinder kämpften sich mit leidlichem Erfolg durch ein Menuett.

Noch während ein wohlwollender Applaus die Darbietung belohnte, fasste Ochs Dorothea Staehelin am Oberarm und zog sie in eine Fensternische. «Trifft es zu, dass Ihr, wie man mir berichtet, mit unserer Sache sympathisiert, Bürgerin?»

Sie deutete ein Lächeln an, wies auf die Kokarde, die sie an ihrem Hut befestigt hatte, und befreite sich von seinem Griff. Sie mochte es nicht, wenn man ihr zu nahekam. Sie mochte Ochs, dessen Ansichten sie durchaus teilte, ohnehin nicht. Zu berechnend, zu ehrgeizig kam er ihr vor. «So weit, mich in Blau-Weiss-Rot malen zu lassen, würde ich allerdings nicht gehen», sagte sie spitz. Das war eine Anspielung auf die Frau des Oberstzunftmeisters, die sich in einer anderen Ecke des Salons angeregt mit Monsieur Bridel unterhielt. Als vor vier Jahren der Maler Johann August Nahl in Basel weilte, hatte sie sich von ihm porträtieren lassen: Salome Ochs-Vischer, die Empfindsame mit verschleiertem Blick, draussen in Gottes freier Natur. Eines ihrer Kinder, dem sie ein Buch vorliest, auf dem Schoss, das lange Haar zu einem nachlässigen Knoten geschlungen. Über ihren Schultern ein Schal: bleu, blanc, rouge – die fleischgewordene Allegorie der Revolution. Dorotheas Freundin Anna Vischer, die ein rechtes Lästermaul sein konnte, hatte seinerzeit über das Bild der Schwägerin, das im Ochs'schen Holsteinerhof hing, gespöttelt. Ein Seelchen sei sie, das gerne romantische Melancholie zelebriere, nur weil ihr fünftes Kind wenige Tage nach seiner Geburt gestorben sei. Als ob nicht tagtäglich Tausende von Müttern auf dieser Welt ihr Schicksal teilten.

Dorothea biss sich auf die Lippen. Ich sollte meine Zunge besser im Zaun halten, dachte sie. Ochs ging hüstelnd über ihre Bemerkung hinweg. Sie wisse ja, sagte er dann, dass er und seine Freunde sich dafür einsetzten, dass die Baselbieter Untertanen dieselben Rechte erhielten wie die Stadtbürger. Man habe deshalb mit fortschrittlichen Landleuten Verbindung aufgenommen und treffe sich regelmässig zum Meinungsaustausch in Liestal. Inzwischen seien, mit Ausnahme des Amtes Waldenburg, sämtliche Vogteien im Kreis der Patrioten vertreten. Wie er gehört habe, besitze die Bürgerin Staehelin am Oberen Hauenstein einen Sennhof, und so habe er sich gefragt, ob sie ihm vielleicht jemanden nennen könne, der bereit wäre, an der grossen Sache mitzuarbeiten.

«Die grosse Sache?» Dorothea lächelte. Männer, dachte sie. Weshalb sagt er nicht, was er will – eine Revolution von oben, mit ihm an der Spitze. «Ich wüsste vielleicht einen, der Euch dienlich sein könnte: mein Pächter, Mathis Jacob.»

«Ist das der, dessen Sohn Ihr bei Euch aufgenommen habt und durch Magister Hoffmann schulen lässt?»

«Ihr wisst viel, Bürger Ochs.»

«Es ist die Pflicht der Behörden, viel zu wissen. Aber sagt, ist der Mann nicht arg fromm?»

«Wie kommt Ihr darauf?»

«Ich meine mich zu erinnern, dass Pfarrer Grynäus ihn in seinen Berichten erwähnt. Er scheint einer Gruppe von gleichgesinnten Sektierern vorzustehen.»

«Der gute Vetter Theophil!» Lachend erzählte sie dem Oberstzunftmeister, dass der besagte Hauskreis nur als Tarnung diene. «In Tat und Wahrheit lesen die Bauern um Mathis Jacob gemeinsam revolutionäre Schriften und diskutieren darüber.»

«Ach! Klug wie die Schlange und sanft wie die Taube. Ein Mann ganz nach meinem Geschmack.» Auch wenn Ochs lächelte, blieben seine Augen kalt. «Richtet ihm aus, er solle sich am Markt, der am Mittwoch vor Lichtmess in Liestal stattfindet, gegen Abend im Gasthof Engel einfinden, wo wir Patrioten uns treffen.»

Dorothea versprach es und winkte dann Salome und Samuel heran. «Da, der kleine *Gentilhomme* ist übrigens der Sohn des Bauern Jacob aus Waldenburg.»

Der Oberstzunftmeister kniff das Mädchen, das er kannte, in die Wange und wechselte ein paar freundliche Worte auf Französisch mit dem Jungen, der ihm in derselben Sprache antwortete. «Oh, ein gebildeter Baselbieter!» Ochs gab sich erfreut. «Er spricht besser Französisch als die Honoratioren aus Liestal, mit denen ich zu tun habe. Der Junge ist ein Versprechen für die Zukunft.»

3

Das Reich von Samuels Schwester Hanna war die Sankt-Johanns-Vorstadt. Abgesehen von der grossen Anlage des ehemaligen Predigerklosters bestand sie im Wesentlichen aus einer von zwei Häuserreihen gesäumten Strasse, begrenzt durch den Schwibbogen im Osten und dem Sankt-Johanns-Tor im Westen. Wie überall in den Vorstädten gab es auch hier einen Hirten, der täglich das Vieh der Bewohner auf die Weide vor der äusseren Stadtmauer führte.

Neben den wenigen Grossbürgern, die in den paar Herrschaftshäusern auf der dem Rhein abgewandten Seite wohnten, lebten vor allem Fischer und Schiffer, Bäcker, Gärtner und Rebleute in diesem Teil der Stadt. Zentrum des Viertels war die *Mägd*, das mit einer bemalten Fassade ausgestattete Haus der Vorstadt-Gesellschaft, die polizeiliche Aufgaben wahrnahm, Händel unter den Bewohnern schlichtete und eine nächtliche Feuerwache organisierte. Dort befand sich auch das Waschhaus, wo Hanna Frauen aus dem Quartier und andere Mägde kennenlernte, die aus dem badischen Wiesental, dem Sundgau oder, wie sie, aus dem Baselbiet stammten. Mit ihnen tauschte sie Neuigkeiten aus. Man tratschte über die Herrschaft und scherzte mit den Burschen, die vorbeikamen und den jungen Frauen begehrliche Blicke zuwarfen.

Jeden Morgen ging Hanna auf den Markt vor dem Rathaus, wo sie nach Madame Staehelins Anweisungen die Zutaten für das Mittagessen einkaufte. Ihr Weg führte an der Schiffländе vorbei, die von einer Jägereinheit aus dem Stand Bern bewacht wurde. Sie war Teil der eidgenössischen Schutztruppen, die man nach Basel entsandt hatte. Hanna warf den jungen Männern verstohlene Blicke zu. Sie trugen schmucke, dunkelblaue Waffenröcke mit hellblauen Revers und Aufschlägen, weisse Hosen, die in Halbgamaschen steckten, und einen runden Hut, der ihnen ein verwegenes Aussehen verlieh. Bewaffnet waren sie mit einem Hirschfänger, der als Seitengewehr diente, und einer Flinte. Wenn Hanna sich ihnen näherte, beschleunigte sie ihr Tempo, warf den Kopf in den Nacken, schaute geradeaus und gab sich den Anschein, als höre sie die Zurufe nicht, mit denen die Jäger um ein Lächeln oder ein Wort von ihr warben.

Aber am Abend, wenn alles erledigt war, stand sie oft müde am Fenster in ihrer Dachkammer und dachte an die Soldaten. Vor allen anderen hatte es ihr ein Sergeant angetan. Er war jung und gut gewachsen, hatte dunkles Haar und einen dunklen Schnurrbart und zog jedes Mal den Hut, wenn sie, ohne ihn anzuschauen, mit pochendem Herzen und zitternden Knien an ihm vorbeihastete. Einmal hatte er sich ihr in den Weg gestellt. Weshalb sie seinen Gruss nicht abnehme, hatte er wissen wollen und sich vorgestellt. Er sei Hans Diepoldswiler und stamme aus Langnau im Emmental. Ob sie ihm nicht ihren Namen nennen möge. Hanna, die glaubte, vor Scham in den Boden versinken zu müssen – sie im Gespräch mit einem Mann auf offener Strasse –, gab ihm mit hochrotem Kopf Bescheid.

«So, Hanna Jacob?» Die Frau seines Urgrossvaters, Rudolf Diepoldswiler, habe auch so geheissen: Ursula Jacob. Deren Mutter, Anna, sei übrigens eine Täuferin gewesen, die aus dem Emmental verbannt worden sei. Ob die hübsche Jungfer Hanna wohl auch entfernt mit den Jacobs aus Langnau verwandt und eine Taufgesinnte sei?

«Ich weiss nichts dergleichen.» Hanna schlüpfte hastig am Sergeanten vorbei. Seither hoffte sie jeden Tag, dass Hans Diepoldswiler auf sie warten würde, wenn sie gegen neun Uhr unterwegs zum Markt war.

Und tatsächlich: Pünktlich stand er da und zog den Hut. «Grüss dich, Hanna», sagte er, und sie schenkte ihm, ohne dass sie ein Wort über ihre Lippen brachte, ein scheues Lächeln.

Sie hatte dem, was der Vater über seine Vorfahren erzählte, nie grosse Beachtung geschenkt. Aber jetzt nahm sie sich vor, ihn nach den Verwandten zu fragen, wenn sie mit Madame und den Kindern die Silvestertage auf Sankt Wendelin verbringen würde.

Hanna starrte hinunter ins dunkle Wasser des Rheins, der am Haus *zem Crüz* Richtung Weil vorbeizog, wo sich Österreicher und Franzosen über den Fluss hinweg totschossen. Auch sie war in der Nacht des 30. Novembers erwacht und hatte geglaubt, der Jüngste Tag sei angebrochen, oder Basel werde von einem grossen Erdbeben heimgesucht, das wie jenes von 1356 die Stadt zerstören werde. Auch sie hatte sich gefürchtet, hatte voller Angst die Decke über ihren Kopf gezogen, aber anders als ihr kleiner Bruder und Salome hatte sie niemanden, zu dem sie gehen und an den sie sich schmiegen konnte. Niemanden, der ihr erklärte, dass das, was sie höre, zwar Mord und Totschlag sei, dass sie aber davor bewahrt bleiben würde.

Wenn sie am frühen Morgen aufstand, trug der Strom die ersten Lauertannen, aus rohen Balken zusammengefügte, bis zu vierzig Fuss lange Kähne, an ihr vorbei. Die Männer, die sie steuerten, führten Waren flussabwärts bis nach Mainz. Hanna schaute den Schiffen nach und träumte davon, einmal mitfahren zu dürfen. Sie wollte weg von Basel, weit weg, an einen Ort, wo es keine Berge von schmutzigem Geschirr mehr gab, keine Böden zu fegen, keine Kleider zu flicken, keine Strümpfe zu stopfen. Dort würde ein Mann auf sie warten, einer der sie beschützen und verwöhnen würde, einer der aussah wie Hans Diepoldswiler, der Sergeant aus Langnau.

1797 sprach man in Basel, wie überall in Europa, von kaum etwas anderem als von den aufsehenerregenden Erfolgen Bonapartes in Italien. Nachdem seine Armee im Vorjahr bereits das Königreich Sardinien-Piemont geschlagen, die Lombardei erobert und den Kirchenstaat besetzt hatte, überschritt Napoleon im Frühling die Grenzen Österreichs und bedrohte Wien. Kaiser Franz musste sich vom noch nicht dreissigjährigen Korsen demütigen lassen und um Frieden bitten. Dieser wurde ihm gewährt, unter der Bedingung, dass Österreich seine linksrheinischen Gebiete an Frankreich abtreten und die Errichtung der Cisalpinischen Republik in den bislang von den Habsburgern beherrschten Territorien Norditaliens akzeptieren würde. In den Zunftstuben und den Salons der Reformgesellschaften riss man sich die Zeitungen und Flugblätter aus den Händen. Man war sich bewusst, in einer grossen Zeit zu leben, in einer Zeit, in der die Karte Europas neu gezeichnet wurde und in der künftig nichts mehr so sein würde, wie es einst gewesen war.

Als Samuel im Juni jenes Jahres mit Dorothe Staehelin, Salome und Hanna nach Sankt Wendelin in die Sommerfrische fuhr, konnte er seinem Vater berichten, dass er die Aufnahmeprüfung ins Pädagogium bestanden hatte. Hoffmann habe ihm erklärt, dass er an der Schule am Münsterplatz in den Genuss einer umfassenden Bildung kommen werde, die ihm später den Zugang zur Universität öffnen würde.

Mathis Jacob war stolz auf seinen Jüngsten. Er umarmte ihn wortlos. Auch Samuels Brüder, Peter und Paul, klopften dem Kleinen auf die Schultern und nannten ihn anerkennend einen verfluchten Kerl. Und selbst die spröde Martha, die inzwischen das Regiment im Haus übernommen hatte, machte sich daran, für ihn ein Festmahl aufzutischen. Samuel sonnte sich in seinem kindlichen Ruhm.

4

«Genug ist genug!» Mathis Jacob war aufgestanden und starrte den Gemeindevorsteher herausfordernd an. Soeben hatte der Untervogt Heckendorn den Männern, die am 30. Oktober 1797 abends im Waldenburger Stadthaus versammelt waren, eröffnet, dass der gnädige Herr Landvogt auf drei zusätzlichen Frontagen bestehe. Im Schloss seien zahlreiche Renovationsarbeiten zu erledigen.

«Von meinem Hof wird niemand kommen», erklärte Mathis. Und in spöttischem Ton: «Der hohe Herr, Mitglied der ehrenwerten Zunft zu Metzgern in Basel, soll selber Hand anlegen, wenn er nicht will, dass seine Behausung verlottert.»

Im Saal wurde es still. Man hörte die Feder des Vogtschreibers Koni Schäublin, der neben dem Gemeindevorsteher sass, übers Papier kratzen. Pfarrer Grynäus hüstelte. Jedermann starrte auf den Bauern von Sankt Wendelin, der es wagte, sich offen gegen eine Anweisung der Obrigkeit aufzulehnen.

«Überlegt Euch gut, was Ihr da sagt, Jacob, wenn Ihr nicht als Revoluzzer bestraft werden wollt», drohte Heckendorn. «Noch herrscht hier Recht und Ordnung.»

«Recht und Ordnung!», höhnte Mathis. «Die Frontage, die uns auferlegt sind, haben wir in diesem Jahr geleistet – wie immer während der Heuernte, wenn jede Hand auf dem Hof gebraucht wird. Mehr darf der Landvogt nicht von uns verlangen. Er kann Handwerker dingen. Aber dann muss er, wie jedermann, dafür bezahlen.»

Einige der Männer nickten, andere murmelten Zustimmung.

Thomas Heckendorn verzog das Gesicht. Seine Stellung als Gemeindevorsteher war wenig komfortabel. Auf Vorschlag des im Tal unbeliebten Landvogts war er vom Basler

Rat eingesetzt worden. Beiden schuldete er Treue. Gleichzeitig war er der Vertreter seiner Mitbürger gegenüber der Obrigkeit und befand sich somit oft genug zwischen Stuhl und Bank.

«Und was die Strafen betrifft, mit denen Ihr glaubt, mir drohen zu müssen, Heckendorn», fuhr Mathis fort, «so kommt es darauf auch nicht mehr an. Ihr wisst so gut wie alle hier im Saal, dass es im Amt Waldenburg ohnehin Bussen hagelt, mit denen sich der gnädige Herr Metzgermeister die Taschen füllt. Redet nicht von Recht und Ordnung. Ich sage: Genug ist genug.»

Noch bevor der Gemeindevorsteher zur Widerrede ansetzen konnte, erhob sich Emil Strub: «Genug ist genug!», schrie auch er.

Dem Beispiel von Mathis' Schwiegervater folgten jene Bauern, die an den Zusammenkünften teilnahmen, von denen Pfarrer Grynäus glauben wollte, es handle sich um fromme Konventikel. «Genug ist genug!», riefen auch sie. Und schliesslich nahmen noch andere, die dem Hauskreis nicht angehörten, den Ruf auf: «Genug ist genug!»

Der Gemeindevorsteher schaute hilfesuchend zum Schreiber. Doch der zuckte nur mit den Achseln. Auch der Pfarrer schien dem Untervogt nicht beistehen zu wollen. Heckendorn realisierte, dass es ihm nicht gelingen würde, die aufgebrachten Männer zu beruhigen. «Die Versammlung ist aufgelöst!», rief er und verliess fluchtartig den Saal.

Der Vogtschreiber und Mathis hatten das Stadthaus gemeinsam verlassen und gingen bis zum oberen Tor, wo jener wohnte. Sie kannten sich, so wie in Waldenburg jeder jeden kannte. Ausserdem war Koni Schäublin dabei gewesen, als Franz Brodbeck Mathis zu ein paar Tagen Kerkerhaft verurteilt hatte. Sein Beruf brachte es mit sich, dass er oft Überbringer schlechter Nachrichten war, beispielsweise, wenn er jemandem einen Strafbefehl aushändigen musste. Man nahm es ihm nicht übel, denn es war bekannt, dass er sich für die Leute im Tal einsetzte und versuchte, soweit das in seiner Macht stand, die Willkür des Landvogts abzumildern. Es war ein offenes Geheimnis, dass er die Monate zählte, bis die Amtszeit von Hans Jakob Müller endlich ablief.

«Ich nehme an, dass das, was heute in der Bürgerversammlung geschehen ist, geplant war», sagte Schäublin jetzt.

Mathis schaute ihn prüfend an. Der Schreiber war ein paar Jahre älter als er. Ein eher kleiner, schmächtiger Mann. Ein Federfuchser eben. Nicht unsympathisch, aber auch einer von jenen, die sich sowohl mit der Bevölkerung als auch mit der Obrigkeit gut stellen mussten. Mathis war sich nicht sicher, wie sehr man ihm trauen konnte.

Schäublin nahm sein Zögern wahr. Er verstand es. «Ihr braucht mir keine Antwort zu geben. Ich will Euch nur warnen. Der Landvogt wird mir morgen einen Brief an die Gnädigen Herren diktieren, in dem er Euch verklagt und verlangen wird, Euch zu bestrafen. Er wird masslos übertreiben und Euch als Rebell und Aufrührer verleumden. Darf ich Euch einen Rat geben?»

Mathis zog die Brauen hoch. Noch immer schwieg er.

«Schreibt Madame Staehelin. Schildert ihr, dass Müller wider Recht und Gesetz zusätzliche Frontage angeordnet hat und dass Ihr Euch dagegen gewehrt habt. Bittet sie, beim Ratsherrn Vischer, der für das Justizwesen zuständig ist, ein gutes Wort für Euch einzulegen.»

Als Mathis noch immer nichts sagte, bot ihm Schäublin an, den Brief in seinem Namen zu verfassen. Er nahm wohl an, der Bauer sei ungeübt im Schreiben.

Sie waren jetzt beim oberen Tor angelangt.

«Hier trennen sich unsere Wege», sagte Mathis und reichte dem andern die Hand. «Ich bin durchaus in der Lage, selber zu schreiben, aber ich danke Euch.»

«Gute Nacht – Bürger Jacob.» Es klang nicht spöttisch. Wollte der Vogtschreiber sich als Patriot zu erkennen geben?

Mathis schritt durchs Tor und nickte dem Soldaten zu, der davor Wache hielt. Im Verlauf des Tages hatte sich ein Wetterumsturz angekündet. Die goldenen Herbsttage der letzten Wochen schienen zu Ende zu gehen. Am dunklen Nachthimmel zogen schwere Wolkengebilde nach Osten. Die hohen Tannen, welche zu beiden Seiten die Landstrasse säumten, ächzten. Morgen würde es regnen.

Aufrührer und Rebell. War er das? Natürlich war er überzeugt davon, dass man bei den Leuten den Widerstand gegen die Willkür, der sie vonseiten der Landvögte immer wieder ausgesetzt waren, schüren müsse. In diesem Sinne war sein «Genug ist genug», das die andern aufgenommen hatten, ein Weckruf gewesen. Aber Schäublin täuschte sich, wenn er glaubte, Mathis habe den heutigen Auftritt geplant. Er hatte spontan gehandelt, hatte die Gelegenheit genutzt, endlich seiner Empörung Ausdruck zu geben, einer Empörung, die ihren Ursprung in den Lektionen hatte, die ihm in seiner Jugend vom Landvogt auf dem Schloss oben und von Dorothes Vater auf Sankt Wendelin erteilt worden waren. Damals hatte er begriffen: Es gab oben und unten, Herrschaft und Untertanen, und es würde immer so bleiben, solange man sich nicht dagegen auflehnte.

Im Januar hatte ihm Dorothea Staehelin die Aufforderung des Oberstzunftmeisters Ochs überbracht, an den Zusammenkünften der Patrioten aus der Stadt und der Landschaft in Liestal teilzunehmen. Er hatte gezögert, weil er sich fragte, ob es möglich sei, gemeinsam mit Leuten ein Regiment zu stürzen, dem sie selbst angehörten. Schliesslich war er hingegangen, nicht zuletzt, weil ihn Dorothe dazu drängte.

Seit dem Tod seiner Frau, der nun schon über ein Jahr zurücklag, hatte sich ihr Verhältnis entkrampft. Sie gingen miteinander um wie in ihrer Jugendzeit, gebrauchten das vertrauliche Du: Mathis und Dorothe. Während der Sommermonate hatte sie ihn oft begleitet, wenn er hinaus auf die Weide ging, um nach seinem Vieh zu schauen. Manchmal zusammen mit Salome und Samuel, meistens allein.

Es war einer jener glanzvollen Tage gewesen, wie sie wohl nur der Juli zustande bringt. Die Kühe lagen wiederkäuend im Gras. Das Getreide auf dem Acker, den Mathis in diesem Jahr hier oben angelegt hatte, stand hoch. Zwischen den goldenen Ähren leuchteten blau und rot Kornblumen und Mohn. Darüber gaukelten unzählige Schmetterlinge in der flimmernden Luft.

Sie sassen im Schatten einer grossen Wettertanne, am Fusse des Steinenbergs und schauten über die Waldweide hinüber zu den schroffen Felsformationen der Gerstelflue. Dahinter lagen die Bergrücken des Kettenjuras und noch weiter im Norden die weichen Konturen des Schwarzwalds. Dorothe hatte in einem Korb das Mittagessen – Brot, Käse, Fleisch und eine Flasche Wein – mitgebracht.

Mathis zog die Frau an sich. Dorothe schloss die Augen und legte ihren Kopf in die Beuge seines Halses. Wenn sie allein waren, sicher vor den Blicken ihrer Kinder, gestatteten sie sich solche Gesten der Zärtlichkeit. Mehr liess er nicht zu, obwohl er spürte, dass sie bereit war, sich ihm hinzugeben. Für ihn gehörte sie nach wie vor zu den anderen, zu jenen, die dieses weite, fruchtbare Land zwischen Rhein und Jura beherrschten, zu jenen, die Bauern wie ihn als Untertanen behandelten, ihnen Abgaben und Frondienst abpressten.

Auf ihr Drängen hatte er nach und nach die Geschichte seiner Familie erzählt, so, wie sie ihm von seinem Vater Johann überliefert worden war. Er hatte von seinem Urgrossvater, dem Täufer Ueli Jacob berichtet, den die Gnädigen Herren auf einer venezianischen Galeere hatten zugrunde gehen lassen, und von dessen Frau Anna, die aus ihrer Emmentaler Heimat verbannt worden war. Er hatte den Sonnenberg im Fürstbistum Basel erwähnt, wo noch heute Nachkommen des unglücklichen Paars, nahe Verwandte von ihm, lebten. Wie sein Vater ins Baselbiet ausgewandert war und Sankt Wendelin als Pächter übernommen hatte, wusste sie.

Es sei ganz schrecklich, was die Berner Obrigkeit mit den Taufgesinnten gemacht habe, meinte Dorothe.

Mathis schaute sie von der Seite an. «Die Basler waren nicht besser. Auch sie haben Menschen, die ihrem Gott etwas anders dienten als sie selber, hinrichten oder ausweisen lassen. Sie sind überall gnadenlos, die Gnädigen Herren.»

«Das sind alte Geschichten», wandte Dorothe ein.

«Ach, und wie lange ist es her, dass mich euer Landvogt ins Loch werfen liess und sein Nachfolger mich der Täuferei verdächtigte und mir den Pfarrer auf den Hals hetzte?»

«Euer Landvogt! Ich selber gehöre nicht zur städtischen Oberschicht», verteidigte sich Dorothe. «Nicht mehr. Eine Frau ist in diesen Kreisen ohnehin nur so viel wert wie ihr Ehemann, und in dieser Beziehung habe ich seit meiner Scheidung von Oberst Staehelin nichts mehr vorzuweisen. Gewiss, meine Freundin Anna Vischer hält noch zu mir, ebenso mein Bruder Benedikt. Und wer in deren Häuser verkehrt, hat, wenn ich anwesend bin, auch mich zu akzeptieren. Aber sonst …» Sie machte eine wegwerfende Handbewegung.

Mathis lachte sie aus. Immerhin sei sie, anders als die Landleute oder die Hintersassen in der Stadt, durch ihre Herkunft und ihre Blutsverwandtschaft mit dem Seidenbandherrn Preiswerk vor obrigkeitlicher Willkür geschützt. Er vermute, dass sie noch immer über genügend Einfluss verfüge, um sich, falls sie es darauf anlege, auch gewisse Vorteile zu verschaffen.

Mathis verliess die Passstrasse und betrat den Pfad, der ein kurzes Stück durch den Wald nach Hause führte. Inzwischen war es finster geworden, sodass er seine Schritte vorsichtiger setzen musste. Endlich sah er Sankt Wendelin. In der Stube brannte noch die Öllampe. Breit und sicher, vom Weltgeschehen unberührt, lag das Gehöft etwas unterhalb seines Standorts in einer Senke. Mathis mochte noch nicht nach Hause gehen. Er setzte sich auf den Wurzelstock eines Ahorns, den er vor zwei Jahren gefällt hatte.

Schon sein Vater hatte als Pächter auf Sankt Wendelin gelebt, und nach ihm würde wohl sein Sohn Peter den Hof in der dritten Generation übernehmen. Falls das den Nachkommen des reichen Remigius Preiswerk passte. Sie hatten das Recht, jederzeit den Vertrag aufzulösen und den Jacobs ihre Heimat zu nehmen. Wenn Dorothe jetzt, nachdem er sich offen gegen den Landvogt aufgelehnt hatte, nicht zu ihm stand, konnte er den Hof verlieren.

Da war es wieder, dieses Gefühl der Abhängigkeit: Besitzer und Pächter, oben und unten, dem ganzen Gerede von Gleichheit, Freiheit und Brüderlichkeit zum Trotz.

5

Basel ertrank im Novemberregen. Gewaltig und braun vom Erdreich, das er von seinen Ufern gerissen hatte, wälzte sich der Rhein von Osten her in die Stadt und prallte schäumend gegen den Münsterfelsen, der die Wassermassen nordwärts zwang. Die Fluten zerrten tobend an der Brücke, die Gross- und Kleinbasel verband. Männer mit langen Stangen standen dort, um zu verhindern, dass sich das Schwemmgut – ganze Baumstämme, losgerissene Kähne, manchmal auch Tierkadaver – an den Pfeilern staute. Auch der Birsig, der weit hinten im Leimental entsprang und in seinem offenen, von Stegen überspannten Bett durch die Stadt floss, war zum reissenden Wildbach geworden. Mit Haken und Äxten bewehrte Zunftgenossen sorgten auch hier dafür, dass er sein Geschiebe bis zur Schifflände mitnahm, wo er sich in den Rhein ergoss.

Der Ratsherr Peter Vischer stand am Fenster seines Kontors und beobachtete, wie sich eine Dame mit energischen Schritten über die Schneidergasse dem Haus zur Gans näherte und ans Portal klopfte. Sie war gross und schlank. Erkennen konnte er sie nicht, denn sie hatte, um sich vor dem Regen zu schützen, die Kapuze ihres langen Mantels ins Gesicht gezogen.

Wenig später stand seine Frau unter der Tür des Arbeitszimmers. Ob er Zeit habe, Dorothea Staehelin zu empfangen. Der Ratsherr lächelte. Mit einer einladenden Geste bat er die beiden Frauenzimmer einzutreten und Platz zu nehmen.

Anna Vischer war eine Urgewalt. Sie würde weder eine Ablehnung akzeptieren noch darauf verzichten, am Gespräch teilzunehmen, teils aus Neugierde, teils um die Freundin zu unterstützen, falls sich das als notwendig erweisen sollte. Als einzige Tochter des reichen Lukas Sarasin hatte die Frau des Ratsherrn viel Geld in die Ehe eingebracht. Dank ihr würden die Vischers einmal das Blaue Haus am Rheinsprung erben. Aus dem Nachlass ihrer Grossmutter, einer Werthemann, besassen sie bereits Schloss Wildenstein oberhalb von Bubendorf, wo man die Sommermonate verbrachte. Sechs Geburten hatten Annas Gestalt etwas füllig werden lassen. Ihren eher kleinen Körperwuchs kompensierte sie mit einer kunstvoll hochgetürmten Frisur, die ihre Zofe jeden Morgen mit Zierkämmen und Seidenbändeln schmückte. Madame Vischer war noch immer vital und im Umgang mit anderen sehr direkt, so wie sie das schon als junges Mädchen gewesen war.

Peter Vischer war als Handelsherr und Verantwortlicher für das Justizwesen ein angesehener Mann in den besten Jahren, gross und schlank, ausgestattet mit aristokratischen Gesichtszügen. Auch wenn er seine gepuderte Perücke schon vor Jahren weggelegt hatte, mochte er sich dennoch nicht von seinen Kniebundhosen und den seidenen Strümpfen trennen. Bei aller Sympathie für die Revolution erschien ihm die Kleidung der Sansculotten ein wenig vulgär. «Ihr habt mir den Weg in die Sankt-Johanns-Vorstadt erspart, Cousine», wandte er sich an Dorothea Staehelin. «Ich habe in diesen Tagen vom Landvogt in Waldenburg ein Schreiben erhalten. Es betrifft Euren Pächter auf Sankt Wendelin.»

Cousine. Die Vischers waren weitläufig mit den Preiswerks verwandt. Übrigens auch mit den Staehelins. Das war nicht weiter verwunderlich, denn die regierenden Familien pflegten untereinander zu heiraten.

«Ich habe auch einen Brief bekommen.» Dorothea zog ein Couvert aus ihrem *Ridicule*. Anna warf einen Blick darauf. Es war abgegriffen. Offenbar hatte die Freundin den Inhalt mehrmals gelesen. *Madame D. Staehelin, Haus zem Crüz, Basel*, stand in ungelenken Buchstaben auf dem Umschlag.

«Ich nehme an, es geht um dieselbe Sache. Bürger Jacob hat sich dem Landvogt gegenüber ungebührlich benommen.»

Vischer unterdrückte ein Lächeln. «Er hat ihn vor der ganzen Bürgerversammlung einen Metzgermeister genannt.»

«‹Den gnädigen Herrn Metzgermeister›, schreibt er mir», korrigierte Dorothea.

«Das macht die Sache auch nicht besser. Er hat der Obrigkeit den Respekt versagt. Der Vogt verlangt, dass der Rat den Bauern bestraft.»

«Das lasse ich nicht zu!» Dorotheas Stimme wurde schrill. «Euer Schwager Ochs», fuhr sie etwas ruhiger fort, «hat ihn zu den Versammlungen der Patrioten in Liestal eingeladen. Jedermann weiss, dass er und seine Freunde, zu denen auch Ihr gehört, unser Staatswesen reformieren wollen, um Aufstände wie in Frankreich zu verhindern. Wenn nun Mathis ...» Aus den Augenwinkeln sah sie, wie Anna die Brauen hob und verbesserte rasch: «Wenn nun der Bürger Jacob sich gegen die Willkür dieses Metzgermeisters, was er ja in Tat und Wahrheit ist, wehrt und einen ungesetzlichen Frondienst verweigert, so ist das kein Verbrechen.»

«Da hat sie völlig recht», schaltete sich Anna ein. «Ich hoffe, dass du Manns genug bist, dem Tyrannen auf Schloss Waldenburg sein ruchloses Handwerk zu legen.»

Der Ratsherr hob ergeben die Hände. «Wie könnte ich mich der reizenden Fürsprache zweier Damen für einen braven Mann widersetzen? Ihr dürft beruhigt sein, Cousine. Eurem Pächter wird kein Haar gekrümmt, zumal Pfarrer Grynäus bestätigt hat, dass der Landvogt tatsächlich seine Kompetenzen überschritten hat.»

«Du wirst dem Wüterich einen scharfen Verweis erteilen», verlangte Anna. Dann wandte sie sich an Dorothea: «Komm, wir trinken noch eine Tasse Kaffee.»

Nachdem die beiden Frauen das Kontor verlassen hatten, trat Peter Vischer vor das Porträt seines Ahnherrn, Matthäus Vischer-Respinger, der vor mehr als hundertfünfzig Jahren von Colmar nach Basel gekommen war und da ein Handelshaus gegründet hatte. Sein Doppelkinn ruhte auf dem damals modischen, kunstvoll gefältelten Radkragen. Die buschigen Brauen und der Knebelbart liessen ihn herrischer erscheinen, als er möglicherweise gewesen war. Tadelnd blickte er auf den Nachkommen. Mit heiterer Resignation fragte sich der Ratsherr, ob der Alte in seinen Entscheidungen wohl auch auf die Launen seiner Frau und deren Freundinnen hatte Rücksicht nehmen müssen?

Während Anna im Salon den Kaffee einschenkte, forderte sie die Freundin auf, mehr von ihrem Mathis zu erzählen.

«Er ist nicht mein Mathis!», fauchte Dorothea.

«Dann brauchst du auch nicht zu erröten wie ein junges Mädchen.» Madame Vischer kicherte.

Dorothea senkte den Kopf. Hanna hatte ihr den Brief vor zwei Tagen auf den eleganten Sekretär aus Kirschbaumholz in ihrem Arbeitszimmer gelegt. Bevor sie ihn öffnete, hatte sie das Couvert lange angestarrt. Noch nie hatte ihr Mathis geschrieben. Ihr Herz hatte geklopft. Endlich hatte sie zum Brieföffner gegriffen.

«Er hat dir geschrieben und dich um Hilfe gebeten.» Die Freundin liess nicht locker.

Dorothea nickte.

«Und dann war dir klar, dass du den Mann verteidigen musst, wie eine Löwin ihr Junges.»

«Wir kennen uns doch schon seit unserer Kindheit.»

«Du liebst ihn», stellte Anna Vischer fest.

Dorothea senkte den Kopf. Ihre Schultern bebten.

«Weinst du etwa?»

«Nein, ich weine nicht!»

«Na, na.» Anna reichte ihr ein Taschentuch. «Madame geht eine Mesalliance ein. Wie romantisch!», sagte sie entzückt.

«Mach dich nicht lustig über mich.»

«Gott bewahre! Freiheit, Gleichheit, Brüderlichkeit werde ich jedem ins Gesicht schleudern, der es wagt, dich deswegen schief anzusehen. Stadt und Land gehören zusammen, sagt mein Mann immer. Du bist unsere Avantgarde.»

«Ich bin nicht besser als Hanna», klagte Dorothea. «Sie hat sich im vergangenen Winter in einen Sergeanten des bernischen Jägerkorps vergafft. Es scheint, dass der junge Mann ein entfernter Verwandter der Jacobs aus dem Emmental ist. Inzwischen lebt er längst wieder auf dem elterlichen Hof in Langnau, und das dumme Ding hat sich seinetwegen über Wochen die Augen ausgeweint.»

«Verschmäht er dich etwa, dein Mathis?» Anna runzelte die Stirn. «Sollen wir zusammen nach Waldenburg fahren und ihm den Marsch blasen?»

«Du bist schrecklich!» Wider Willen musste Dorothea lachen. Sie schnäuzte sich. Seltsam getröstet stand sie auf. «Ich muss nach Hause, Samuel kommt aus der Schule.»

«Nun, den Sohn und die Tochter hast du ja bereits. Den Vater werden wir auch noch unter deine Fittiche kriegen.» Vergnügt knuffte Anna die Freundin in die Seite.

6

Am Morgen des 24. Novembers 1797 waren Mathis Jacob und seine Söhne früh auf den Beinen. Nachdem die Arbeit im Stall erledigt war, gingen sie den kurzen Weg durch den Wald zur Passstrasse. Es war noch dunkel. Das Laub, das der Herbstwind von den Bäumen gezerrt hatte, raschelte unter ihren Füssen.

Seit Tagen war von nichts anderem die Rede als von General Bonaparte, der Italien unterworfen hatte und der heute von Bern herkommend über den Oberen Hauenstein Richtung Deutschland reisen würde. In Rastatt wollte er sich mit den Gesandten der Reichsdeputation treffen, um die Abtretung der linksrheinischen Gebiete Österreichs an Frankreich endgültig zu regeln.

Die Begeisterung in der Stadt und Landschaft Basel war gross. Die Obrigkeit hatte die Kleinräte Gemuseus und Hagenbach nach Langenbruck entsandt, um den Helden bereits an der Grenze der kleinen Republik zu begrüssen. Unten im Städtchen Waldenburg hatte man die Landstrasse mit Teppichen belegt, in Liestal wollte man ihn gar mit Kanonenschüssen empfangen, und in Basel hatten Bürgermeister Buxtorf und Oberstzunftmeister Ochs vorgesehen, den hohen Gast mit einem Festmahl im Gasthof *Zu den Drei Königen* zu ehren.

Mathis hatte Peter und Paul weiterziehen lassen. Die beiden wollten das Spektakel oben auf der Passhöhe erleben, von wo aus sie den General und seine Begleitung schon von Weitem sehen konnten. Bonaparte, überlegte Mathis, musste die ganze Nacht gereist sein, wenn er um die Mittagszeit in Basel sein wollte. Er zog ein Flugblatt, das ihm Emil Strub mitgebracht hatte, aus der Tasche. Kopfschüttelnd las er zum wiederholten Mal den Text:

Unser Vatter Buonabarte

Der du bist in Rohm, zu uns komme deine Freyheit, dein Will geschähe hir wie in gantz Euroba ...

Das abstruse Gebet endete mit den Worten:

Ach Buonabarte, du Grosser und erschröcklicher Held, Mach doch Unseren Trücken ein End.

Die Verehrung Bonapartes schien keine Grenzen zu kennen. Viele hielten ihn für eine Art Heilsbringer. Mathis wusste nicht, was er davon halten sollte.

Er hörte, wie sich Reiter näherten. Eine Abteilung Basler Dragoner ritt vorbei. Zwischen zwei sechsspännigen Kutschen, in denen die Herren seines Stabs sassen, folgte der Reisewagen des Generals, von acht Pferden gezogen und von vier Husaren beschützt. Bonaparte schaute aus dem Fenster, bleich und übernächtigt. Nahm er den grossen, bärtigen Bauern wahr, der reglos unter einer Buche stand und ihn anstarrte?

Als der Spuk vorüber war, blieb Mathis eine Weile stehen. Er fragte sich, ob für einen Augenblick ein Stück Weltgeschichte an ihm vorbeigezogen war. Ihn fröstelte.

An jenem 24. November durften Juliana, Salome und Samuel Madame Vischer in ihrer Chaise nach Liestal begleiten, um dort den Triumphzug des jungen Napoleon durch die Landschaft Basel mitzuerleben.

«Ich will mir den Anblick dieses Wunderknaben, von dem ganz Europa spricht, nicht entgehen lassen», hatte Anna Vischer in ihrer burschikosen Art zur Freundin gesagt und auch sie eingeladen, an der Wallfahrt, wie sie den Ausflug nannte, teilzunehmen. Dorothea hatte abgelehnt und stattdessen angeboten, zusammen mit Hanna für die

«Pilger» im Haus *zem Crüz* ein spätes Mittagessen vorzubereiten.

Samuel hatte bis dahin noch nie eine derart grosse Menschenmenge auf so engem Raum erlebt, wie an jenem Freitag in Liestal. Aus dem ganzen Baselbiet waren die Menschen gekommen. Schulter an Schulter säumten sie, drei oder vier Reihen tief gestaffelt, die enge Hauptstrasse. Als Kanonenschüsse am oberen Tor die Ankunft des Feldherrn anzeigten, brach ein ungeheurer Jubel aus, der zum Orkan anschwoll, als die achtspännige Kutsche sich im Schritttempo näherte und Bonaparte dem Volk aus dem offenen Fenster huldvoll zuwinkte. «Freiheit und Gleichheit», rief man und einige schrien gar: «Erlöser!» Eine Abteilung der Landmiliz stand Spalier vor dem Rathaus und präsentierte das Gewehr, als der Schultheiss, Niklaus Brodbeck, den General begrüsste. Bonaparte, hiess es später, sei von diesem Empfang derart angetan gewesen, dass er ein paar Stunden später in Basel erklärt habe: «Votre Liestal est bien patriote.»

Madame Vischer war weniger beeindruckt. «Siehe, dein König kommt zu dir …», zitierte sie Matthäus 21,5 und meinte: «Allerdings ist er nicht der Messias, sondern ein Mann der Gewalt. Ich habe genug gesehen. Kommt Kinder, wir fahren zurück.»

Auf dem Weg nach Basel standen Hunderte, wenn nicht Tausende von Menschen an der Landstrasse. Sie waren zu Fuss oder in Kutschen hinaus in den Hardwald gefahren, um den grossen Napoleon Bonaparte zu sehen. Auf der Sankt-Alban-Schanze, wo er bald vorbeiziehen würde, standen Artilleristen hinter ihren Geschützen bereit. Auch die Stadt Basel wollte den Bezwinger Österreichs mit Kanonendonner empfangen.

Madame Vischer und ihre Tochter sassen noch immer im Salon des Hauses *zem Crüz*, als gegen Abend Lux, der Bruder Julianas, auftauchte. Es war ihm gelungen, sich unter die

Kellner im Gasthaus *Zu den Drei Königen* zu mischen. Nun unterhielt er die kleine Gesellschaft mit scharfzüngigen Bemerkungen über die respektablen Gnädigen Herren der Basler Regierung, die artige Kratzfüsse vor dem jungen Helden gemacht hätten. Mit leichter Hand entwarf er ein paar Skizzen der städtischen Honoratioren, die derart katzbuckelnd den kleinwüchsigen General umstanden, dass dieser sie um Haupteslänge überragte.

Anna Vischer lachte. «Lass Papa diese Zeichnungen nicht sehen. Er müsste sich darüber echauffieren.»

7

Mit einer Reihe kalter Tage ging das Jahr 1797 seinem Ende entgegen. Dorothea Staehelin, die in der Zeit zwischen den Jahren mit Salome, Samuel und Hanna nach Sankt Wendelin gefahren war, unternahm lange Spaziergänge. Allein oder mit den Kindern. Manchmal auch mit Mathis.

Einmal hatte sie ihrem Vetter Theophil Grynäus einen Höflichkeitsbesuch abgestattet. Er hatte geklagt, dass es den Menschen im Tal an Glauben mangle. Die Revolution habe Gott abgeschafft.

«Unsinn!», meinte Dorothe. «Der Kult des Höchsten Wesens ist *passé*. Auch als er *en vogue* war, haben sich die Waldenburger davon nicht beirren lassen.»

Grynäus beharrte auf seinem Standpunkt. Die Schreckensherrschaft Robespierres habe gezeigt, dass eine Revolution das Schlechteste im Menschen wecke und schliesslich Führer wie diesen Bonaparte hervorbringe. So wie sich das Volk bei seinem Durchzug durch den Kanton Basel angestellt habe, fuhr er fort, wundere er sich, dass man ihm in den Kirchen noch keine Altäre errichtet habe, vor denen es ihn anbeten könnte. «Und überall, landauf, landab», schloss er seine Philippika, «hat er seine Jünger, so wie hier in unserem stillen Tal deinen Mathis Jacob.»

Wenn er nur mein wäre, dachte Dorothea, die sich über die Erregung des Vetters wunderte. Der Mann sei ehrbar und fleissig, verteidigte sie ihren Pächter. Er lese viel und bilde sich ständig weiter. «Anders als die meisten deiner tumben Schäfchen», fügte sie ziemlich spitz hinzu.

«Er ist hinterlistig. Während Jahren hat er mich glauben lassen, er treffe sich mit anderen Bauern zu einem frommen Konventikel, und dabei wurde dort über nichts anderes als über die Revolution diskutiert. Weisst du, dass sie sich jetzt, mir zum Hohn, offen ‹Waldenburger Hauskreis› nennen?» Er schaute die Base empört an.

Dorothea unterdrückte ein Lächeln und stand auf. «Nun, es wird dort wohl nicht anders zugehen, als in einem der vielen patriotischen Klubs in der Stadt, die jetzt überall aus dem Boden schiessen.» Sie stand auf. «Ich muss mich leider von dir verabschieden, lieber Vetter. Es war ein ausgesprochenes Vergnügen, mich wieder einmal mit dir zu unterhalten.»

Tatsächlich breitete sich in den Wochen nach dem Durchzug Bonapartes bei den Baselbietern der Geist der Rebellion wie ein Fieber aus, das das Blut in Wallung bringt und die Köpfe erhitzt. In den niedrigen Stuben der Einödhöfe an den Hängen und auf den Hochebenen des Juras diskutierte man die neusten Nachrichten und Gerüchte ebenso leidenschaftlich wie in den Wirtshäusern unten in den Tälern. Man liess den reichen Peter Vischer hochleben, der am 18. Dezember dem Grossen Rat beantragt hatte zu erwägen, *ob nicht die ächten Grundsätze einer Republik es erfordern, dass der politische Unterschied zwischen Bürgern und Unterthanen aufgehoben werde*. Die Parteigänger jener, die sich, ohne von Geburt aus adelig zu sein, Aristokraten nannten, schrien ihn nieder und schmähten ihn. Aber das Wort, einmal gesprochen, war nicht mehr zurückzunehmen. Noch mehr als auf den Ratsherrn setzten die Landleute ihre Hoffnungen auf den Oberstzunftmeister Ochs. Er war nach Paris gereist, angeblich um mit dem Direktorium über den Anschluss des Fricktals an Basel zu verhandeln. In Tat und Wahrheit arbeitete er aber am Entwurf einer neuen, republikanischen Verfassung für die alt und morsch gewordene Eidgenossenschaft.

Spät in der Nacht auf den 7. Januar, als Mathis beim Schein der Öllampe im Wohnzimmer sass und ein Flugblatt las, einen

Aufruf mit dem Titel *Freiheit ist das Leben der Welt – Zwang ist ihr Tod*, der sich an alle *biederen und rechtschaffenen Bürger des Kantons Basel* richtete, stand plötzlich Dorothea vor ihm. Sie trug einen Morgenrock über ihrem Nachthemd, und das dunkle Haar fiel ihr offen auf die Schultern. «Ich kann nicht schlafen.» Ihre Stimme klang unsicher. «Darf ich ein wenig bei dir bleiben?»

Die stolze Madame Staehelin! Wusste Mathis, wie viel Überwindung es sie gekostet haben musste, mitten in der Nacht zu ihm zu kommen und ihn zu bitten, bei ihm sein zu dürfen? Sie stand da, mit gesenktem Kopf und hängenden Armen, eine arme Sünderin, die auf ihr Urteil wartete.

Er nahm sie schweigend in die Arme, zog sie auf seinen Schoss, bettete ihren Kopf an seine Brust und streichelte ihr Haar. Eine kleine Ewigkeit lang. Irgendeinmal flüsterte sie: «Dein Herz schlägt wie wild.» Sie knüpfte sein Hemd auf, langsam und vorsichtig, als dürfe sie ihn nicht erschrecken. Ihre Hand fuhr über seine breite Brust. Sie reckte ihm ihr Gesicht entgegen, bot ihm ihren Mund dar, forderte ihn wortlos auf, sie zu küssen. Sie begehrte ihn mit jeder Faser ihres Körpers, spürte, dass auch er erregt war, doch dann löste er sich aus der Umarmung, rückte etwas von ihr ab, schaute sie an und schüttelte kaum merklich den Kopf.

Vergeblich versuchte sie, in seinen Augen zu lesen. «Nein?», flüsterte sie.

«Nein.»

«Nie?» Das Wort schnitt ihr ins Herz.

«Nicht, solange ich ein Untertan bin.» Er wandte den Kopf ab. «Geh jetzt», sagte er leise. Und als sie den Raum verlassen hatte, kaum hörbar: «Liebste.».

Am nächsten Morgen reiste Dorothea Staehelin mit den Kindern und Hanna zurück in die Stadt. Beim Abschied sahen sie sich lange an. Er deutete eine hilflose Geste an.

«Ich werde warten», sagte sie leise.

Auf Samuels Wunsch hatte Madame Staehelin auf dem Rückweg nach Basel dem Kutscher befohlen, in Oberdorf vor der Peterskirche anzuhalten. Alle stiegen aus und standen eine Weile lang stumm vor dem mit Schnee bedeckten Grab von Barbara Jacob. Aus den Augenwinkeln beobachtete Dorothea, dass es Hanna an der rechten Andacht fehlte und sie ihren Blick über die Hügel jenseits der Friedhofmauer schweifen liess. Samuel hingegen hatte die Hände gefaltet und bewegte lautlos die Lippen. Nach einer Weile schaute er zu Dorothea und sagte leise: «Ich kann mich immer weniger an ihr Gesicht erinnern. Es ist, als ob sie sich auflöst.» Dorothea legte ihm schweigend den Arm um die Schultern.

Jetzt sassen sie wieder in der Chaise und fuhren auf der Landstrasse Richtung Liestal. Hanna und Samuel unterhielten sich flüsternd. Dorothea hing ihren Gedanken nach, die, wie so oft in letzter Zeit, um Mathis kreisten. Salome las in ihrem Tagebuch. Mit jener schwärmerischen Leidenschaft, zu der wohl nur ein junges Mädchen fähig ist, hatte sie sich angewöhnt, jeden Abend ihre Gedanken festzuhalten. Sie durfte seit ein paar Wochen zusammen mit Juliana im Haus zur Gans dabei sein, wenn Sebastian Hoffmann Lukas Vischer Nachhilfeunterricht erteilte. Ihm stand die Abschlussprüfung im Pädagogium bevor, und es war zu befürchten, dass der junge Mann fallieren würde, wenn er seine Kenntnisse nicht deutlich verbesserte. So hatte sich der Vater entschlossen, den Magister stundenweise als Privatlehrer für seinen Sprössling zu engagieren. Die beiden Mädchen waren als Hörerinnen zum Unterricht zugelassen, unter der Bedingung, dass sie sich still verhielten und nicht störten. Allerdings hatte Hoffmann bald entdeckt, dass die knapp vierzehnjährige Salome deutlich wissbegieriger und aufgeweckter war als sein Schüler. So widmete er sich neuerdings im Anschluss an die Nachhilfestunden der kleinen Mamsell Staehelin und beantwortete den Schwall ihrer Fragen über Gott und die Welt.

«Manchmal wüsste ich zu gerne, was in deinem krausen Hirn vor sich geht», sagte Dorothea, die neben ihrer Tochter sass. «Was liest du gerade?»

«Die Frau hat das Recht, das Schafott zu besteigen. Sie muss gleichermassen das Recht besitzen, die Rednerbühne zu besteigen», sagte Salome und schaute ihre Mutter herausfordernd an.

«Um Gottes willen, Kind, wie kommst du denn darauf?»

«Das ist nicht von mir, das ist von Olympe de Gouges.»

«Und wer, bitteschön, ist diese Dame?»

«Sie hat die *Erklärung der Rechte der Frau und Bürgerin* verfasst.» Salome blätterte in ihrem Tagebuch. «Artikel 1», las sie mit vor Begeisterung bebender Stimme laut vor: «Die Frau wird frei geboren und bleibt dem Manne gleich in allen Rechten. Die gesellschaftlichen Unterschiede können nur im allgemeinen Nutzen begründet sein.»

«Nun, mir will scheinen», bemerkte Dorothea lächelnd, «deine Olympe de Gouges hat das von der *Déclaration des Droits de l'Homme et du Citoyen* abgeschrieben.»

«Mach dich nicht lustig über sie!», fauchte Salome und warf, wie immer wenn sie wütend war, ihren Kopf mit seiner wilden Lockenpracht in den Nacken. «Sie war eine tapfere Frau, die tat, was sie für richtig hielt, sagt Bürger Hoffmann.»

«So, und hat er auch erzählt, was genau sie tat, dein Bürger Hoffmann?» Dorothea hatte ein gespaltenes Verhältnis zum ehemaligen Kandidaten der Theologie, der zwar ein tüchtiger Magister sein mochte, ihr aber für seine vierundzwanzig Jahre etwas gar von sich selber eingenommen zu sein schien.

«Sie äusserte öffentlich ihre Meinung zu allem, was ungerecht war», erklärte Salome. «Sie legte sich mit Robespierre an und lebte lange Jahre mit einem Mann zusammen, ohne mit ihm verheiratet zu sein.»

«Ohne verheiratet zu sein?», wiederholte die Mutter. «Weshalb denn?»

«Vielleicht wollte sie unabhängig bleiben, so wie du, als du dich von meinem Vater getrennt hast.» Das Mädchen schlug sich die Hand vor den Mund. «Verzeih, Maman!»

Dorothea zog die Tochter an sich. «Du hast ja recht, Kind. Ich wollte nie mehr einem Manne untertan sein, wie das so schön in der Bibel heisst.» Sie schwiegen. «Und sie hat den Mann, mit dem sie zusammenlebte, tatsächlich nicht geheiratet?», fragte sie nach einer Weile.

«Man hat sie, so wie dich, als Siebzehnjährige zu einer Ehe mit einem ungeliebten Mann gezwungen, der aber bald darauf starb», berichtete Salome. «Olympes eigener Vater, hat mir Bürger Hoffmann erzählt, war ein reicher Landadeliger, der nicht mit ihrer Mutter verheiratet war und der sich nicht um sie kümmerte. So wie sich mein Vater auch nicht um mich kümmert.»

Es kam selten vor, dass ihre Tochter Christoph Staehelin erwähnte, von dem sie sich hatte scheiden lassen, als Salome ein Jahr alt war. Dorothea fühlte sich hilflos. So fragte sie nur: «Warum hat dir denn Magister Hoffmann das alles erzählt?»

«Ich wollte von ihm wissen, weshalb Frauen weniger Rechte haben als Männer, und dann hat er mir Unterlagen über Madame de Gouges mitgebracht.»

«Und wie geht die Geschichte weiter?»

Salome löste sich von der Mutter. «Robespierre hat sie auf die Guillotine geschickt. Die meisten Männer mögen keine selbstbewussten Frauen, sagt Bürger Hoffmann.»

8

«Habt Ihr einen Augenblick Zeit für uns, Bürger Jacob?»

Mathis, der auf einem Melkstuhl sass und einer Kuh die Hufe schnitt, drehte sich erschrocken um. Seit Dorotheas Abreise vor drei Tagen war es ruhig geworden auf Sankt Wendelin. In der Stalltüre stand Koni Schäublin. Der Schlossschreiber gehörte inzwischen auch zu jenen Männern, die sich im wenig frommen Waldenburger Hauskreis trafen. Er war in Begleitung des Uhrmachers Wilhelm Hoch, der zusammen mit Johann Jacob Schäfer und Hans Georg Stehlin die Baselbieter Revolutionsfreunde anführte, die sich regelmässig mit ihren städtischen Gesinnungsgenossen trafen.

Mathis bat die beiden ins Haus. Am grossen Tisch im Wohnzimmer, vor einem Krug Wein, erzählte Wilhelm Hoch, dass sich an manchen Orten die Landleute weigerten, den Zehnten abzuliefern. Die Obrigkeit habe den Landvögten befohlen, vorerst, das heisst bis eine neue Order erfolge, nicht auf den Abgaben zu bestehen. Man habe in Basel Angst vor einem Aufstand.

«In der Nacht auf den 6. Januar haben Patrioten in Liestal, sehr zum Missvergnügen der Gnädigen Herren, beim Spittelbrunnen einen Freiheitsbaum aufgestellt», berichtete Schäublin. Seine Augen leuchteten. Am selben Abend, fuhr der Schreiber fort, sei eine Schar Bauern aus Arisdorf ins Schloss Farnsburg eingedrungen und habe den Landvogt Hans Franz Hagenbach unter Drohungen gezwungen, ihnen Dokumente und alte Schriften auszuhändigen. Sie glaubten, dass darin die Rechte und Freiheiten ihrer Vorfahren verzeichnet seien, die ihnen die Obrigkeit vorenthalte.

«Item, zur gleichen Zeit, und ohne dass wir von den Ereignissen auf der Farnsburg etwas wussten», berichtete Wilhelm Hoch, «schworen Schäfer, Stehlin und ich in Liestal einen Eid: Wir werden nicht ruhen, bis die Bürger der

Landschaft Basel dieselben politischen Rechte haben wie jene in der Stadt.»

Mathis hatte den Erzählungen seiner beiden Besucher mit wachsender Erregung zugehört. «Das ist die Revolution», sagte er jetzt.

«Es ist der Anfang der Revolution.» Hoch hob seinen Becher. «Darauf wollen wir anstossen.»

«Ihr habt den weiten Weg nach Sankt Wendelin gewiss nicht unter die Füsse genommen, nur um mir das alles zu erzählen», vermutete Mathis, nachdem sie ausgetrunken hatten. «Was wollt ihr von mir?»

Hoch räusperte sich. «Die Landvögte in den drei Oberbaselbieter Ämtern Farnsburg, Homburg und Waldenburg müssen vertrieben werden. Einer nach dem anderen. Als Erster euer Hans Jakob Müller. Er ist der Unfähigste von allen – und der Unbeliebteste. Die drei Schlösser sollen zerstört werden. Gleichzeitig wollen wir aber die Dokumente und Schriften, die man dort aufbewahrt, retten. Wir brauchen sie, wenn wir ein neues Staatswesen aufbauen.»

Wilhelm Hoch und Koni Schäublin schauten den Bauern an. In der Stube wurde es still. Mathis strählte mit den Fingern der Rechten seinen Bart. Durchs Fenster sah er, wie sich die Sonne dem Horizont näherte. In dieser Jahreszeit kam die Dämmerung früh. «Ihr meint also», begann er, jedes Wort abwägend, «ich soll mit ein paar Gesinnungsgenossen, gleich wie die Bauern von Arisdorf, ins Schloss eindringen, alle Verträge einfordern, den Vogt vertreiben und dann Feuer legen?»

«Nicht ganz.» Hoch lächelte. «Die Arisdörfer sind Narren. Mit solch spontanen Saubannerzügen fügt man unserer Sache nur Schaden zu. Ein Unterfangen wie dieses muss sorgfältig vorbereitet werden. Es geht darum, den Druck auf die Gnädigen Herren zu erhöhen, Schritt für Schritt, bis ihnen nichts anderes übrig bleibt, als uns die Rechtsgleichheit zuzugestehen. Wir haben einen Plan.»

Und dann erklärten Wilhelm Hoch und Koni Schäublin, wie sie sich den Handstreich auf das Waldenburger Schloss vorstellten, ohne dass dabei Blut vergossen werden musste.

«Kein Mensch darf zu Schaden kommen», erklärte Hoch kategorisch. «Wir wollen nicht, dass unsere Revolution in eine Schreckensherrschaft wie in Frankreich ausartet.»

Mathis hörte zu. Schweigend. Am Schluss wollte er nur wissen, welche Rolle die städtischen Patrioten bei diesem Plan spielten.

«Keine. Das ist allein unsere Sache», sagte Hoch bestimmt. «Wir haben den Ratsherrn Vischer über unser Vorgehen informiert. Er und sein Schwager Ochs sind damit einverstanden. Wir würden es aber auch ohne ihre Billigung machen. Jetzt kommt es auf Euch an, Bürger Jacob.»

Mathis erhob sich. Er wusste, dass ihn für das, worum die beiden anderen baten, eine harte Strafe, möglicherweise der Galgen erwartete, wenn die Revolution nicht erfolgreich war. Dann dachte er an die Demütigungen, die man ihm und anderen zugefügt hatte. «Ich mache es», sagte er.

Fünf Tage später traf sich ein knappes Dutzend Männer, Bauern und Handwerker aus dem Amt Waldenburg gegen Abend am Fuss des Schlossbergs. Mathis Jacob hatte sie gerufen. Heinrich Bidert, der alte Emil Strub und alle anderen, die dem Hauskreis angehörten, waren gekommen. Peter und Paul Jacob hatten sich ihnen angeschlossen. Sie trugen die Uniform der Baselbieter Landmiliz und waren damit die Einzigen, die Waffen bei sich hatten. Mathis vergewisserte sich nochmals, dass jeder wusste, was er zu tun hatte. Dann stiegen sie, einer hinter dem andern, auf dem schmalen Weg den steilen Hang hinauf. Es war kalt. Eine dünne Schicht Schnee bedeckte die Nagelfluh des Schlossbergs. Manchmal glitt einer aus und fluchte leise vor sich hin. Niemand reagierte darauf. Sie alle waren angespannt.

Man war sich bewusst, dass man heute, nach jahrelangen Gesprächen über die Revolution, endlich handeln würde.

Wir haben den Rubikon überschritten, dachte Mathis. Samuel hatte ihm, als er noch im Pfarrhaus vom Kandidaten Hoffmann unterrichtet worden war, die Geschichte von Julius Caesar erzählt, der mit seinem Heer den Fluss Richtung Rom überquert hatte, was einer Kriegserklärung dem Senat gegenüber gleichkam. Der Feldherr war sich im Klaren gewesen, dass es von da an kein Zurück mehr gab, dass er nur noch siegen oder alles verlieren konnte. Den Rubikon überschreiten. Die Formulierung gefiel Mathis.

Koni Schäublin erwartete sie. Auch er war nervös. Er führte die Gruppe durch die Vorburg und den Hof. Das Schloss wurde von einem Korporal und vier Soldaten der Basler Standestruppen bewacht. Im Unterschied zu den Landmilizen handelte es sich dabei um städtische Söldner, welche die Obrigkeit jenseits des Juras gedungen hatte.

Peter und Paul entwaffneten den Mann, der vor dem inneren Tor stand, und banden ihm die Hände auf den Rücken. Dann betraten sie das Lokal, in dem die anderen vier beim Kartenspiel sassen. Während Peter, das Gewehr im Anschlag, die überraschten Soldaten in Schach hielt, wurden sie von Paul gefesselt. Schäublin, der hinter den beiden Brüdern das Wachlokal betreten hatte, nahm einen Schlüssel von der Wand und reichte ihn dem Älteren. «Bringt sie hinunter ins Verlies!» Er nahm die Flinten und Seitengewehre der Standessoldaten aus dem Rechen und übergab sie den Revoluzzern, die im Lokal warteten, bis Peter und Paul zurückkehrten.

«Ihr bleibt hier», befahl Mathis seinen Söhnen, «und schliesst hinter uns das Tor! Bis morgen früh darf niemand weder in die Festung hineinkommen, noch sie verlassen.» Mit den restlichen Männern schritt er hinter dem Schreiber über den Schlosshof. Sie betraten den Palas. Der Empfangsraum war im ersten Stockwerk.

«Da drin sitzt er», sagte Schäublin leise zu Mathis, «und jetzt Gott befohlen!» Er öffnete die Tür, und Mathis, gefolgt von zwei vorher bestimmten Männern, trat ein.

Hans Jakob Müller, Meister der Zunft zu Metzgern, zurzeit Landvogt im Amt Waldenburg, thronte im selben grossen geschnitzten Sessel, in dem anno 1775 einer seiner Vorgänger, Franz Brodbeck, gesessen war, der dem jungen Mathis Jacob die Heiratsbewilligung verweigert hatte. Müller hatte den Rock ausgezogen und blätterte in einem Schriftstück, das vor ihm lag. Als ihm plötzlich drei Männer gegenüberstanden, fuhr er erschreckt hoch. Er wusste, wer ihr Anführer war. Er hatte ihn sofort erkannt, diesen Rebellen, über den der Ratsherr Vischer schützend seine Hand hielt. «Was wollt ihr?», fragte er heiser.

Mathis Jacob trat vor ihn hin. Sie waren nur durch den Tisch auf Armlänge voneinander getrennt. «Ihr habt den Leuten im Tal wider Recht und Gesetz zahlreiche Bussen auferlegt.» Er zog ein Papier, das Schäublin ihm gegeben hatte, aus der Rocktasche. «Hier sind die Namen jener Leute, die ihr betrogen habt. Darunter steht eine Anweisung an den Schlossschreiber, das Geld den rechtmässigen Besitzern zurückzuerstatten. Ihr werdet sie unterzeichnen.»

«Und wenn ich es nicht tue?» Müller schwitzte. Noch immer stand er da, halb erhoben, die Hände auf die Kante des grossen Tischs gestützt. Der Landvogt war kein mutiger Mensch. Er hatte Angst vor dem dunklen Bauern, der ihn um einen Kopf überragte. Zweifellos wusste er auch von den Ereignissen auf der Farnsburg. In den vergangenen Tagen hatten die Gerüchte, die von Dorf zu Dorf weitergegeben wurden, aus dem an sich harmlosen Zug der Arisdörfer einen veritablen Sturm gemacht, in dem Hagenbach, der dortige Landvogt, nur noch das nackte Leben hatte retten können.

Mathis umrundete den Tisch und fasste Hans Jakob Müller von hinten mit beiden Händen an den Schultern. Einen Augenblick lang wunderte er sich, wie weich sie waren, wie wenig Widerstand sie boten. Dann drückte er ihn zurück in seinen Stuhl. «Glaubt mir, ihr werdet das Papier unterschreiben.» Er sprach jetzt zum geröteten Nacken des Vogts, der sich duckte und nicht rührte. «Es wird Eure letzte Amtshandlung sein. Anschliessend werden wir Euch ins Verlies bringen. Es wird Euch guttun, einmal zu fühlen, was in den armen Teufeln vor sich ging, die Ihr habt einsperren lassen. Indessen wird Eure Frau das Notwendigste packen. Ihr dürft so viel mitnehmen, wie Ihr in den Händen zu tragen vermögt. Sobald der neue Tag anbricht, werdet Ihr das Schloss verlassen. Keine Kutsche, kein Pferd. Ihr werdet zu Fuss gehen, genau gleich wie die Landleute, die Ihr in den letzten Jahren kujoniert habt. Ich rate Euch, den Weg über den Unteren Hauenstein ins Fricktal zu nehmen, wo Euch niemand kennt. Es könnte sein, dass man Euch hier im Tal nicht ungeschoren nach Basel heimkehren lässt.» Mit eisernem Griff hielt er den Vogt in seinem Stuhl fest. Schäublin hatte Mathis geraten, gegenüber Müller, der feige sei, herrisch aufzutreten und keine Widerrede zuzulassen.

«Und jetzt unterschreibt! Wird's bald?», brüllte der Bauer den Mann an.

Der Landvogt zuckte zusammen und tauchte mit zitternder Hand den Federkiel ins Tintenfass, um die Anweisung an den Schlossschreiber zu unterschreiben.

«Bringt den Kerl ins Loch», wies Mathis seine beiden Begleiter an.

Inzwischen hatten der Schreiber und jene Männer, die nicht mit Mathis in der Amtsstube gewesen waren, die Mägde in der Gesindestube eingeschlossen und einen Mann als Wache davor gestellt.

«Der Landvogt ist verhaftet», hatte Schäublin den Frauen zuvor erklärt. «Ihr bleibt hier drin bis morgen früh! Dann könnt ihr gehen, wohin ihr wollt.»

Der Schuster Heinrich Bidert überwachte unterdessen mit vorgehaltenem Gewehr Agathe Müller, die Landvögtin, die jammernd und mit verheulten Augen zu entscheiden versuchte, welche Kleider, welche Preziosen, welche Bilder sie mitnehmen sollte.

«Wir können doch nicht alles schleppen!», zeterte sie.

«Ihr müsst ja nur das Notwendigste mitnehmen.» Heinrich wunderte sich darüber, was man alles zu brauchen schien, um standesgemäss zu leben.

«Aber die schönen Möbel?»

«Nun, wenn Ihr den Schrank, den Tisch und die Stühle tragen mögt …»

«So helft mir doch!» Agathe Müller schaute Bidert händeringend an. «Wenn Ihr in den nächsten Tagen unseren Hausrat mit einem Fuhrwerk nach Basel brächtet, so würdet Ihr dafür reichlich entschädigt.»

«Was hier bleibt, wird morgen nicht mehr sein als ein Haufen Asche.»

«Was? Ihr wollt das alles verbrennen?»

«Packt jetzt weiter ein, Frau. Wenn Ihr fertig seid, werde ich Euch in die Gesindestube bringen, wo Ihr mit Euren Mägden die Nacht verbringen könnt.»

«Das dürft Ihr nicht tun!», kreischte sie panisch. «Jetzt, wo ihr meinen Mann gefangen genommen habt, werden sie mir die Augen auskratzen.»

Heinrich Bidert wusste um den schlechten Ruf der Landvögtin. In ganz Waldenburg sprach man darüber, wie ungerecht und böse sie mit ihrem Gesinde umging. Er zuckte die Schulter.

«Wenn es Euch lieber ist, könnt Ihr Eurem Mann im Loch Gesellschaft leisten.»

Agathe Müller setzte sich aufs Bett, schlug die Hände vors Gesicht und heulte.

Früh am nächsten Morgen stieg Mathis Jacob auf den Bergfried des Schlosses. Was getan werden musste, war getan. Alles war nach dem Plan gelaufen, den Wilhelm Hoch und Koni Schäublin ausgearbeitet hatten. In nicht einmal einer Stunde hatten er und seine Männer das Schloss in ihre Gewalt gebracht, ohne dass dabei ein Tropfen Blut geflossen wäre. In der Nacht hatten sie Schäublin geholfen, das Archiv zu räumen, die zahlreichen Verträge und Schriften, die hier aufbewahrt wurden, in Kisten zu packen und auf den Wagen zu verladen, mit dem Emil Strub von Waldenburg hinauf zum Schloss gefahren war. Man würde die Dokumente ins Stadthaus bringen, wo sie vor sich hin modern mochten, bis über ihr weiteres Schicksal entschieden wurde. Als Letztes hatte Schäublin die Truhe mit dem Geld gebracht. Er würde den zu Unrecht Gebüssten zurückerstatten, was ihnen gehörte und den Rest, zusammen mit einer akkuraten Abrechnung, der Basler Obrigkeit abliefern.

Im Osten erhob sich die Sonne über dem schroffen Grat der Gerstelfluh. Mathis nahm das weite Land, das vor ihm lag, in sich auf. Die sanften Höhenzüge, die sich nordwärts aneinanderreihten, schienen sich dem Morgenhimmel anzugleichen, um am fernen Horizont eins mit ihm zu werden. Linker Hand die Richtfluh, an deren Flanke der Weg hinauf zur Waldweide führte und von dort weiter zum Passwang, der das Fürstbistum Basel mit dem Solothurnischen verband. Im Süden, hoch über der Strasse zum Oberen Hauenstein, der lang gezogene, bewaldete Rücken des Helfenbergs. Dazwischen von Schnee bedeckte Lichtungen, Weideland, das Bauern, wie er einer war, vor Zeiten dem Wald abgerungen hatten. Aus den wenigen Einödhöfen stieg kerzengerade weisser Rauch in den winterlichen Himmel. Ein neuer

Tag, der 17. Januar 1798, war angebrochen. Er würde ihn nie vergessen.

Es war eine kalte und klare Nacht gewesen. Aber Mathis spürte nicht, dass er fror. Er war auch nicht müde. Ihm schien, als müsse sein Herz vor Freude zerspringen, als sei er in seinem ganzen Leben noch nie so glücklich gewesen wie jetzt, auf der Zinne des Bergfrieds. Vielleicht, überlegte er, hatte er allein für die Tat dieser Nacht gelebt, in der er mit seinen Freunden die Heimat von der Herrschaft der Vögte befreit hatte.

Mathis sah, wie sich tief unter ihm, auf dem schmalen Pfad, der über die Gerstelflue führt, Hans Jakob Müller und seine Frau, die man aus ihrem Verlies gescheucht hatte, unter ihrer schweren Last Richtung Belchen quälten. In ihrer Gier hatten sie sich eine viel zu grosse Bürde aufgeladen. Sie würden einiges unterwegs zurücklassen müssen. Auch die Basler Standessoldaten der Schlosswache hatte man laufen lassen. Allerdings ohne Waffen. Schimpfend waren sie abgezogen.

Mathis schaute hinunter in den Schlosshof, wo sich die Mägde, welche die Nacht in der Gesindestube verbracht hatten, mit seinen Männern unterhielten. Sie stammten selber auch aus dem Tal. Man kannte sich. Sie hatten Milch heissgemacht und aus Küche und Keller mit Brot, Fleisch, Käse und Dörrobst ein Frühstück gerichtet, das man nun gemeinsam verzehrte. Gemeinsam würde man auch nach Waldenburg zurückkehren.

Mathis stieg die steile Treppe hinunter. Noch war ein Letztes zu tun. Koni Schäublin, der durch sämtliche Räume des Palas gegangen war, um sich zu vergewissern, dass sich niemand mehr drinnen aufhielt, übergab jedem der Revoluzzer eine Fackel. Man war übereingekommen, dass alle, die am Überfall teilgenommen hatten, auch Hand anlegen würden, wenn es galt, das Schloss in Brand zu stecken. Der

Schreiber, der das Gemäuer am besten kannte, wies jeden Einzelnen an, wo er Feuer zu legen hatte.

Als sie den Schlossberg hinunterstiegen, schlugen die ersten Flammen aus den Fenstern der Burg, die vor fast sechshundert Jahren erbaut worden war und in der bis gestern fremde Herren das Regiment über das Tal geführt hatten.

War der Durchzug Bonapartes der Funke gewesen, der das Feuer der Basler Revolution entfacht hatte, so machte die Zerstörung des Waldenburger Schlosses daraus einen Flächenbrand. Im Baselbiet folgten sich die Ereignisse Schlag auf Schlag. Am 17. Januar, am selben Tag, an dem der Landvogt Müller vertrieben worden war, stellte man in Liestal einen Freiheitsbaum auf. Er war grösser und prächtiger als der erste. Unter dem Jubel der Bevölkerung wurde er mit schwarzen, weissen und roten Bändern, den Farben von Stadt und Landschaft, geschmückt. Beunruhigt von Gerüchten – Truppen aus Bern und Solothurn wollten den Altgesinnten in Basel zu Hilfe eilen – bot eine provisorische Baselbieter Regierung um Wilhelm Hoch die Landmiliz auf und drohte mit einem Sturm auf die Stadt. Die Drohung zeigte Wirkung. Am 18. Januar trat der Führer der Aristokraten, Andreas Merian, von seinen Ämtern zurück. Eine Deputation des Grossen Rates lud, als Zeichen des Vertrauens, die Landschaft ein, mit sechshundert ihrer Soldaten in die Stadt einzurücken, wo sie anderntags in einem feierlichen Akt auf dem Petersplatz gemeinsam mit dem Stadtbürger Jägerkorps auf die Verteidigung von Freiheit und Gleichheit vereidigt wurden. Am 20. Januar hob der Grosse Rat sämtliche Untertanenverhältnisse im Baselbiet auf. Einen Tag später stürmten Patrioten das Schloss Farnsburg und setzen es, nachdem sie den Landvogt Hagenbach vertrieben hatten, in Brand.

Am Montag, dem 22. Januar 1798, überreichten vier Grossräte den Vertretern der Landschaft in Liestal die Freiheitsurkunde, ein mit goldenen Buchstaben beschriebenes Pergament.

An diesem Tag wurde in Basel die Vereinigung von Stadt und Landschaft zu einem einzigen Volkskörper, in dem es weder Herren noch Untertanen geben würde, mit einem grossen Fest gefeiert. Die Liestaler Bürgerschaft hatte einen mächtigen Freiheitsbaum gestiftet, dessen Spitze von jungen Frauen aus der Stadt mit Bändern und Kränzen geziert worden war. Er sollte am späteren Nachmittag auf dem Münsterplatz hochgezogen werden. Tausende von Baselbietern, die schwarz-weiss-rote Kokarde an den Röcken und Hüten, waren in die Stadt gekommen, unter ihnen auch Mathis Jacob und seine Freunde vom Waldenburger Hauskreis. Emil Strub hatte sie in einem grossen Leiterwagen nach Basel kutschiert.

Mathis hatte sich von ihnen getrennt und sass jetzt im Salon des Hauses *zem Crüz* in der Sankt-Johanns-Vorstadt. Dorothea Staehelin, die ihre freudige Erregung über den unerwarteten Besuch nicht verbergen konnte, hatte Hanna angewiesen, dem Vater einen Imbiss zuzubereiten. «Was führt dich zu uns?», fragte sie schliesslich.

Mathis war verlegen. Es erschien ihm unmöglich zu sagen, dass er seit ihrer nächtlichen Begegnung auf Sankt Wendelin oft, nein, eigentlich ständig an sie gedacht hatte. Er suchte nach Worten.

Seine Tochter, die ihm ein Glas Wein einschenkte, kam ihm zu Hilfe. «Er wollte wohl einmal sehen, wo seine Kinder leben.»

Er sah sie dankbar an. «Ja, so ist es.».

Es war Salome, die das Eis brach: «Trifft es zu, Bürger Jacob, dass Ihr das Schloss Waldenburg angezündet und den Vogt vertrieben habt?»

«Nun, ich war dabei.»

«Als Anführer. Der Ratsherr Vischer soll gesagt haben, dass Ihr ein wahrer Tell seid.»

«Stimmt das, was das Mädchen berichtet?», wollte Dorothea wissen, während sich Samuel an den Vater drängte, der ihn an sich zog.

«Ich habe nur ausgeführt, was andere geplant haben.»

Auch Hanna hatte sich neben Mathis gestellt. Der Stolz der beiden Jacobkinder auf ihren Vater war unübersehbar.

«Er ist es, der in der Landschaft das Zeichen zur Revolution gegeben hat.» Salome schaute den Pächter ihrer Mutter bewundernd an. «Ich habe das in mein Tagebuch geschrieben.»

«Na, na», tadelte Dorothea lächelnd. «Ohne die Verdienste von Bürger Jacob schmälern zu wollen, müssen wir der Ehrlichkeit halber doch einräumen, dass bereits vor ihm auch andere für eine revolutionäre Gesinnung gesorgt haben.» Und da sie spürte, dass Mathis nicht über die Sache sprechen mochte: «Ist es nicht Zeit, Kinder, dass ihr euch für das Fest auf dem Münsterplatz bereitmacht? Erzähl deinem Vater, Samuel, was alles geplant ist.»

«Den Vortrab machen sechzehn mit Lorbeer- und Olivenkränzen geschmückte Jungfrauen in weissen Kleidern. Salome ist unter ihnen», berichtete Samuel mit leuchtenden Augen. «Dahinter kommt die Landmiliz, noch vor dem städtischen Freikorps und den Bürgerwachen der Vorstädte. Den Schluss bilden wir Gymnasiasten mit unseren Lehrern. Wir marschieren durch die Rittergasse zum Münsterplatz, wo wir uns mit der Bürgerschaft vereinen, die unter der Führung der Räte vom Schlüsselberg kommt. Anschliessend wird der Freiheitsbaum hochgezogen, um den, nach dem Gottesdienst, einige ausgewählte Bürgerinnen und Bürger aus Stadt und Landschaft tanzen werden.»

«Was du nicht alles weisst», staunte Mathis.

«Wir haben uns in der Schule gründlich auf diesen Tag vorbereitet.»

«Also du in deinen neuen langen Hosen, Salome im weissen Kleid mit einem Lorbeerkranz auf dem Kopf – und was macht Hanna?»

«Madame hat erlaubt, dass ich auch auf den Münsterplatz gehen und mir alles ansehen darf.»

«Madame?» Mathis schaute Dorothea fragend an.

«Ich habe ihr schon lange gesagt, sie soll mich Bürgerin Staehelin nennen.» Sie lachte. «Die Mamsell für Salome hat sie sich bereits abgewöhnt, aber die Madame sitzt noch tief.» Und dann energisch: «So, nun zieht euch endlich um und verschwindet! Um sieben will ich euch wieder hier sehen.»

Mathis und Dorothe standen am offenen Fenster und schauten Hanna, Salome und Samuel nach, die das Haus verlassen hatten und nun Richtung Stadt gingen. Die beiden Mädchen hatten den Jungen in die Mitte genommen. Samuel war in den letzten Monaten gewachsen wie ein junger Hund. Er war inzwischen gleich gross wie die um zwei Jahre ältere Salome und würde wohl bald auch seine neunzehnjährige Schwester einholen.

«Unsere Kinder!» Dorothe schaute Mathis an. «Was die neue Zeit ihnen wohl bringen wird?»

«Wer weiss.»

Dann schwiegen sie, wagten nicht, einander anzusehen.

«Nun?», sagte Mathis endlich. Es klang unsicher.

«Jetzt bist du kein Untertan mehr.» Sie schloss die Augen.

Er küsste sie auf die Stirn, dann hob er sie hoch.

Sie schlang ihre Arme um seinen Nacken, presste ihr Gesicht an seinen Hals. «Trag mich hinauf in mein Zimmer», flüsterte sie.

All die Jahre des Sehnens ohne Hoffnung auf Erfüllung versanken in der Bedeutungslosigkeit. Sie waren wieder jung wie damals, aber jetzt waren keine Väter mehr da, keine gesellschaftlichen Schranken, die sie trennten. Sie waren beide verlegen, wie nur Verliebte verlegen sein können, und gleichzeitig begehrten sie, sich dem anderen hinzugeben. Mit Leib und Seele.

Später lagen sie nebeneinander im breiten Bett, in dem Dorothea Staehelin seit Jahr und Tag ihre Nächte einsam verbracht hatte. Ihr Kopf lag auf seiner Brust.

Durch das offene Fenster hörten sie die Glocken des Münsters und von Sankt Martin läuten. Von der Rheinschanze zwischen dem Sankt-Johanns-Tor und dem Thomasturm donnerten Kanonenschüsse, die aus der Festung Huningue erwidert wurden. Die Feierlichkeiten auf dem Münsterplatz hatten begonnen.

«Wir zwei begehen die Vereinigung von Stadt und Landschaft auf unsere Weise», kicherte sie. «Lass uns den Bund nochmals besiegeln.»

Während sich Dorothea für das Essen, zu dem sie Anna Vischer ins Zunfthaus zu Spinnwettern eingeladen hatte, schön machte, erzählten Samuel und Salome Mathis von ihren nachmittäglichen Erlebnissen. Der Junge zitierte die erste Strophe des Lieds, das sie in der Schule gelernt und heute nach der Predigt von Pfarrer Faesch im Münster gesungen hatten:

Holde Freyheit! Sey gegrüsset,
Vom Olymp kommst du zurück,
Wer dich, Kind der Gottheit! Küsset,
Fühlt ein himmlisch Glück.

«Wisst Ihr, Bürger Mathis, was ich vorhin über das Fest auf dem Münsterplatz geschrieben habe?» Salome war noch ganz erfüllt vom patriotischen Taumel, der die ganze Stadt erfasst hatte.

«Nun, du wirst es mir wohl gleich sagen.»

Das Mädchen öffnete ihr in rotes Saffianleder gebundenes Tagebuch und las laut: «Heute war ein feierlicher Tag für unser Land. Wie schön, wenn die Menschen aus der Trägheit erwachen, wenn ein Gefühl für Freiheit und Würde sich in ihnen regt! Wie schön, wenn der Bruder dem Bruder sie bewilligt!» Sie schaute Mathis beifallheischend an.

Er fühlte einen leisen Ärger in sich hochsteigen. Sie haben uns die Freiheit nicht bewilligt, dachte er. Wir mussten sie ihnen abringen, sie zu diesem Schritt zwingen. Er mochte sich aber mit der kleinen Mamsell nicht auf eine Diskussion einlassen. «Schön hast du das ausgedrückt», sagte er lächelnd.

An diesem Abend waren die Strassen der Stadt voller Menschen. In allen Zunftstuben und in zahlreichen Häusern patriotisch gesinnter Bürger liess man den grossen Tag bei Festmählern und Tanz ausklingen.

Mathis begleitete Dorothea zum Nachtessen ins Haus zu Spinnwettern an der Eisengasse. Sie hatte darauf bestanden und keine Widerrede zugelassen. Der Weg dorthin war nicht weit. Sie schob ihren Arm unter seinen Ellenbogen, und so gingen sie durch die Sankt-Johanns-Vorstadt und den Blumenrain, als wollten sie sich aller Welt als das Paar präsentieren, als das sie sich fühlten. Sie waren glücklich. Über ihrem weissen, bodenlangen, unter der Brust mit einem breiten, nachtblauen Seidenband gerafften Kleid trug sie zum Schutz vor der Kälte einen warmen Mantel mit doppeltem Revers. Mathis' Sonntagstracht bestand aus einem langen, braunen Tuchrock mit Ärmelaufschlägen, einem dunkelroten Kamisol, gleichfarbenen Kniehosen, weissen Strümpfen und Schnallenschuhen. Das weisse Leinenhemd mit schwarzer Halsbinde gab ihm einen Hauch von Eleganz. Den Zweispitz mit der Kokarde hielt er in der Hand.

Anna Vischer sass mit ihren fünf älteren Kindern – Juliana hatte wie Salome und Samuel zu Hause bleiben müssen – an einem grossen Tisch in der bis auf den letzten Platz besetzten Zunftstube. «Oh, du bist in Begleitung?» Neugierig musterte sie Mathis. «Willst du deinen Galan nicht vorstellen? Nein, lass mich raten!» Ihre Augen funkelten vor Vergnügen. «Das ist gewiss der Bauer von Sankt Wendelin. Ich habe schon viel von Euch gehört, Bürger Jacob.» Und zu ihren Kindern:

«Rückt etwas zusammen und macht Platz für den Helden von Waldenburg!»

Held von Waldenburg. Ob er von jetzt an nur noch auf diese Tat reduziert würde? Mathis, der nicht gern im Mittelpunkt stand, deutete eine knappe Verbeugung an. Sie setzten sich. Ringsum herrschte eine fröhliche, ausgelassene Stimmung. Mägde tischten Schüsseln mit Kraut, Kartoffeln, Fisch, Gesottenem und Gebratenem auf. Dazu Krüge voller Wein. Man trank sich zu und stiess auf die Vereinigung von Stadt und Landschaft an.

Vor der Nachspeise nahm Anna die Freundin am Arm. «Ich bringe sie Euch wieder zurück», sagte sie zu Mathis. «Wir zwei Frauenzimmer müssen für ein paar Minuten an die frische Luft. Ihr könnt inzwischen meinen Kindern erzählen, wie man einen Tyrannen stürzt.»

«Was für ein prächtiges Mannsbild», erklärte sie draussen auf der Gasse vor dem Zunfthaus. «Ich will jetzt ganz genau wissen, wie du ihn erobert hast. Und dass du kein Detail auslässt!» Sie standen im Lichtkreis einer der wenigen Strassenlaternen, und als Dorothea errötend fragte, wie in aller Welt sie darauf komme, lachte sie ihr ins Gesicht: «Man braucht keine besondere Menschenkennerin zu sein, um zu sehen, dass du verliebt bist wie ein Backfisch. Ihr habt doch nicht bereits miteinander …» Anna liess den Satz in der Luft hängen und hob in gespielter Verzweiflung die Brauen. «Ihr habt also – wie aufregend!», rief sie, als Dorothea verlegen den Blick senkte.

«Du bist schrecklich.»

«Schrecklich? Ich bin schrecklich eifersüchtig. Seit Jahr und Tag lebe ich als wohlanständige Matrone an der Seite eines honorablen, steifen Ratsherrn, während du dich mit einem Kerl, der einem die Knie zittern lässt, im Lotterbett vergnügst.»

«Wo ist er eigentlich, dein Mann?», versuchte Dorothea, der das Gerede der Freundin peinlich war, das Thema zu wechseln.

«Er und seine patriotischen Freunde sitzen mit den Offizieren der Festung Huningue in der Bärenzunft und stossen auf die neue Zeit an. Er will mich später hier abholen. Wir gehen dann hinauf in den Reichensteinerhof, wo mein Herr Papa einen Ball für zweihundert Stadt- und Landbürger gibt. Ich hoffe, du begleitest uns, du und dein Verehrer. Er gehört ja inzwischen dazu. Gestern noch Untertan, morgen Mitglied der Nationalversammlung, sagt mein Mann. Vive la révolution!»

«Nationalversammlung?», fragte Dorothea überrascht. Sie wusste, dass Vertreter aus Stadt und Landschaft gemeinsam in diesem sechzigköpfigen Rat eine neue Verfassung für Basel ausarbeiten sollten. Was sie nicht gewusst hatte, war, dass auch Mathis dabei sein sollte.

«Hat er dir nicht erzählt, dass er in den nächsten Tagen als Delegierter des Amtes Waldenburg in den erlauchten Kreis gewählt werden soll?»

«Nein.» Dorothea zog die Stirn in Falten. «Auch dass er den Sturm auf das Schloss angeführt und den Landvogt vertrieben hat, habe ich nicht von ihm, sondern von meiner Tochter erfahren müssen.»

«Ja, meine Liebe.» Anna legte der Freundin den Arm um die Taille. «Du wirst an deinem verschlossenen Rebellen wohl noch etwas arbeiten müssen.»

Als sie wieder am Tisch in der Zunftstube Platz genommen hatten, wandte sie sich mit maliziösem Lächeln an Mathis: «Als Verfassungsrat werdet Ihr in nächster Zeit oft in der Stadt sein und solltet Euch deshalb in Basel um ein geeignetes Quartier kümmern. Aber vielleicht gewährt Euch ja die Bürgerin Staehelin Gastrecht im Haus *zem Crüz*.»

«Natürlich tut sie das, und er wird sich ihrem Wunsch gewiss nicht widersetzen», sagte Dorothea lächelnd.

Mathis überhörte ihre Bemerkung. Er schaute Anna Vischer an. «Man hat Euch nicht vollständig informiert, Frau», sagte er kühl. «Es stimmt zwar, dass mich die Waldenburger in den Nationalrat schicken wollten, aber ich habe erklärt, dass ich nicht bereit bin, ein solches Mandat zu übernehmen.»

Anna Vischers Drängen zum Trotz hatte sich Mathis nicht dazu bewegen lassen, zum Ball im Blauen Haus am Rheinsprung zu gehen. Das sei nicht seine Welt, hatte er gesagt. Und so waren er und Dorothe in die Sankt-Johanns-Vorstadt zurückgekehrt.

Später, als sie nebeneinander im Bett lagen, wollte sie von ihm wissen, weshalb er nicht in den Nationalrat wolle.

Er hatte die Arme unter dem Kopf verschränkt, in die Dunkelheit gestarrt und nach Worten gesucht. «Ich bin ein Bauer», erklärte er schliesslich. «Und so wenig ich mich mit Leuten, die sich bis gestern noch als Gnädige Herren ansprechen liessen, auf einem Ball vergnügen mag, so wenig will ich mich mit ihnen über eine neue Verfassung streiten. Das überlasse ich lieber Leuten wie Wilhelm Hoch oder dem Orismüller. Die sind gewohnt zu debattieren.»

«Wer mit einer Handvoll Männer ein Schloss erobern kann», meinte sie, «der ist auch fähig, sich in einem Parlament für Freiheit, Gleichheit und Brüderlichkeit einzusetzen.»

Das seien zwei verschiedene Dinge, meinte Mathis. «Das eine braucht lediglich einen gewissen Mut, fürs andere aber benötigt man Beredsamkeit und geschliffene Umgangsformen. Beides habe ich nicht.»

«Schade, es wäre schön gewesen, wenn du in nächster Zeit öfter nach Basel gekommen wärest.»

Er schwieg lange. «Möchtest du das denn?», fragte er schliesslich.

«Dummkopf!» Sie zog ihn an sich und küsste ihn. «Meinst du, ich lasse dich jetzt, wo wir endlich zusammen sind, wieder los? In Zukunft werde eben ich mehr nach Sankt Wendelin fahren müssen.»

Am nächsten Morgen, Salome und Samuel schliefen noch, frühstückte er bei Hanna in der Küche. Dorothea setzte sich zu ihm und trank eine Tasse Kaffee.

Als er ging, küsste Mathis seine Tochter auf die Stirn. Hanna, die sich wunderte, dass der Vater über Nacht hiergeblieben war, hatte nicht gewagt, die Frage zu stellen, die ihr auf der Zunge lag. Er und die Meisterin schwiegen beharrlich. Aber so wie sich die beiden anschauten, war ihr klar, dass sich zwischen ihnen etwas verändert hatte. Ob ihr kleiner Bruder und Salome davon wussten?

Sie und Dorothea standen unter der Tür, als er kurz nach sieben das Haus verliess. Beim Schwibbogen schaute er noch einmal zurück und hob grüssend die Hand. Er hatte mit seinen Freunden vereinbart, dass man sich um acht vor dem Münster treffen würde, um gemeinsam nach Waldenburg zurückzufahren. Am Rheinsprung, der die Talstadt mit dem Münsterberg verband, passierte er den Reichensteiner- und den Wendelsdörferhof, die den Brüdern Sarasin gehörten. Die barocken Paläste der beiden Seidenbandherren lagen zwischen dem unteren und oberen Kollegium der Universität. Die Liegenschaften der Hochschule hatten vor der Reformation als Adelspalais respektive Kloster gedient. Die vier Häuser, dachte Mathis, repräsentierten auf engstem Raum Basels Wissen, Reichtum und Macht. Er dachte an seinen Jüngsten, der in ein paar Jahren hier studieren würde. Anders als er selber würde sein Sohn später einmal keine Hemmungen haben, eine Wahl in einen städtischen, kantonalen oder gar eidgenössischen Rat anzunehmen. Er würde gelernt haben, sich auszudrücken, zu argumentieren und zu debattieren. Mathis seufzte. Er hoffte, dass Samuel nicht vergessen würde, wo seine Wurzeln waren.

Ein paar Schritte hinter dem Oberen Kollegium öffnete sich der weite Münsterplatz, in dessen Zentrum hoch und schlank der Freiheitsbaum in die Höhe ragte: eine Tanne, deren Äste man bis auf den Wipfel abgehackt hatte. Mathis legte den Kopf in den Nacken und betrachtete die Bänder, mit denen sie geschmückt war. Sie bewegten sich müde im Wind, genau gleich wie die riesige schwarz-weiss-rote Fahne, die man an einer Stange zwischen die beiden Münstertürme gehängt hatte. Im Osten kündete ein heller Streifen am Horizont den neuen Tag an, den ersten nach der erfolgreichen Revolution.

Aus dem Mentelinshof, einem der ehemaligen Domherrenhäuser, die den Platz säumten, trat ein alter Mann, der sich auf einen Stock stützte. Mathis sah, dass er das Habit eines Ratsherrn trug – schwarzer Mantel, spanische Halskrause und kegelförmiger Hut –, das gestern ebenso abgeschafft worden war wie der Titel «Gnädiger Herr». Er erinnerte sich, dass Anna Vischer beim Abendessen in der Spinnwetternzunft berichtet hatte, ihr Mann habe das Ornat, das ihm schon lange lästig gewesen sei, achtlos in einen Winkel geschmissen.

«Staunt er die elende Tanne an, die man uns zum Spott mit Flitter behängt hat, und den dreifarbigen Fetzen der Rebellion, der unser Münster verunziert?» Der Alte, zweifellos ein Mitglied der aristokratischen Fraktion, hatte eine unangenehme Stimme, die früher wohl kräftiger und schneidender gewesen war.

Mathis, der es nicht mochte, wenn man ihn mit «er» ansprach, betrachtete die Gestalt, die nur aus Haut und Knochen zu bestehen schien und die, wie er hoffte, nicht mehr war als das Gespenst einer Epoche, die man überwunden hatte. Der Greis, der möglicherweise zu seiner Zeit mächtig und einflussreich gewesen war, trug eine Allongeperücke, deren Lockenpracht in einem seltsamen Kontrast zu seinem von tausend Falten und Fältchen gezeichneten Gesicht stand. In den harten, grauen Augen glaubte Mathis, die Spuren von Herrschsucht und Gnadenlosigkeit zu erkennen.

«Der Bauer mag mir wohl nicht Bescheid geben», höhnte der Alte. «Vielleicht ist er einer von jenen, die gestern Nacht am Grand Ball im Blauen Haus bei Bürger Sarasin teilgenommen haben.» Er spie das Wort «Bürger» förmlich aus. «Wobei, wie das Gleichheit und Freiheit mit sich bringen, Herr und Bauer, Frauenzimmer und Perruquier tapfer das Tanzbein geschwungen haben.»

Noch immer schwieg Mathis.

«Er mag glauben», fauchte der Ratsherr böse, «die von Gott gewollte Ordnung sei ausser Kraft gesetzt, nur weil ein paar Brandstifter unsere Schlösser zerstört, unsere Vögte verjagt und ein paar mit Kokarden behängte Huren und Revoluzzer wie Böcke und Ziegen im Reigen um eine geschändete Tanne herumhopsten.»

Der Greis geriet in Rage, als Mathis ihn, ohne etwas zu sagen, kopfschüttelnd musterte. «Jetzt trägt er die Nase hoch!», keifte er. «Aber der Tag wird kommen, wo ein Herr wieder ein Herr ist und ein Bauer wie er» – er drohte ihm tatsächlich mit dem Stock – «ein Untertan!»

«Hört, alter Mann.» Mathis legte der bereits vom Tod gezeichneten Gestalt die Hand auf die Schulter. «Was Ihr Euch wünscht, werdet Ihr nicht mehr erleben. Eure Zeit ist abgelaufen. Ihr geht wohl besser zurück in Euer Haus an die Wärme, bevor ihr Euch noch verkühlt.» Er drehte ihm den Rücken zu und überquerte den Münsterplatz, auf dessen anderer Seite der Leiterwagen stand, in dem seine Freunde sassen und auf ihn warteten.

Emil Strub war vom Kutschbock gestiegen. «Was wollte der ehemalige Bürgermeister von dir?», fragte er.

«Der Bürgermeister?»

«Hast du ihn nicht erkannt? Das war Johannes Debary. Er muss inzwischen gegen neunzig Jahre alt sein. Noch vor wenigen Tagen hat er sich ins Rathaus tragen lassen, um dafür zu werben, die alte Ordnung zusammen mit den eidgenössischen Ständen wenn nötig mit Waffengewalt zu verteidigen.»

Die alte Ordnung: Herr und Knecht, oben und unten. Mathis schwieg. Ihm wurde bewusst, dass sie die Freiheit, die sie eben erst errungen hatten, wohl immer wieder aufs Neue würden erkämpfen müssen.

Franzosenzeit
1798–1813

1

Dorothea Staehelin war tot. Dorothe, die zu ihm gehörte – gehört hatte. Nicht nur in den vergangenen vierzehn Jahren, in denen sie, ohne miteinander verheiratet zu sein, ein Paar gewesen waren. Er hatte schon das vornehme Jüngferchen aus der Stadt geliebt, das die Sommerfrische auf Sankt Wendelin verbrachte, und ihm, dem einfachen Bauernburschen, mit ihren schwarzen Locken und den dunklen Augen den Kopf verdrehte. Er hatte die junge Mutter geliebt, die sich von ihrem nichtsnutzigen Gatten trennte, ihr Leben in die eigenen Hände nahm und ihre Tochter allein grosszog. Und er hatte die reife Frau geliebt, deren Mann er gewesen war, auch wenn sie sich nie um den kirchlichen Segen gekümmert hatten. Die Zeit hatte Falten in ihr Gesicht gezeichnet, und ihr dunkles Haar war grau geworden, und er hatte sie noch mehr geliebt, als das übermütige Fräulein, das sie Jahrzehnte zuvor gewesen war.

Mathis Jacob stand am Fenster der Wohnstube und starrte hinaus in eine Landschaft, die ihm mit einem Mal fremd erschien, abweisend und feindlich. Er schloss die Augen und horchte in sich hinein; aber da war nichts. Kein Gefühl, kein Leben. Wie ein Baum, den der Blitz getroffen hat, dachte er. Der Schmerz über den Verlust würde kommen, auch die Trauer, aber jetzt, in diesem Augenblick war es, als sei er betäubt, unfähig, etwas zu empfinden.

Ein Bote aus Basel, ein junger Mann, den er nicht kannte, war am späten Nachmittag eigens mit der Postkutsche nach Waldenburg gekommen, um ihm die Nachricht zu überbringen. Noch immer hielt er Salomes Brief in der Hand. *Lieber Onkel* (so nannte sie ihn, seit er mit Dorothe zusammen war), *in der Nacht vom 20. auf den 21. Juni ist meine geliebte Mutter gestorben. Ihre letzten Worte galten dir. Die Trauerzeremonie findet morgen, am Montag, dem 22. Juni, vormit-*

tags um halb elf Uhr, in der Kirche zu Sankt Martin statt. In tiefer Trauer, Salome. Drei dürre Sätze. Mathis hatte sie gewiss schon ein Dutzend Mal gelesen.

Zwischen Christi Himmelfahrt und Pfingsten 1812 war Dorothe für ein paar Tage in Sankt Wendelin gewesen. Sie hatte sich auf die Sommermonate gefreut, die sie wie immer mit Mathis verbringen wollte. Doch dann, Anfang Juni, hatte ihm Salome geschrieben. Die Mutter habe hohes Fieber, heftige Kopf- und Gliederschmerzen, ausserdem rote und blaue Ausschläge am Körper. Man habe den Arzt rufen müssen. Er fürchte, dass sie am Fleckenfieber erkrankt sei, das zurzeit in der Stadt grassiere. Er hoffe aber, dass sie bald wieder genese. Und jetzt war sie tot.

Peter, sein Ältester, mit dem er Sankt Wendelin bewirtschaftete, hatte ihm angeboten, ihn nach Basel zu fahren. Mathis hatte abgelehnt. Er wollte, wie irgendein armer Tauner, zu Fuss den weiten Weg in die Stadt gehen, allein, begleitet nur von der Toten, die Teil seines Lebens gewesen war und bleiben würde.

Eine Stunde nach Mitternacht brach er auf. Da er dem Torwächter in Waldenburg nicht Rede und Antwort stehen mochte, entschloss er sich, das Städtchen zu umgehen und wählte den Fusspfad, der vorbei am Steinenberg über die Gerstelfluh und die Sennmatte hinunter ins Tal führte. Als er im milden Licht des Vollmonds durch den Wald und über die Weiden schritt, dachte er daran, wie sehr Dorothe das Land am Oberen Hauenstein geliebt hatte.

Während er mit seinem Tagwerk beschäftigt war, sass sie oft mit ihrer Staffelei vor dem Hof und malte. In den letzten Jahren hatte sie vermehrt versucht, anstelle von Blumen die Landschaft auf ihre Leinwand zu bannen. «Die bewaldeten Hügel sind nicht grün, wie man meinen möchte», hatte sie ihm einmal gesagt, als er hinter ihr stand. «Sie sind blau, aber nicht einfach blau, es ist eine Sinfonie von Blautönen.» Ohne den Kopf zu heben, hatte sie ihre Hand auf die seine gelegt, die auf ihrer Schulter ruhte.

Im Frühjahr, das der Basler Revolution gefolgt war, hatten sie sich oft im Wald geliebt. Mathis erinnerte sich an heisse Junitage, an denen sie, trunken vor Glück, eng aneinandergeschmiegt im Moos unter der breiten Krone eines Ahorns gelegen waren. Dorothes Haar duftete wie frisches Heu. Sie hatte die Augen geschlossen, und mit seinem Finger zeichnete er die Muster nach, welche die Sonne durch das schattenspendende Geäst des Baumes auf ihren Körper malte. Nach all den Jahren, in denen sie ihren Gefühlen füreinander Zwang angetan hatten, konnten sie jetzt nicht genug voneinander bekommen. Sie liebten sich auch auf dem Hof. Nachts, wenn er glaubte, dass seine Kinder und Salome schliefen, tastete er sich leise die Treppe hinauf in Dorothes Wohnung, wo sie ihn in ihrer Kammer erwartete. Sie versuchten ihre gegenseitige Zuneigung vor den Kindern zu verbergen, und so haftete der ersten Zeit ihres Zusammenseins stets etwas Verstohlenes an. Es war Peter gewesen, der sie während der Ostertage 1798, die Dorothea auf Sankt Wendelin verbrachte, von ihrer Befangenheit befreite. Gross, breitschultrig, schwarzes Haar und schwarzer Bart, ein Bauer durch und durch, war der Älteste das Ebenbild seines Vaters.

Sie sassen auf ihren Melkschemeln im Stall, jeder neben einer Kuh. Die Milch schoss schäumend in die Eimer. Sie arbeiteten schweigend.

«Du solltest nicht heimlich zur Frau schleichen müssen, die du liebst», sagte Peter plötzlich.

Mathis hielt inne. Ihm war, als höre sein Herz für einen Augenblick auf zu schlagen, und er spürte, wie ihm das Blut in den Kopf schoss. Wie ein ertappter Junge, dachte er. Er legte die Stirn an die warme Flanke der Kuh. Sein Sohn konnte ihn nicht sehen. Und das war gut so. «Was weisst du davon?», fragte er schliesslich gepresst.

«Wir alle wissen es.» Die Stimme des Zweiundzwanzigjährigen klang erstaunlich sicher. Er hatte sich wohl lange überlegt, was er dem Vater sagen wollte, «Martha, Paul, Hanna und ich, selbst Samuel und die kleine Mamsell.»

«Und ihr habt nichts dagegen?»

«Ihr beide braucht euch vor euren Kindern nicht zu verantworten.»

Mehr gab es darüber nicht zu reden. Beide nahmen ihre Arbeit wieder auf. Als sie später zusammen die Milch in den Käsekeller brachten, vermieden sie es, einander anzuschauen.

Mathis hatte inzwischen die Gerstelfluh überschritten und den Weg erreicht, der über eine Weide talwärts führte. Drüben beim Sennhus, das vor der Revolution dem Landvogt als Gutshof gedient hatte, schlug ein Hund an. Der nächtliche Wanderer näherte sich Waldenburg. Jetzt, mitten in der Nacht, waren nur die Silhouetten der beiden Tore und der eng aneinandergedrängten, steilgiebligen Dächer hinter der Stadtmauer zu erkennen: schwarz und abweisend. Als er in die Landstrasse Richtung Liestal einbog, warf Mathis einen Blick zurück zum Schönthaler Hof, wo seine älteste Tochter bei Theophil Grynäus als Pfarrmagd diente.

Martha war das einzige seiner Kinder, das die Beziehung zwischen Dorothe und ihm nicht guthiess, nie gutgeheissen hatte. Dieses Verhältnis sei ein Verrat an der verstorbenen Mutter, hatte sie dem Vater vorgeworfen. Mathis hatte sich gefragt, ob seine Tochter wusste, dass er Dorothe seit seiner Jugend liebte und dass er, so gesehen, seiner Frau bereits zu deren Lebzeiten untreu gewesen war. Martha und ihre Mutter hatten nie Geheimnisse voreinander gehabt, und Mathis vermutete, dass sich Barbara mehr als einmal bei ihr ausgeweint hatte. Er hatte darauf verzichtet, sich vor seiner Tochter zu rechtfertigen. Als sie aber erklärte, entweder er lasse die Finger von Madame, sie spuckte das Wort förmlich aus, oder sie werde den Hof verlassen, war er zornig geworden. Er wolle ihr nicht vor dem Glück stehen, wenn sie glaube, es anderswo finden zu können, hatte er geschrien. Das war vor vierzehn Jahren gewesen, und seither lebte Martha bei Pfarrer Grynäus und besorgte ihm den Haushalt.

Mathis hatte anstelle von Martha eine Magd dingen müssen. Die Wahl war auf die achtzehnjährige Verena Bidert gefallen, eine der Töchter des Schuhmachers Heinrich Bidert aus Bärenwil. Die Eltern waren froh, dass eines aus der Schar ihrer acht Kinder auswärts einen Dienst gefunden hatte. Verena war ein liebes, arbeitsames Mädchen, das ohne viel Aufhebens zu machen, das Regiment im Haushalt übernommen hatte. Vier Jahre später wurde sie Peters Frau. Bis heute hatte Verena drei Kinder zur Welt gebracht, zwei Buben, die nach den Grossvätern Matthias und Heinrich hiessen, und Ruth, die den Namen von Verenas Mutter trug.

Dorothe hatte betroffen reagiert, als sie vom Zerwürfnis zwischen Mathis und Martha erfuhr. «Daran bin wohl ich schuld», hatte sie damals gesagt. «Es lässt sich ja nicht leugnen, dass deine Frau und ich uns nicht mochten, und das Mädchen wird das gespürt haben.» Und resigniert fügte sie hinzu: «Über unserer Verbindung steht kein guter Stern, wenn sie das Kind dem Vater entfremdet.»

Mathis haderte mit Martha. «Sie ist nicht mehr meine Tochter», hatte er seinen anderen Kindern erklärt. «Ich will nichts von ihr hören.» Er verzieh ihr nicht, dass sie dem Pfarrer berichtet hatte, er und Dorothea Staehelin teilten das Lotterbett miteinander.

Theophil Grynäus hatte mehrmals in Sankt Wendelin vorgesprochen, um dem Paar ins Gewissen zu reden. Er verlangte, dass sie sich voneinander fernhielten. Mehr noch:

Er hatte seiner Base geraten, ihren Pächter vom Hof zu weisen und sich, zum Heil ihrer Seele, einen neuen zu suchen.

Nach dem dritten oder vierten Besuch war Mathis der Kragen geplatzt: «Man kann von den Franzosen, die aus der Eidgenossenschaft einen Vasallenstaat gemacht haben, halten, was man will, aber immerhin gibt es seither keine Chorgerichte mehr, in denen Pfaffen wie Ihr glauben, den Leuten ungestraft vorschreiben zu dürfen, wie sie zu leben hätten.» Und gehässig hatte er noch gesagt, er möchte nicht wissen, was Grynäus, der seit dem Tod seiner Frau unbeweibt sei, mit seiner Tochter, mit der er unter einem Dach wohne, alles anstelle.

Er sei mit sich im Reinen, hatte der Pfarrer gefaucht, und müsse sich keine derart infamen Unterstellungen anhören, schon gar nicht von einem ungehobelten Bauern, der bis vor kurzem noch ein Untertan gewesen sei.

Mathis hatte ihn kalt angelächelt und ihm dann die Türe gewiesen. Er brauche sich nicht mehr nach Sankt Wendelin zu bemühen, gab er ihm auf den Weg mit.

Wie viele protestantische Geistliche in der Landschaft Basel stammte auch Theophil Grynäus aus einer alteingesessenen und reichen städtischen Familie. Und wie manche seiner Amtsbrüder hatte er zur Zeit des *Ancien Régime* die Gnädigen Herren, mit denen er versippt und verschwägert war, nicht nur regelmässig über die Stimmung im Baselbiet auf dem Laufenden gehalten, sondern auch Landleute, die, wie Mathis Jacob und Dorothea Staehelin, gegen die sittliche Ordnung verstiessen, bei der Obrigkeit angeschwärzt. Als, nach dem Willen der Franzosen, die Helvetische Republik an die Stelle der alten Eidgenossenschaft getreten war, hatte man in Basel den Rat abgesetzt und die Reformationsordnung aufgehoben. Es gab nun auch kein Sittengericht mehr, bei dem der Pfarrer das Paar, das eine aussereheliche Beziehung unterhielt, hätte anzeigen können. Gegenüber Mathis Jacob, der unter der neuen Ordnung, genau gleich wie er selber, Bürger des neuen Einheitsstaats war, hatte Grynäus keine rechtliche Handhabe mehr. So kam es, dass er nach dem Streit mit dem Bauern von Sankt Wendelin die Schale seines Zorns über seine Base goss. Seinen Verwandten in der Stadt berichtete er von der unheilvollen Leidenschaft, in der Dorothea Staehelin, immerhin eine geborene Preiswerk, zu ihrem Pächter entbrannt sei.

In der guten Basler Gesellschaft verbreitete sich die Neuigkeit von der Affaire in Windeseile. Und wie es bei Gerüchten üblich ist, klatschte man ausgiebig, mutmasste lustvoll und übertrieb masslos. Die vom Obristen Christoph Staehelin geschiedene Frau, hiess es, sei mannstoll. Sie führe ein ausschweifendes Leben und sei ihrem bäuerischen Liebhaber mit Haut und Haar verfallen.

Wenn sie mit Hanna auf dem Markt war, wurde sie von braven Bürgersfrauen nur noch knapp gegrüsst. Versuchte sie, mit einer ihrer Bekannten ins Gespräch zu kommen, hatte man keine Zeit für sie, und am schlimmsten war, dass Männer, die sie bisher respektvoll behandelt hatten, ihr begehrliche Blicke zuwarfen und anzügliche Bemerkungen machten.

«Als ob ich für sie Freiwild wäre!», beklagte sie sich bei Anna Vischer, als sie bei ihr im Haus zur Gans zu Besuch war.

«Das braucht dich nicht zu wundern. Die Mesalliance mit deinem Pächter ist schliesslich Stadtgespräch. Dafür hat dein Vetter Grynäus gesorgt.»

Das Wort Mesalliance klang ausgesprochen tadelnd. Da war nichts mehr von jenem lüsternen Entzücken, mit dem sich Anna wenige Monate zuvor im Haus zu Spinnwettern über die Verbindung Dorotheas mit dem Helden von Waldenburg geäussert hatte.

«Mesalliance …?»

«Eine standesgemässe Verbindung ist es wohl nicht, die du da eingegangen bist.» Anna Vischer sah die Freundin strafend an. «Und wenn wir schon darüber reden müssen», fuhr sie fort, «mein Mann hat mich gebeten, dich in Zukunft nicht mehr im Haus zur Gans zu empfangen.»

«Ich verstehe.» Dorothea stand auf. «Die Gleichheit von städtischem Bürgertum und Landleuten, für die der Ratsherr Vischer einsteht, hat ihre Grenzen.»

«Du musst ihn begreifen.» Anna war sichtlich verlegen. «Er hat einen Ruf zu wahren. Ich kann froh sein, dass er mir den Umgang mit dir nicht verbietet.»

Dorotheas Lippen wurden zu einem schmalen Strich, und wie immer, wenn sie wütend war, reckte sie ihr Kinn. «Wenn du mich in Zukunft besuchen willst, so weisst du, wo ich wohne. Adieu.» Sie wandte sich zur Tür.

Anna Vischer blieb sitzen. Sie unternahm keinen Versuch, die Freundin zurückzuhalten.

Die Vischers waren nicht die Einzigen, denen der Umgang mit Dorothea genierlich war. Ihr Bruder, der reiche Seidenbandherr Benedikt Preiswerk, zitierte sie ins elterliche Haus am Nadelberg. Er empfing sie in seinem Kontor. Ohne sich hinter seinem Schreibtisch zu erheben, wies er ihr einen Stuhl an. Es war der Armesünderstuhl, auf dem sie in ihrer Kindheit die väterlichen Unwetter über sich ergehen lassen musste, wenn sie etwas angestellt hatte. Wie damals sass sie kerzengerade da. Benedikt, der einen Kopf grösser war als sie, musterte sie missbilligend. Ohne Umschweife kam er zur Sache: «Ich höre, du poussierst mit dem Pächter von Sankt Wendelin.»

«Ich liebe ihn.»

«Du liebst ihn?!» Fassungslos starrte er sie an. Dann schlug er mit der flachen Hand auf die Tischplatte. «Das muss aufhören!», schrie er. «Sofort!»

Er ist fett geworden, dachte Dorothea, dick und massig. Interessiert beobachtete sie, wie sein Gesicht rot anlief. Er gleicht immer mehr dem Vater. Sie erinnerte sich, dass auch der Alte stets geglaubt hatte, seine Anweisungen würden subito befolgt, wenn er sie brüllend erteilte. «Gar nichts wird aufhören», sagte sie kühl.

«Dann werde ich den Pachtvertrag künden.»

«Mach dich nicht lächerlich. Sankt Wendelin gehört mir.»

Er schwieg. Starrte ihr in die Augen, versuchte, sie, wie er das schon als Kind getan hatte, mit seinem Blick niederzuringen. Sie hielt ihm stand. Genau gleich wie früher.

«Du bist nicht mehr meine Schwester», sagte er schliesslich.

So vieles verband sie miteinander. Sie waren zusammen aufgewachsen. Er war ihr grosser Bruder. Als sie sich von Christoph Staehelin scheiden liess, hatte er sie und Salome bei sich aufgenommen. Auch jetzt, wo sie in der Sankt-Johanns-Vorstadt lebten, war sie häufig bei ihm zu Gast. Ihre Eltern waren längst tot. Benedikt, seine Familie und das Haus am Nadelberg waren Teil ihres Lebens. Und jetzt sollte das Band zwischen ihnen zerschnitten werden. Tränen schossen ihr in die Augen. «Ich bin nicht mehr deine Schwester?», fragte sie ungläubig.

«Man erwartet von mir, dass ich diesen Skandal beende.»

Man. Er brauchte gar nicht zu sagen, wer sich hinter diesem «man» verbarg: die Zunft, das Direktorium der Kaufmannschaft, deren Mitglied er war, die anderen Seidenbandherren, die Verwandtschaft, vielleicht gar ihre Schwägerin. «Man». Das war wichtiger als «wir».

«Geh jetzt.» Er verzog keine Miene. «Überleg dir gut, was du tust.»

Dorothea schaffte es, Haltung zu bewahren, als sie das Kontor verliess. Auch den Nadelberg hinunter und durch den Schwibbogen in die Vorstadt hielt sie sich sehr aufrecht.

Im Haus *zem Crüz* stieg sie die Treppe hoch, und erst in ihrem Zimmer liess sie ihren Tränen freien Lauf. Schluchzend lag sie auf dem Bett und hämmerte mit ihren Fäusten aufs Kissen.

Man grenzte sie aus, lud sie nicht mehr ein, übersah sie auf der Strasse. «Ich gelte jetzt als gefallene Frau», sagte sie zu Mathis, als sie mit den beiden Kindern und Hanna das nächste Mal ein paar Tage auf Sankt Wendelin verbrachte. Sie waren mit der Postkutsche nach Waldenburg gekommen, nicht mehr in der Chaise von Benedikt, dem Dorothe in einem kurzen Brief mitgeteilt hatte, sie werde sich dem Druck, den er und *tout Bâle* auf sie ausübe, nicht beugen. Er hatte ihr nicht geantwortet.

«Eine gefallene Frau …» Mathis hob die Brauen.

«So nennt man eine Frau, die einen Liebhaber hat.» Das klang schärfer als beabsichtigt. «Bei Männern hingegen, wie etwa meinem Bruder und wohl auch dem Ratsherrn Vischer, findet man es, wenn überhaupt, bestenfalls pikant, wenn sie sich mit ihren Mätressen verlustieren.» Und dann weicher: «Jetzt habe ich nur noch dich, Salome und Samuel.»

«Du hast auch Sankt Wendelin. Der Hof gehört dir. Er ist deine Heimat. Weshalb ziehst du nicht zu uns? Wir könnten heiraten.»

Sie streichelte seine Wange und küsste ihn. «Ist das ein Antrag?»

Er nahm sie in seine Arme. «Du brauchst nur ja zu sagen.»

«Und wer soll uns trauen?» Sie löste sich sanft von ihm. «Etwa einer wie Vetter Theophil, einer aus jenen Familien, die nichts sehnlicher wünschen, als die alte Ordnung wiederherzustellen?» Ihre Augen sprühten vor Zorn. «Einer, der, bevor er uns seinen Segen gibt, verlangt, dass wir vor der ganzen Gemeinde unsere verworfene Liebe bereuen?

Man hat mich scheel angesehen, als ich mich von Monsieur Staehelin trennte, der ungestraft herumhuren durfte. Ich habe es ausgehalten. Ich werde es auch aushalten, dass sie mich nun ganz aus ihrer Mitte verbannen. Nein. Wir lassen es, wie es ist. Niemand wird mich aus Basel vertreiben, niemand wird mir den Mann abspenstig machen, den ich liebe. Und jetzt halt mich fest, du grosser, starker Bär.»

2

Mathis legte den Kopf in den Nacken und schaute in den Nachthimmel. Der grosse Bär. Nach ihm hatten beide in den letzten vierzehn Jahren, wenn sie voneinander getrennt waren, am Abend vor dem Schlafengehen Ausschau gehalten und sich dabei vorgestellt, dass sich ihre Gedanken in der Unendlichkeit treffen würden. Die Glocke der Peterskirche von Oberdorf, welche die zweite Stunde schlug, riss ihn aus seinen Gedanken. Ihm fiel ein, dass er unterwegs zu Dorothes Beerdigung war. Niemals mehr würden sich ihre Blicke da oben treffen. Er biss sich auf die Unterlippe.

Das nächtliche Firmament war ihm dank Sebastian Hoffmann einigermassen vertraut. Der Lehrer seines Sohnes hatte 1801 die damals siebzehnjährige Salome Staehelin geheiratet. Er kam oft mit seiner jungen Frau nach Sankt Wendelin und hatte sich mit Mathis angefreundet. Hoffmann interessierte sich für Astronomie und verbrachte manche Stunde mit ihm draussen auf der Weide.

Im Herbst des Vorjahres hatte er ihn auf einen hellen Kometen aufmerksam gemacht, der sich während Wochen in nördlicher Richtung bewegte. Gemeinsam beobachteten sie den glänzenden Himmelskörper, der einen langen, durchscheinenden Schweif hinter sich herzog. Hoffmann erzählte, was er aus der Zeitung erfahren hatte: Auf dem ganzen Kontinent glaubten die Menschen, der Komet künde Unglück an: Seuchen, Hunger und Krieg. Er lachte darüber. Die Vorstellung, dass ein Zusammenhang zwischen dem Lauf der Gestirne und irdischen Ereignissen oder gar dem Leben Einzelner bestehe, sei reiner Aberglaube.

Das war im September 1811 gewesen. Jetzt, neun Monate später, bewegte sich Napoleons *Grande Armée* in unzähligen Marschkolonnen quer durch Ostpreussen und Polen Richtung Russland. Der Kaiser hatte dem Zaren den Krieg erklärt. Eine halbe Million Männer aus fast allen Ländern Europas waren unterwegs und mit ihnen Zehntausende von Pferden und Ochsen, die nicht nur Geschütze und Munition, sondern auch die Dinge des täglichen Bedarfs für das Heer an die Front schafften. Sie wurden begleitet von Marketenderinnen mit ihren Wagen und Zelten, von Ehefrauen und Kindern von Soldaten sowie allerlei Gesindel, das sich im Verlauf des Feldzugs zu bereichern hoffte. In einem gigantischen Totentanz folgten sie dem korsischen Rattenfänger. Auch achttausend Schweizer waren dabei, unter ihnen Paul Jacob, der zweite Sohn von Mathis.

Paul, der es in der Basler Landmiliz zum Korporal gebracht hatte, war im Sommer 1798, wenige Wochen nachdem Martha Sankt Wendelin verlassen hatte, als Sergeant in eines der vier Schweizerregimenter in französischen Diensten eingetreten. Sein Vater hatte ihn mit gemischten Gefühlen ziehen lassen. Der Hof warf nicht so viel ab, dass mehr als eine Familie vom Ertrag leben konnte. Wie das im Baselbiet üblich war, würde ihn einmal der älteste Sohn übernehmen. Wenn die Jüngeren nicht als Knechte ihres Bruders arbeiten wollten, mussten sie nach anderen Erwerbsmöglichkeiten Umschau halten. Um Samuel brauchte sich Mathis keine Sorgen zu machen. Der Junge besuchte inzwischen das Pädagogium in Basel und würde wohl einer von jenen werden, die, wie Sebastian Hoffmann, ihren Unterhalt verdienten, ohne sich dabei die Hände schmutzig zu machen. Dass auch Paul seinen eigenen Weg ging, war für Mathis durchaus in Ordnung. Dass er aber Soldat wurde, machte ihm zu schaffen. Wie seine täuferischen Vorfahren, die den Waffendienst verweigert hatten, verabscheute auch er das Kriegshandwerk. Hinzu kam, dass es in Zukunft auf Sankt Wendelin recht einsam sein würde.

«Zuerst Hanna und Samuel, dann Martha, jetzt Paul. Einzig Peter ist mir geblieben. Er, ich und unsere Magd, die junge Verena», sagte er, als ihn Dorothe bei ihrem nächsten Besuch fragte, weshalb er so kummervoll in die Welt blicke.

Das sei der Lauf der Dinge, meinte sie leichthin. «Die Jungen verlassen das Nest, die Alten bleiben zurück. Du hast ja noch mich.»

Er empfand ihre Bemerkung als wenig tröstlich, schwieg aber dazu und hielt sich an den Briefen schadlos, die sein Sohn, selten genug, nach Hause schickte. Paul war nach ein paar Jahren zum Lieutenant avanciert und nahm am Feldzug in Spanien teil, wo sein Bataillon im Sommer 1808 bei Baylen von Aufständischen geschlagen wurde. Die Gefangenen, unter denen auch er war, mussten nach Cadiz marschieren, wo man sie unter erbärmlichen Bedingungen auf einem ausgemusterten Kriegsschiff unterbrachte.

Im Frühjahr 1811, dreizehn Jahre nachdem er den Hof verlassen hatte, war Paul nach Sankt Wendelin zurückgekehrt. Er hatte ein paar Tage Urlaub. Der Vater erkannte ihn kaum wieder. Er war ein Mann geworden: gross und breitschultrig. Ein kecker Schnurrbart zierte sein Gesicht. Er erzählte von seiner abenteuerlichen Flucht aus der spanischen Gefangenschaft. Während eines Sturms hatten er und seine Kameraden die Wachen überwältigt, die Taue ihres schiffbaren Kerkers gekappt und waren über die Bucht von Cadiz ans andere Ufer gesegelt, das von französischen Truppen besetzt war.

In seinem roten Uniformrock mit blauen, weiss eingefassten Kragen, Brust- und Ärmelaufschlägen und den weissen Hosen stolzierte er durchs Städtchen Waldenburg und verdrehte den Töchtern von ehrbaren Bauern und Handwerkern die Köpfe. Am Ende war Mathis, der um seinen guten Ruf fürchtete, froh, als Paul nach Basel weiterzog, wo er für sein Regiment Rekruten warb, denen er im bevorstehenden

Feldzug nach Russland nicht nur Ruhm und Ehre, sondern auch reiche Beute versprach.

In seiner Kammer in Sankt Wendelin bewahrte Mathis die Briefe seines Sohnes auf. Der letzte war wenige Wochen alt. Seine Einheit, schrieb Paul, habe im März 1812 Magdeburg erreicht, dann sei man nach Stettin marschiert und habe sich dort mit den drei anderen Schweizerregimentern vereinigt. Im Mai werde man nach Königsberg vorstossen, von wo es weiter nach Kaunas und über die Memel gehe. In einem Postskriptum fügte er hinzu, er sei inzwischen zum Premier-Lieutenant befördert worden.

Mathis hatte sich von Sebastian Hoffmann erklären lassen, wo genau diese fremden Städte waren, durch die sein Sohn kam, dessen Begeisterung fürs Militärische weder Niederlagen auf dem Schlachtfeld noch monatelange Gefangenschaft Abbruch tun konnten.

Sebastian Hoffmann. Seinem Kummer zum Trotz musste Mathis lächeln, als ihm einfiel, wie entsetzt Dorothe reagiert hatte, als sie im Frühjahr 1801 erfuhr, dass ihre siebzehnjährige Tochter ihn und keinen anderen heiraten wollte. Dabei war der Mann eine respektable Partie. Vor drei Jahren hatte die Universität Hoffmann als Professor für Mathematik berufen. Er hatte alles, was sich Mütter für ihre heiratsfähigen Töchter erhoffen mochten: Geist, Herkunft und Vermögen. Auch Anna Vischer hatte ihn mehrmals zum *Jour fixe* ins Haus zur Gans eingeladen. Er wäre ihr als Ehemann Julianas mehr als recht gewesen. Dass er sich ausgerechnet für die Tochter der ehemaligen Freundin interessierte, empfand sie als persönlichen Affront.

Dorothea ihrerseits traf es völlig unvorbereitet, als Hoffmann im Haus *zem Crüz* erschien und um Salomes Hand anhielt. Sie rang um Fassung. Was denn ihre Tochter dazu sage, wollte sie schliesslich wissen.

Oh, man sei sich längst einig. Der Professor lächelte verbindlich. Sie beide liebten sich, seit sie sich im Hause Vischer begegnet seien, wo er dem mässig begabten Sohn Nachhilfeunterricht erteilt habe. Er nehme an, dass die verehrte Madame Staehelin wisse, dass Salome und er sich seither immer wieder begegnet seien.

Wusste sie es? Manchmal hatte ihre Tochter nebenbei erwähnt, sie habe in der Stadt Professor Hoffmann gesehen. Gesehen. Jetzt musste sie erfahren, dass sich die beiden hinter ihrem Rücken getroffen hatten. Es hatte Dorothea einige Mühe bereitet, diesem Menschen gegenüber die ihr anerzogene Contenance zu wahren. Der Mann, dessen war sie sich gewiss, hatte ihre Tochter schamlos verführt. Sie bat sich ein paar Tage Bedenkzeit aus und komplimentierte den Professor hinaus.

Salome, zur Rede gestellt, hatte errötend ihren hübschen Lockenkopf gesenkt und gestanden, dass sie nach dem Unterricht bei Mademoiselle Decastel ab und zu mit Juliana Vischer im Unteren Kollegium am Rheinsprung, wo der Professor arbeite, vorbeigegangen sei.

«Ab und zu?», fragte Dorothea und zog die Brauen hoch.

«Nun, ja.» Die Röte auf Salomes Wangen nahm eine dunklere Färbung an.

«Und immer in Begleitung von Juliana?»

«Meistens.»

Dann brach es aus Salome heraus: Sie liebe Sebastian, er sei der einzige Mann, den sie für seine Intelligenz und seine Gesinnung vorbehaltlos bewundern könne. Er sei keiner von jenen, die ihre Fahne nach dem Wind hängten und den Ideen von Freiheit und Gleichheit abgeschworen hätten, kaum dass Napoleon das revolutionäre Frankreich verraten und aus ihm eine Diktatur gemacht habe, die er nun wie ein Tyrann als erster Konsul aus dem Tuilerien-Schloss regiere. «Ich werde ihn heiraten», schluchzte sie, «auf jeden Fall.

Und wenn du deine Zustimmung verweigerst, werde ich ohne Trauschein mit ihm zusammenleben, so wie Olympe de Gouges und du selber.» Dann war sie aus dem Zimmer gestürzt und hatte eine verstörte Mutter allein zurückgelassen.

Am nächsten Tag hatte Dorothea Staehelin die Postkutsche bestiegen und war nach Waldenburg gefahren. Beim Nachtessen verhielt sie sich schweigsam. Vor Peter Jacob und der jungen Magd mochte sie nicht reden. Aber später, als sie im Bett neben Mathis lag, begann sie zu weinen.

«Na, na», sagte er und zog sie an sich. «Was hast du denn?»

Sie klammerte sich an ihn, schluchzte zum Gotterbarmen und stiess dann hervor: «Salome!»

Er schwieg, streichelte ihre Schultern und wartete.

«Sie will heiraten.» Geschüttelt von Weinkrämpfen, breitete sie schniefend ihren Kummer vor ihm aus: «Der Unhold will mir mein Lämmlein nehmen, mein einziges Kind, dabei ist sie doch noch so jung und unschuldig.»

Es dauerte eine Weile, bis Mathis begriff, dass seine Dorothe sich darüber beklagte, dass Sebastian Hoffmann, ein höchst angesehener und ehrenwerter Mann, um die Hand ihrer Tochter angehalten hatte. «Und was sagt sie denn dazu?», fragte er vorsichtig.

«Sie behauptet, dass sie ihn liebe. Aber was versteht das dumme Ding denn schon davon?»

Er hätte ihr gerne geantwortet, dass Salome, seiner Meinung nach, durchaus wisse, was sie wolle, dass sie schon immer gewusst habe, was sie wolle, und dass, wenn sie sich dies in den Kopf gesetzt habe, wohl keine Macht der Welt sie davon abhalten könne, Hoffmann zu heiraten. Aber das wollte Dorothe im Moment gewiss nicht von ihm hören, und so sagte er nichts.

«Er ist auch viel zu alt für sie!» Sie richtete sich auf und versuchte im flackernden Licht der Kerze, die auf dem

Nachttisch stand, in seinem Gesicht zu lesen. «Nun sag schon etwas!»

Mathis rechnete nach. «Er dürfte etwa zehn Jahre älter sein als sie. Das ist nicht ungewöhnlich. Ausserdem ist er in der Lage, ihr ein Leben in einem gewissen Wohlstand zu bieten.»

«Als ob es darauf ankäme!» Sie funkelte ihn an. «Sie ist noch ein Kind und völlig unerfahren.»

Mathis hatte in Bezug auf die Unerfahrenheit des selbstbewussten Jüngferchens seine Zweifel. «Ich denke, dass sie mannbar ist.» Das war falsch. Er bereute den Satz, kaum hatte er ihn ausgesprochen.

Dorothe gab einen zornigen Laut von sich und trommelte mit ihren Fäusten gegen seine Brust. «Mannbar, mannbar! Oh ihr Männer!»

Er zog sie fest an sich, küsste sie auf den Hals, liess zu, dass sie ihren Kummer und Schmerz an ihm ausliess, und als sie erschöpft in ihr Kissen zurücksank, sagte er ihr dasselbe, was sie ihm gesagt hatte, als Paul zu den Soldaten ging: «Es ist der Lauf der Dinge, dass unsere Kinder uns verlassen.» Und nach einer Weile: «Es ist klüger, wenn wir sie dabei mit unseren besten Wünschen begleiten, als wenn wir zu verhindern suchen, was wir ohnehin nicht verhindern können.»

Dorothe hatte sich an seinen Rat gehalten und dem jungen Paar, auch wenn es ihr schwerfiel, ihren Segen erteilt. Drei Monate nach der Brautwerbung hatten Sebastian Hoffmann und Salome geheiratet. Die beiden zogen im Haus *zem Crüz* ein. Dorothea hatte keine Tochter verloren; vielmehr bekam sie einen Sohn. Sie überliess ihnen ihre eigenen Räume in der Beletage und zog ein Stockwerk höher, wo sie sich im Zimmer ihrer Tochter, das neben jenem Samuels lag, einrichtete.

Hoffmann, der in seinem Herzen ein Jakobiner geblieben war, störte sich nicht daran, dass seine Schwiegermutter mit

Mathis Jacob eine, wie er es nannte, «freie Liebe» praktizierte. Im Gegenteil: Er schien stolz darauf zu sein, dass sie sich nicht um Konventionen scherte und es lieber in Kauf nahm, vom gehobenen Basler Bürgertum geschnitten zu werden, als auf ihre Beziehung zu verzichten. Die zahlreichen Besuche aus dem Umfeld der Universität brachten Betrieb in den gemeinsamen Haushalt und sorgten damit bis zu einem gewissen Grad für das Ende der gesellschaftlichen Isolation von Dorothea Staehelin. Der libertäre Geist, den Professoren und Studenten ins Haus in der Sankt-Johanns-Vorstadt brachten, behagte ihr.

3

Mathis war nun schon seit über drei Stunden unterwegs. Er hatte inzwischen den Zusammenfluss der Vorderen und Hinteren Frenke erreicht und näherte sich Liestal. Ihm schien, als schreite die Tote auf seiner langen Wanderung durch die Nacht neben ihm, als sei sie es, welche die Erinnerungen an die vergangenen Jahre wecke.

Sie war eine mutige Frau gewesen. Mathis hätte ihr noch so viel zu sagen gehabt. In den vergangenen Monaten hatten sie darüber gesprochen, endlich zusammenzuziehen. Nachdem Salome kinderlos geblieben war, konnte sich Dorothea vorstellen, das Alter mit Mathis auf Sankt Wendelin zu verbringen. Es war ihnen nicht vergönnt. Vierzehn Jahre waren ihnen beschieden gewesen. Nur vierzehn Jahre. Mehr nicht.

Vor Mathis lag das Städtchen Liestal. Die Sonne stieg als rotgoldene Scheibe über den bewaldeten Hügeln auf. Sebastian Hoffmann hatte ihm einmal erklärt, man nenne die drei Mittsommertage vom 20. bis zum 22. Juni Solstitium, weil an ihnen die Sonne, die auf ihrem Lauf durchs Jahr den östlichsten Punkt erreicht habe, in dieser Zeit scheinbar stillstehe, bevor sie ihre Bahn wende. Es waren genau die Tage zwischen dem Tod und der Beerdigung von Dorothea. Die Trauer um sie überwältigte ihn. Mathis Jacob fühlte sich unendlich allein. Er setzte sich auf einen Stein am Wegrand und barg das Gesicht in seinen grossen, schwieligen Händen.

Nachdem ihn die Wache durchs Obere Tor hatte passieren lassen, entschloss er sich, in Liestal eine Rast einzulegen. Er setzte sich auf den Beckenrand des Brunnens vor dem Spittel und verzehrte den Proviant, den ihm seine Schwiegertochter am Vorabend eingepackt hatte. Auf den Stock dieses Brunnens hatten in den denkwürdigen Januartagen des Jahres 1798 revolutionär gesinnte Landleute einen Freiheitsbaum gestellt, dessen Spitze ein dunkelrotes Jakobinerkäpplein zierte. Möglicherweise war die Aktion von Wilhelm Hoch angeordnet worden, der auch den Plan für die Vertreibung des Landvogts von Waldenburg ausgearbeitet hatte.

Die Revolution in Basel war nur der erste von zahlreichen Aufständen in der ganzen Eidgenossenschaft gewesen. Überall hatte sich in den folgenden Wochen und Monaten das Volk gegen das Regime der Gnädigen Herren erhoben. Die französischen Truppen, die vom Waadtland und vom Jura her ins schweizerische Mittelland vorstiessen, unterstützten die Rebellion. Der Widerstand, den das patrizische Bern und die ländliche Innerschweiz leisteten, wurde blutig niedergeschlagen. In der Folge hielten sich die Franzosen für ihren Aufwand schadlos und plünderten schamlos die kantonalen Staatskassen.

Anders als Mathis Jacob hatte Wilhelm Hoch im Februar 1798 die Wahl in die Basler Nationalversammlung angenommen und sich an den Debatten zu einem Grundgesetz für den neu zu gestaltenden Kanton beteiligt. Es war freilich das Papier nicht wert, auf dem man die einzelnen Artikel fein säuberlich festhielt. Bereits im April musste die eidgenössische Tagsatzung eine neue, von Frankreich diktierte Verfassung akzeptieren, jene Verfassung notabene, die der Basler Oberstzunftmeister Peter Ochs ausgearbeitet hatte und die vom Direktorium in Paris den eigenen Bedürfnissen angepasst worden war.

Aus der Eidgenossenschaft wurde die «eine und unteilbare Helvetische Republik», ein Vasallenstaat, der dem grossen Nachbarn Soldaten zur Verfügung stellen musste und Frankreich als vorgelagertes Schlachtfeld in seinem Krieg gegen die Armeen der zweiten Koalition von Grossbritannien, Russland und Österreich diente.

Mathis hatte Liestal verlassen. Hinter Füllinsdorf wandte er sich nach Westen. Vor ihm lag, zwischen den Ausläufern von Jura und Schwarzwald, die fruchtbare Rheinebene. Auf den Äckern beugten Bauern gemeinsam mit ihren Frauen und Kindern die Rücken. Das Korn stand bereits hoch.

Aus der Tiefe von Mathis' Erinnerungen wurden Bilder des Sommers vor zwölf Jahren lebendig, den Dorothe, Salome, Samuel und Hanna wie immer auf Sankt Wendelin verbracht hatten. Seine Tochter war glücklich gewesen, beschenkte alle mit einem strahlenden Lächeln, und mehr als einmal ertappte sie Mathis dabei, wie sie bei ihrer Arbeit leise vor sich hinsang.

So wie seine verstorbene Frau Barbara zu Martha hatte er zu Hanna stets eine besondere Beziehung gehabt. Ab und zu hatte er ihr mit einer ungeschickten zärtlichen Geste das Haar zerzaust oder seine schwere Hand auf ihren Arm gelegt und dabei gehofft, sie würde wissen, dass sie in seinem Herzen einen besonderen Platz hatte.

«Was ist mit dem Kind wohl los?», fragte er Dorothe, als ihnen Hanna an einem Sonntagmorgen mit einem Armvoll Blumen aus dem Pflanzgarten leichtfüssig entgegenkam. «Sie ist so anders als sonst, sie lacht und singt, und ihre Gedanken sind überall, nur nicht bei uns.»

«Du solltest dich allmählich daran gewöhnen, dass aus Töchtern Frauen werden, die auch andere Männer im Kopf haben als ihre Väter.»

«Du meinst …?»

Sie lachte über sein verdutztes Gesicht. «Frag sie! Sie soll es dir selber sagen.»

Den ganzen Tag durch beobachtete er Hanna. Dorothe hatte recht: Sie war nicht mehr das burschikose, fast knabenhafte Mädchen, dessen Haar, wenn es nicht zu einem Zopf gebändigt war, nach allen Himmelsrichtungen strebte. Seine Tochter war eine junge Frau geworden, noch immer schlank und rank, aber mit weicheren, weiblichen Konturen. Ihre Bewegungen waren ruhiger, gelassener, und sie achtete auf ihr Äusseres, neben der Frisur auch auf die Kleidung, was wohl auf Dorothes Einfluss zurückzuführen war, die ihre junge Magd, seit sie sie als Verwandte betrachtete, unter ihre Fittiche genommen hatte.

Noch am selben Tag gestand Hanna beim Abendbrot, sie habe sich mit Fritz Buser verlobt. An Weihnachten werde man heiraten.

Salome, Peter und Verena gratulierten der jungen Braut, umarmten sie und freuten sich mit ihr. Dorothe warf Mathis, der die Stirn runzelte, einen warnenden Blick zu und kniff ihn heimlich in den Oberschenkel. Er lächelte gequält. «Ich hoffe, wir lernen den Hochzeiter noch kennen, bevor ihr euch trauen lässt», brachte er schliesslich hervor.

Hanna war aufgestanden, legte ihm die Arme um den Hals und küsste ihn auf beide Wangen. «Er wird am nächsten Sonntag hierherkommen und bei dir, wie es sich gehört, um meine Hand anhalten, Väterchen», lachte sie.

Väterchen! Mathis war geschlagen. «Ich werde mir das sehr genau überlegen», brummte er. Dann blickte er zu Dorothe, die ihn aus ihren dunklen Augen übermütig anstrahlte. «Ich nehme an, du hast das schon alles gewusst. Ihr alle. Ausser mir habt ihr alle es gewusst!»

Fritz Buser war der Sohn der verwitweten Rosa Buser, die Hanna einmal in der Woche bei ihrer Arbeit im Haus *zem Crüz* half. Die beiden hatten sich miteinander angefreundet. Durch sie hatte Hanna ihn kennengelernt. Fritz war, wie sein verstorbener Vater, Mitglied der Zunft zu Schiffleuten.

Sein Acker sei der Rhein, erklärte er Mathis, als er sich am folgenden Sonntag auf Sankt Wendelin dem künftigen Schwiegervater vorstellte. Wenn er auf seiner Lauertanne nicht Güter und Gäste stromabwärts bis nach Mainz befördere, so ramme er mit seinen Zunftbrüdern Pfähle in den Flussboden, um die Talfahrt für die Schiffe zu markieren. Der Rhein sei ein tückisches Gewässer, fuhr er fort. Besonders im Frühjahr nach der Schneeschmelze, wenn er die Talaue in ihrer ganzen Breite überflute, könnten ortsunkundige Schiffer unliebsame Überraschungen erleben.

Ein Schiffer also. Der junge Mann gefiel Mathis. Er verstand, dass sich Hanna in ihn verguckt hatte. Fritz war eine stattliche Erscheinung: hochgewachsen und kräftig, einen halben Kopf grösser als seine Braut. Aus seinem, von einem akkurat gestutzten, roten Bart umrahmten Gesicht blickte ein helles, freundliches Augenpaar, bereit, vom Gegenüber das Beste zu erwarten.

«Und», fragte Mathis schliesslich, «liebst du sie?»

Fritz zog Hanna, die neben ihm stand, an sich.

«Natürlich liebt er mich!», antwortete sie an seiner Stelle und strahlte den Vater glücklich an.

«Von ganzem Herzen und mit meiner ganzen Kraft», bestätigte der junge Schiffer. «Und ich hoffe, dass Ihr damit einverstanden seid, dass sie meine Frau wird.»

«Meinen Segen habt ihr.» Mathis fühlte einen Kloss im Hals. Er räusperte sich. «Wann soll die Hochzeit sein?»

«An Weihnachten, und wenn es Euch recht ist, möchten wir sie hier auf Sankt Wendelin feiern.»

Aber an Weihnachten war Fritz Buser in der Garnison von Strassburg, wo er und eine Schar eidgenössischer Rekruten seit Wochen von ein paar altgedienten Sergeanten gnadenlos gedrillt wurden. Für seine Feldzüge in halb Europa benötigte Bonaparte, inzwischen Erster Konsul, laufend neues Menschenmaterial, und die Helvetische Republik hatte ihm jährlich sechzehntausend Freiwillige zu stellen.

Freiwillige. Die Obrigkeit schob nicht nur Landstreicher und Arbeitsscheue in die französischen Regimenter ab.

Vielmehr war es zur Gewohnheit geworden, im Grunde ehrbare junge Männer, die sich eines geringfügigen Vergehens schuldig gemacht hatten, zu exemplarisch hohen Strafen zu verurteilen, die ihnen erlassen wurden, wenn sie bereit waren, ihre Haut für Bonaparte zu Markte zu tragen.

Zu ihnen gehörte auch Hannas Verlobter. Im Oktober war er in einen Raufhandel unter Schiffern verwickelt gewesen. Blut war geflossen, und einen hatte man fast zum Krüppel geschlagen. Als das städtische Harschierercorps eingriff, war es den meisten gelungen, sich zu verdrücken. Fritz und drei andere hatten Pech. Sie waren festgenommen und vor den Richter geführt worden. Ohne die Sache gross zu untersuchen, verdonnerte er sie zu fünf Jahren Zuchthaus und liess sie vorerst eine Woche lang im Eselsturm bei Wasser und Brot darüber nachdenken, ob sie anstelle der Strafe nicht lieber Soldaten werden möchten. So kam es, dass Fritz Buser mit einer Hundertschaft anderer Unglücklicher, von einem Trupp französischer Füsiliere mehr bewacht als begleitet, Richtung Strassburg marschieren musste.

Aus der geplanten Hochzeitsfeier zu Weihnachten war nichts geworden. Eine Woche später wanderten Mathis Jacob und Dorothea Staehelin nach Langenbruck zum Silvestergottesdienst. Seit dem Streit mit Pfarrer Grynäus besuchten sie dessen Predigten in Oberdorf nicht mehr. Auf dem Rückweg durch den verschneiten Wald schwieg Mathis. Er war verstimmt. In diesen Tagen zwischen den Jahren war es auf Sankt Wendelin kaum zum Aushalten. Hanna verrichtete schweigend ihre Arbeit. Kein Lächeln erhellte ihr Gesicht, und ihre Augen waren rot vom ständigen Weinen. Ausserdem war sie bleich, ass wenig und musste sich oft erbrechen. Die hilflosen Versuche der anderen, sie ein wenig aufzumuntern, wies sie schroff zurück.

Dorothe, die ihren Arm unter den seinen geschoben hatte, sah ihn von der Seite an. «Worüber denkst du nach?»

«Ich verstehe ja, dass es für Hanna schwer ist, dass man ihren Verlobten zum Militär gepresst hat, aber irgendeinmal sollte sie darüber hinwegkommen», grollte er. «Wenn alles gut läuft, kehrt Fritz in fünf Jahren zurück.»

«Darum geht es doch nicht.»

«Worum denn?»

«Hast du wirklich keine Ahnung?»

Er blieb stehen, fasste sie an den Oberarmen und zwang sie, ihm in die Augen zu schauen. «Du weisst es. Sag es mir!»

Dorothea seufzte. «Sie ist schwanger. Wenn alles seine Richtigkeit hat, wirst du im Juni Grossvater.»

Mathis war wie vor den Kopf geschlagen. «Das kann nicht sein. Sie wird doch nicht schon vor der Hochzeit ...», stammelte er ungläubig.

Dorothe löste sich von seinem Griff. «Und weshalb sollte sie nicht schon vor der Hochzeit?»

«Das gehört sich nicht. Wir haben sie anständig erzogen. Ich werde ihr morgen den Marsch blasen!»

«Du bist keinen Deut besser als deine Tochter, Mathis Jacob!»

Es verhiess nichts Gutes, wenn sie ihn beim Vor- und Nachnamen nannte, das wusste er inzwischen.

«Ich mag mich gut an deine Hochzeit mit Barbara Strub im Juli 1775 erinnern. Im Dezember desselben Jahres kam Martha zur Welt. Statt dich als Sittenrichter aufzuspielen, tätest du gut daran zu überlegen, was wir für das arme Schifferkindlein tun können, das in Hannas Bauch heranwächst, während sein Vater bei den Soldaten ist.»

Mathis hob hilflos die Hände. Natürlich konnte er sie zu sich auf den Hof nehmen, bis Fritz Buser zurückkehrte. Falls er überhaupt zurückkehrte. Aber die Waldenburger würden sich über Hanna die Mäuler zerreissen. Ein Kind und keinen Mann dazu zu haben, war eine Schande, die ihr ein Leben lang anhaften würde. «Sie wird es nicht leicht haben. Hier im Tal wird man den Stab über sie brechen und sie als sittenloses Weibsbild ächten», sagte er schliesslich.

«Sie braucht ja nicht hier zu leben.» Dorothe nahm ihn an der Hand und zog ihn vorwärts.

«Wo soll sie denn hin? Bei dir wird sie mit einem Kind ja wohl kaum bleiben können.»

«Weshalb denn nicht?» Sie lächelte. «Ich bin doch auch so ein sittenloses, mannstolles Weibsbild ohne Ehemann, das sich einem ehrbaren Witwer an den Hals geworfen hat. Ich gebe Hanna nicht her. Ich wüsste gar nicht, was ich ohne sie täte. Nachdem mich mein Bruder verstossen hat, seid ihr Jacobs die einzige Familie, die Salome und ich haben. Wir gehören zu euch, und da wird sich für so ein kleines Sündenfrüchtlein im Haus *zem Crüz* gewiss noch ein Plätzchen finden lassen.»

Sie gingen schweigend weiter. Hand in Hand. Mathis versuchte zu verarbeiten, was ihm Dorothe gesagt hatte. Ja, tatsächlich gehörten sie inzwischen wohl zu ihnen, sie und ihre Tochter.

Als sie den Waldrand erreicht hatten, blieb er stehen und nahm sie in die Arme. Vor ihnen, geborgen unter einer zwei Fuss hohen Schneedecke, lag Sankt Wendelin, ihre Heimat. «Du würdest Hanna also bei dir behalten?» Er versuchte sie zu küssen, aber sie verweigerte ihm ihren Mund.

«Nur unter einer Bedingung, Mathis Jacob», sagte sie streng. «Deine Tochter hat sich, seit wir hier sind, den Kopf darüber zerbrochen, wie sie es dir beibringen soll. Du bist ihr Held. Sie verehrt dich, und sie hat Angst, dich zu enttäuschen. Du wirst ihr morgen früh nicht den Marsch blasen, sondern ihr sagen, dass du sie liebst, egal ob mit Kind oder ohne. Und wenn du das nicht tust, werde ich ihr in Erinnerung rufen, dass ihre ältere Schwester ein Fünfmonatskind ist.»

4

Die Uhr der Sankt-Arbogast-Kirche zeigte die achte Stunde an, als Mathis durch eine Öffnung im Etter, der die Gemeindegrenzen markierte, Muttenz erreichte. Ein Bach, der am Gempen entsprang, floss den Häusern entlang Richtung Rhein. Ein trügerisches Bild des Friedens. Seit Jahrhunderten erschwerten hier wie anderswo Krankheiten und Seuchen das ohnehin harte Leben, man fürchtete sich vor plündernden Soldaten, musste sich mit Flüchtlingen und Bettlern herumschlagen und stöhnte unter Abgaben und Steuern. Neben ein paar Dutzend Bauern und Handwerkern, die ihr Auskommen hatten, gab es zahlreiche Taunerfamilien, die sich als Tagelöhner, Posamenter, Lismer oder Arbeiter in den umliegenden Steinbrüchen ein Zubrot verdienten und die, wenn das zum Leben nicht ausreichte, nach Amerika auswanderten. Ihre Söhne mussten sich oft als Söldner verdingen. Mathis dachte an Fritz Buser, der wider Willen zum Soldaten geworden war und seine Hanna in Basel hatte zurücklassen müssen.

Seit das Schicksal die beiden voneinander getrennt hatte, waren Briefe zwischen der Garnison in Strassburg und dem Haus *zem Crüz* in Basel hin und her gegangen. Fritz, der in der Kunst des Schreibens wenig bewandert war, beschränkte sich auf kurze Mitteilungen, die voller Fehler waren. *Mir geht es recht*, berichtete er. Oder: *Hatten heute einen elend langen Marsch, meine Füsse sind wund*. Oder: *Wenigstens gibt es genug zu essen*. Oder: *Ich parliere schon ziemlich gut Französisch*. Nur einmal: *Ich habe Heimweh*. Und im März 1801: *Man hat mich zum Korporal befördert*.

Im Gegensatz zu ihm erzählte Hanna ausführlich von dem, was sie bewegte. Sie hatte zwar auch das meiste vergessen, was ihr vor Jahren vom Waldenburger Dorfschulmeister beigebracht worden war, aber Samuel, der das Pädagogium besuchte, las ihr die Botschaften des Verlobten vor und brachte dann ihre Antwort in wohlgesetzten Worten zu Papier.

Herzallerliebster, begann er die Briefe, die er in ihrem Namen verfasste. Und dann schilderte er in Ichform, wie sehr sie den Verlobten vermisse, erinnerte ihn an jene Nacht, die sie zusammen verbracht hatten, und gestand ihm schliesslich, dass sie seither ein Kind unter ihrem Herzen trage. «Schreib: dein Kind, und unterstreich das ‹dein› dreimal!», sagte sie. «Ich will nicht, dass er glaubt, ich hätte einen anderen.»

Und jeden Brief schloss Samuel, nach ihren Anweisungen, mit tausend Küssen und dem innigen Wunsch, dass sie bald wieder vereint sein würden. Dann unterschrieb sie mit ungelenken Buchstaben: *Hanna, für immer die Deinige*.

Durch sein neues Amt als Sekretär der Schwester erschloss sich dem Fünfzehnjährigen ein Stück weit die geheimnisvolle Gefühlswelt der Frauen. Vor allem die Sache mit dem Kind, das Hanna unter dem Herzen trug, seit sie mit ihrem Verlobten eine Nacht verbracht hatte, beschäftigte ihn. Aber als er Näheres erfahren wollte, beschied sie ihm streng, das zu wissen stehe ihm noch nicht zu. Dafür sei er zu jung.

Im Juni diktierte Hanna Samuel, sie habe unter Schmerzen einen Sohn geboren, der in der Kirche zu Sankt Martin in Basel auf den Namen Friedrich getauft worden sei. Ihr Bruder Samuel und Salome Staehelin, die kurz zuvor mit Professor Hoffmann in den heiligen Stand der Ehe getreten sei, hätten die Patenschaft ihres gemeinsamen Kindes übernommen. «Schreib ‹heiligen Stand der Ehe› und unterstreiche ‹gemeinsam›», hatte Hanna Samuel angewiesen. «Ich will, dass er sich seiner Verantwortung mir und dem Kleinen gegenüber bewusst ist.»

Freue mich, dass er heisst wie ich, und hoffe, er wird einmal ein braver Schiffermann, schrieb der frischgebackene

Vater zurück und fügte hinzu, es gehe das Gerücht, dass seine Einheit nach Übersee geschickt werde, um gegen aufständische Neger zu kämpfen.

Tatsächlich berichtete er im November 1801, sein Regiment habe Order bekommen, quer durch Frankreich an die Küste zu marschieren, wo es nach Saint-Domingue verschifft werde. Er klang zuversichtlich. *Bin gespannt auf das Meer*, schrieb er. *Damals, als ich noch auf dem Rhein fuhr, habe ich stets davon geträumt, es einmal zu sehen.*

Im Haus *zem Crüz* war während Tagen von nichts anderem die Rede, als von der Expedition der Franzosen in die Karibik. Sebastian Hoffmann erklärte die Hintergründe:

Unter Ludwig XIV. sei Saint-Domingue eine französische Kolonie gewesen, auf der Tausende von afrikanischen Sklaven schufteten, um Europa mit Zucker und Kaffee zu beliefern. Nach der Revolution von 1789 hätten sie sich gegen ihre weissen Herren erhoben. Ihr Führer, François-Dominique Toussaint Louverture habe eine Militärdiktatur errichtet, die er unabhängig vom Mutterland regierte. Nachdem Frankreich den zweiten Koalitionskrieg in Europa siegreich beendet habe, fuhr Hoffmann fort, und Kaiser Franz erneut vor Bonaparte habe zu Kreuze kriechen müssen, wolle der erste Konsul Saint-Domingue wieder zum Zentrum eines französischen Übersee-Imperiums machen. Hoffmann wusste, dass achtundzwanzig grosse Kriegsschiffe und Dutzende von Fregatten zum Auslaufen bereitlägen. Sie sollten eine Armee von vierzigtausend Mann, die von General Leclerc, einem Schwager Bonapartes, kommandiert werde, in die Karibik bringen.

«Bekommt der Mann den Hals nie genug voll?», fragte Dorothea. «Er hat schon halb Europa unterworfen, will er sich nun zum Herrn der Welt aufschwingen?»

Es gehe ihm wohl zunächst darum, das Kolonialgeschäft wieder in Gang zu bringen, um den maroden Staatshaushalt zu sanieren, meinte ihr Schwiegersohn.

Salome, die Napoleon verehrte, widersprach: «Er bringt den unterdrückten Völkern die Freiheit und die Menschenrechte.»

Hoffmann lächelte. Das mit den Menschenrechten und der Freiheit sei so eine Sache. Bonaparte habe in die Verfassung von 1799 schreiben lassen, dass in den französischen Kolonien nicht dieselben Gesetze Gültigkeit hätten wie im Mutterland. Er habe damit offengelassen, ob Neger als Sklaven oder freie Menschen behandelt werden sollten. Er vermute, solange die überseeischen Plantagen Gewinne abwürfen, sei dem Ersten Konsul diese Frage herzlich gleichgültig.

«Du magst Bonaparte nicht», stellte Samuel fest, der Hoffmann duzen durfte, seit sie im selben Haushalt lebten.

«Nein.» Der Ältere nahm seine Brille ab. «Er hat die Ideale der Revolution verraten. Ich höre, dass er den Adeligen und Geistlichen, die man verjagt hat, die Rückkehr nach Frankreich erlaubt und ihnen nicht nur ihre Güter zurückgibt, sondern sie auch wieder in ihre früheren Positionen in der Verwaltung und Armee einsetzt. Mir scheint, er lege es darauf an, das Königtum in neuer Form erstehen zu lassen.»

«Fritz muss übers Meer und Kopf und Kragen riskieren, damit die reichen Leute ihren Kaffee und Zucker bekommen», klagte Hanna am Abend. Mit dem Kleinen auf dem Arm sass sie im Zimmer ihres Bruders, um noch ein wenig mit ihm zu plaudern. «Und wenn ihm etwas geschieht, stehe ich als unverheiratete Frau allein da mit dem Kind.»

«Du bist nicht allein», versuchte Samuel sie zu trösten. Er strich dem Säugling mit dem Zeigefinger über das rosige Näschen. «Ich werde ihm später einmal lesen und schreiben beibringen», versprach er. Er fühlte sich plötzlich verantwortlich für die Schwester und den Neffen. «Im Übrigen wollen wir den nächsten Brief von Fritz abwarten. Das wird eine Weile dauern. Vor März oder April im nächsten Jahr werden wir nichts von ihm hören. Vom Schiff geht keine Post ab.»

Aber es wurde Frühling, und es wurde Sommer, und Hanna blieb ohne Nachricht von Fritz. In diesen Monaten ging Samuel nach dem Schulunterricht oft in die Stube der Basler Lesegesellschaft, wo, für jedermann zugänglich, Journale, Zeitungen, Wörterbücher, Lexika und Landkarten auflagen. Dort las er, der die französische Sprache beherrschte, im *Moniteur universel*, die Franzosen hätten die Rebellenarmee des schwarzen Generals Toussaint Louverture aus den Küstenstädten ins Innere von Saint-Domingue vertrieben, aber die Aufständischen würden den Europäern in den dichten Wäldern mit Angriffen aus dem Hinterhalt schwer zusetzen. *La guerre arabe*, nannte der *Moniteur* diese Taktik. Im Juni 1802 berichtete die Zeitung triumphierend, es sei General Leclerc gelungen, seinen Widerpart zu verhaften. Man werde Toussaint an Bord eines Kriegsschiffs nach Europa bringen lassen und ihm den Prozess machen.

Der Krieg auf der Karibikinsel ging allerdings weiter. In Blättern, die der Regierung in Paris kritischer gegenüberstanden als der *Moniteur*, las Samuel, dass das Gelbfieber der französischen Armee mehr zu schaffen mache als die Kämpfe. Tag für Tag würden gegen zweihundert Soldaten dieser Tropenkrankheit zum Opfer fallen. Die Hospitäler seien überfüllt: Im Kampf verwundete Füsiliere müssten sich die Betten mit Sterbenden teilen. Es fehle an allem: an Medikamenten, Nahrungsmitteln und Pflegern.

«Kein Wort darüber zu deiner Schwester!», sagte Dorothea Staehelin, als ihr Samuel von den Schwierigkeiten der französischen Truppen berichtete. «Sollte ihrem Verlobten ein Leid geschehen, so wird sie es noch früh genug erfahren.»

Gemeinsam mit Salome kümmerte auch sie sich um den kleinen Friedrich, der ob so viel Fürsorge prächtig gedieh. Hanna ging es zusehends besser. An ihrem freien Tag ging sie mit dem Kind zu dessen Grossmutter, Rosa Buser, die auch in der Sankt-Johanns-Vorstadt lebte. Sie sprachen oft davon, wie es sein würde, wenn Fritz in vier Jahren zurückkehrte, und malten sich das Hochzeitsfest aus, das sie auf Sankt Wendelin feiern würden.

Aber es wurde Herbst, und noch immer hatte man nichts von Fritz vernommen. Hanna wurde unruhig. Täglich fragte sie nach, ob ein Brief aus Saint-Domingue gekommen sei, und wenn Dorothea den Kopf schüttelte, nahm sie Friedrich aus seiner Wiege, die im Esszimmer stand, und drückte ihn an sich. «Du brauchst dir keine Sorgen zu machen», flüsterte sie ihm ins Ohr. «Deinem Vater ist gewiss nichts geschehen, er hat nur keine Zeit, uns zu schreiben.»

Im November brachte ein Bote einen Brief ins Haus. Hastig riss Hanna den Umschlag auf. «Ich kann das nicht lesen, es ist Französisch», sagte sie und reichte das Papier Samuel. Der Junge überflog die Zeilen. Seine Hände zitterten. Hilflos schaute er die Schwester an.

«Sag schon, was da drinsteht!» Ihre Fingernägel gruben sich in seinen Arm. «Sag schon!»

«Fritz ist tot», stammelte Samuel. «Sein Hauptmann schreibt, dass er am 12. Juli im Hospital von Cap-Français auf Saint-Domingue am Gelbfieber gestorben ist.»

Hanna wurde totenbleich. Sie drückte sich die Knöchel der Faust gegen den Mund. Sie warf ihrem Bruder einen langen, verzweifelten Blick zu. Dann stieg sie die Treppe hoch zu ihrer Kammer.

Dorothea Staehelin, die soeben aus ihrem Zimmer kam, sah ihr nach. «Was ist mit Hanna los?»

Samuel reichte ihr wortlos den Brief. Sie überflog ihn. «Das arme Kind», sagte sie. «Noch nicht einmal verheiratet und bereits Witwe.»

5

Mathis Jacob schritt über die Birsbrücke. Auf der Lehenmatte weidete Vieh, und dahinter lag das mit Graben, Mauern, Bollwerken und Türmen bewehrte Basel. Gegen halb zehn erreichte er die Sankt-Alban-Vorstadt, wo Handwerker und Krämer unter dem Schutz der vorkragenden oberen Stockwerke der schmalen Fachwerkhäuser ihre Arbeitsplätze eingerichtet hatten. Hinter dem Sankt-Alban-Schwibbogen, der Teil der inneren Stadtmauer war, begann die Rittergasse, die in den Münsterplatz mündete. Mathis blieb stehen. Vierzehn Jahre war es her, seit man hier mit Musik und Tanz um einen grossen Freiheitsbaum die Gleichstellung der Landleute mit den Stadtbürgern gefeiert hatte. Am nächsten Tag war er an derselben Stelle dem früheren Bürgermeister Debary gegenübergestanden, der prophezeit hatte, dass der Tag kommen werde, an dem ein Herr wieder ein Herr und ein Bauer wie er wieder ein Untertan sein würde. Jetzt, wo Napoleon die Revolution beendet hatte und die Angehörigen der alteingesessenen Familien erneut in den Rat der Stadt drängten, fragte sich Mathis, ob der verbitterte Greis am Ende recht behalten sollte.

Entlang der Nordfassade des Münsters und vorbei an der mit zahlreichen Figuren aus rotem Sandstein geschmückten Galluspforte ging er auf die mit Bäumen bestandene Pfalzterrasse. Wenn er in den letzten Jahren nach Basel gekommen war, hatte er Dorothe oft hierher begleitet. Sie waren jeweils auf dem Mäuerchen gesessen und hatten schweigend hinunter auf den Rhein geschaut, dessen grüne Wassermassen einem unendlichen Horizont entgegenströmten.

Mathis war müde. Seit mehr als acht Stunden war er unterwegs: nicht nur quer durchs Baselbiet, sondern auch durch die vergangenen Jahre. Er setzte sich auf eine Bank unter der breiten Krone einer alten Kastanie, deren Blätterdach ihm Schatten spendete, und schloss die Augen. Sein Kopf sank auf die Brust, und erst als sich eine Hand auf seine Schulter legte, schreckte er hoch.

«Grüss dich, Vater», sagte Samuel. Sein Jüngster war inzwischen sechsundzwanzig. Gross und schlank stand er vor ihm. Er trug einen dunklen Anzug, darunter ein blütenweisses Hemd mit steifem Kragen und ein schwarzes, sorgfältig geknüpftes Halstuch. Den Zweispitz hielt er in der Hand. Sein blondes Haar, das er aus der Stirne gestrichen hatte, fiel ihm bis in den Nacken.

Mathis nahm sich Zeit, ihn zu betrachten. Nach dem Pädagogium hatte Samuel an der Universität Jurisprudenz studiert und vor zwei Jahren die Anwaltsprüfung bestanden. Er hatte eine eigene Kanzlei in einem Haus am Barfüsserplatz eröffnet. Die oberen Etagen dienten ihm als Wohnung. Er ist ein Herr geworden, dachte Mathis. «Gut siehst du aus», sagte er schliesslich und lud ihn mit einer Handbewegung ein, sich neben ihn auf die Bank zu setzen.

«Tante Dorothe hat mich oft hierher mitgenommen.» Samuel liess sich nieder. «Als ich noch ein Junge war, hat sie mir einmal erzählt, dass an dieser Stelle, wo jetzt das Münster steht, bereits die Römer und vor ihnen die Kelten ihre Gottheiten verehrten.»

«Ich war auch mehr als einmal mit ihr hier oben», sagte Mathis.

Sie schwiegen.

«Ich erinnere mich kaum mehr an meine Mutter», nahm Samuel endlich das Gespräch wieder auf. «Sie hat sie ersetzt. Ich habe ihr viel zu danken. Ohne sie wäre ich nicht, was ich geworden bin.» Er wandte den Kopf ab und starrte über den Rhein und die Dächer der minderen Stadt zu den fernen, sanften Hügeln des südlichen Schwarzwalds.

«Auch wenn wir nicht verheiratet waren», sagte Mathis leise, «war sie meine Frau. Ich habe sie geliebt.»

Samuel legte seine Hand auf den Arm des Vaters. Keiner der beiden rührte sich. Sie fühlten sich einander sehr nahe, viel näher als je zuvor in den vergangenen Jahren.

«Es ist Viertel nach zehn», sagte Samuel nach einer Weile. «Wir müssen gehen.»

Auf dem Platz vor der Martinskirche, die am nordwestlichen Ende des Münsterhügels stand, warteten zahlreiche Trauergäste. Das Gotteshaus, in dem vor Zeiten Johannes Oekolampad gepredigt hatte, war während der französischen Besatzung ab 1798 als Depot für Kriegsgerät und Pferdefutter genutzt worden. Inzwischen hatte man es wieder seinem eigentlichen Zweck zugeführt.

«Grossvater!» Drei Buben stürmten auf Mathis zu. Allen voran Friedrich, rothaarig und sommersprossig wie sein verstorbener Vater. Matthias und Heinrich, die Kinder Peters, folgten ihm.

Mathis ging in die Hocke und drückte seine Enkel an sich. «Was machst du denn hier?», fragte er Peter, der mit seiner Schwester ebenfalls nähergetreten war.

«Du hast doch nicht geglaubt, dass ich es mir nach so vielen Jahren nehmen lasse, Dorothea Staehelin auf ihrem letzten Gang zu begleiten», sagte er. «Ich verstehe ja, dass du allein nach Basel wandern wolltest. So bin ich halt heute Morgen noch vor Sonnenaufgang mit Pferd und Wagen aufgebrochen. Die beiden Rangen habe ich mitgenommen. Verena ist mit Ruth zu Hause geblieben und besorgt das Vieh.»

Hanna hatte verweinte Augen. «Es ist traurig, dass sie schon mit siebenundfünfzig gehen musste. Sie war eine gute Frau.»

Mathis drückte ihr schweigend die Hand.

Hoffmann und Salome, die sich vor dem Pfarrhaus mit dem Pastor Niklaus von Brunn unterhielten, brachen ihr

Gespräch ab und traten zu den Leuten von Sankt Wendelin. Salome hob den schwarzen Schleier und küsste Mathis auf die Wange. «Unsere Sippschaft und die Bekannten von Onkel Benedikt geben sich an Mutters Begräbnis ein Stelldichein», flüsterte sie empört. «Die ganze Bagage, alle, die sie seit Jahren geschnitten haben, sind erschienen.» Sie schickte zornige Blicke hinüber zur vornehmen Gesellschaft, die sich angeregt unterhielt. «Auch Anna und Peter Vischer, die Maman nicht mehr bei ihrem *Jour fixe* dabeihaben wollten, nachdem sie sich für dich entschieden hat. Selbst Juliana, die noch immer bei ihnen wohnt, will sich das Ereignis nicht entgehen lassen. Sogar die reichen Segerhof-Burckhardts sind hier!» Salome empörte sich immer mehr. «Sie haben Mutter geflissentlich übersehen, wenn sie durch den Blumenrain an ihrem Palais vorbei in die Stadt ging. Peter Ochs, den man aus der helvetischen Regierung verjagt hat, und seine Frau sind auch gekommen. Sei es, weil sie mit den Vischers verschwägert sind, sei es aus purer Neugierde, so wie die Merians, die Sarasins und die Iselins und all die anderen, die Maman zu Lebzeiten nicht mehr gegrüsst haben. Selbst mein Herr Vater, der Oberst Staehelin, der sich in all den Jahren nie um uns gekümmert hat, ist da. Ich habe seinen Gruss nicht abgenommen», fügte sie gehässig hinzu.

«Vielleicht wollen sie zeigen, dass mit dem Tod alle Zwietracht vorbei ist», meinte Samuel.

Salome schaute ihn spöttisch an. «Ach Sämi, du gute Seele. Zur Beerdigung einer Staehelin kommt man. Das gehört zur Etikette. Alles andere wäre nicht *comme il faut*. Als Advokat, der für diese Herrschaften den einen und anderen Auftrag erledigt, weisst du das auch. Also hör auf, von Versöhnung zu schwadronieren!»

Neben den Handelsherren, den Räten und ihren Familien waren auch Bekannte der Hoffmanns, Professoren und Studenten, gekommen, ferner Leute aus der Sankt-Johanns-

Vorstadt: Handwerker, Schiffer, Fischer und ihre Frauen, Menschen, die im Laufe der Jahre Dorothea kennengelernt und sie in ihre kleine Welt aufgenommen hatten.

Benedikt Preiswerk machte Anstalten, seine Nichte zu begrüssen. Er war alt geworden, kurzatmig und womöglich noch dicker als früher.

Salome liess ihren Schleier demonstrativ fallen und drehte ihm den Rücken zu. «Ich habe mit denen nichts mehr zu schaffen», zischte sie. Sie hakte sich bei ihrem Mann und Mathis ein, und ohne nach links oder rechts zu schauen betrat sie, flankiert vom Gatten und dem Geliebten der Mutter, als Erste die Kirche. Hanna, Peter, Samuel und die drei Jungen folgten.

Mathis wollte gleich in einer der hinteren Reihen Platz nehmen, doch Salome liess ihn nicht los. «Du und die Deinen, ihr sitzt vorne neben mir, wie sich das für die Trauerfamilie gehört. Onkel Benedikt hat hier nichts zu suchen!», bestimmte sie. «Maman hätte es nicht anders gewollt.»

Sebastian Hoffmann musterte interessiert die Schar der Gäste. Er stellte fest, dass die meisten Bekannten der Preiswerks Salomes Verhalten als das begriffen, was es war: ein öffentlicher Affront gegen den Bruder der Toten, die er verstossen hatte. Das Gesicht des reichen Bändelherrn lief rot an. Seine Frau sprach leise auf ihn ein und legte ihm beruhigend die Hand auf den Arm. Sein ältester Sohn, der Neffe der Verstorbenen, zog ihn in die vorderste Bank auf der linken, von der Kanzel weiter entfernten Seite.

Mathis kümmerte sich nicht darum. Er starrte zum Chor, wo man den offenen Sarg mit Dorotheas Leiche aufgebahrt hatte. Er sah ihr direkt ins Gesicht. Ein Kissen stützte den von weissen Lilien umrahmten Kopf. Man hatte ihr Wangenrouge aufgetragen und die dunklen, von grauen Strähnen durchsetzten Haare frisiert. Ihre Augen waren geschlossen. Man hatte wohl den Eindruck erwecken wollen, sie schlafe.

Aber sie schlief nicht. Sie war tot. Dieses Gesicht, das ihm ein Leben lang vertraut gewesen war, das er glücklich und traurig erlebt hatte, heiter und ernst, mild und streng, das er mit seinen Fingern, seinem Mund erkundet, das er so sehr geliebt hatte, war nur mehr eine Maske. Dorothe war fort. Sie hatte nichts als eine entseelte Hülle zurückgelassen.

Ein namenloses Grauen erfasste ihn. Das Orgelspiel erreichte sein Ohr so wenig wie der Gesang der Gemeinde. Er hörte nicht den Geistlichen, der die Worte aus dem 103. Psalm auslegte: *Ein Mensch ist in seinem Leben wie Gras, er blüht wie eine Blume auf dem Feld; wenn der Wind darüber geht, so ist sie nimmer da und ihre Stätte kennt sie nicht*. Mathis stand auf, wenn die anderen aufstanden, er setzte sich, wenn sie sich setzten, und konnte dabei den Blick nicht lösen von der Leiche der Frau, die ihm der Tod entführt hatte.

Am Schluss des Trauergottesdienstes sagte Pfarrer von Brunn, der Schwiegersohn der Verstorbenen, Professor Hoffmann, habe ihn gebeten, noch ein paar Worte an die Anwesenden richten zu dürfen.

Salomes Mann erhob sich, ging zum Chor und trat neben den Sarg. Gross und hager stand er da. Die Jahre hatten Falten in die Partie zwischen Nase und Mundwinkel gegraben und sein Gesicht in die Länge gezogen. Die Schädeldecke schimmerte durch sein dünnes Haar. Als er jetzt seine Brille abnahm, wirkte der Ausdruck seiner hellblauen Augen fast etwas hilflos. Er räusperte sich. Es sei der Wunsch der lieben Verstorbenen gewesen, dass man kein Leichenmahl für sie ausrichte, um ihrer zu gedenken. «Darüber hinaus hat sie bestimmt, dass ausser ihrer Tochter und mir nur Mathis Jacob aus Waldenburg, den sie geliebt hat, sowie dessen Kinder und Kindeskinder sie auf ihrem letzten Gang zum Grab auf dem Sankt-Johanns-Gottesacker begleiten sollen», erklärte er, und seine Stimme klang, als wundere er sich selber über das, was er sagte. «Niemand sonst», fuhr er fort, «weder ihr Bruder noch jene, mit denen sie versippt und verschwägert ist, auch keine ehemaligen Freunde und Freundinnen.» Er unterbrach sich, kramte aus der Tasche seines Rocks einen Zettel, setzte die Brille wieder auf und warf einen Blick auf das Papier. «Ja», schloss er seine kurze Ansprache, «genau so hat sie es verfügt. Ich bitte sie, den letzten Willen Madame Staehelins zu respektieren.»

Salome war während der Rede ihres Mannes sehr aufrecht in der Kirchenbank gesessen und hatte ihr Kinn gereckt, genauso, wie das ihre Mutter jeweils getan hatte, wenn sie entschlossen gewesen war, der Welt zu trotzen. Mathis, der sie von der Seite ansah, glaubte, durch den Schleier zu erkennen, dass sie ihre Lippen zusammenpresste.

Pfarrer von Brunn machte dem Raunen im Kirchenraum ein Ende, indem er der Gemeinde rasch den Segen erteilte.

Nur Salome, ihr Mann, die Jacobs und der Geistliche folgten dem von zwei Rappen gezogenen und mit schwarzen Tüchern verhängten Leichenwagen. Noch hallten in Mathis' Ohren die Hammerschläge, mit denen der Deckel des Sargs zugenagelt worden war. In der Sankt-Johanns-Vorstadt blieben die Leute am Strassenrand stehen und sahen erstaunt der kleinen Schar von Trauernden nach, die der vornehmen Dorothea Staehelin das letzte Geleit gaben. Unmittelbar vor der Äusseren Stadtmauer brachte der Fuhrmann die Pferde zum Stehen. Er und drei Knechte hoben den Sarg vom Wagen und trugen ihn durch eine Pforte in der Umfriedung auf das ehemalige Gelände des Johanniterordens.

Einst hatte hier eine kleine Gemeinschaft von Malteser Rittern gelebt, zu deren Kommende neben dem Ritterhaus auch eine Kapelle, eine Pilgerherberge samt Hospital und ein Gottesacker gehörten. Nach dem Willen der Stadtväter diente ihr Kirchhof seit der Reformation als Begräbnisstätte für die Hintersassen und das Dienstvolk der Vorstadt.

Mathis wusste, dass Dorothe ihren Verwandten keine letzte Kränkung hatte zufügen wollen, als sie bestimmte, ausgerechnet auf diesem Armeleutefriedhof zur ewigen Ruhe gebettet zu werden. Sie hatte den Ort geliebt, so wie sie die Pfalzterrasse vor dem Münster geliebt hatte. Das war alles. Einmal waren sie auf der Bank unter dem dichten, grünen Vorhang der alten Trauerweide gesessen, hatten das Bild des stillen Platzes in sich aufgenommen und leise über die Toten gesprochen, die dem Jüngsten Tag entgegendämmerten und deren Namen längst vergessen waren. «Gottesacker», hatte Dorothe gesagt. «Gottes Feld für jene, die nicht mehr sind – wie seltsam.»

Die verfallene Ordenskapelle war vor mehr als drei Jahrzehnten abgebrochen worden. Nur das Ritterhaus stand noch. An seiner dem Rhein abgewandten Seite hatte man das Grab ausgehoben, das für Dorothea bestimmt war. Die Männer stellten den Sarg auf den Boden. Während Pfarrer von Brunn einen Text aus der Schrift las und dann die Hände zum Gebet faltete, richtete Mathis seinen Blick, über die gesenkten Köpfe seiner Angehörigen, auf die Rosenstöcke, die in ein Beet am Fuss des Gebäudes gepflanzt worden waren: rot vor grauem Hintergrund. Damals hatte Dorothe eine Blüte von den Zweigen gebrochen. Sie hatte ihm anvertraut, dass sie einmal auf dem Friedhof der frommen Väter, mitten unter den einfachen Leuten aus der Vorstadt begraben sein möchte. Dann hatte sie ihn gebeten, sie noch ein wenig allein zu lassen. Er war gegangen. An der Friedhofspforte hatte er sich noch einmal umgedreht. Jetzt am Tag ihrer Beerdigung sah er sie wieder vor sich: eine einsame Gestalt auf der Bank, halb verborgen von den Ästen der Trauerweide. In der Hand hielt sie die Rose.

Deine Sonne wird nicht mehr untergehen noch dein Mond den Schein verlieren; denn der Herr wird dein ewiges Licht sein, zitierte Pfarrer von Brunn den Propheten Jesaja, während die Knechte den Sarg an zwei Seilen in die Grube hinunterliessen.

Meine Sonne ist untergegangen, dachte Mathis. Ich weiss nicht, wie ich ohne sie weiterleben soll.

6

In den folgenden Wochen und Monaten trauerte Mathis Jacob. Gewiss, vordergründig ging das Leben seinen gewohnten Gang. Er stand am Morgen auf, erledigte seine Arbeit im Hof und im Stall und nahm seine Mahlzeiten mit Peters Familie ein. Aber ihm schien, als habe jemand einen grauen Schleier über ihn geworfen, hinter dem der Klang und die Farben seines Lebens nur noch gedämpft wahrzunehmen waren. Am Abend zog er sich früh ins obere Stockwerk zurück, in die Kammer, die er mit Dorothe geteilt hatte. Er setzte sich mit den *Allemannischen Gedichten für Freunde ländlicher Natur und Sitten* von Johann Peter Hebel ans Fenster. Dorothe hatte ihm das schmale Bändchen einmal geschenkt. Den um fünf Jahre jüngeren Johann Peter hatte sie gekannt. Er war in der Sankt-Johanns-Vorstadt in unmittelbarer Nähe des Hauses *zem Crüz*, das damals noch ihrer Tante gehörte, zur Welt gekommen. Seine früh verstorbenen Eltern, die aus dem badischen Wiesental stammten, waren Dienstboten der Familie Iselin-Ryhiner gewesen. Heute war er Direktor des Gymnasiums in Karlsruhe.

Dorothe hatte seine selbst von Goethe hochgelobte Mundart-Poesie geliebt. Mathis erinnerte sich, wie sie in den letzten Jahren oft aus der *Vergänglichkeit* die Verse: *Und woni gang, go Gresgen oder Wies / in Feld und Wald, go Basel oder heim / 's isch einerlei, i gang im Chilchhof zue* … aus dem Kopf zitiert hatte.

Er selber hatte die Gedichte mehrmals gelesen. Manche kannte er auswendig. Jetzt blätterte er im Büchlein, bis er fand, was er suchte: «*Auf einem Grabe*». *Drum, wenni numme bi der wär / so wär jo alles recht und guet. Jetz sitzi do und weiss kei Trost / mim tiefe Schmerz* …, sagte er leise vor sich hin. Seine Augen füllten sich mit Tränen. Er versuchte weiterzulesen. Es gelang ihm nicht. Es war, als verweigerten sich ihm die Worte und Sätze. So hing er, den Kopf in die Hände gestützt, seinen Gedanken nach, die sich trübe im Kreis drehten. Später lag er im Bett, die Arme unter dem Kopf verschränkt und starrte in die Dunkelheit.

Mathis hatte nie viel gesprochen. Aber jetzt wurde er ausgesprochen wortkarg. Auf Fragen, die man an ihn richtete, gab er oft keine Antwort. Nicht aus bösem Willen. Er war einfach nicht da, befand sich in einer anderen Welt. Die Einzige, die ihn erreichen konnte, war Ruth, seine fünfjährige Enkeltochter. Wenn er vor dem Abendessen auf der Bank an der Hauswand sass und über die sanften Baselbieter Hügel schaute, kletterte das Kind auf seinen Schoss und schmiegte sich an ihn. Es machte ihr nichts aus, dass er nicht reden mochte. Sie war zufrieden, wenn er ihr braunes, zu zwei Zöpfen geflochtenes Haar streichelte, so wie man eine Katze streichelt.

Am Martinstag fuhren Mathis und Peter Jacob nach Basel, um wie jedes Jahr die Pachtzinsen zu entrichten. Salome Hoffmann empfing sie im Salon. Mithilfe von Kämmen und einem Band aus schwarzer Seide hatte sie ihre blonde Lockenpracht, die in einem reizenden Kontrast zu ihrer Trauerkleidung stand, zu einer Frisur à la mode hochgesteckt. Aus dem Wildfang von einst war eine herbe Schönheit geworden. Ihr Mann, lasse sich entschuldigen, sagte sie. Er sei nach Tübingen gereist, um über eine Professur zu verhandeln, die man ihm angeboten habe.

Dafür war Samuel da, den Dorothea Staehelin als Nachlassverwalter eingesetzt hatte. «Ich habe im Pachtvertrag Salome als neue Besitzerin von Sankt Wendelin eingetragen. Du musst das Dokument unterzeichnen», erklärte er dem Vater, nachdem er ihn und den Bruder begrüsst hatte. «Es geht nur um eine Formalität. Salome ist damit einverstanden, dass die Vereinbarung nach den bisherigen Bedingungen weiterläuft.»

Mathis, der am Fenster stand und auf den Rhein hinunterschaute, auf dem ein reger Schiffsverkehr herrschte, drehte sich um. Samuel solle bei dieser Gelegenheit, falls Salome damit einverstanden sei, seinen Ältesten als Pächter einsetzen, sagte er.

Die anderen sahen ihn überrascht an. Auch Peter, den der Vater nicht über seinen Entschluss informiert hatte.

«Weshalb denn, Onkel Mathis?» Salome hob die Brauen.

Weil ich nicht mehr mag, dachte er, weil mir der Tod deiner Mutter die Lebenskraft geraubt hat, weil mir Sankt Wendelin ohne sie nichts bedeutet. Laut sagte er: «Die Verhältnisse sollen innerhalb derselben Generation geregelt werden. So wie zwischen deinem Grossvater und meinem Vater, wie zwischen Dorothe und mir, soll von jetzt an alles, was den Hof betrifft, zwischen Peter und dir besprochen werden. Ich werde weiterhin auf Sankt Wendelin leben und arbeiten – falls er damit einverstanden ist.»

«Bist du dir ganz sicher?» Salome liess nicht locker.

«Gewiss, ich habe mich entschieden.»

«Und du?» Sie wandte sich an Peter. «Bist du bereit, den Hof zu übernehmen?»

«Nun, wenn der Vater meint, es sei an der Zeit, und wenn er mich auch in Zukunft unterstützt …» Er suchte seinen Blick.

Salome sah unsicher vom Vater zum Sohn. Ohne zu wissen, worum es ging, spürte sie, dass zwischen den beiden ein stummes Gespräch im Gang war, bei dem von weit mehr die Rede war als nur von der Frage, wer künftig das Sagen auf Sankt Wendelin hatte. Nun, das alles ging sie wohl nichts an. So bat sie Samuel mit gespielter Gelassenheit, Peter Jacob als Pächter des Hofs in den Vertrag aufzunehmen.

Eine Magd betrat den Salon. Sie war nicht älter als siebzehn, trug ein schwarzes Kleid und darüber eine weisse, gestärkte Schürze. Ihr Haar war von einem Häubchen bedeckt. Sie deutete einen Knicks an: «Der Imbiss ist angerichtet, Madame.» Ihr Dialekt verriet, dass sie aus dem Baselbiet stammte.

Ein Knicks! Nicht nur im Basler Rat, auch im Haus *zem Crüz* schien man zu den Zeiten vor der Revolution zurückkehren zu wollen. Oder war es eine neue Zeit, in der lediglich die alten Verhältnisse wiederhergestellt werden sollten: oben und unten, Herrschaft und Untertanen, Madame und Magd? Mathis runzelte die Stirn.

Salome, die sein Erstaunen falsch deutete, erklärte, sie habe das Mädchen, es heisse übrigens Lina, in ihre Dienste nehmen müssen, nachdem Samuel ihr Hanna abspenstig gemacht habe. Wie er wohl wisse, sei seine Tochter zum Bruder an den Barfüsserplatz gezogen, wo sie dessen Haushalt besorge. «Ich kann ja verstehen, dass sie nach dem Tod von Mutter nicht mehr hierbleiben wollte, doch dass sie auch mein Patenkind mitgenommen hat, verzeihe ich weder ihr noch Sämi.»

Sie lächelte, aber Mathis wusste, dass Salome, deren Ehe kinderlos geblieben war, den kleinen Friedrich abgöttisch liebte und ihn gerne bei sich behalten hätte, so wie Dorothea seinerzeit Samuel zu sich genommen hatte.

Beim Essen, das weit mehr war als der angekündigte Imbiss, brachte Salome das Gespräch auf Napoleon, dessen *Grande Armée* die Russen bei Borodino geschlagen hatte und Mitte September siegreich in Moskau eingezogen war. Sie hielt den Zaren, der den Verlust seiner Hauptstadt hingenommen und sie in Brand hatte stecken lassen, für verrückt. Sebastian meine allerdings, dass das ein geschickter Schachzug gewesen sei. Dem Kaiser, der mit den in Moskau gelagerten Vorräten gerechnet hatte, mangle es nun an allem, was seine

Armee zum Überwintern brauche. Es bleibe ihm wohl nichts anderes übrig, als den Rückzug anzutreten.

«Das ist eine Niederlage», stellte Samuel fest.

«Das ist eine Tragödie», widersprach Salome, «unbesiegt und doch geschlagen.»

«Es ist nichts als die gerechte Strafe für seine Hybris», sagte Samuel, der Napoleon hasste, seit Hannas Verlobter in den Diensten der Franzosen sein Leben hatte lassen müssen. «Was meinst du?» Er wandte sich an seinen Vater.

Mathis hatte an seinen zweiten Sohn gedacht, der seit dem vergangenen Frühjahr Hunderte von Meilen nach Osten marschiert war und nun denselben Weg zurückgehen musste. Ob der Kaiser dafür, dass er sich über Gott und die Welt erhoben habe, bestraft werde, sei unwichtig, meinte er. Letztlich müssten wohl, wie immer, die Soldaten die Zeche bezahlen, wenn ihre Feldherren sie ins Unglück führten. Und natürlich die Witwen und Waisen, die zurückblieben. Nach einer Pause fügte er hinzu: «Ich hoffe, Paul kommt unversehrt zurück.»

Beim Abschied, als sie bereits auf der Strasse vor dem Haus standen, drückte Salome Mathis ein Päckchen in die Hand. «Mutter wollte es dir bei Gelegenheit schenken», erklärte sie und ihre Stimme wurde weich. «Da sie nicht mehr dazu gekommen ist, musst du mit mir als Botin vorliebnehmen.» Sie küsste ihn auf die Wange. Dann gab sie Peter, der bereits auf dem Kutschbock des Leiterwagens sass, die Hand. «Auf eine gute Zusammenarbeit, Pächter», lachte sie vergnügt. «Wir sehen uns bald. Mein Mann und ich wollen die Altjahrswoche auf Sankt Wendelin verbringen.» Sie knuffte Samuel, der neben ihr stand, in die Seite. «Komm auch für ein paar Tage nach Waldenburg, und bring Hanna und den kleinen Fritz mit. Ich würde mich freuen, wenn wir wieder einmal alle beisammen wären.»

Vater und Sohn fuhren durch die Stadt Richtung Aeschentor. Erst bei Sankt Jakob begann Peter, der die beiden Pferde lenkte: «Du kannst Salome Hoffmann erzählen, was du willst. Aber mir wenigstens könntest du sagen, weshalb du den Hof übergeben willst.»

Mathis schaute seinen Ältesten von der Seite an. Nicht zum ersten Mal dachte er, dass Peter ihm immer mehr gleiche. Ihm war, als sitze er neben dem Mann, der er selbst einmal gewesen war. «Weil es sich gehört, dass ein Hof vom Alten an den Jungen geht, wenn dieser, wie du, ein bestandener Mann geworden ist. Ich will dir die Verantwortung übergeben, bevor du sie mir aus den Händen nehmen musst. Meine Kraft hat nachgelassen ...» Und meine Freude am Leben, ergänzte er den Satz in Gedanken.

Sie schwiegen. Mathis nahm das Päckchen, das ihm Salome übergeben hatte, aus der Rocktasche und betrachtete es von allen Seiten. Endlich löste er die Schnur und zog aus dem Papier ein Büchlein. Es war das *Schatzkästlein des Rheinischen Hausfreundes*, das 1811 erschienen war, mit Geschichten und Anekdoten aus dem badischen Landkalender, den Johann Peter Hebel schon seit Jahren als Redaktor betreute. Er schlug es auf und starrte auf die zierliche Schrift, mit der Dorothe auf die Vakatseite eine Widmung geschrieben hatte: *Für meinen geliebten Mann. Dorothea Staehelin*. Er schluckte und steckte das Büchlein wieder ein.

7

«*La santé de Sa Majesté n'a jamais été meilleure.* – Ich fasse es nicht», sagte Sebastian Hoffmann. Er sass am grossen Tisch in der Stube von Sankt Wendelin und las den *Moniteur universel* vom 17. Dezember 1812.

Wie angekündigt waren er und Salome am zweiten Weihnachtstag auf den Hof gekommen, um hier die letzten Tage des alten Jahres zu verbringen. Auch Samuel, Hanna und Friedrich waren da. Am Abend, nach dem gemeinsamen Essen, blieben die Erwachsenen sitzen. Verena und Hanna tischten Süssigkeiten und Glühwein auf. Man erzählte sich Geschichten und plauderte miteinander. Sebastian Hoffmann las manchmal aus den Zeitungen vor, die ihm ein Bekannter aus Paris geschickt hatte.

«Was amüsiert dich daran, dass die Gesundheit Napoleons nie besser war?», wollte Salome wissen.

«Ich lese das 29. Bulletin der *Grande Armée*», erklärte der Professor. «Darin teilt der Kaiser der Nation mit, dass in der Nacht vom 14. auf den 15. November die Temperatur in Russland auf achtzehn Grad unter den Gefrierpunkt gefallen ist.» Weil die Pferde zu Tausenden verendeten, habe man einen grossen Teil der Kanonen zurücklassen und zerstören müssen. Man sei gezwungen gewesen, im Marsch zu bleiben, da man sich von den furchtbaren Kosaken nicht in eine Schlacht habe verwickeln lassen wollen.

Hoffmann nahm die Brille ab und vergewisserte sich, dass ihm jedermann zuhörte. «Man vermeidet, die Dinge beim Namen zu nennen: Die grosse Armee ist auf der Flucht.» Dann übersetzte er weiter. Der Feind habe alle Zugänge zur Beresina besetzt gehalten. Dieser Fluss sei achtzig Meter breit und führe bereits viel Treibeis mit sich. Erschwerend falle ins Gewicht, dass sich ans Ufer sechshundert Meter breite Sümpfe anschliessen. Am 26. November habe der Kaiser zwei Brücken schlagen lassen. In der folgenden Nacht sei er mit seiner Garde über den Fluss marschiert. Der Professor lächelte maliziös: «Das Bulletin schliesst mit dem Satz: Die Gesundheit Seiner Majestät war nie besser.»

Die andern schwiegen betroffen. «Kann mir jemand erklären, was das alles bedeutet?», fragte Salome.

Samuel schob zwei Buchenscheite in den grossen Kachelofen, der eine behagliche Wärme ausstrahlte. Ohne sich umzuwenden, meinte er: «Die Franzosen sind geschlagen. Sie laufen vor den russischen Kosaken davon, denn sie sind nicht mehr imstande, sich zur Wehr zu setzen.»

«Ich sehe das genauso», bestätigte Hoffmann. «Hinzu kommt, dass Napoleon seine Männer verlassen hat. Wenn sie nicht vom Feind massakriert werden, erfrieren oder verhungern sie, denn ihre Flucht führt sie durch jene Gebiete, die sie auf ihrem Marsch nach Moskau bereits gnadenlos ausgeplündert haben. Der Kaiser aber ist schon seit dem 18. Dezember in Paris und lässt sein Volk wissen, dass es um seine Gesundheit bestens bestellt sei.»

Mathis, der bisher schweigend zugehört hatte, ballte die Fäuste. Das Blut war aus seinem Gesicht gewichen. «Massakriert, erfroren und verhungert, sagt Ihr?»

Der Professor nickte. «Gewiss, alles andere wäre eine fromme Lüge. Gott stehe den Männern bei. Es werden wohl nicht viele sein, die zurückkehren.»

Mathis stand auf und verliess mit unsicheren Schritten die Stube.

«Was hat er denn?», fragte Hoffmann.

«Paul ist doch dabei», antwortete Hanna und begann zu weinen.

In den ersten Wochen und Monaten des neuen Jahres verdichteten sich die Gerüchte zur Gewissheit: Napoleon hatte eine Niederlage katastrophalen Ausmasses erlitten. Mehr als eine halbe Million Männer, hiess es, sei gefallen oder in Gefangenschaft geraten. Und während sich der Kaiser in Paris daranmachte, für die Frühjahrsoffensive neue Rekruten und Soldaten auszuheben, um sie in die Knochenmühlen auf Europas Schlachtfeldern zu führen, bangte man auf dem ganzen Kontinent um Väter, Ehemänner, Brüder und Söhne, die noch nicht aus Russland zurückgekehrt waren. Mit jedem Tag, der verging, wurde die Hoffnung, sie wiederzusehen, geringer.

Auch auf Sankt Wendelin war die Stimmung gedrückt. Manchmal kam Peters Schwiegervater Heinrich Bidert aus Bärenwil zu Besuch. Er wolle sehen, wie es Verena gehe, sagte er. Er sprach aber kaum mit ihr, sondern trank mit Mathis einen Becher Wein. Die beiden Männer, die sich seit Jahren kannten und die gemeinsame Erinnerungen an die Zeit der Basler Revolution verband, brauchten nicht viel zu reden. Auch der Schuh-Heini hatte einen Sohn, Ernst, den die Behörden gezwungen hatten, mit Napoleon zu marschieren und von dem er seit dem vergangenen Herbst keine Nachricht erhalten hatte. «Vielleicht sind sie längst tot, alle beide», sagte er mehr als einmal.

Mathis schwieg dazu. Er sah Paul als kleinen Jungen, der hinter ihm herlief, Paul als Heranwachsenden, der die Schafe hütete, Paul als jungen Burschen, der begeistert in der Landmiliz mitmachte, Paul als Offizier eines Schweizerregiments, der den Mädchen den Kopf verdrehte. Er wollte nicht glauben, dass sein Sohn gefallen sei.

Wenn sich Heinrich auf den Heimweg machte, blieb Mathis an der Türe stehen und schaute dem Freund nach, wie er bergwärts durch den Schnee stapfte, bis er im Wald verschwunden war.

Es machte ihm nichts aus, dass sein Ältester auf dem Hof die Zügel in die Hand genommen hatte. Im Gegenteil. Er war ins zweite Glied zurückgetreten und half, wo man ihn brauchte. Wenn Peter am Abend ein letztes Mal im Stall nach dem Rechten sah und dann die Einnahmen und Ausgaben ins Wirtschaftsbuch eintrug, während Verena am Webstuhl arbeitete, sass Mathis mit seinen Enkelkindern auf der Ofenbank und erzählte ihnen Geschichten aus dem *Schatzkästlein*. Matthias, Heinrich und die kleine Ruth hörten ihm aufmerksam zu und lernten nicht nur den Zundelheiner und den Zundelfrieder, die beiden Spitzbuben, kennen, sondern auch den nichtsnutzigen Dieterli, der auf dem Mond Wellen machen musste. In diesen Abendstunden vergass Mathis für kurze Zeit seine Trauer um Dorothe und seinen Kummer um Paul.

Der Winter war schneereich wie immer. Dazu kam eine klirrende Kälte, die über Wochen hinweg das Land im Frost erstarren liess. Verena, die in Waldenburg unten Besorgungen machen musste, hatte gehört, dass der Rhein in Basel zugefroren sei. Mathis spaltete im Schuppen immer wieder Holz für den Ofen. Er dachte dabei an Paul, dem es auf seinem langen Rückmarsch gewiss an Wärme mangelte. Wo er wohl sein mochte? Trotz aller Schreckensnachrichten, die das Land erreichten, verweigerte er sich der Vorstellung, dass sein Sohn tot sein könnte.

Um die Zeit der Tagundnachtgleiche setzte die Schneeschmelze ein. Wie jedes Jahr trat die Frenke über ihre Ufer. An den Südhängen aperte es. Schneeglöckchen, Krokusse und Narzissen zeigten den Frühling an. Im Schafstall blökten acht neue Lämmer.

Am Karfreitag kamen Salome und Sebastian Hofmann zusammen mit Samuel, Hanna und Friedrich ins Waldenburgertal. Es sei wohl für lange Zeit das letzte Mal, dass man Urlaub auf Sankt Wendelin machen könne, sagte Salome. Ihr Mann nehme die Professur an, die man ihm in Tübingen angeboten habe. Sämi werde sich in Basel um ihre Angelegenheiten kümmern. Sie hoffe, Peter habe nichts dagegen, den Pachtzins dem kleinen Bruder zu übergeben.

Ostern fiel in diesem Jahr auf den 18. April. Ein lichtblauer Himmel, an dem leuchtend weiss, wie kunstvoll gewobene Seidenbändel ein paar Federwolken nach Osten zogen, spannte sich weit über das frühlingstrunkene Land. Die drei Frauen hatten beschlossen, dass man gemeinsam nach Langenbruck zum Gottesdienst gehe. Sie duldeten keine Widerrede. Alle mussten mit: die Kinder und selbst Sebastian Hoffmann, der zwar einst Theologie studiert hatte, sich seit der Revolution aber als fröhlichen Heiden bezeichnete.

In der Kirche sass Mathis zwischen Peter und Samuel und dachte an seinen dritten Sohn. Der Pfarrer las aus dem Matthäusevangelium: «Er ist nicht hier», hörte er den Geistlichen sagen. «Er ist auferstanden.» Der Satz setzte sich in seinem Kopf fest.

Auf dem Rückweg blieb Hanna vor dem ehemaligen Benediktinerklösterlein stehen, das dem Schönthalbauern als Schuppen diente. «Es ist jetzt dreiundzwanzig Jahre her, dass ich als verzweifeltes Mädchen hier gestanden bin und die Jungfrau angefleht habe, Sämi nicht sterben zu lassen.» Sie wies auf die vom Zeitenlauf arg beschädigte Figurengruppe über dem Portal, auf der neben einem *Agnus Dei* die Muttergottes mit ihrem Kind zu erkennen war. «Während der Predigt musste ich immer daran denken», fuhr sie fort. «Sie hat mich erhört. Für mich ist mein kleiner Bruder damals vom Tod auferstanden.»

Die Schwägerin legte ihr den Arm um die Schultern. Man ging weiter über die Waldweide. Unter ihnen lag Sankt Wendelin. Schon von weitem sahen sie eine arme, zerlumpte Gestalt, die auf der Bank vor dem Wohnhaus sass. Mathis beschleunigte seine Schritte. Die andern blieben stehen, schauten ihm verwundert nach.

«Was hetzt er so?», fragte Verena. «Es ist ja wohl nur ein Landstreicher, der einen Teller Suppe möchte.» Sie wollte weitergehen. Aber Peter hielt sie zurück. Mit einer hastigen Geste bedeutete er den anderen zu warten. Staunend sahen sie, wie sich der Mann erhob und hinkend Mathis entgegenging, der seine Arme weit ausgebreitet hatte und ihn an sich zog, als wolle er ihn nie mehr loslassen.

«Gebt ihnen Zeit», sagte Peter. «Paul ist zurückgekehrt.»

8

Samuel hätte seinen Bruder, wenn er ihm anderswo begegnet wäre, wohl nicht wiedererkannt. Das struppige Haar, das ihm über die Ohren fiel, war verfilzt und hatte allen Glanz verloren. Über die eingefallenen Wangen liefen zwei tiefe Furchen bis fast zum Kinn. Sie liessen sein abgezehrtes Gesicht noch schmaler erscheinen, als es ohnehin war. Der buschige Schnurrbart, dessen beide Enden sich über die Mundwinkel hinunterzogen, verdeckte die Lippen. Die grauen Augen lagen tief in ihren Höhlen.

Aus dem schmucken Offizier war ein Gezeichneter geworden. Die Kleider, die er von Mathis und Peter erhalten hatte, schlotterten um seinen hageren Leib. Samuel, der ihm beim Ostermahl gegenübersass, brach der Anblick dieses Menschen, der sein Bruder war, beinahe das Herz. Auch die anderen fühlten sich in der Gegenwart des Rückkehrers offensichtlich befangen. Selbst der Vater schien eine gewisse Scheu davor zu haben, den verlorenen Sohn anzusprechen. Friedrich, Matthias und Heinrich betrachteten stumm den Mann, von dem man ihnen gesagt hatte, er sei ihr Onkel. Spürten sie die Verlorenheit, die er ausstrahlte?

Paul ass kaum etwas und schaute abwesend über ihre Köpfe. Als die kleine Ruth, die zwischen ihm und ihrer Mutter sass, seinen Arm streichelte, als müsse sie ihn trösten, huschte ein Lächeln über sein Gesicht.

Später, als man die Kinder nach draussen zum Spielen geschickt hatte, brachte Verena Kaffee. Auf Sankt Wendelin leistete man sich das teure Getränk nur an Festtagen. Mathis stellte eine Flasche Branntwein auf den Tisch. Paul schenkte sein Glas randvoll ein und leerte es in einem Zug. Hart stellte er es auf den Tisch zurück und füllte nach. «Man lernt trinken bei den Soldaten», sagte er, als er die verwunderten Blicke der anderen bemerkte. Dann schwieg er wieder.

Nur stockend kam ein Gespräch in Gang. Sebastian Hoffmann fragte nach dem Feldzug. Paul gab Auskunft. Ja, bereits beim Vormarsch habe es Probleme gegeben. Die *Grande Armée* habe bis Smolensk, wo man die Russen zum ersten Mal geschlagen habe, durch Krankheit, Erschöpfung und Fahnenflucht bereits über dreihunderttausend Mann verloren. Klar, im September habe er an der Schlacht von Borodino teilgenommen. Ob die Zahl der Toten stimme, die der Professor im Kopf habe – Hoffmann hatte von dreissig- bis fünfzigtausend Franzosen gesprochen –, wisse er nicht. Verwundete habe es auch gegeben. Allein der Oberfeldscher musste rund zweihundert Arme und Beine amputieren, habe es geheissen. Ja, genau eine Woche später sei man in Moskau einmarschiert. Und am Tag danach seien überall in der Stadt Brände gelegt worden.

Paul füllte sein drittes Glas. Er trank den Branntwein wie Wasser. Gewiss, in den Häusern, die man requiriert habe, sei Nahrung für den täglichen Bedarf vorhanden gewesen. Aber die Russen hätten ihre Vorräte zerstört, und ihnen sei bald klargeworden, dass nicht genug Lebensmittel da waren, um eine Armee durch den Winter zu füttern. Natürlich habe man herumgehurt und sich genommen, was zu nehmen war: Gold, Schmuck, Bilder, selbst Möbel und Messgewänder, Kruzifixe und Abendmahlkelche. «Welche Armee tut das nicht?» Er hob gleichgültig die Schultern. Auf dem Rückzug, den noch rund hunderttausend Mann antraten, habe man dann den ganzen Plunder wegwerfen oder bestenfalls eintauschen können: ein Diadem gegen einen Laib Brot.

Ja, der Professor habe recht: Als man am 19. Oktober aus Moskau abmarschierte, sei das mindestens zwei Wochen zu spät gewesen. Inzwischen sei der Winter eingebrochen und die Temperatur auf mehr als zwanzig Grad unter den Gefrierpunkt gesunken. Keine Frage: Napoleon hätte einen grossen Teil seiner Armee retten können, wenn er den Befehl zum Rückzug früher gegeben hätte. «Darüber muss man nicht diskutieren.»

Hunger und Kälte hätten ihnen zu schaffen gemacht. Fast mehr noch aber die Kosaken, die auf ihren schnellen Pferden aus dem Nichts der Schneelandschaft aufgetaucht seien. Sie hätten Nachzügler und Versprengte nackt ausgezogen und in die Gefangenschaft gepeitscht oder schlicht massakriert. Nein, gegen solche Angriffe sei man machtlos gewesen. Sie seien verschwunden, so wie sie gekommen waren. Man sei sowieso kaum mehr imstande gewesen, sich zur Wehr zu setzen. Die *Grande Armée* sei zu einem Sauhaufen verkommen: Männer, die vollauf mit dem eigenen Überleben beschäftigt gewesen seien, eingehüllt in gestohlene Pelze, Damenmäntel und Felle frisch geschlachteter Schafe. Viele hätten kein Schuhwerk mehr gehabt und deshalb ihre Füsse mit Lumpen vor der Kälte geschützt. Manche hätten sogar ihre Waffen, die sie als unnötigen Ballast empfanden, fortgeworfen.

Paul schüttete das vierte Glas Branntwein in sich hinein. Dann schaute er Sebastian Hoffmann scharf an. «Genügt dem Herrn Professor mein Rapport?» fragte er spöttisch.

Samuel war dem Bericht mit wachsendem Entsetzen gefolgt. Weniger wegen der Fakten, die er aus den Zeitungen kannte, als aufgrund der monotonen Gleichgültigkeit, mit der sein Bruder von den Schrecken des Feldzugs erzählte. Er spürte, dass Paul kurz davor war, unter dem Druck seiner Erinnerungen zusammenzubrechen. Hör auf zu fragen, dachte er beschwörend. Lass ihn in Ruhe.

Als habe Hoffmann seine Gedanken gelesen, schwieg er. Aber jetzt ergriff Salome das Wort und bat den *Premier-Lieutenant* – sie sprach ihn tatsächlich mit seinem militärischen Rang an –, von der Schlacht an der Beresina zu erzählen, wo die Schweizerregimenter, wie sie gelesen habe, mit einem Lied auf den Lippen die russische Übermacht heldenhaft geschlagen und so dem Kaiser und seinen Truppen den rettenden Übergang über den Fluss ermöglicht hatten.

Paul starrte sie an, als habe sie den Verstand verloren. Dann begann er zu lachen, unterdrückt zuerst, dann lauter, keuchend, ausser sich. Er schlug mit der Faust auf den Tisch. Heftig schüttelte er den Arm des Vaters, der ihn beruhigen wollte, ab. «Heldenhaft!», schrie er. «Mit einem Lied auf den Lippen ...!» Er verstummte und stierte vor sich hin. Dann plötzlich, mit böser Stimme: «Wenn Ihr es ertragen könnt, Madame, so will ich Euch erzählen, wie es wirklich war.»

Seit ihrem Aufbruch aus Moskau dachten sie an die Beresina. Sie war ihr Ziel. Wenn den Soldaten, die sich durch Schnee und eisige Kälte westwärts schleppten, die Zehen oder die Finger abfroren, wenn sie vor Hunger schier wahnsinnig wurden, so gab es immer einen, der von der Beresina sprach. Auf deren jenseitigem Ufer lag das gelobte Land und mitten drin die Stadt Minsk, wo in Zeughäusern und Arsenalen Vorräte, warme Kleider und Waffen auf sie warteten. Dort würde man sich von den Strapazen erholen und später unbehelligt nach Hause marschieren können.

Was die Männer denn unterwegs gegessen hätten, wollte Salome wissen.

«Vor allem die verendeten Pferde, die am Strassenrand lagen.» Paul verzog angewidert das Gesicht. «Die Zubereitung war einfach. Wenn man ein Stück Fleisch ergattert hatte, steckte man es an seinen Degen und hielt es übers Feuer. In der Hitze tropfte eine gelbe, eitrige Flüssigkeit heraus. Wenn das Fleisch schwarz war wie Kohle, verschlang man es. Manchmal schnitt man sich einen Braten aus noch lebenden Tieren, die gestürzt waren und hilflos in ihrem Geschirr am Boden lagen. Ihr Fleisch war wenigstens geniessbar.»

«Aus lebenden Kreaturen?», entsetzte sich Mathis, der selber zwei Pferde besass.

«Ich habe Schlimmeres gesehen», sagte Paul ungerührt.

Selten genug habe man am Abend in einem leeren Stall einen Platz zum Schlafen gefunden. Meist sei einem nichts anderes übriggeblieben, als sich um ein Feuer aneinanderzudrängen und zu hoffen, die Nacht zu überstehen. Er habe mehr als einmal erlebt, dass man am nächsten Morgen steifgefrorene, tote Soldaten habe zurücklassen müssen. Niemand habe sich die Mühe gemacht, sie zu bestatten. «Wie auch?» Er machte eine wegwerfende Handbewegung.

Am 21. November, einen Monat nachdem sie Moskau verlassen hatte, erreichte die *Grande Armée* die Stadt Borisow an der Beresina. «Wir waren vielleicht noch fünfzigtausend Soldaten. Dazu kamen Tausende von Versprengten und Zivilisten, die uns folgten. Auch Frauen und Kinder.» In Borisow habe man erfahren, dass die Brücke, die über den Fluss führt, von einer russischen Einheit unter General Tschitschagow zerstört worden war. Zuvor hatten sie Minsk erobert und die seinerzeit von den Franzosen eingelagerten Vorräte requiriert.

Paul lachte böse. «Unser Traum vom Land, wo Milch und Honig fliesst, hatte sich in Luft aufgelöst. Der Feind besetzte das andere Ufer. Hinter uns näherte sich Kutusow, der russische Oberbefehlshaber, mit der Hauptmacht seines Heers. Seine Vorhut unter General Wittgenstein war uns auf den Fersen. Wir sassen in der Falle. Ich sah Männer, die weinten wie Kinder, andere fluchten. Am schlimmsten aber waren jene, die hoffnungslos vor sich hinstarrten und nicht mehr ansprechbar waren. Aber Madame weiss offenbar, wie wir uns heldenhaft aus dem Desaster befreit haben.»

Salome, die seinen Hohn überhörte, reckte ihr Kinn. «Der Kaiser inszenierte ein Ablenkungsmanöver und lockte Tschitschagow nach Süden, während er mit seiner Armee flussaufwärts zu einer Furt marschierte, wo er zwei Brücken über die Beresina schlagen liess. So stand es in der Zeitung.»

Paul nickte. «Genau!» Ob sie auch gelesen habe, dass auf dem Fluss Eisschollen trieben und dass die Pontoniere bei einer Lufttemperatur von minus zwanzig Grad halb nackt ins Wasser steigen mussten, um die Stützen in den Grund zu treiben? «Länger als ein paar Minuten hält das keiner aus. Dutzende wurden vom Treibeis erfasst und ertranken. An ihrer Stelle sprangen die Nächsten ins Wasser. Aber als Napoleon mit seinem Stab am Ufer auftauchte, brauste ein vielstimmiges *Vive l'Empereur* über die eisigen Fluten.» Und als ihn die Leute von Sankt Wendelin ungläubig anstarrten, bekräftigte Paul: «Ich habe es selbst gehört.»

Unbehelligt von Tschitschagow, der Napoleons Köder geschluckt hatte, und von Kutusow, der sich Zeit liess, schafften es die französischen Pontoniere innerhalb von fünf Tagen, eine hundert Meter lange und vier Meter breite Brücke über die Beresina zu schlagen. Das Baumaterial stammte von Häusern aus der Umgebung, die sie kurzerhand abgebrochen hatten. Einen Tag später stand daneben ein weiterer, stabilerer Übergang für Wagen und Artillerie. Das Ostufer des Flusses schützten achttausend Mann: Badener, Hessen, Sachsen und Polen unter Marschall Victor gegen die viermal grössere Einheit Wittgensteins. Die Truppen von General Oudinot, zu dem auch die vier Schweizerregimenter gehörten, setzten als Erste über den Fluss. Sie bezogen auf dem Westufer Stellung, um Tschitschagow zurückzuschlagen, der gegen den Brückenkopf vorrückte, nachdem er realisiert hatte, dass er genarrt worden war.

«Unsere vier Regimenter.» Paul lachte freudlos. «Von den ursprünglich achttausend Männern waren gerade noch tausenddreihundert übriggeblieben. Alle anderen waren tot oder in Gefangenschaft.»

«Und Ernst?» Verena hatte während des Berichts ihres Schwagers mehrmals die Frage nach ihrem Bruder stellen wollen, bisher aber nicht gewagt, die Erzählung zu unterbrechen.

«Ernst?» Paul sah sie an. «Dein Bruder Ernst ist bereits bei Borodino gefallen. Er ist nicht einmal bis Moskau gekommen.»

Verena presste die Hand vor den Mund. Sie stand auf und wankte zur Tür. Ihr Mann wollte ihr folgen. Hanna hielt ihn zurück. «Ich mach das. Das ist Frauensache. Ich weiss, wie es ist, wenn einer, den man liebt, nicht aus dem Krieg zurückkommt.» Sie verliess die Stube.

Paul sah ihr nach. «Er war in meiner Kompanie. Ich sah ihn sterben. Er hatte Glück. Eine Kugel in den Kopf. Ein schneller Tod. Ihm ist viel erspart geblieben.»

Mathis wollte etwas sagen, liess es dann aber bleiben.

«Um auf die Ereignisse an der Beresina zurückzukommen, Madame», Paul wandte sich wieder ausschliesslich an Salome, «es waren nicht nur Schweizer, wie Sie möglicherweise in der Zeitung gelesen haben, die den Übergang der *Grande Armée* auf dem Westufer zu sichern hatten. Wir waren ein bunter Haufen aus Franzosen, Polen, Kroaten, Niederländern, Portugiesen, Italienern und Eidgenossen. Und dass wir sangen, während wir und die Russen uns gegenseitig totschlugen, ist eine fromme Mär. In Wahrheit war es der Kamerad Legler, ein Glarner, der am Morgen vor der Schlacht, das Lied *Unser Leben gleicht der Reise eines Wanderers in der Nacht* anstimmte. Eine Handvoll Offiziere spazierten auf der Strasse auf und ab, um sich warmzuhalten. Einige sangen mit, vielleicht, um sich die Zeit zu vertreiben, vielleicht auch, um sich Mut zu machen, für das, was bevorstand.»

Paul schilderte, wie gegen neun Uhr eine Kanonenkugel über die Köpfe der Wartenden flog und wie eine Ordonnanz auf einem Pferd heransprengte und schrie, dass die Russen den Angriff auf die Vorposten eröffnet hätten.

«Sibirische Schützen rückten vor und versuchten, uns in den Fluss zu drängen. Wir wehrten uns verzweifelt. Ich muss gestehen, Madame», immer noch fixierte Paul Salome, «ich wagte nicht nach rechts und links zu schauen, weil ich nicht wissen wollte, wer von meinen Soldaten bereits gefallen war. Als wir unsere Munition verschossen hatten, griffen wir den Feind mit der blanken Waffe an. Können Sie sich vorstellen, Madame, was das heisst? Sie sehen das Weisse in den Augen ihres Gegners, spüren seinen Atem, täuschen ihn mit einer Finte, schlagen sein Gewehr beiseite und stossen ihm das aufgepflanzte Bajonett in den Leib. Und während Sie den Körper mit dem Fuss abstreifen, um den nächsten Russen abzuschlachten, nehmen Sie vielleicht aus den Augenwinkeln wahr, wie die blutigen Innereien des Besiegten aus dessen Bauch quellen. Wenn Sie Pech haben, hören Sie ihn schreien wie ein Tier. Das ist nicht schön. Es kann einem durch Mark und Bein gehen. Nach acht Bajonettvorstössen gaben die Russen auf. Sie beschränkten sich darauf, uns mit ihrer überlegenen Artillerie zu dezimieren. Ich kann Ihnen sagen, Madame, das war kein erfreulicher Anblick. Das Feld war übersät von Leichen, abgetrennten Gliedmassen, verstümmelten Männern, die weinten wie Kinder und darum bettelten, dass man ihnen den Gnadenschuss gebe. Die Luft stank nach Blut, Kotze und Scheisse.»

Salome wurde blass. Sie presste die Fäuste vor den Mund.

Paul sah vom Vater zu seinen beiden Brüdern und schliesslich zu Sebastian Hoffmann. «Sie wollte doch wissen, wie es war», sagte er unsicher.

«Nun, so genau vielleicht doch nicht», meinte der Professor mit mildem Tadel.

«Sprecht weiter.» Salome warf ihrem Mann einen zornigen Blick zu. «Ich halte das schon aus.»

«Während der Schlacht sorgten Gendarmen dafür, dass die noch kampffähigen Truppen des Kaisers die Beresina in guter Ordnung überschritten», fuhr Paul fort. «Selbst zahlreiche Fuhrwerke und Kanonen gelangten über den Fluss. Zuletzt kamen die Männer von Marschall Victor. Sie setzten die beiden Brücken in Brand, um die nachrückende Armee Kutusows zu stoppen. Damit hat die eigentliche Tragödie aber erst begonnen.»

Paul griff erneut zur Branntweinflasche. Viel war nicht mehr drin. Er hatte fast alles allein getrunken. «Scharen von Nachzüglern und Zivilisten haben versucht, sich durch Rauch und Flammen ans Westufer zu retten. Grauenhafte Szenen spielten sich ab. Man hat sich gegenseitig ins eisige Wasser gestossen. Auch Soldatenfrauen, mit ihren Kindern in den Armen, sind in den Fluten versunken. Über jene, die stürzten, ist man rücksichtslos hinweggeschritten, gedrängt und geschoben von den Massen, die von hinten kamen.»

Dann seien die Brücken endgültig zusammengebrochen. Er habe am anderen Ufer Berge von Leichen, gesehen, erfroren, zerquetscht und von russischen Kartätschen zerrissen. Später habe er gehört, dass von jenen, die den Übergang nicht mehr geschafft hätten, neuntausend gestorben und siebentausend in Gefangenschaft geraten seien. «Nur Gott weiss, was sie erleiden mussten, bis auch sie der Tod erlöste.»

Paul war inzwischen betrunken. «Glaubt den Sesselfurzern in Euren Zeitungen nicht, Madame, wenn sie schreiben, die Schweizer hätten sich besonders hervorgetan», sagte er mit schwerer Zunge. «Nicht nur Eidgenossen sind dafür gestorben, dass der klägliche Rest der stolzen *Grande Armée* die Beresina überschreiten konnte. Und wir haben nichts dafür getan, dass die armen Menschen, die uns seit Moskau gefolgt waren, gerettet wurden. Helden? Wir waren Bestien!» Pauls Lachen tönte wie ein unterdrücktes Schluchzen. «Ich will Euch sagen, Madame, wozu Soldaten fähig sind, die nichts anderes mehr wollen als überleben.» Er starrte Salome böse an. «Von den tausenddreihundert Schweizern des zweiten Korps, die sich am Morgen des 28. November dem Feind gestellt hatten, traten am Abend noch dreihundert zum Appell an. Sie wurden mit den neunhundert Badenern aus dem neunten Korps, die nach der Schlacht an der Beresina noch am Leben waren, als *Arrièregarde* eingeteilt und hatten den Rückzug der Hauptmacht zu decken. Nachdem Minsk in die Hände der Russen gefallen war, marschierten wir Richtung Wilna. Wenn wir geglaubt haben, dass wir inzwischen wüssten, was Kälte ist, so wurden wir in diesem siebentägigen Marsch durch die Hölle eines Besseren belehrt.» Paul sprach jetzt langsam, mit der Würde dessen, dem der Branntwein in den Kopf gestiegen ist.

«Die Temperatur sank auf gegen dreissig Grad unter null. Wenn wir am Abend im behelfsmässigen Quartier eintrafen, gab es weder zu essen noch Holz noch Stroh. Jeden Morgen lagen die Leichen der Erfrorenen auf dem Boden. Zweimal, nein dreimal sah ich Soldaten, denen es gelungen war, Brennmaterial aufzutreiben und ein Feuer anzufachen. Sie brieten etwas.»

Pauls Stimme brach. Er fuhr sich mit der Hand über die Augen, als wolle er wegwischen, was er gleich erzählen musste. «Neben ihnen lagen Tote, die sie ausgeweidet und zerteilt hatten. Und während sie das Fleisch ihrer Kameraden frassen und der Saft aus ihren Mäulern troff, brüllten sie wie Tiere.» Er hämmerte mit beiden Fäusten auf den Tisch. Sein Gesicht war tränenüberströmt. «Sie haben es wissen wollen, Madame!»

Salome würgte. «Ich kann nicht mehr, ich muss mich übergeben.» Sie rannte aus der Stube. Ihr Mann stand auf und schloss leise die Türe hinter ihr. Es war totenstill im Raum. Keiner wagte es, den anderen anzusehen.

«Bringt die Geschichte zu Ende, *Premier-Lieutenant*», sagte schliesslich der Professor leise. Er war hinter Paul getreten und hatte ihm die Hand auf die Schulter gelegt.

«Am Abend des achten Dezembers trafen wir in Wilna ein», berichtete Paul. Seine Sprache war jetzt undeutlich. «Die Männer der *Arrièregarde* waren kaum mehr zu gebrauchen. Sie waren erschöpft. Die meisten hatten Erfrierungen an Händen und Füssen, manche waren schneeblind. Wir nächtigten im nächstbesten Haus, verfeuerten das Mobiliar der braven Leute und plünderten ihre Vorratskammern. Anderntags gab uns ein Quartiermeister neue Kleider und Schuhe. Am zehnten Dezember brachen wir auf. Als wir auf der Strasse nach Kaunas marschierten, hörten wir die russische Artillerie, die mit der Belagerung von Wilna begonnen hatte.»

Paul barg seinen Kopf in den Armen, die auf der Tischplatte lagen. Er murmelte Namen von Ortschaften: Gumbinnen, Insterburg, Königsberg, Marienwerder, Posen, Glogau, Karlsruhe.

Samuel begriff: Es waren die Stationen des Rückmarschs der Badener, denen sich die Schweizer angeschlossen hatten.

Paul verstummte. War er eingeschlafen?

«Der Junge hat Dinge gesehen und erlebt, die kein Mensch sehen und erleben kann, ohne Schaden an seiner Seele zu nehmen», sagte Mathis mit kummervollem Gesicht. Er wandte sich an Peter: «Hilf mir, ihn ins Bett zu bringen!»

Sie fassten den Betrunkenen an den Schultern und Beinen und trugen ihn hinüber in die Kammer, die er während seiner Kindheit und Jugend mit dem älteren Bruder geteilt hatte.

Samuel und Sebastian Hoffmann, die allein in der Stube zurückgeblieben waren, traten ans Fenster. Es war Abend geworden. Vor dem Haus liess Hannas Sohn Friedrich seine beiden Vettern, Matthias und Heinrich, die Holzlatten geschultert hatten, im Gleichschritt marschieren.

«Sie spielen Krieg», stellte Samuel fest. «Hoffentlich nehmen sie keinen Schaden an ihrer Seele.»

«Weshalb so bitter?» Der Professor musterte ihn prüfend. Aus dem ehemaligen Lehrer-Schüler-Verhältnis war eine Freundschaft geworden. Sie sahen sich oft, tauschten Neuigkeiten aus, diskutierten.

«Paul hat seine Seele aus freien Stücken dem Teufel verkauft. Er hat kein Recht, sich zu beklagen. Anders als Hannas Verlobter und Verenas Bruder wurde er nicht zum Militär gepresst. Kein Mensch hat ihn gezwungen, unter Napoleon zu dienen.»

«Er hat sich nicht beklagt. Dein Vater hat seinetwegen Kummer. Du wirst sehen, sobald sich Paul erholt hat, wird er sich erneut anwerben lassen.»

«So verrückt kann er nicht sein!»

Hoffmann lächelte. «Du unterschätzt die Treue der Soldaten zu ihrem Kaiser. Sie glauben an die Legende, dass die *Grande Armée* allein am russischen Winter gescheitert ist. Der Mythos von Napoleons Unbesiegbarkeit wurde nicht zerstört.»

«Er ist das zu Fleisch gewordene Böse.»

Sie schwiegen und sahen durchs Fenster, wie Mathis und Peter zum Stall hinübergingen. Es war Melkzeit. Die kleine Ruth folgte ihnen. Das Leben ging weiter. Hanna betrat die Stube und deckte den Tisch. «Ich werde heute kochen», sagte sie. «Verena ist unterwegs nach Bärenwil. Sie überbringt ihren Eltern die Nachricht von Ernsts Tod.»

Als sie den Raum verlassen hatte, nahm Hoffmann das Gespräch wieder auf: «Ich bin ein Teil von jener Kraft …», deklamierte er.

«… die stets das Böse will und stets das Gute schafft», beendete Samuel mit schiefem Lächeln das Zitat.

«Für dich ist Napoleon das Böse schlechthin, der Teufel, dem dein Bruder seine Seele verkauft hat.» Der Professor nahm seine Brille ab und putzte die Gläser.

«Er hat Hunderttausende von jungen Männern in den Tod geführt», erregte sich Samuel. «Er hat Leid und Elend über ihre Angehörigen gebracht. Er hat die Revolution verraten.»

«Er hat die Revolution beendet, das will ich nicht bestreiten», räumte Hoffmann ein. «Er hat aber auch ihre wichtigsten Errungenschaften bewahrt: Dank ihm haben wir die Freiheit der Person und des Eigentums, die Gleichheit vor dem Recht, die Religions- und Handelsfreiheit. Gerade du als Sohn eines Leibeigenen und als Nachfahre von Täufern solltest das, wofür dein Vater und auf seine Weise auch Paul gekämpft haben, nicht geringachten.»

«Du meinst ...» Samuel schaute den Freund nachdenklich an.

Sebastian schlug ihm auf die Schultern. Seine Brillengläser blitzten. «Wir sind in eine Zeit des Umbruchs hineingeboren. Wir nehmen an ihr teil. Sie ist noch nicht zu Ende.»

Herrenjahre
1813–1816

1

Unerhörtes war geschehen: Napoleon war besiegt. Napoleon, dessen Stern aufgegangen war in der grossen Revolution, als deren Vollender und Totengräber zugleich er gelten durfte, Napoleon, der Zerstörer und Gestalter von Königreichen und Fürstentümern, Napoleon, der das Blut Unzähliger vergossen und der mit seinem *Code civil* die Hoffnung auf Recht und Gerechtigkeit genährt hatte. Napoleon, während fast zweier Jahrzehnte der Zuchtmeister Europas, Diktator, Reformer und vor allem Feldherr, hatte es nach dem Desaster im Osten fertiggebracht, eine neue Armee aufzustellen. Mit ihr war er im Frühjahr 1813 nach Mitteldeutschland vorgerückt, um dem Zaren und dem König von Preussen, die sich gegen ihn verbündet und ihm den Krieg erklärt hatten, aufs Haupt zu schlagen. Aber es sollte anders kommen. Schweden und Österreich schlossen sich der russisch-preussischen Koalition an, und mit vereinten Kräften brachten sie den Franzosen im Oktober bei Leipzig eine vernichtende Niederlage bei.

Sechshunderttausend Männer aus mehr als einem Dutzend Länder hätten ein Blutbad angerichtet, dem man bereits den Namen «Völkerschlacht» gegeben habe, schrieb Sebastian Hoffmann, der regelmässig mit Samuel Jacob korrespondierte, Anfang November aus Tübingen. Fast hunderttausend Soldaten seien tot oder verwundet. Er zweifle nicht daran, fuhr der Professor fort, dass sich das Schicksal gegen Napoleon wende. *Er zieht sich jetzt nach Frankreich zurück, aber die Armee der Koalition folgt ihm in drei Kolonnen auf dem Fuss. Eine von ihnen wird, wie man hört, den Rhein bei Basel überschreiten, um dann weiter über den Jura und das Elsass nach Paris vorzustossen. Euch stehen aufregende Tage bevor. Später werden sie die Völkerschlacht und was an weiteren Gemetzeln noch folgen mag, als Freiheits- oder Befreiungskriege bezeichnen. Mir stellt sich allerdings weniger die Frage, wovon man befreit werden soll, als wozu. Fest steht lediglich, dass in ganz Europa die Monarchen und der Adel sich nichts sehnlicher wünschen, als ihre durch die Revolution verlorene Macht und die damit verbundenen Privilegien wiederherzustellen. Das gilt auch für die Gnädigen Herren, die bis 1798 die Schweiz regiert haben. Für die ins Ausland emigrierten Berner Patrizier gibt es nichts Wichtigeres, als die Herrschaft über die von Frankreich befreiten Untertanen im Aargau und der Waadt wiederzuerlangen. Glaub mir,* schloss Hoffmann seinen Brief, *wenn Leute wie wir, die sich der Aufklärung und der Revolution verpflichtet fühlen, nicht gegen diese Bestrebungen kämpfen, werden auch die Baselbieter wieder unter die Knute des städtischen Regiments gezwungen, sobald die Armeen der Koalition Napoleon endgültig besiegt haben.*

In seiner Wohnung, die sich über der Kanzlei befand, hörte Samuel seine Schwester rumoren. Sie kochte wohl das Mittagessen für ihn und ihren inzwischen elfjährigen Sohn Friedrich, der bald aus der Schule nach Hause kommen würde. Er liess den Brief seines Freundes sinken und schaute durchs Fenster auf den Barfüsserplatz. Metzger und Schweinehändler aus der Umgebung feilschten dort um den Preis des Borstenviehs, das sich in einem Gehege ängstlich aneinanderdrängte, als ahne es, dass ihm bald das Schlachterbeil in den Nacken fahren würde. Dahinter strebte die mächtige, dreischiffige ehemalige Klosterkirche der Franziskaner himmelwärts. Seit der Reformation wurde sie als Waren- und Salzlager genutzt. Am achteckigen Brunnen, dessen Säule ein Löwe zierte, unterhielten sich Hausfrauen und Mägde, die darauf warteten, bis sie an der Reihe waren, ihre Kessel mit Wasser zu füllen.

Als in Frankreich mit dem Sturm auf die Bastille eine neue Zeit anbrach, war Samuel drei Jahre alt gewesen. Während seines ganzen bisherigen Lebens hatte das revolutionäre und später napoleonische Frankreich das politische Geschehen nicht nur in der Eidgenossenschaft, sondern in ganz Europa bestimmt. Wenn Sebastian Hoffmann recht hatte, war es damit nun vorbei.

Im Sommer hatte Samuels berufliche Situation eine überraschende Wende genommen. Sein ehemaliger Professor Ambros Iselin hatte ihn zu sich gebeten und ihm vorgeschlagen, ihm bei den Geschäften, die er im Auftrag des Ratsherrn und Seidenbandfabrikanten Peter Vischer betreute, zur Hand zu gehen und in einem oder zwei Jahren dessen Rechtsvertretung allein zu übernehmen. Samuel erinnerte sich an das Gespräch, als ob es gestern gewesen wäre:

«Ich werde mich in absehbarer Zeit zurückziehen», hatte Iselin erklärt. Er sprach, wie das im gehobenen Bürgertum üblich war, Französisch. «Offen gestanden ist Monsieur Vischer, dem ich mich seit meiner Jugendzeit verbunden fühle, mein letzter Klient, und es ist reine Sentimentalität, dass ich mich von ihm noch nicht getrennt habe, um mich in den wenigen Jahren, die mir bleiben, als Partikular meinen privaten Liebhabereien zu widmen.» Er sass in seinem Stuhl, kurzatmig, die Beine weit von sich gestreckt, die Hände über dem voluminösen Bauch gefaltet, redlich bemüht, das Bild eines harmlosen, lebenssatten Herrn abzugeben. Das war er auch. Einerseits. Andererseits wusste Samuel, dass Iselin, der über einen wachen Verstand verfügte, ihm eine derart lukrative Geschäftsbeziehung, um die ihn jeder Advokat in der Stadt beneiden würde, gewiss nicht deshalb anbot, weil er ihn als aufgeweckten Studenten in Erinnerung hatte, wie er behauptete. Vischer hatte von seinem verstorbenen Schwiegervater nicht nur den Reichensteinerhof und die Fabrik mit ihren mehr als hundert Bandstühlen, sondern auch das herrschaftliche Schloss Wildenstein oberhalb von Bubendorf geerbt. Er galt als einer der reichsten Männer der Stadt.

«Ich bezweifle, dass der Ratsherr ausgerechnet mich als Ihren Nachfolger haben will», sagte Samuel schliesslich. «Immerhin haben er und seine Frau den Kontakt zu meiner seligen Pflegemutter abgebrochen, nachdem sie mit meinem Vater, Mathis Jacob, eine, nun», er hüstelte, «etwas engere Beziehung eingegangen war.»

«Ja, ja, der Bürger Jacob, der Held von Waldenburg.» Iselin lächelte mild. «Ich kenne die Geschichte. Madame Vischer, mit deren Tochter Juliana Sie und die kleine Salome vor Jahren befreundet waren, hat mich ausdrücklich gebeten, Ihnen zu sagen, dass sie das Verhältnis zu den Staehelins, das ohne ihre Schuld in eine Krise geraten sei, wiederherstellen möchte.»

Ohne ihre Schuld! Tante Dorothe hatte darunter gelitten, dass zuerst die gute Basler Gesellschaft, dann ihre beste Freundin Anna Vischer und schliesslich sogar ihr Bruder sich von ihr distanziert hatten. Ausserdem war er kein Staehelin. Madame Vischer wusste das ebenso gut wie der Professor.

Iselin, der Samuels Skepsis spürte, strahlte ihn an. «Was immer auch gewesen sein mag», meinte er, «ist vorbei. Vergessen und vergeben. Die Vischers jedenfalls möchten Sie und keinen anderen als ihren künftigen Rechtsanwalt.»

«Vergessen und vergeben!», zischte Hanna, als Samuel ihr das Gespräch mit Iselin schilderte. «Ich weiss nicht, weshalb sie ausgerechnet dich wollen, aber ich glaube nicht, dass dabei etwas Gutes herauskäme. Du hast ja hoffentlich abgelehnt.»

Er hatte ihr zu erklären versucht, dass man ein solches Angebot annehmen müsse, aber sie hatte ihn nur seltsam angeschaut und sich dann kopfschüttelnd ihrer Arbeit zugewandt.

Salome, die seinen Entschluss in gewisser Weise als Verrat an ihrer Mutter empfinde, habe sich über ihn echauffiert, schrieb Sebastian Hoffmann aus Tübingen, aber das werde sich wieder legen. Samuel wisse ja aus Erfahrung, dass bei seiner Frau die Stimmung rasch wechsle. Er selber masse sich kein Urteil an. Peter Vischer sei ein Ehrenmann, der seinerzeit für die Rechte der Landleute eingetreten sei. Im Laufe der letzten Jahre habe er sich allerdings, anders als sein Schwager Ochs, mehr und mehr dem konservativen Lager zugeneigt. Aber Samuel werde wohl selber am besten wissen, worauf er sich einlasse.

Als Kompagnon seines früheren Professors erhielt Samuel Jacob Einblick in die Tätigkeiten von Vischers Firma. Ein grosser Teil der geschäftlichen Korrespondenz ging jetzt über seinen Schreibtisch. Der Ratsherr pflegte neben der Seidenbandfabrikation Beziehungen zu Handelshäusern in ganz Europa, kaufte und verkaufte Güter aller Art und hatte in den vergangenen Jahren unter Umgehung der Kontinentalsperre, mit der Frankreich den Erzfeind England in die Knie zwingen wollte, erhebliche Gewinne gemacht. Nach der absehbaren Niederlage Napoleons würden die Handelsschranken endgültig fallen und das Geld noch reichlicher als bisher in die Vischersche Kasse fliessen. Samuel konnte sich ausrechnen, dass für ihn ein Teil davon als Honorar abfallen würde.

Inzwischen verkehrte er nicht nur im Kontor des Reichensteinerhofes, sondern war auch als Gast ins Blaue Haus eingeladen, wenn dort ein kleines Orchester aufspielte oder ein Dichter aus seinen Werken las. Madame Vischer behandelte ihn mit überschwänglicher Freundlichkeit, und auch Juliana, zu der er während Jahren keinen Kontakt mehr gehabt hatte, lächelte ihn an, als seien sie die besten Freunde. Sie war achtundzwanzig, ein Jahr älter als er selber, und noch immer unverheiratet. Mamsell Vischer, wie sie von der

Dienerschaft genannt wurde, führte mit Unterstützung ihrer Mutter, der sie das Heft unmerklich aus der Hand genommen hatte, das Regiment über die beiden Haushalte: im Winter im Reichensteinerhof, im Sommer auf Schloss Wildenstein.

«Pass auf, dass du nicht in die Fänge der kleinen Vischer gerätst», stichelte seine Schwester, wenn sie ihm seinen guten schwarzen Anzug brachte, den sie zuvor ausgebürstet hatte. Sie sah es nicht gern, dass er im Blauen Haus ein und aus ging. Hanna mochte Juliana nicht, hatte sie nie gemocht. Schon als Kind war sie von ihr als Dienstbotin behandelt und im Übrigen ignoriert worden.

Samuel fühlte sich unbehaglich, als Anna Vischer-Sarasin begann, ihn ihren Gästen als «guten Freund des Hauses» vorzustellen. Als sie ihm gegenüber einmal bemerkte, als Pflegesohn ihrer leider viel zu früh verstorbenen, lieben Freundin Dorothea gehöre er ja inzwischen auch zu ihren Kreisen, wurde ihm bewusst, dass Hanna recht hatte und man ihn als künftigen Gatten für Juliana in Betracht zog.

2

Am 21. Dezember 1813 begann der von Sebastian Hoffmann angekündigte Durchmarsch einer alliierten Armee unter General Blücher durch Basel. Während Tagen überschritten fremde Truppen die Rheinbrücke. Das eidgenössische Aufgebot, das die Neutralität des Landes hätte schützen sollen, kapitulierte kampflos und zog ab. Zurück blieb eine Stadt, die auf Wochen hinaus Tausende von Soldaten, darunter zahlreiche Verwundete und Marode, beherbergen und verpflegen musste. Samuel erhielt von den Behörden Anweisung, in seinem Haus am Barfüsserplatz für zwei Offiziere und deren Burschen Platz zu schaffen. Sie seien auch zu verköstigen. Gottergeben richtete Hanna zwei Kammern im obersten Stockwerk für die ungebetenen Gäste ein.

Auch wenn in der Stadt und im eigenen Haus alles drunter und drüber ging, liess es sich Samuel nicht nehmen, mit Hanna und Friedrich über die Festtage nach Sankt Wendelin zu fahren. Das Wetter war weihnachtlich. Ein kalter Nordwestwind trieb Schneewolken vor sich her, die sich über dem Jura entleerten. Während der Sturm um die Hausecken pfiff, sass man in der warmen Stube, wo Verena und Hanna auftischten, was Küche, Räucherkammer und Keller hergaben: Fleisch, Kartoffeln und Kraut. Dazu trank man Bier und Wein. Später gab es gedörrtes Obst und Kuchen sowie Kaffee, den Samuel aus Basel mitgebracht hatte. Wenn am Abend die Tiere im Stall versorgt waren, plauderte man bei Glühwein und Gebäck über gute und schlechte Zeiten oder erzählte sich Geschichten vom Wilden Jäger, der in den zwölf Raunächten unterwegs war.

Als sie am Berchtoldstag wieder nach Basel fuhren, dachte Samuel an das Gespräch, das er am zweiten Weihnachtstag mit Paul geführt hatte. Seit er wieder auf Sankt Wendelin lebte, kümmerte sich der Bruder, wie schon in seiner Jugend, um die Schafe. Nicht nur um jene des väterlichen Hofs – er hatte bis zum Herbst auch die Tiere anderer Bauern auf den Hochweiden des Gemeindebanns von Waldenburg gehütet und sich damit ein Zusatzeinkommen verschafft. Samuel hatte sich von ihm die trächtigen Mutterschafe zeigen lassen, die im Februar und März lammen würden. Im neuen Jahr werde man den Stall erweitern müssen, hatte Paul erklärt. Er plane, eine grosse Herde aufzubauen. Der Erlös aus dem Fleisch und der Wolle werde mithelfen, den Pachtzins für Madame Hoffmann – er lächelte spöttisch, als er ihren Namen aussprach – aufzubringen.

Paul war noch immer so hager wie bei seiner Rückkehr aus Russland. Aber er sah nicht mehr verwahrlost aus. Seine Kleidung war ordentlich, sein graues Haar kurz geschnitten. Er hatte sich einen Bart wachsen lassen, den er offenbar regelmässig kämmte und stutzte. Samuel hatte beobachtet, dass er nicht mehr so viel trank wie damals. «Gefällt dir das Hirtenleben?», wollte er wissen.

Der Bruder wandte sich ab. «Ich wäre lieber noch Soldat, aber ich bin gerne mit meinen beiden Hunden bei der Herde oben in den Hügeln. Man hat viel Zeit nachzudenken.» Und dann kam er auf das zu sprechen, was ihn offensichtlich beschäftigte. Er habe gehört, dass Napoleon bei Leipzig gegen die Armeen von Russland, Preussen, Österreich und Schweden eine grosse Schlacht verloren habe und sich jetzt zurückziehe. «Glaubst du, dass der Kaiser die Rheingrenze gegen den Feind halten kann?»

«Er ist am Ende. Eine der Koalitionsarmeen hat vor drei Tagen den Rhein bei Basel überschritten, eine zweite, grössere ist, wie man hört, bei Koblenz nach Frankreich eingedrungen.»

Paul schüttelte den Kopf. «Alles, wofür wir gekämpft haben.» Und dann, kaum hörbar: «Mein Kaiser.»

Am 12. Januar 1814 trafen die Herrscher Russlands, Preussens und Österreichs in Basel ein. Zar Alexander nahm im Segerhof am Blumenrain und König Friedrich Wilhelm im Deutschen Haus an der Rittergasse Quartier. Kaiser Franz aber logierte in Peter Vischers Reichensteinerhof am Rheinsprung.

«Der Herr, der mit dem Papa spricht, ist Seine Majestät, der österreichische Kaiser», flüsterte Juliana aufgeregt. Sie stand neben Samuel in einer Fensternische des grossen Festsaals des Blauen Hauses. Peter Vischer hatte die Vertreter der Basler Regierung samt ihren Frauen und einige ausgewählte Gäste eingeladen, sich gemeinsam mit ihm vom hohen Besuch zu verabschieden, der mit seiner Entourage während zehn Tagen im Palais am Rheinsprung zu Gast gewesen war. Zusammen mit den beiden anderen Herrschern wollte der Kaiser an der Spitze der alliierten Armeen in Paris einmarschieren. Juliana berichtete, was Samuel längst wusste: Am 13. Januar hatte sich Franz I. in diesem Saal mit Zar Alexander und König Friedrich Wilhelm sowie ranghohen Ministern und Generälen über die endgültige Vernichtung – sie sagte Vernichtung – Napoleons beraten. «Durch den Besuch der gekrönten Häupter Europas», fügte sie hinzu und ihre Augen leuchteten, «ist das Haus meines Vaters für alle Zeiten geschichtsträchtig erhöht worden. Das kann uns niemand mehr nehmen.» An ihrem Hals erschienen, wie immer wenn sie erregt war, rote Flecken.

Offiziere jener Nationen, die an der Völkerschlacht von Leipzig teilgenommen hatten, unterhielten sich im funkelnden Licht der grossen Kronleuchter angeregt mit der Basler Hautevolee. Livrierte Diener boten den Gästen auf silbernen Tabletts Champagner in Kristallkelchen und Appetithäppchen an, die im Lauf des Nachmittags unter der strengen Aufsicht von Juliana in der herrschaftlichen Küche kunstvoll zubereitet worden waren.

Samuel betrachtete den Kaiser. Da dieser mit dem Rücken zu zwei der mehr als mannshohen, goldumrandeten Spiegel stand, die dem ohnehin riesigen Raum zusätzliche Tiefe verliehen, sah er ihn gleich dreifach: ein grosser, schlanker Herr mit hoher Stirn und früh ergrautem Haar, der sich sehr gerade hielt. Quer über den weissen, mit zahlreichen Orden verzierten Waffenrock trug er eine rotweissrote Schärpe. Die lange Nase über den vollen Lippen, vor allem aber der starre Blick aus einem blassblauen Augenpaar liessen ihn als Statue seiner selbst erscheinen.

«So sieht wahre Majestät aus», schwärmte Juliana und fasste Samuel am Arm. «Hinter ihm stehen Jahrhunderte. Das ist etwas anderes als ein Parvenu wie Napoleon.»

Samuel schwieg. Der Habsburger war von diesem Parvenu mehrfach besiegt worden, hatte ihn demütig um Frieden bitten und ihm schliesslich seine Tochter Marie-Louise zur Frau geben müssen. Eine Woche zuvor war die Dreiundzwanzigjährige, die sich inzwischen von ihrem Gatten getrennt hatte, zusammen mit ihrem Söhnchen, dem König von Rom, auf ihrer Reise nach Wien für zwei Tage im Reichensteinerhof abgestiegen. Zwei weitere gekrönte Häupter, die den Ruhm des Palais am Rheinsprung für Zeit und Ewigkeit erhöhen, dachte er spöttisch. Die Geschmeidigkeit, mit der sich das hiesige Patriziat auf die neuen Verhältnisse umstellte, verblüffte ihn. Dass der Ratsherr Vischer, der einst die Basler Revolution vorangetrieben hatte, heute vor einem Habsburger Kratzfüsse machte, erschien ihm schamlos. Was wohl sein Vater Mathis sagen würde, wenn er hier wäre?

Von der Seite musterte er Juliana. Sie hatte sich für den heutigen Anlass herausgeputzt, trug ein Musselinkleid *à la grecque* mit einem freizügigen Décolleté und kurzen Ärmeln. Sie war geschminkt und sorgfältig frisiert. Ihr Schmuck hatte vermutlich ein Vermögen gekostet. Gleichwohl war sie die graue Maus geblieben, die sie für Samuel schon immer gewesen war: klein und mager, mit leicht vorstehender Oberlippe und dunklen Knopfaugen, die den Raum rastlos nach Bekannten absuchten. Als Kind war er mit ihr und Salome durch die Stadt gestreift. Damals hatten sie sich als Patrioten bezeichnet und stolz die revolutionäre Kokarde getragen.

Das Orchester, das man engagiert hatte, spielte einen Wienerwalzer. Die süssen Klänge im Dreivierteltakt waren *à la mode*, und Juliana, die, weiss der Himmel wann und wo, die Schritte erlernt hatte, bat Samuel, mit ihr zu tanzen, und übernahm auch gleich die Führung. Während er bemüht war, ihr zu folgen, vertraute sie ihm flüsternd an, dass sie sich unter die Zucht des himmlischen Vaters gestellt fühle, dem sie mit bangem, noch mehr aber mit freudigen Herzen folge. Samuel hatte schon gehört, dass sie fromm geworden war. Gleichwohl befremdete ihn das unerwartete Geständnis. Er verzichtete auf eine Antwort. Nicht nur, weil er sich krampfhaft darauf konzentrierte, nicht aus dem Takt zu fallen, sondern auch, weil er, beeinflusst von Sebastian Hoffmann und seinem Vater, der seit dem Zerwürfnis mit Pfarrer Grynäus die Pfaffen hasste, eine antiklerikale Gesinnung kultivierte.

«Du bist kein begnadeter Tänzer», stellte Juliana, die das Thema Religion abrupt fallen liess, vorwurfsvoll fest. «Samuel Birmann ist dir in dieser Beziehung überlegen.» Als der Walzer zu Ende war, lächelte sie den Sohn des mit ihrem Papa befreundeten Malers und Kunsthändlers an. Offenbar hatte sie ihm den nächsten Tanz versprochen.

Samuel Jacob zog sich in eine Fensternische zurück und schaute ihr zu, wie sie mit dem jungen Mann zwischen den übrigen Tanzpaaren übers Parkett wirbelte. Birmann war erst einundzwanzig Jahre alt, hatte sich aber als Landschaftsmaler bereits eine gewisse Reputation erworben.

«Sind sie nicht ein reizendes Paar?» Anna Vischer-Sarasin hatte sich zu ihm gesellt. Sie war beleibt geworden. Zwölf Geburten hatten von ihrer einst mädchenhaften Figur Tribut gefordert. Aber noch immer liebte sie es, sich kokett zu geben. «Sie müssen aufpassen, dass er sie Ihnen nicht wegnimmt. Wir Frauen neigen dazu, den Kopf zu verlieren, wenn ein Künstler uns schöne Augen macht.»

Samuel lächelte. «Mir scheint, er wäre für Juliana ein wenig gar jung.»

«Da haben Sie recht, Samuel – ich darf Sie doch Samuel nennen?» Ohne seine Antwort abzuwarten, fuhr sie fort: «Sie braucht einen Mann ihrer eigenen Generation, einen der ihr Sicherheit und Geborgenheit geben kann. Sie ist so ein liebes Mädchen. Hören Sie, was ihr Schwager David Hess über sie schreibt!» Sie zog aus ihrem *Ridicule* ein Papier, das sie wohl eigens mitgenommen hatte, um es ihm vorzulesen. «Freundlich scheine die Sonne der sanften, freundlichen Schwester. Heut' am Julientag scheine sie lieblich und warm! Im verborgenen Thal weckt dann ihr Lächeln ein Veilchen, das bescheiden und still, gutes Mädchen, dir gleicht», rezitierte sie mit bebender Stimme. «Er hat ihr das vor ein paar Jahren zum Namenstag verehrt.» Madame Vischer schaute Samuel erwartungsvoll an.

«Reizend, ganz reizend», sagte er, und als er spürte, dass ihr das nicht genügte, fügte er hinzu: «Vor allem das mit dem Lächeln, das ein Veilchen weckt, hat mir gefallen.»

Ein Adjutant des Kaisers befreite ihn aus seiner Verlegenheit. Der Mann, der plötzlich hinter ihnen stand, schlug die Hacken zusammen. «Seine Majestät bittet die Dame des Hauses, ihm die Ehre zu geben, mit ihm zu tanzen.»

Das Orchester spielte einen Tusch, während der Offizier Anna Vischer zum Kaiser führte, der sie in der Mitte des Saals erwartete. Sie sank vor ihm in einen tiefen Knicks. Er reichte ihr die Hand, die Musik setzte ein, und Samuel schaute zu, wie Franz I. von Österreich mit der stolzen Matrone durch den Ring tanzte, den die lächelnd applaudierenden Gäste gebildet hatten.

Als er, lange nach Mitternacht, nach Hause ging, verfolgte ihn das Bild der in weisse Seide gehüllten Madame Vischer, die sich vor dem Kaiser klein machte. Juliana hatte ihm erzählt, dass sie und Mama den Oberstkämmerer seiner Majestät gebeten hatten, ihnen zu zeigen, wie man sich einer Hoheit angemessen nähere. Wie ein Baiser hatte sie ausgesehen, die alte Republikanerin, dachte er, halb amüsiert, halb erbittert.

Auf den mehr oder minder nachdrücklichen Wunsch von Anna Vischer begleitete Samuel deren Tochter im folgenden Frühjahr zweimal ins Theater. Beim anschliessenden Souper im Gasthaus *Zu den Drei Königen* am Blumenrain sprach Juliana von nichts anderem als von den «gekrönten Häuptern», die glanzvoll im Haus ihres Vaters residierten. «Die russischen Grossfürsten Nikolai und Michael wohnen seit mehreren Wochen bei uns. Und es werden noch mehr kommen», behauptete sie. «Kaiser Franz wird, wenn er nach Österreich zurückkehrt, wieder bei uns absteigen. Vielleicht sogar Zar Alexander.» Jedenfalls habe sie die beiden jungen Hoheiten gebeten, ihren Einfluss geltend zu machen, fuhr sie fort. Der Reichensteinerhof sei schon heute ein Ort von weltgeschichtlicher Bedeutung. Sie und Mama würden weniger durch die hohen Besucher, die formvollendet und freundlich seien, als durch deren Dienerschaft in Anspruch genommen. Ein russischer Küchenjunge habe eine Schüssel ihres schönen Wedgwoodgeschirrs, statt sie zu waschen, einfach durchs Fenster auf die Strasse geworfen. Juliana schaute Samuel empört an. «Aber der Tunichtgut hat eine Lektion erhalten.»

Samuel hob fragend die Brauen.

«Als Grossfürst Nikolai vom Vorfall erfuhr, hat er einem

Unteroffizier befohlen, den Lümmel ans Gitter des Ehrenhofs zu binden und auszupeitschen, bis ihm die Haut auf dem Rücken platze.» Sie trank einen Schluck Wein. Ihre Augen glänzten. «Ich habe von meinem Fenster aus zugeschaut. Der Bengel hat geschrien wie am Spiess, sodass die Leute aus der ganzen Gasse zusammenliefen.»

Samuel war bleich geworden. Ihm fiel ein, dass Julianas Gedanken, als sie noch ein Mädchen war, um Folter und Hinrichtungen kreisten. War Juliana noch immer in ihren morbiden Fantasien gefangen? Schlimmer noch: Lebte sie sie aus?

Er legte Gabel und Messer ab. «Wie alt war der Bursche?», fragte er mit leiser Stimme.

«Was weiss ich, zwölf oder dreizehn.»

«Du hast zugelassen, dass ein Kind ausgepeitscht wird?»

«Ein Kind?» Sie lachte trocken. «Ein Leibeigener. Es ist die einzige Sprache, die diese unzivilisierten Kreaturen aus der Steppe verstehen! Wer seinen Sohn liebt, züchtigt ihn mit der Rute. Das steht schon in der Bibel.»

«Du findest also, der Bursche sei aus christlicher Nächstenliebe gequält worden? Ein Leibeigener – einer, wie ich es bei meiner Geburt war?» Samuel war laut geworden. Die anderen Gäste hoben die Köpfe.

Sein Zorn ängstigte sie. «Das ist doch etwas ganz anderes», versuchte sie ihn zu besänftigen. «Wir haben doch euch Baselbietern die Freiheit geschenkt.»

«Ihr habt uns …» Für einen Augenblick war er sprachlos. «Leute wie mein Vater und meine Brüder, die eure Vögte verjagten und eure Burgen bis auf die Grundmauern verbrannten, haben sich selber die Freiheit erkämpft!»

Juliana senkte den Kopf. «Ich mag es nicht, wenn wir streiten», flüsterte sie und legte ihre Hand auf die seine. «Wir sind doch Freunde. Lass uns wieder gut zueinander sein!»

3

«Stimmt es, dass du mit der reichen Juliana Vischer verlobt bist?» fragte Friedrich seinen Patenonkel. Sie sassen beim Abendbrot. Hanna hatte gedörrte Bohnen und Kartoffeln aufgetischt. Dazu gab es ein Stück Speck.

Samuel schaute seinen Neffen an. «Wer sagt das?»

«Joggi Stückelberger. Er sitzt in der Schule neben mir.»

«Und woher glaubt Joggi, das zu wissen?»

«Von seiner Tante, Frau Merian-Stückelberger, im Lützelhof.»

«Aha.» Samuel dachte nach. Juliana war mit der Tante von Friedrichs Schulkamerad befreundet. Innig, wie sie ihm einmal erzählt hatte. «Mehr hat er nicht gesagt?»

«Nein, nur dass ihr verlobt seid.»

Hanna sah ihren Bruder fragend an. «Willst du ihm keine Antwort geben?»

«Du kannst Joggi einen schönen Gruss von mir ausrichten», lachte Samuel. «Wir seien nicht verlobt. Mindestens ich weiss nichts davon.»

Nach dem Essen erlaubte Hanna Friedrich noch für eine halbe Stunde auf die Gasse zu gehen, wo er mit den Buben aus dem Viertel zu spielen pflegte. «Ich habe auch schon von deinem Verlöbnis gehört», sagte sie. «Von der Magd von Madame Sarasin.»

Samuel trank einen Schluck Kaffee aus der Tasse, die seine Schwester vor ihn hingestellt hatte. Auch Antoinette Sarasin war mit Juliana befreundet. «Ich bin doch nur zwei- oder dreimal mit ihr ausgegangen, weil mich ihre Mutter dazu gedrängt hat. Ihr Vater ist immerhin mein wichtigster Klient», fügte er hinzu.

«Dein Klient! Du gehst doch im Blauen Haus nicht nur beruflich ein und aus, sondern auch, wenn sie mit ihren hochwohlgeborenen Gästen ihre Feste feiern. Ich frage mich, was aus mir und Friedrich werden soll, wenn du die kleine Vischer heiratest.»

Hanna war inzwischen fünfunddreissigjährig. Seit dem Tod von Friedrichs Vater hatte sie nie mehr etwas mit einem Mann gehabt. Es schien ihr zu genügen, für ihren Sohn und ihren Bruder, den sie seit ihrer Kindheit umsorgt hatte, zu leben.

«Du bringst nicht nur uns, sondern auch dich ins Unglück!», brach es aus ihr heraus. «Juliana Vischer ist eine falsche Schlange. Sie verdeckt ihre Bösartigkeit hinter einer frommen Fassade. Sie war schon als Kind so, und sie wird so bleiben. Weshalb, glaubst du, will Salome nichts mehr von ihr wissen? Ausserdem gehört sie nicht zu unserem Stand.»

«Vater hat auch über seinem Stand geliebt.»

Hanna schaute ihn an, als sei er nicht bei Trost. «Lass Vater aus dem Spiel! Man kann nicht über seinem Stand lieben. Man kann nur über seinem Stand heiraten. Das wäre der Fall, wenn du Juliana Vischer zur Frau nimmst, die nur noch einen Mann findet, der auf ihre Mitgift aus ist. Ich mag nicht glauben, dass du so tief gesunken bist.»

Der Vorwurf des Mitgiftjägers traf Samuel. Seine Schwester musste doch wissen, dass es ihm nicht um Geld oder andere Vermögenswerte ging, die Juliana möglicherweise in eine Ehe mitbringen würde. «Ich bin doch nicht auf die Mitgift aus!»

«Liebst du sie denn?», fragte Hanna erstaunt.

«Natürlich nicht! Falls ich sie überhaupt heiraten würde», erklärte er nach kurzem Zögern, «dann nur, weil eine familiäre Verbindung mit den Vischers meinem beruflichen Weiterkommen förderlich wäre.»

«Und deswegen würdest du sie zur Frau nehmen?»

«Daran ist nichts Ehrenrühriges. Wenn man im Leben etwas erreichen will, heiratet man nicht aus Liebe, schon gar nicht ein spätes Mädchen wie Juliana.»

Seine Bedürfnisse konnte man anderweitig befriedigen. Als Student hatte Samuel oft mit jungen Frauen aus dem Badischen, dem Elsass oder dem Baselbiet poussiert, die in herrschaftlichen Häusern als Dienstboten oder Kindsmägde arbeiteten. Seit er seine Advokatur eröffnet hatte, konnte er es sich leisten, ab und zu ins eine halbe Stunde entfernte Saint-Louis zu fahren, wo Madame Claude ein Etablissement betrieb, in dem eine Schar *Filles de joie* nicht nur den Offizieren der Festung Huningue zu Diensten stand. Auch honorable Basler Bürger gingen dort ein und aus und nickten sich augenzwinkernd zu, wenn sie sich gegenseitig dabei ertappten, dass sie vorübergehend den Pfad der Tugend verlassen hatten. Ob Hanna davon wusste? Ob sie es missbilligte? Er hatte keine Ahnung. Über diese Dinge sprach man nicht.

«Brauchst du keine Frau, die du lieben kannst?»

Er zuckte mit den Schultern. «Nein», sagte er trocken.

Hanna sah ihn seltsam an. Bedauerte sie ihn? Was wusste seine Schwester schon von ihm? Das Gespräch mit ihr hatte eine alte Wunde aufgerissen.

Nachdem Dorothea Staehelin ihn als Zehnjährigen zu sich nach Basel genommen hatte, waren er und Salome aufgewachsen wie Geschwister. Sie hatten im zweiten Stockwerk des Hauses *zem Crüz* Wand an Wand geschlafen. Sie hatten sich gemeinsam gegen mütterliche Zumutungen aufgelehnt, sich gestritten und wieder versöhnt und kleine und grosse Geheimnisse miteinander geteilt. Irgendeinmal, vielleicht mit vierzehn oder fünfzehn, war sich Salome ihres erwachenden Frauseins bewusst geworden, hatte das Mysterium des Geschlechtlichen erahnt, hatte vom Kleinen – sie nannte ihn in jener Zeit nur den Kleinen – verlangt, dass er ihr vor dem Schlafengehen, während sie sich selbstverliebt im Spiegel betrachtete und mit Jasminduftwasser einrieb, die blonden Locken bürste.

Was sie ihm an körperlicher Entwicklung voraushatte, machte er durch sein überlegenes Wissen wett, das ihr als Mädchen vorenthalten blieb. Sie war Abend für Abend in sein Zimmer gekommen, um zu erfahren, was er im Pädagogium Neues erlernt hatte. Sie waren nebeneinandergesessen, Schulter an Schulter, vor sich die Schulbücher. Er erklärte ihr mathematische Formeln und den Weltatlas und erzählte ihr griechische Sagen. Manchmal legte sie ihre Hand auf sein Knie oder streichelte seinen Unterarm. Anfangs war ihm das genierlich gewesen. Dann, mit einer Verspätung von zwei Jahren, war auch er erwacht. Er verlor seine Unbefangenheit ihr gegenüber und sehnte sich gleichzeitig nach ihren abendlichen Besuchen und den verstohlenen Berührungen.

Dorothea Staehelin eine Etage unter und Hanna ein Stockwerk über ihnen hatten keine Ahnung von den Heimlichkeiten der beiden Heranwachsenden. Salome war inzwischen siebzehn Jahre alt geworden, und der Lehrer Samuels, Sebastian Hoffmann, hatte um ihre Hand angehalten. Sie, geschmeichelt, dass ein derart kluger und angesehener Mensch, ein Gelehrter, sie als Gattin begehrte, hatte ihr Jawort gegeben.

Samuel, der im süssen Wahn der Verliebtheit seiner fünfzehn Jahre von einer gemeinsamen Zukunft geträumt hatte, war am Boden zerstört. Er verfluchte seine Jugend. Er vergrub sich in den *Leiden des jungen Werther*. Dunkle Schatten legten sich über ihn. Seine Gedanken kreisten um die Frage, ob er Hand an sich legen sollte.

Und dann kam die Nacht vor Salomes Hochzeit.

Er erwachte, als die Tür zu seiner Kammer leise geöffnet wurde. Salome, nur im Hemd, schlüpfte zu ihm ins Bett. Er wagte kaum zu atmen. Ihre Locken kitzelten seinen Hals. Der Duft von Jasmin erfüllte den Raum. Während Minuten – oder waren es Stunden? – blieben sie nebeneinander liegen.

Dann ertasteten ihre Hände seinen Körper. Sie liebkosten seine Schultern, streichelten seine Brust, seinen Bauch, fuhren über seine Hüften, seine Oberschenkel, seine Knie, kehrten zurück, umfassten sein angeschwollenes Glied. Er liess es geschehen, spürte, dass ihm nicht mehr als Stillhalten erlaubt war. Endlich nahm sie seine Rechte, legte sie an ihre Wange, dann an den Hals und zeigte ihr die weichen Hügel ihrer Brüste. Als sie seine Hand zwischen ihre Schenkel führte, fasste sie sie fester, liess nicht zu, dass sie selbstständig wurde. Allein ihre Finger bewegten sich. Er spürte feuchte Wärme. Sie seufzte, bebte am ganzen Körper, stiess endlich seine Hand weg, stieg aus dem Bett und verliess das Zimmer, lautlos, wie sie gekommen war.

Er blieb zurück, verwirrt, ratlos, traurig.

Am nächsten Tag liess sie sich von ihrer Mutter und Hanna als Braut schmücken. Später fuhr man in einer Kutsche zur Martinskirche, wo Sebastian Hoffmann auf seine künftige Frau wartete.

Samuel, der neben Tante Dorothe sass, schloss die Augen, als Salome versprach, ihrem Mann untertan zu sein und ihn zu lieben, bis dass der Tod sie scheide.

Die nächsten acht Jahre lebten sie im Haus *zem Crüz* unter demselben Dach. Nachts horchte Samuel auf die Geräusche aus Tante Dorothes ehemaligem Schlafzimmer, das sie dem jungen Paar abgetreten hatte. Sebastian Hoffmann, jetzt sein Hausgenosse, förderte ihn weiterhin. Ihr Verhältnis wurde zur Freundschaft. Salome fühlte sich von ihren Gesprächen, die sich um Wissenschaft und Politik drehten, ausgeschlossen. Wenn ihr Mann nicht zu Hause war, was oft vorkam, besuchte sie Samuel manchmal in seiner Kammer, achtete aber peinlich darauf, dass die Türe stets offenblieb. Wie früher liess sie sich von ihm erzählen, was er im Pädagogium und später auf der Universität lernte. Immer wieder wollte sie wissen, ob er eine Freundin habe und schien zufrieden zu sein, wenn er die Frage verneinte. Noch immer teilten sie die meisten Geheimnisse, die sie hatten. Kein Thema war allerdings Salomes Ehe. Sie blieb verbotenes Gebiet. Sie vermieden es, sich zu berühren. Wenn es trotzdem geschah, zuckten sie zurück. Sie waren beide befangen und konnten gleichwohl nicht voneinander lassen. Für Samuel, der sie unverändert liebte, waren es quälende Jahre. Er verbarg seine Leidenschaft. Niemand wusste davon, nicht einmal Salome. Als er endlich auszog und einen eigenen Hausstand gründete, war er erleichtert. Aber sie sahen sich weiterhin, sie trafen sich im Haus *zem Crüz* oder bei ihm am Barfüsserplatz. Manchmal, wenn Sebastian keine Zeit hatte, begleitete Samuel sie ins Theater. Als sie und Sebastian ihren Wohnsitz nach Tübingen verlegten, schrieb sie ihm regelmässig lange Briefe. Er antwortete. Er konnte sich nicht von ihr lösen.

4

Am 4. Mai 1814 sprach ein Herr in Samuel Jacobs Kanzlei vor. Er mochte gegen fünfzig Jahre alt sein. Seine Kleidung weckte Erinnerungen an das *Ancien Regime*. Das war nicht ungewöhnlich. Seit Napoleons Stern im Sinken war und sich die wichtigsten Herrscher Europas in Basel ein Stelldichein gaben, holte man in gewissen Kreisen die guten Stücke aus der vorrevolutionären Zeit wieder aus dem Schrank oder liess sich neue anfertigen. Über einem makellos weissen Hemd aus feinstem Leinen trug der Mann einen seidenen, bordeauxroten Rock. Ein dazu passender, kunstvoll geknüpfter Schal bedeckte den Hals. Die beigen Hosen endeten unterhalb der Knie über einem Paar weisser Strümpfe. Die Schuhe zierten breite, silberne Schnallen. Das gepuderte Haar des Besuchers war über den Ohren sorgfältig eingerollt. Er stützte sich auf einen zierlichen Stock aus schwarzem Ebenholz mit einem vergoldeten Knauf.

Dem Kärtchen, das er auf den Schreibtisch legte, entnahm Samuel, dass sein Gegenüber Christophe Bourcard war, Inhaber der Firma *Bourcard Fils & Cie.*, Nantes, ein Mitglied der alteingesessenen Basler Familie Burckhardt, wie ihm das eingestanzte Wappen verriet.

Er gehöre zu den Segerhof-Burckhardts, näselte der Mann in akzentfreiem Französisch. Er suche einen Anwalt, und Mademoiselle Juliana Vischer habe ihm die Kanzlei Jacob empfohlen, die für ihren Herrn Papa arbeite. Er bedachte Samuel mit einem maliziösen Lächeln. Die hochgezogenen Brauen über den hellen Augen und die kaum merklich hinuntergezogenen Mundwinkel wirkten eingeübt und arrogant. Möglicherweise wollte er zum Ausdruck bringen, dass er sich darüber wundere, dass der reiche Seidenfabrikant einen Advokaten beschäftigte, der sich weder einen Schreiber noch Bedienstete leistete, die Klienten wie ihn angemessen empfingen.

Ein Segerhof-Burckhardt also. Samuel kannte die familiären Verhältnisse in groben Zügen. Der zwei Jahre zuvor verstorbene Vater seines Besuchers, Christoph Burckhardt-Merian, war der Seniorchef einer Firma gewesen, die mit Textilien handelte – vornehmlich *Indiennes* aus Fabriken im Elsass, die er kontrollierte. Darüber hinaus hielt man Anteile an Schiffen, die in den Fernen Osten, nach Westafrika und in die französische Karibik fuhren und Kolonialwaren sowie Produkte europäischer Manufakturen mit sich führten. Der Alte hatte seine Geschäfte vom Segerhof aus betrieben, einem in seinen Innenräumen feudal ausgestatteten Palais am Blumenrain. Sein zweitältester Sohn, Christophe Bourcard, der inzwischen im Besucherstuhl Platz genommen hatte, war bereits in jungen Jahren nach Nantes ausgewandert, wo er mit väterlichem Kapital eine Firma gegründet hatte, deren Ziel es war, dem Basler Stammhaus Geschäfte im Handel mit Waren aus den von den Franzosen beherrschten karibischen Inseln zu vermitteln. Womit die *Bourcard Fils & Cie.* seit der Unabhängigkeit von Saint-Domingue, das inzwischen Haiti hiess, Geld verdiente, wusste Samuel nicht. «Sie brauchen also einen Anwalt», eröffnete er das Gespräch.

Er wolle jemanden engagieren, der Basler Geschäftsleute suche, die daran interessiert seien, sich auf Gewinn oder Verlust an einem Schifffahrtsunternehmen zu beteiligen. Es gehe darum, in Afrika und in der Karibik Waren zu kaufen oder einzutauschen, die man sowohl in Übersee als auch nach der Rückkehr in Europa mit Profit losschlagen könne, erklärte Bourcard.

Samuel kannte das Prinzip. Um das Risiko einer solchen Expedition möglichst gering zu halten, suchte man mehrere Investoren, denen man Aktien verkaufte und nach Abschluss der Fahrt den ihnen zustehenden Anteil des Erlöses auszahlte. Dazu benötigte man einen Prospekt, mit dem man die Partner über das Schiff, dessen Ladung, die Destinationen und die Gewinnerwartungen informierte.

Wie weit er mit der Planung des Unternehmens sei, wollte Samuel wissen. Ob er schon ein Schiff in Aussicht habe und wann es in See stechen solle.

Er verhandle mit dem ihm seit Jahren bekannten Kapitän Bazilic Leray vom «Cultivateur», der im Frühling des nächsten Jahres auslaufen wolle. Geplant sei eine Investition von rund dreihunderttausend Francs. Etwas mehr als ein Drittel davon sei für die Mannschaftslöhne, den Proviant und die Versicherungsprämien bestimmt. Mit dem Rest bezahle man die Waren, die an der afrikanischen Westküste eingetauscht würden. Der Besucher reichte Samuel eine Liste.

Er warf einen Blick darauf. Dreihundert Ellen Seide, las er, zweitausend Stück bedruckte *Indiennes*, mehrere Tausend *Mouchoirs*, ferner Mützen, Lederwaren und Sonnenschirme, je zehntausend Messer und Löffel, Zinnkrüge, Porzellanwaren, tausend Gewehre samt Schiesspulver und Kugeln, Säbel, Dolche und grosse Mengen von Branntwein.

«Die *Indiennes* liefern meine Brüder, die das väterliche Geschäft im Segerhof weiterführen.» Bourcard geriet in Fahrt. «Sie lassen sie bedrucken. Beliebt sind vor allem Elefanten, Giraffen, Löwen und Affen, die in Palmen herumturnen. Natürlich auch Neger mit Lendenschurz und goldenen Ohr- und Nasenringen.»

«Aha. Und Ihre Herren Brüder beteiligen sich ebenfalls am Unternehmen?»

«Sie haben den Kauf von Aktien im Wert von zwanzigtausend Francs in Aussicht gestellt. Auch die Handelsgesellschaft der Brüder Jean-Jacques und Christoph Merian, notabene stille Teilhaber meiner eigenen Firma, überlegt sich eine Investition. Ich hoffe, dass sich auch Monsieur

Vischer vom Reichensteinerhof zur Übernahme von Anteilen überreden lässt. Falls ja, wird man die benötigten Seidenstoffe in seiner Fabrik erwerben.» Im Übrigen, fuhr Bourcard fort, zweifle er nicht daran, dass die Gesamtsumme von dreihunderttausend Francs innert kurzer Zeit aufgebracht werden könne. Die Erfahrungen früherer Expedition hätten gezeigt, dass sich die reichen Basler Familien die Aussicht auf einen Gewinn von mindestens zehn Prozent nicht entgehen lassen wollten. Er selber müsse in den nächsten Tagen nach Nantes zurückreisen. Das sei der Grund, weshalb er einen Vertreter benötige, der die Sache hier für ihn zu einem guten Ende bringe.

«Wogegen wollen Sie denn in Afrika die geladenen Waren eintauschen?», erkundigte sich Samuel, der die Liste etwas genauer studierte.

«Gegen Neger natürlich. Sie werden nach Westindien geschafft, wo man sie an Plantagenbesitzer verkauft. Mit dem Erlös erwerben wir Zucker, Tabak, Kaffee und andere Kolonialwaren, die wir mit gutem Gewinn in Europa losschlagen.»

In wenigen Worten hatte Christophe Bourcard Samuel Jacob das Prinzip des atlantischen Dreieckshandels erklärt. Basler Handelsleute profitierten nicht nur vom Verkauf der Seiden- und Baumwollstoffe, die sie in ihren Fabriken produzieren liessen. Mit den Anteilscheinen, die sie erwarben, waren sie auch am Erfolg des gesamten Unternehmens beteiligt.

Und während Bourcard vom «Cultivateur» schwärmte, dem *Négrier*, einem Sklavenschiff also, in dessen Frachtraum man vierhundertfünfzig Schwarze – er sprach von Hengsten und Stuten, von *Négrillons* und *Négrettes* – unterbringen könne, fiel Samuel ein, was einst Sebastian Hoffmann in der Schulstube an der Brandgasse über jenen Menschenhandel gesagt hatte, in den Firmen wie die Segerhof-Burckhardts und die Frères Merian, aber bei weitem nicht nur sie, verwickelt waren.

1794 hatte die Französische Republik, gestützt auf die Freiheitsvorstellungen der Aufklärung, die Abschaffung der Sklaverei beschlossen. Bis dahin war man von Basel aus an mindestens zwei Dutzend Sklavenfahrten beteiligt gewesen. «Ihr müsst euch vorstellen», hatte Hoffmann seinen Schülern erzählt, «dass die Neger, die von skrupellosen Menschenjägern im Innern Afrikas gefangengenommen und an die Küste getrieben werden, dort während Monaten in Verliesen schmachten, bis sie von den weissen Kapitänen gegen Seiden- und Baumwollstoffe, Waffen und Alkohol eingetauscht werden. Anschliessend erfolgt die Fahrt über den Atlantik. Eng aneinandergekettet liegen die armen Kreaturen, darunter Kinder wie ihr, sechs Wochen lang dem Gestank der eigenen Fäkalien preisgegeben in der Dunkelheit des Schiffbauchs. Auf Saint-Domingue werden sie dann vom Basler Handelshaus *Riedy & Thurninger* an reiche Plantagenbesitzer versteigert und müssen bis zu ihrem meist frühen Tod auf den Zuckerrohrfeldern schuften. Wer sein Arbeitspensum nicht erfüllt, wird gnadenlos ausgepeitscht.» Der Magister hatte eine Pause gemacht und über die Köpfe seiner Schüler geschaut. «Denkt immer daran», hatte er endlich gesagt, «jedes Stück Zucker, das ihr esst, ist benetzt von den Tränen leidender Menschen.» Anschliessend hatte er aus Diderots Enzyklopädie den Artikel über Sklaverei vorgelesen, in dem der Kauf und Verkauf von Afrikanern als ein Geschäft angeprangert wird, das die Religion, die Moral, das Naturgesetz und die Menschenrechte in gröbster Weise verletzt.

Und Hoffmann wäre nicht Hoffmann gewesen, wenn er die Gelegenheit nicht auch gleich zu einem Rechenexempel genutzt hätte. «Wenn auf zwei Dutzend Sklavenschiffen von den je vierhundert Negern durchschnittlich fünfzehn Prozent während der Überfahrt gestorben sind, müssten wie viele Tote das Gewissen der Basler Handelsherren belasten, wenn sie eines hätten?»

«Tausendvierhundertvierzig.» Wie üblich war Samuel der Erste gewesen, der das Ergebnis gewusst hatte.

«Ihr wisst», unterbrach er Bourcard, bemüht seine Abscheu zu verbergen, «dass der Handel mit Sklaven verboten ist.»

«Napoleon ist am 20. April nach Elba ins Exil geschickt worden. Der Spuk ist vorbei», sagte Bourcard und spielte mit seinem zierlichen Stock. «Seit gestern herrscht in Frankreich Ludwig XVIII., der Bruder des von den Jakobinern hingerichteten Königs. Wir gehen davon aus, dass das unsinnige Gesetz in den nächsten Wochen aufgehoben wird.»

Wir. Meinte er die Basler Handelsherren oder seine Kompagnons, die Menschenhändler in Nantes? Samuel wusste es nicht. Es interessierte ihn auch nicht. Er stand auf.

«Ich bitte Sie, mein Haus zu verlassen», sagte er steif. «Ich bin beschämt, dass Mademoiselle Vischer, die mich Ihnen empfohlen hat, offenbar glaubt, ich wäre bereit, zu Geschäften, wie Sie sie betreiben, Hand zu bieten.»

Bourcard erhob sich. Sein Gesicht blieb ausdruckslos. «Sie werden es noch bereuen, mich beleidigt zu haben», zischte er und verliess grusslos die Kanzlei.

5

Am nächsten Morgen übergab Hanna ihrem Bruder ein Couvert. Ein Lakai aus dem Reichensteinerhof habe es mit den besten Empfehlungen von Mamsell Vischer abgegeben. Sie schnupperte daran. «Es scheint ein *Billet doux* zu sein.»

Tatsächlich roch der Umschlag schwach nach Lavendel. Samuel wusste, dass Juliana es liebte, ihren Botschaften mittels der Blumensprache eine besondere Bedeutung zu verleihen. Der Lavendel stehe für Reinheit, geheimes Einverständnis und Abwehr des Teufels, hatte sie ihm einmal erzählt. Er öffnete den Umschlag und zog einen Brief heraus, dessen rechte obere Ecke klein und violett eine gepresste Blüte zierte. In ihrer kindlichen Schrift teilte sie ihm mit, sie sei betrübt, dass sie sich in letzter Zeit nur noch selten gesehen hätten. Sie habe Dringendes mit ihm zu besprechen und bitte ihn deshalb, morgen unbedingt zum *Jour fixe* ins Blaue Haus zu kommen. «Dringendes» und «unbedingt» hatte sie doppelt unterstrichen.

«Nun? Macht sie dir einen Heiratsantrag?», frotzelte Hanna, der nicht entgangen war, dass Samuels Interesse an Mamsell Vischer in den letzten Wochen nachgelassen hatte.

«Ich nehme an, der Sklavenhändler vom Segerhof hat sich bei ihr über mich beschwert», sagte Samuel «und jetzt möchte sie mich wohl davon überzeugen, dass sie nur das Beste wollte, als sie mich dem Schurken empfahl.»

Juliana Vischer nahm ihn gleich in Beschlag, als ihn am folgenden Tag ein Diener in den Salon des Reichensteinerhofs brachte. Sie führte Samuel am Arm an den Gästen, die sich bei Champagner und Gebäck unterhielten, vorbei durch eine Seitentüre in ein Kabinett.

Es war unübersehbar: Ihr Sinn stand nicht nach jenem Einverständnis, wie das Samuel aus dem Lavendelbriefchen zu lesen geglaubt hatte. Offenbar ging es ihr mehr darum, den Teufel zu bannen. Jedenfalls war sie wütend wie eine Wespe. Was ihm einfalle, sich einem honorablen Geschäftsmann gegenüber Frechheiten herauszunehmen, fauchte sie.

«Ich habe dich nicht gebeten, mich Monsieur Bourcard als Anwalt zu empfehlen», sagte er ärgerlich. «Was hast du dir dabei gedacht?»

Sie habe den Kaufmann aus Nantes im Seidenhof kennengelernt, wo sie mit ihrer älteren Schwester Anna Elisabeth einen der russisch-orthodoxen Gottesdienste besucht habe, die der Zar dort lesen liess, als er bei den Burckhardts im Segerhof wohnte. «Ich habe geglaubt, dir einen Dienst zu erweisen, als ich Christophe Bourcard vorgeschlagen habe, sich mit dir in Verbindung zu setzen.»

Samuel hatte von diesen Messen gehört, zu denen die Damen der gehobenen Basler Gesellschaft in Scharen strömten, wohl weniger aus einem religiösen Bedürfnis, als um einen Blick auf den Bezwinger Napoleons zu erhaschen, der als attraktives Mannsbild galt. «Und nachdem du deinen Herrgott gemeinsam mit einem Herrscher verehrt hast, der Millionen seiner Landsleute als Leibeigene knechtet, kamst du zum Schluss, es wäre passend, mich diesem Ehrenmann als Gehilfen anzudienen.»

«Du brauchst mir nicht ironisch zu kommen. Monsieur Bourcard ist ein Mann von Familie. Ausserdem hat er dieses Jahr bereits dreihundert Francs für die Armen und tausend Francs für die protestantische Kirche gespendet.»

«Sogar wohltätig ist er!», höhnte Samuel.

Sie schaute ihn empört an. «Einer seiner Brüder, der verwitwete Leonhard Burckhardt, wird dieses Jahr Anna Elisabeth heiraten.» Ihre Stimme hatte sich überschlagen.

Dass sich die Vischers vom Blauen Haus mit den Segerhof-Burckhardts verschwägerten, war Samuel zwar neu, durfte ihn aber nicht verwundern. Ehen innerhalb alteingesessener

Familien waren üblich. Man achtete darauf, dass Geld und Besitz beisammenblieben. Gleichwohl war er schockiert. «Willst du damit sagen, dass dein Vater, der sich für die Aufhebung der Leibeigenschaft der Baselbieter Landleute eingesetzt hat, damit einverstanden ist, dass seine Tochter einen Mann heiratet, der am Kauf und Verkauf von Menschen Geld verdient?»

«Das ist nicht wahr!», widersprach Juliana.

«Du weisst also nicht, dass dein Monsieur Bourcard ein Sklavenschiff auf grosse Fahrt schickt? Du weisst nicht, dass er hier in Basel Investoren sucht, die ihm bei der Finanzierung unter die Arme greifen? Du weisst nicht, dass sein Bruder, dein künftiger Schwager Leonhard, mit von der Partie sein wird, ebenso die *Frères* Merian, und du weisst nicht, dass er hofft, auch dein Herr Papa werde sich entschliessen, aus dem Elend von Kindern, Frauen und Männern Profit zu schlagen?»

«Das ist nicht wahr!», wiederholte Juliana, deren Gesicht sich vor Erregung rötete.

«Natürlich ist es wahr», sagte Samuel unbarmherzig. «Und wahrscheinlich werden sich auch einige von denen da drüben die Gelegenheit nicht entgehen lassen, sich an diesem abscheulichen Geschäft zu bereichern.» Er wies mit dem Kopf zur Wand, hinter der die Gäste des Vischer'schen *Jour fixe* versammelt waren.

Juliana starrte ihn hasserfüllt an. «Du bist ein Aufrührer und Revoluzzer», warf sie ihm an den Kopf, «genau gleich wie dein Vater und seine Kokotte, die sich einen Deut um Anstand und Moral scherten!»

Kokotte! Sie sprach von Tante Dorothe. Er schaute sie kalt an. «Ich habe Monsieur Bourcard gesagt, dass ich beschämt bin, dass du glaubst, ich wäre bereit, am Handel mit menschlichen Wesen Geld zu verdienen», erklärte er mit mühsam unterdrücktem Zorn. «Tatsächlich beschämt es mich noch mehr, mit jemandem wie dir überhaupt zu verkehren.» Er wandte sich zur Tür.

Drüben im Salon hatte sich Julianas Schwester Anna Elisabeth an den Flügel gesetzt und spielte den dritten Satz der elften Sonate des vor mehr als zwei Jahrzehnten verstorbenen Wolfgang Amadeus Mozart. Samuel, auf dessen musikalische Erziehung Dorothea Staehelin stets Wert gelegt hatte, kannte das überaus populäre *Allegretto alla turca*. Eine Melodie in Moll, das passt, dachte er, als er sich einen Weg durch die lauschenden Gäste zum Ausgang bahnte.

6

Die Landstrasse war schlecht. Seit Samuels letzter Reise nach Waldenburg musste sich die Zahl der Schlaglöcher verdoppelt haben. Mindestens. Er drückte sich in eine Ecke der Postkutsche und liess sich gottergeben die Seele aus dem Leib schütteln. Ab und zu warf er einen Blick aus dem Fenster, an dem die vertraute Landschaft – Äcker, Wiesen und bewaldete Hügel – vorbeizog. Pfingsten stand vor der Tür. Um diese Jahreszeit hätten die Winterschäden auf der Chaussee längst behoben sein müssen. Samuel erinnerte sich an seinen verstorbenen Grossvater Emil Strub. Der Fuhrunternehmer hatte ihm einmal augenzwinkernd erklärt, die Landleute seien an guten Strassen nicht besonders interessiert. Im Gegenteil: Eine Kutsche mit Achsenbruch bedeute nicht nur für die Wagenmacher und Schmiede Arbeit und Verdienst, sondern auch für die Wirte, bei denen die Reisenden einkehrten, bis man die Fahrt wieder aufnehmen könne.

Seit seinem Streit mit Juliana waren zwei Wochen vergangen. Samuel hatte sich gewundert, dass er nicht aus den Diensten von Peter Vischer entlassen worden war. Doch der Ratsherr benahm sich ihm gegenüber unvermindert höflich und zuvorkommend. Seine Frau Anna hatte ihm zu verstehen gegeben, wie sehr sie ihn in ihr Herz geschlossen habe. Juliana hatte er seither zwar nicht mehr gesehen, aber es war ihm nicht entgangen, dass sich die Vorhänge am Fenster ihres Zimmers bewegten, wenn er sich vom Münsterplatz den Rheinsprung hinunter dem Blauen Haus näherte, weil er im Kontor ihres Vaters etwas zu erledigen hatte.

Vor zwei Tagen, am Mittwoch, dem 25. Mai, hatte ihn Ambros Iselin in seiner Kanzlei aufgesucht. Er war die Liebenswürdigkeit in Person. Er habe ihm eine Einladung zu überbringen, sagte der beleibte Mann, nachdem er ächzend im Besucherstuhl Platz genommen hatte. Der Ratsherr Vischer lasse ihn anfragen, ob er Lust habe, sich ihm, seinem Sohn Lukas und seiner Tochter Juliana anzuschliessen, wenn sie, Ende Juni oder Anfang Juli, den beiden Grossfürsten Nikolai und Michael vor ihrer Rückfahrt nach Russland etwas von den Schönheiten des Schweizerlandes zeigen wollten. Man beabsichtige, über Zürich nach Schaffhausen zum Rheinfall zu fahren. Anschliessend gehe es in die Innerschweiz. Dort wolle man die Rigi besteigen, wo der Maler Samuel Birmann an einem grossen Alpenpanorama arbeite und dem hohen Besuch aufs Beste die am Horizont aufragenden Gipfel und Spitzen benennen könne.

Samuel erinnerte sich an den jungen Birmann, mit dem Juliana beim Abschiedsfest für Kaiser Franz getanzt hatte. Die Einladung komme sehr überraschend, meinte er.

«Ja, da staunen Sie, mein Lieber!» Der Professor betrachtete seinen Juniorpartner behaglich, etwa so, wie ein grosser Kater eine gefangene Maus betrachten mag, mit der er noch ein wenig spielen will, bevor er sie verspeist. «Die Vischers wollen Sie und keinen anderen: Das Oberhaupt der Familie will Sie als Advokaten für seine Firma, die Frau Gemahlin als Freund des Hauses und – wenn ich Fräulein Julianas Verhalten richtig interpretiere – die Tochter wohl als Vertrauten ihres Herzens.» Er breitete die Arme aus, als wolle er ihn an seine Brust drücken.

Samuel begriff. Ambros Iselin präsentierte ihm die Rechnung für seinen Ehrgeiz. Wenn er in dieser Stadt als Anwalt Erfolg haben wollte, musste er um Julianas Hand anhalten. Ein heisser Zorn trieb ihm das Blut in den Kopf. Die Vischers wollten ihn kaufen. Aber war ihnen das vorzuwerfen? Hatte er ihnen nicht genug Anlass gegeben zu glauben, er sei käuflich? Sein Zorn wich einem Gefühl der Scham. Er erhob sich und deutete eine Verbeugung an. «Wenn ich Sie richtig verstehe, geht es um mehr, als nur um einen Ausflug *en famille*. Unter den gegebenen Umständen erbitte ich mir für die Antwort etwas Bedenkzeit. Ist es Ihnen recht, wenn ich nach Pfingsten Bescheid gebe?»

Für einen Augenblick huschte ein amüsiertes Lächeln über Iselins Gesicht. «Gewährt.» Auch er war aufgestanden. «Ach, das hätte ich fast vergessen.» Er übergab Samuel einen Brief. «Mademoiselle Vischer hat mich, wie ich vermute, in den Stand eines *Postillon d'Amour* erhoben.»

Nachdem er ihn verabschiedet hatte, ging Samuel die Treppe hoch in seine Wohnung. Friedrich würde bald von der Schule nach Hause kommen. Er setzte sich an den bereits gedeckten Tisch und öffnete das Couvert. Mit welcher Blume wollte ihm Juliana wohl diesmal eine Botschaft übermitteln? Es war ein Vergissmeinnicht. Er stand auf und ging hinüber in die Küche, wo Hanna das Essen zubereitete.

«Du hast mir doch erzählt, die Frauen, mit denen du tratschst, wenn du am Brunnen Wasser holst, hätten dich in die Blumensprache eingeweiht. Was bedeutet ein Vergissmeinnicht?»

«Treue, Sehnsucht und Opferbereitschaft», erklärte Hanna und streifte den Brief in der Hand des Bruders mit einem erstaunten Blick. «Ist denn die kleine Vischer immer noch hinter dir her?»

Er sass nun schon seit bald sechs Stunden in der Postkutsche, die inzwischen Niederdorf hinter sich gelassen hatte. Durchs Fenster sah er die Kirche von Sankt Peter und den Friedhof, wo sie vor bald zwei Jahrzehnten seine Mutter zu Grabe getragen hatten. Samuel zog Julianas Brief aus der Rocktasche und las ihn zum wiederholten Mal. Die gepresste Blüte in der rechten oberen Ecke, einst leuchtend blau, war stumpf und blass.

Es tue ihr unendlich leid, dass sie sich ihm gegenüber garstig benommen habe, schrieb sie, und sie wäre untröstlich, wenn deswegen ihre Freundschaft Schaden nähme. Er habe ja so recht gehabt in der Beurteilung von Monsieur Bourcard. Inzwischen habe sie nämlich erfahren, dass er tatsächlich kein Ehrenmann sei, sondern ein *Fils à Papa*, der sich mit dem Kapital, das ihm sein verstorbener Vater vor Jahren zur Verfügung stellte, in Nantes verspekuliert habe. Bei der Firma im Segerhof, die jetzt ihrem künftigen Schwager Leonhard und seinen Brüdern gehöre, stehe er tief in der Kreide und versuche, mit unsauberen Mitteln seine Schulden abzubauen. *Papa war sehr bestürzt*, fuhr sie fort, *als ich ihn fragte, ob er sich auf einen derart abscheulichen Handel wie den Verkauf von Negern einlassen würde. Er meinte, gerade du als Baselbieter müsstest wissen, dass er ein Verehrer Rousseaus sei und die Menschenrechte hochhalte.* Sie hoffe, mit diesen Zeilen alle Missverständnisse zwischen ihnen ausgeräumt zu haben, und freue sich auf die gemeinsame Reise auf die Rigi, wo man den beiden russischen Grossfürsten die hehre Alpenwelt in ihrer ganzen Pracht zeigen wolle. *In inniger Verbundenheit, deine Freundin Juliana.* «Deine» war doppelt unterstrichen.

Während ein Fuhrknecht vier frische Pferde vor die Kutsche spannte, erholten sich die Reisenden in Waldenburg im Gasthaus *Löwen* von den Strapazen der Fahrt. Samuel verzichtete auf einen Imbiss und ging stattdessen das letzte Wegstück zu Fuss. Die Strasse führte der Frenke entlang, die in ihrem Bett über bemooste Steine talwärts eilte. Es war ein herrlicher Vorsommertag. Die Luft war mild, und am azurblauen Himmel zogen ein paar Schönwetterwolken gemächlich über den Jura. Das Gras, aus dem Margeriten, Hahnenfuss, Löwenzahn, Wiesensalbei und Storchenschnabel in bunter Farbenpracht leuchteten, stand bereits kniehoch. Es würde bald für den ersten Schnitt reif sein.

Nach einer knappen Stunde bog Samuel nach links ab und durchquerte das kurze Waldstück, das die Passstrasse von Sankt Wendelin trennte. Er blieb stehen und schaute hinunter auf den von seinem breiten Satteldach geschützten Hof. Am Brunnen auf dem Vorplatz wusch seine Schwägerin Verena Gemüse. Er trat näher, nahm seinen Hut ab und räusperte sich. Sie drehte sich um und lachte. Samuel sah sie verblüfft an. Unter der Schürze wölbte sich ihr Leib.

«Ja, denk dir, ich alte Frau bin noch einmal schwanger geworden!»

«Na, na. Von wegen alt.» Samuel gab sich galant. Er rechnete nach. «Der Kleine wird sieben Jahre jünger sein als Ruth. Sie werden denselben Abstand voneinander haben wie Hanna und ich.»

Verena schaute ihn belustigt an. «Der Kleine?»

«Natürlich. Ein Junge, wie ich, und ich bitte mir aus, Pate sein zu dürfen.»

«Darüber werden wir noch sprechen. Komm jetzt ins Haus und begrüsse auch deinen Bruder und die Kinder!»

Beim Abendbrot brachte Peter das Gespräch auf Juliana. «In Waldenburg erzähle man sich, du seist mit einer Tochter des Ratsherrn Vischer verlobt».

«Die Leute reden viel, wenn der Tag lang ist.» Aus den Augenwinkeln nahm Samuel wahr, dass Verena, die in der Küche eine neue Platte mit Kraut und Speck geholt hatte, in der Türe stehen geblieben war.

«Wo Rauch ist, ist auch Feuer», neckte ihn Peter.

«Unsinn.»

«Nun, es wäre allmählich an der Zeit, dass du heiraten würdest», schaltete sich die Schwägerin ein. «Hast du denn niemanden?»

Er habe eben die Richtige noch nicht gefunden, erklärte Samuel.

Verenas Lippen kräuselten sich. Ob er denn nach Waldenburg gekommen sei, um Brautschau zu halten?

«Da muss ich dich enttäuschen. Ich wollte mit Vater reden. Wo ist er überhaupt?»

«Er ist bei Paul, der seine Schafe irgendwo oben beim *Chellenchöpfli* hirtet.» Peter strählte mit den Fingern der Rechten seinen Bart. Es war eine Geste, die er vom Vater übernommen hatte. «Er bringt ihm regelmässig Lebensmittel und Salz für die Tiere. Meistens bleibt er für ein paar Tage. Ich hoffe, dass er zur Heuernte wieder herunterkommt. Wenn du mit ihm sprechen willst, so musst du morgen hinaufsteigen. Er wird sich freuen, dich zu sehen.»

7

Am nächsten Tag brach Samuel nach dem Mittagessen auf. Der Weg führte über einen steilen Pfad durch Weideland und einen Bergwald hinauf zum Quellgebiet des Nünbrunnens und von dort weiter zum Schwizerboden. Als er den Aufstieg hinter sich hatte, setzte er sich auf den hellen Stamm einer Buche, die im vergangenen Winter gefällt worden war und nun darauf wartete, zu Bau- oder Brennholz verarbeitet zu werden. Vor ihm, bis zum Fuss des Helfenbergs, breitete sich eine Hochebene aus, auf der zwei Hofgüter lagen. Sie hiessen *Bilten* und *Sol*, glaubte sich Samuel zu erinnern. Über dem Grasland flimmerte die Luft.

Er ging weiter. Nach einer Viertelstunde kam er zu einem Hof. Der Bauer, ein grosser, hagerer Mann, stand am Zaun seines Pflanzplätzes und beobachtete den Wanderer, der den Aufstieg durch den lichten Mischwald zum *Chellenchöpfli* in Angriff nahm. Sein Äusseres wies darauf hin, dass er einer jener Taufgesinnten war, die mit ihren Familien zurückgezogen auf gepachteten Sennhöfen im Basler Jura lebten. Auf dem Kopf trug er einen breitkrempigen Filzhut. Sein weisser Bart reichte ihm bis zur Brust. Die Oberlippe war sauber ausrasiert. Täufer lehnten Schnurrbärte, die sie als militärisch bezeichneten, ab. Samuel grüsste und fragte, ob er wisse, wo Paul Jacob seine Schafe hüte.

Der Bauer nahm sich Zeit mit der Antwort. Er musterte die Gesichtszüge des Besuchers, als suche er Bekanntes in ihnen. «Ihr seid wohl jener Sohn von Bruder Mathis, der Advokat in Basel ist», sagte er endlich. «Wir kennen uns noch nicht. Ich bin Henoch Zur Studen», stellte er sich vor und streckte ihm die Hand entgegen. Dann wandte er sich um und rief: «Rebekka!»

Ein dreizehn oder vierzehn Jahre altes Mädchen, das in einem Gemüsebeet arbeitete, richtete sich auf und trat näher.

Über ihrer grauen Tracht trug sie eine schwarze Schürze. Unter der Haube, die ihren Kopf bedeckte, guckte eine vorwitzige rotbraune Strähne hervor. Ihre Augen waren grün. Neugierig betrachtete sie den fremden Mann.

Paul und sein Vater hätten bei ihm Brot, Käse und Gemüse bestellt, sagte Henoch. Seine Jüngste sei dabei, den Korb zu richten. Wenn sich Samuel einen Augenblick gedulde, so würde ihm Rebekka, die ohnehin zu den Jacobs müsse, den Weg zeigen.

Bruder Mathis hatte er den Vater genannt. Als ob er zur Gemeinschaft der Täufer gehörte. Lediglich Samuels Grossvater, Johannes Jacob, den er nicht mehr gekannt hatte, war einer von ihnen gewesen.

Während er wartete, trank er einen Becher Most, den ihm der Alte gebracht hatte. Dann folgte er dem Mädchen über eine Weide, auf der eine Herde Fleckvieh graste. Leichtfüssig ging sie ihm voran. Sie hatte es lachend abgelehnt, ihn den Korb tragen zu lassen. Sie sei das gewohnt und wolle den städtischen Herrn nicht als Lastesel missbrauchen. Sie stiegen durch einen lichten Mischwald zum *Chellenchöpfli*. Unter ihren Füssen raschelte das verwelkte Laub des Vorjahres. Zwischen den hohen Stämmen erkannte Samuel im Norden die Stadt Basel. Dahinter verschwammen die Konturen des Schwarzwalds in der Himmelsbläue. Endlich erreichten sie den Kamm. Der Anblick, der sich ihnen bot, war überwältigend.

Von hier aus sehe man vom Vrenelis Gärtli im Glarnerland über die Rigi, den Pilatus, das Schreckhorn, Eiger, Mönch und Jungfrau bis zum Mont Blanc im Westen, erklärte Rebekka.

«Woher weisst du, wie sie alle heissen?»

«Mein Vater hat sie uns gelehrt. Als Kind habe ich immer geglaubt, hier oben sei das Gebirge Abarim mit dem Berg Nebo, von dem aus Moses in das Gelobte Land blicken durfte.»

«Das Gelobte Land», wiederholte Samuel.

«Wen bringst du denn da zu uns, Rebekka?» Ohne dass sie ihn bemerkt hatten, war Mathis Jacob hinter sie getreten. «Samuel! Wie schön, dass du mich und Paul besuchst.» Er legte seinem Jüngsten die Hand auf die Schulter.

Nachdem sie sich von Rebekka verabschiedet hatten, forderte Mathis seinen Sohn auf, ihm zu Pauls Hütte zu folgen.

«Wo ist er jetzt?», fragte Samuel.

«Bei seinen Schafen. Er lässt sie auf der anderen Seite des Waldes zwischen Wasserfallen und Passwang grasen, wo er ein grosses Stück Weideland gepachtet hat. Gegen Abend treibt er die Tiere hierher zum Ruheplatz.»

Sie hatten inzwischen Pauls Behausung, ein aus rohen Stämmen zusammengefügtes kleines Blockhaus erreicht. Davor standen eine alte Bank und ein Tisch, die ein früherer Hirte gezimmert haben mochte. Neben einer Kochstelle, die aus lose aufeinandergeschichteten Kalksteinen erbaut worden war, stand ein grosser Kessel.

Sie setzten sich. Samuel betrachtete den Vater von der Seite. Mathis Jacob war noch immer ein kräftiger Mann mit breiten Schultern und sehnigen Armen, aber es bestand kein Zweifel: Er war alt geworden. Sein Haar und sein Bart waren eisgrau, das Gesicht zerfurcht und seine Gestalt leicht gebeugt, als spüre er allmählich die Last der Jahre.

Sie sassen da und schauten schweigend über das weite Land. Der Vater drängte seinen Sohn nicht, ihm zu sagen, was ihn hierher geführt habe. Als sie vom Wald her Lockrufe und Hundegebell hörten, stand er auf. «Paul kommt. Er wird hungrig sein.» Er holte aus der Hütte Käse, kaltes Fleisch, Brot und eine Flasche Wein.

«Sieh an, das Magisterlein!» Paul betrachtete mit gutmütigem Spott den jüngeren Bruder, der, auch wenn er den Rock längst ausgezogen hatte, in seiner städtischen Kleidung nicht so recht in diese Umgebung passen wollte. Er setzte sich zu ihnen. Während sie assen, zerstreuten sich die Schafe in kleinen Gruppen über die Weide am Fuss des *Chellenchöpfli*. Der Hund umkreiste die Herde.

Als die Dämmerung einbrach, stand Paul auf. Er pfiff durch die Finger. Die Tiere strömten von allen Seiten zum Ruheplatz, wo sie dicht aneinandergedrängt lagerten. Eines von ihnen zog er zum Feuer, das Mathis inzwischen angefacht hatte. Im Licht der Flamme untersuchte er seine Hufe. «Moderfäule», knurrte er und griff zum Messer an seinem Gürtel. Er begann, die infizierten Klauenteile sorgfältig abzutragen.

«Wirst du es retten können?», wollte der Vater wissen.

Paul hob die Achseln. «Wenn es in drei Tagen nicht besser ist, muss ich es abtun. Die Krankheit ist ansteckend. Herrgott nochmals!», schimpfte er leise. «Ich bin Hirte, Heiler und Henker in einem.»

Mathis, der wusste, wie sehr Paul an seinen Tieren hing, wechselte das Thema. Rebekka Zur Studen habe Samuel den Weg hierher gezeigt, berichtete er.

«Rebekka, der graue Krähenvogel», sagte Paul, ohne den Kopf von seiner Arbeit zu heben.

«Du solltest deine Zunge im Zaun halten», meinte Mathis ärgerlich. «Es gibt keinen Grund über die Taufgesinnten zu spotten, nur weil sie jede Hoffart ablehnen und sich dunkel kleiden.»

«Ich weiss, ich weiss.» Paul lachte trocken:

Die mit Gürteln und Schnallen,
Die wird der Teufel krallen.

«Was soll das?» Samuel verstand nicht, was sein Bruder mit dem Spottvers meinte.

Die mit den Knöpfen und Taschen
Wird der Teufel haschen.

Aber die mit den Haken und Ösen
Die wird der Herr erlösen,

deklamierte Paul.

«Kannst du mir sagen, was er damit meint», fragte Samuel den Vater.

«Die Zur Studens sind Amische, Anhänger von Jakob Amman», erklärte Mathis. «Er war ein Täuferprediger, der vor mehr als hundert Jahren lebte. Sie unterscheiden sich in gewissen Dingen von den Mennoniten, zu denen dein Grossvater gehörte. Vor allem sind sie in Glaubensfragen noch strenger. Unter anderem bringen sie das mit ihrer schlichten Kleidung zum Ausdruck. Viele von ihnen halten Gürtel, Schnallen und Knöpfe für unnötigen Luxus.»

«Denk daran!», grinste Paul. «Wenn du je mit einer Täuferin ins Heu möchtest, musst du zuerst unzählige Haken und Schleifchen lösen.»

«Genug jetzt!» Mathis war ungehalten. «Wir legen uns zur Ruhe.» Und zu Samuel: «Im Blockhaus sind Decken und Schaffelle. Bei solchem Wetter schlafen wir draussen am Feuer.»

Die Arme unter dem Kopf verschränkt, lag Samuel auf dem Rücken und starrte in den Nachthimmel, an dem Myriaden von Sternen funkelten. Die Glut des Feuers wärmte seine Füsse. Er fühlte sich glücklich. Die Stadt und Juliana Vischer waren weit weg. Er fragte sich, ob er für die Entscheidung, die er zu treffen hatte, überhaupt väterlichen Rat brauche. Wusste er nicht selber, was zu tun war?

«Bist du noch wach, Sämi?», flüsterte Paul, der neben ihm lag und offenbar auch nicht schlafen konnte.

Samuel wandte ihm den Kopf zu.

«Was ist mit dem Kaiser geschehen?»

«Man hat ihm auf Elba ein Fürstentum eingerichtet.

Er durfte eine Garde von vierhundert Mann mitnehmen.» Und als der Bruder schwieg: «Elba ist eine Insel im Mittelmeer.»

«Ich weiss, wo Elba liegt», fauchte Paul. «Ein Fürstentum, sagst du, und vierhundert Soldaten? Für den grössten Feldherrn, den es je gegeben hat? Verdammt!»

Auch Mathis, der seinen Söhnen gegenüber auf der anderen Seite des Feuers lag, war noch wach. Er war ihrem Wortwechsel gefolgt. Er machte sich Gedanken über beide: Paul war, obwohl er Schafe hütete, ein Krieger geblieben, und Samuel quälte offenbar ein Problem, über das er nicht reden mochte. Er suchte am Himmel das Sternbild des Bärenhüters, dessen Name sich von seiner Nähe zum Grossen und Kleinen Bären ableitete. Sebastian Hoffmann hatte ihm gezeigt, wie es zu finden war: «Du musst den Bogen der Deichselsterne des Grossen Bären verlängern, dann kommst du zu Arktur, dem hellsten Stern des Bärenhüters. Er sieht aus, wie ein von der Mühe des Tageswerks gebeugter Mann. Die alten Griechen haben geglaubt, der Bärenhüter sei Philomelos, der Sohn der Erdgöttin Demeter, der den Pflug erfunden hat.»

Also ein Bauer wie er selber, fand Mathis, einer, der sich um seine Söhne Sorgen machte.

«Ich begleite dich noch ein Stück weit», erklärte Mathis am nächsten Morgen nach dem Frühstück, als Samuel meinte, es sei an der Zeit zurückzukehren. Paul war mit seinen Schafen bereits zur Hochweide am Passwang weitergezogen.

Nachdem sie das Waldstück östlich des Egghofs durchquert hatten, wies der Vater auf einen Buchenstamm, der am Wegrand lag. Er konnte nicht wissen, dass es derselbe war, auf dem Samuel vor nicht einmal vierundzwanzig Stunden gerastet hatte. «Wir setzen uns hierher. Vielleicht magst du mir jetzt erzählen, weshalb du die Reise nach Sankt Wendelin und den weiten Weg zu Paul und mir auf dich genommen hast.»

Samuel suchte nach Worten. «Der Ratsherr Vischer und seine Frau möchten, dass ich ihr Schwiegersohn werde», sagte er endlich.

«Dann stimmt also das Gerücht, dass du mit ihrer Tochter verlobt bist?»

«Nein, aber Juliana und ihre Eltern drängen auf eine Entscheidung.»

Mathis sah Anna Vischer vor sich, wie er sie an jenem 22. Januar 1798, als man in Basel die Gleichberechtigung von Stadt und Land feierte, in der Zunftstube zu Spinnwettern kennengelernt hatte. Er hatte sie als exaltiertes Frauenzimmer in Erinnerung. Damals hatte sie ihn als «Helden von Waldenburg» bezeichnet. Später hatte Madame Vischer ihre Freundin Dorothea geschnitten, weil sie mit ihm eine Mesalliance eingegangen war. Und jetzt, sechzehn Jahre später, wollten sie und ihr Mann, dass ihre Tochter seinen Sohn heiratete. Das schien ihm seltsam. Nun, vielleicht liebte ihn das Fräulein. «Liebt sie dich?»

«Auf ihre Art wohl schon». Samuel machte eine hilflose Geste.

«Und du? Liebst du sie?»

Es war dieselbe Frage, die ihm schon Hanna gestellt hatte. «Heiratet man aus Liebe? Und du? Hast du deine Frau geliebt, meine Mutter?»

«Du hast recht. Ich habe stets die andere geliebt», sagte Mathis leise. «Aus welchem Grund würdest du denn Juliana Vischer zur Frau nehmen wollen?»

Weil Salome, die ich liebe, für mich unerreichbar ist und es deshalb nicht darauf ankommt, mit wem ich mich verheirate, dachte Samuel. Aber das ging den Vater nichts an. «Nur weil die Verbindung mit den Vischers für mich Wohlstand und Ansehen bedeutet», sagte er.

Mathis war nicht überrascht. Eine Ehe war meistens nicht mehr als eine Interessengemeinschaft. Das war in der städtischen Oberschicht nicht anders als unter Bauern oder Handwerkern. Man wollte das Familiengut zusammenhalten, besser noch: mehren. Man suchte nach einer Frau, die eine ansehnliche Mitgift einbrachte, nach einem Schwiegersohn, der die Fabrik, das Geschäft oder den Hof des Brautvaters weiterführen konnte. «Weisst du überhaupt, was Liebe ist?», fragte er zögernd.

Natürlich wusste er es. Seit seinem fünfzehnten Lebensjahr kannte Samuel dieses Gefühl, das von ihm Besitz ergriffen hatte, das Teil seiner selbst geworden war. Aber auch das konnte er dem Vater nicht sagen.

«Du brauchst mir keine Antwort zu geben», nahm Mathis das Gespräch nach einer Weile wieder auf. «Ob du dir eine Frau nimmst, die du liebst, oder heiratest, um reich an Geld und Einfluss zu werden, ist deine Sache. Es kommt nur darauf an, dass du tust, was dir gemäss ist.» Er legte seine Hand auf Samuels Schulter und liess sie dort eine Weile ruhen.

Noch am selben Abend schrieb Samuel einen Brief an Ambros Iselin. Er bat den Professor, dem Ratsherrn Vischer auszurichten, dass er sich entschlossen habe, auf sein Mandat als Rechtsvertreter von dessen Firma zu verzichten. Er lasse dem Fabrikanten für das ihm entgegengebrachte Vertrauen danken. Unter den gegebenen Umständen, schloss er das kurze Schreiben, wäre es auch nicht angemessen, die freundliche Einladung zur Reise auf die Rigi anzunehmen. Nachdem er seinen Namen unter das Schreiben gesetzt hatte, versiegelte er den Brief. Er würde morgen, sobald er wieder in Basel war, Friedrich beauftragen, ihn im Hause von Professor Iselin abzugeben.

8

Mitte April 1814 war die Festung Huningue von bayerischen Belagerungstruppen erobert worden. Während Wochen hatte man in der Stadt hören können, wie sie das Fort mit heftigem Artilleriefeuer sturmreif geschossen hatten. Nach der Abdankung Napoleons erhielten die Franzosen, die inzwischen auf den Bourbonenkönig Louis XVIII. vereidigt worden waren, die Bastion zurück.

Im Juni zogen die fremden Truppen aus Basel ab. Man hatte, wie das städtische Quartieramt errechnete, nicht nur die Kosten für achthunderttausend Verpflegungstage übernehmen müssen. Mit den Einquartierungen, den Plünderungen und Randalen der Soldateska in den Strassen und Gasthäusern war auch Privaten ein nicht unerheblicher Schaden entstanden. Schlimmer noch: Die Russen, Österreicher und Preussen hatten das Fleckfieber mitgebracht, eine hochansteckende Krankheit, der nicht nur sie selber, sondern auch über achthundert Baslerinnen und Basler zum Opfer gefallen waren. Die notdürftig bereitgestellten Lazarette waren mit Siechen überfüllt gewesen, von denen die meisten starben. Schliesslich hatte man auf dem freien Feld vor dem Sankt-Johanns-Tor einen neuen Gottesacker anlegen müssen.

Es wäre allerdings falsch anzunehmen, die fremden Krieger hätten nur Tod und Verderben über die Stadt gebracht. So manche Dienstmagd und manches hitzige Töchterlein aus gutem Haus, wohl auch einige bestandene Ehefrauen hatten sich mit einem von ihnen verlustiert. Sie sahen nun mit Bangen der Geburt eines Sündenfrüchtleins entgegen, dessen Vater längst über alle Berge war. Glücklich durften sich nur jene schätzen, die das Kuckuckskind einem Verlobten oder gar dem Gatten unterschieben konnten. Die anderen erwartete Schande und Ungemach.

Alles in allem hatte man für die Befreiung vom napoleonischen Joch einen hohen Preis bezahlen müssen, und ob für die breite Bevölkerung die Zeiten besser würden, stand in den Sternen. Nach dem Sieg der Koalitionsarmeen vereinbarten die europäischen Monarchen nämlich an einem grossen Kongress in Wien, die neuen Verhältnisse, die, bei rechtem Lichte besehen, oft die alten, vorrevolutionären waren, in Stein zu meisseln.

Während man in allen Kirchen der Stadt Gott für das Ende der Heimsuchung dankte und auf Frieden und Gerechtigkeit hoffte, war Samuel schlecht gelaunt. Er hatte innert kurzer Zeit vier reiche Klienten verloren, ausschliesslich Leute, die in irgendeiner Verbindung zum Reichensteinerhof standen. «Wenn ich nicht bald neue Aufträge erhalte», erklärte er seiner Schwester, «müssen wir den Gürtel enger schnallen.»

«Wir werden das schon schaffen», versuchte sie ihn zu trösten.

Er lachte freudlos. «Wir hätten keine finanziellen Sorgen, wenn ich dieses» – er suchte nach Worten – «dieses frömmlerische alte Mädchen um seine Hand angehalten hätte.»

Auf Hannas Stirn erschien, wie immer, wenn sie sich ärgerte, eine waagrechte Falte. «Man kann Mamsell Vischer manches zum Vorwurf machen, aber gewiss nicht ihre Frömmigkeit», sagte sie und fügte spitz hinzu, dass es nicht schaden würde, wenn sich auch der Bruder mit seinen Sorgen dem Herrn Jesu anvertrauen würde.

Samuel sah die Schwester verblüfft an. In der Regel vermieden sie Gespräche über Glaubensfragen. Seit sie nicht mehr im Haus *zem Crüz* lebten, wo eine antiklerikale Stimmung geherrscht hatte, ging Hanna regelmässig in die Martinskirche. Dort predigte Pfarrer Niklaus von Brunn, der Mitglied der Christentumsgesellschaft und ein Anhänger der Erweckungsbewegung war.

«Lass mich mit deinem Herrn Jesu in Ruhe», sagte er gereizt. «Und wenn wir schon dabei sind: Ich verstehe nicht, dass du Friedrich zwingst, dich in die Kirche zu begleiten, und ihn anschliessend noch in die Sonntagsschule schickst. Der Junge sollte seine Zeit dazu nutzen, für die Schule zu lernen. Wenn seine Leistungen nicht besser werden, wird er die Aufnahmeprüfung ins Pädagogium nie schaffen.»

«Du willst es nicht wahrhaben, aber dein Neffe möchte das gar nicht.» Hanna schaute dem Bruder herausfordernd in die Augen. «Er ist ein braves Kind, das wie sein Vater Schiffer werden will, und ich wundere mich, dass sein gelehrter Herr Oheim das nicht verstehen kann.»

Samuel war betroffen. «Das hat er mir nie gesagt.»

«Er hat es nicht gewagt. Er weiss, dass du Höheres mit ihm im Sinn hast, er möchte dich nicht enttäuschen, und ich bete darum, dass er die Kraft findet, seinen eigenen Weg zu gehen, so wie auch du deinen eigenen Weg gehen durftest. Und noch etwas: Anders als du habe ich gelernt, dass man seinen Willen nicht immer durchsetzen kann. Ich musste mich mein Leben lang unterordnen. Zuerst war ich Magd bei den Eltern, dann bei Madame Staehelin, jetzt bei dir – weshalb soll ich da nicht auch Jesu dienen? Er ist nicht der schlechteste Meister.»

Sie wolle den Sommer am Oberen Hauenstein und vorher noch ein paar Tage in Basel verbringen, hatte Salome aus Tübingen geschrieben. Samuel solle dafür sorgen, dass man das Haus *zem Crüz* herrichte und ebenso ihre Wohnung auf Sankt Wendelin. Hoffmann – so nannte sie Dritten gegenüber ihren Gatten – habe an der Eberhard-Karls-Universität zu tun. Möglichweise werde er nachkommen. Vielleicht auch nicht.

Sie selber traf bereits drei Tage nach ihrem Brief bei den Geschwistern Jacob am Barfüsserplatz ein. Sie schickte

Lisette, ihre junge schwäbische Magd, mit dem Kutscher und ihrem Gepäck in die Sankt-Johanns-Vorstadt voraus. Nach einer kleinen Mahlzeit, die Hanna rasch zubereitet hatte, begleitete Samuel die Gefährtin seiner Jugendtage durch die Stadt. Jetzt standen sie am Fenster des Schlafzimmers, das Dorothea Staehelin seinerzeit der Tochter und dem Schwiegersohn abgetreten hatte.

Salome hatte sich kaum verändert. Noch immer war sie eine kühle Schönheit, schlank und rank, mit hochgestecktem, blondem Lockenhaar. Sie musterte den Pflegebruder kritisch. «Nun, kann man dem Herrn schon zum Verlöbnis mit Mademoiselle Vischer gratulieren?», fragte sie spöttisch.

«Da muss ich dich enttäuschen», lächelte Samuel. «Die Geschichte ist zu Ende.» Meinte er es nur, oder entspannte sich Salome?

«Sie hätte auch nicht zu dir gepasst, Sämi.»

Sämi! Zum ersten Mal sprach sie ihn wieder an wie in vergangenen Tagen.

«Erzähl!»

Amüsiert hörte sie zu, als er von seinen Erlebnissen im Blauen Haus berichtete. Auch dass Hanna fromm geworden war, schien sie zu belustigen. «Sie hat sich also der Erweckungsbewegung angeschlossen», stellte sie fest. «Bei uns im Württembergischen haben wir auch Heerscharen von Reichgottesleuten. Nachdem der Antichrist Bonaparte besiegt ist, schiessen sie wie Pilze aus dem Boden.» Sie lachte hellauf. «Erinnerst du dich noch an das Gesangbuch von Hieronymus Annoni?»

Der Säulenheilige des Pietismus, wie ihn Dorothea Staehelin genannt hatte, war um die Mitte des vorigen Jahrhunderts Pfarrer in Waldenburg und später in Muttenz gewesen. Für die Basler Kirche hatte er ein Liederbuch herausgegeben, in dem er unter anderem ein *Geistliches Possementerlied* für die Bandweber und *Erbauliche Wasch-*

gedancken für die Hausfrauen gereimt hatte. Zum Vergnügen von Salome und Samuel hatte Dorothea manchmal daraus vorgelesen. Besonders angetan hatten es ihr die neunundzwanzig Strophen, in denen der brave Mann den Segen des Himmels für alle Zionskinder in der ganzen Welt – von Ungarn bis Philadelphia – erfleht hatte. Selbst die Romands, die in ihrer welschen Eitelkeit gefangen waren, wurden nicht vergessen. *Gib ihnen Himmelswein und Öl / auch in Genève und Neufchatel,* zitierte Samuel aus dem Gedächtnis.

Die beiden lachten übermütig wie die Jugendlichen, die sie einst gewesen waren.

Samuel schnupperte. «Du riechst nach Lavendel, anders als früher. Als wir jung waren, stand immer eine Flasche Jasminduftwasser auf deinem Waschtisch.»

Sie war überrascht. «Daran erinnerst du dich noch?»

«Daran, und dass ich dir das Haar gebürstet habe.»

Ihre Gesichtszüge wurden weich. «Oh, Sämi, das ist lange her. Wir waren noch Kinder.» Sie legte ihm die Hand auf die Wange.

Sekundenlang verharrten sie in dieser Geste. Dann hörten sie vor der Tür die Stimme Lisettes. Salome stand auf um nachzuschauen. Ein Bub sei da, der zu Madame wolle, meldete die Magd.

Mit hochrotem Kopf und schwitzend drängte sich Friedrich an ihr vorbei. Er war offenbar vom Barfüsserplatz bis hierher gerannt. «Mutter schickt mich.» Er streckte Salome ein in dunkelrotes Marokkoleder gebundenes Buch entgegen. «Das hast du bei uns vergessen.»

«Oh, mein Tagebuch, vielen Dank.» Und zur Magd: «Bring dem jungen Mann ein Stück Schokolade, das hat er sich redlich verdient.»

Friedrich war inzwischen ans Fenster getreten und sah hinunter auf den Strom, wo ein grosser Lastkahn unterwegs war.

«Eine Lauertanne», stellte Salome fest.

Der Junge drehte sich um. «Nein, eine Schnieke», erklärte er. «Die sind grösser: gegen sechzig Fuss lang und zwölf Fuss breit. Ausserdem können sie mehr als doppelt so viel laden wie eine Lauertanne. Je nach Gewicht braucht es vier bis sechs Gesellen, um sie auf Kurs zu halten.»

«Unser Patenkind scheint das Blut seines verstorbenen Vaters geerbt zu haben», lachte Salome, nachdem Friedrich verschwunden war.

Er treibt sich ja auch lieber an der Schifflände herum, statt für die Schule zu lernen, dachte Samuel. Er mochte aber mit ihr nicht über Friedrichs Widerstand gegen einen Übertritt ins Pädagogium reden. «Führst du noch immer ein Diarium?», wechselte er deshalb das Thema. Früher, als sie noch zusammen im Haus *zem Crüz* lebten, hatte sie ihm oft daraus vorgelesen.

«Möchtest du meinen jüngsten Eintrag hören?»

Sie setzten sich auf den Bettrand, und Salome schlug ihr Tagebuch auf. «Weshalb wird das Weib dazu verdammt, ihrem Mann zu dienen und gefällig zu sein wie eine Sklavin?», las sie mit vor Leidenschaft zitternder Stimme vor. «Der weibliche Geist ist dem des Mannes ebenbürtig, aber man verweigert ihm die intellektuelle Ausbildung, die jenem selbstverständlich gewährt wird. *Sapere aude*: Habe den Mut, dich deines eigenen Verstandes zu bedienen – das gilt auch für uns Weiber. Olympe hat das erkannt und dafür mit dem Leben bezahlt.» Sie schaute Samuel herausfordernd an.

Die Erregung, in die sie sich bei ihren eigenen Sätzen hineingesteigert hatte, befremdete ihn. «Wer ist Olympe?», fragte er vorsichtig.

«Männer!» Sie schaute ihn missbilligend an. «Die Frau wird frei geboren und bleibt dem Manne gleich in allen Rechten. Dieser Satz steht ganz am Beginn meines Tagebuchs. Ich habe ihn einmal vorgelesen, als wir in der Chaise von Waldenburg nach Basel fuhren.»

Er versuchte, sich zu erinnern. Dann fiel es ihm wieder ein: «Olympe de Gouges, die man während der Revolution guillotiniert hat!»

«Die Frau hat das Recht, das Schafott zu besteigen. Sie muss gleichermassen das Recht besitzen, die Rednerbühne zu besteigen», zitierte Salome begeistert den Satz, mit dem sie vor Jahren ihre Mutter schockiert hatte.

«Sebastian Hoffmann hat dir von ihr erzählt. Du warst noch ein Mädchen.»

«Sprich mir nicht von Hoffmann.» Sie seufzte.

«Ist er etwa nicht gut zu dir?»

«Ich kann mich nicht beklagen. Ich habe alles, was ich mir nur wünschen kann. Ein schönes Haus, eine Magd, ich habe mein Pianoforte, ich kann sticken, malen, mit anderen Professorengattinnen Tee trinken, ich darf sogar in seinen Büchern lesen – während er forscht, lehrt und mit aufgeklärten Geistern Umgang pflegt.» Sie stand auf und wandte Samuel den Rücken zu. «Und er ist nicht einmal fähig, mir ein Kind zu machen», flüsterte sie.

9

Samuel hätte nicht gedacht, dass er den Schönthaler Hof in Waldenburg, wo er in seiner Kindheit von Sebastian Hoffmann unterrichtet worden war, noch einmal von innen sehen würde. Und doch sass er jetzt in der Studierstube des Pfarrhauses. Vor ein paar Tagen hatte ihm Gereon Frey, der Nachfolger des im vorigen Jahr verstorbenen Theophil Grynäus geschrieben, er benötige die Dienste eines Anwalts. Falls Samuel in nächster Zeit seine Verwandten in Waldenburg besuche, möge er doch bei ihm vorbeischauen. Und so hatte er die Gelegenheit genutzt und Salome begleitet, als sie gestern in einer Mietchaise nach Sankt Wendelin in die Sommerfrische gefahren war.

Samuel hatte Frey in der gemeinsamen Schulzeit am Pädagogium kennengelernt. Eine Zeit lang hatten sie freundschaftlichen Kontakt gepflegt, sich dann aber aus den Augen verloren. Frey stammte aus einer begüterten Grossbürgerfamilie. Samuel hatte ihn als mageres Bürschchen in Erinnerung, mit unbezähmbarem Haar. Heute war er von beeindruckender Statur, gross und wohlbeleibt. Zwischen seinen gescheitelten braunen Strähnen schimmerte rosig die Kopfhaut.

Frey kam gleich zur Sache. Sein älterer Bruder sei gestorben und habe eine Frau und einen zwölfjährigen Sohn hinterlassen. Als Vormund seines Neffen müsse er die Mutter bei dessen Erziehung und Ausbildung unterstützen, das sei selbstverständlich. Mehr Sorgen bereite ihm hingegen die Verwaltung des nicht unbeträchtlichen Vermögens, das dem Buben zugefallen sei. Er wäre froh, wenn Samuel als begnadeter Zahlenmensch diese Aufgabe übernähme. Er legte ein Papier auf den Tisch, das eine Aufstellung der Finanzen und Liegenschaften des Verstorbenen enthielt.

Samuel studierte die Liste, stellte Fragen und liess sich erklären, was von ihm erwartet werde. Schliesslich lehnte er sich zurück und sagte, er arbeite gerne einen Vertrag aus, der das Notwendige regle und den Frey, wenn er ihn für korrekt befinde, unterzeichnen könne.

«Dann wäre das geklärt.» Der andere schien erleichtert zu sein. Er lud ihn ein, zum Essen zu bleiben und mit ihm ein wenig über die alten Zeiten zu plaudern. Eine Ablehnung akzeptiere er nicht. Schliesslich habe er hier im Tal selten genug Gelegenheit, mit jemandem über etwas anderes zu diskutieren als über das liebe Vieh, die Aussaat und das Himmelreich. «In dieser Reihenfolge», fügte er maliziös hinzu.

Tatsächlich war in der Halle bereits für drei Personen gedeckt. Eine Frau in einem hochgeschlossenen schwarzen Kleid erwartete sie. Das braunblonde, straff nach hinten gekämmte Haar hatte sie im Nacken zu einem Chignon gewunden. Ihr einziger Schmuck war eine filigrane Goldkette, an der ein Hugenottenkreuz hing. Sie war gewiss nicht viel älter als zwanzig Jahre.

«Meine Schwester Antoinette. Sie ist mit nach Waldenburg gekommen, besorgt mir den Haushalt und achtet darauf, dass ich mich meiner pfarrherrlichen Würde entsprechend verhalte.»

Samuel hatte erwartet und wohl auch befürchtet, Martha zu begegnen, die seit dem Streit mit dem Vater bei Pfarrer Grynäus als Magd gedient hatte.

Frey interpretierte den überraschten Ausdruck auf dem Gesicht seines Gastes richtig. «Ich hätte deine Schwester behalten. Aber sie wollte nach dem Tod meines Vorgängers nicht länger bleiben.»

«Weisst du, wo sie lebt und was sie macht?»

Es war Mamsell Antoinette, die anstelle ihres Bruders antwortete: «Martha Jacob wohnt in einer kleinen Kammer im Haus des Wagners in der Hinteren Gasse und hält sich als Posamenterin mehr schlecht als recht über Wasser.»

Sie schaute Samuel forschend ins Gesicht. Las er einen unausgesprochenen Vorwurf in ihren grossen, braunen Augen? Er fühlte sich unbehaglich.

«Die Wahrheit ist», Frey steckte sich die Serviette zwischen den zweiten und dritten Knopf seines Gilets, «ohne die Unterstützung deiner Schwägerin Verena, die ihr jede Woche einen Korb mit Lebensmitteln vor die Tür stellt, käme sie kaum durch. Ich habe keine Ahnung, ob ihr Mann etwas davon weiss. Im Vertrauen gesagt: Martha gehört auch zu den Schützlingen meiner Schwester, die für mich das Kirchen-Almosen verwaltet.»

Immer noch sah Antoinette Samuel, der beharrlich schwieg, prüfend an.

«Verzeiht, Mamsell», sagte er schliesslich, «wenn ich mich dazu nicht äussern mag. Ich habe von Martha seit meinem Wegzug aus Waldenburg vor sechzehn Jahren nichts mehr gehört. Ich muss das, was ich heute erfahren habe, zuerst überdenken.»

Die Frau neigte zustimmend den Kopf und schöpfte endlich Suppe auf die Teller des Gasts und des Bruders.

Während sie assen, berichtete Frey gut gelaunt von seinem Werdegang. Da ihn seine Oberen weder der orthodox-calvinistischen noch der pietistischen Fraktion hätten zuordnen können, schlimmer noch, ihn nicht ganz zu Unrecht verdächtigen, ein heimlicher Anhänger der gottlosen Aufklärer zu sein, habe der Antistes beschlossen, ihm eine Prüfung in christlicher Demut aufzuerlegen. «Er sandte mich in den hintersten Winkel des Kantons, wo ich Heiden wie die Jacobs bekehren soll.»

«Na, na», lachte Samuel. «Dass mein Vater vor Jahren Pfarrer Grynäus, der ein arges Lästermaul war, die Türe gewiesen hat, schliesst ihn nicht von der Gemeinschaft der Christenheit aus.»

«De mortuis nil nisi bene.» Frey warf ihm einen tadelnden Blick zu. «Im Ernst: In gewissen Kreisen hat man nicht vergessen, dass Mathis Jacob 1798 unter dem Deckmantel frommer Konventikel die Revolution betrieb und den Sturm auf das Schloss Waldenburg anführte.»

«Ich wäre froh, wenn du nicht so frivol sprechen würdest», bemerkte Mamsell Antoinette spitz. Sie hatte die Suppenteller abgeräumt und stellte eine Platte mit Bohnen, Kartoffeln und Fleisch auf den Tisch.

Ihr Bruder ignorierte die Bemerkung. «Nach Napoleons Sturz wittern die Gnädigen Herren in der Stadt Morgenluft. Man hört überall, dass Gleichheit und Freiheit nicht der gottgewollten Ordnung entsprechen. Vielmehr müsse eine weise Obrigkeit ihre Untertanen in väterlicher Milde und Strenge führen. Ich habe mir erzählen lassen, dass einige Handwerkszünfte sogar die Wiedereinführung der Leibeigenschaft für die Landbevölkerung gefordert hätten.» Er schaute Samuel an. «Was sagen deine Leute zur neuen Verfassung, welche die Vorherrschaft der Stadt über das Land festschreibt?»

Auf Sankt Wendelin hatte man darüber gesprochen. Peter hatte sich fürchterlich aufgeregt. Ein Schurkenstück sei das, hatte er geschrien und mit der Faust auf den Tisch geschlagen. «Sie haben das Versprechen der politischen Gleichheit, das sie uns 1798 gegeben haben, mutwillig gebrochen!»

Samuel sah Frey an. «Wir», und er betonte das «wir», «halten das Ganze für ein Schurkenstück.»

Der andere nickte. «Ich denke, dass damit der Keim für eine zweite Revolution gelegt ist, die in einem Bürgerkrieg enden könnte.»

10

Nachdem er sich von Gereon Frey und dessen Schwester verabschiedet hatte, ging Samuel in die Hintere Gasse. Sie bestand auf der einen Seite aus einer Zeile schmaler Häuser, die Teil der Stadtmauer waren, und auf der anderen aus einer Reihe von Viehställen, in denen die Waldenburger Bauern ihre Kühe untergebracht hatten. Das Strässchen, das die Einheimischen *Chüegass* oder ironisch *Rue des Vaches* nannten, war gesäumt von Misthaufen. Samuel sah sich um. Hier also lebte seine älteste Schwester. Ein Junge gab ihm Auskunft und zeigte ihm das Haus des Wagners. Ja, die Jungfer Jacob, die Haushälterin des verstorbenen Pfarrers, wohne hier. «Dort kommt sie.» Mit einer Kopfbewegung machte er Samuel auf eine untersetzte, gebeugte Gestalt aufmerksam, die sich ihnen aus der entgegengesetzten Richtung näherte.

Auch wenn er Martha seit Jahren nicht mehr gesehen hatte, erkannte er sie auf den ersten Blick. Sie trug ein dunkles, mehrfach geflicktes Kleid. Ein verwaschenes Kopftuch bedeckte die Stirn bis zu den Brauen. Wie die meisten Armen ging sie, um das Schuhwerk für die kalte Zeit zu schonen, barfuss. Sie schleppte einen Korb, gefüllt mit Garn.

Martha spürte, dass der städtisch gekleidete, vornehme Herr sie anstarrte und blieb stehen. Die Blicke der Geschwister trafen sich. Samuel machte einen Schritt auf sie zu. Ihre Gesichtszüge verhärteten sich. Sie streckt ihre freie Hand mit einer abwehrenden Geste gegen ihn aus, drehte sich abrupt um und ging den Weg zurück, den sie eben gekommen war.

Samuel war betroffen. Verzieh sie ihm nicht, dass er bei Madame Staehelin aufgewachsen war, so wie sie dem Vater nicht verzieh, dass er Dorothe mehr geliebt hatte als die

Mutter? Schämte sie sich vor ihm wegen ihrer Armut? Er stellte sich vor, wie sie einsam in ihrer engen Kammer sass, Garn aufspulte, das man ihr aus Basel geschickt hatte, und es auf dem Webstuhl gegen einen kargen Lohn zu Bändern verwob, die der Fergger in ein paar Tagen abholen würde.

Er biss sich auf die Unterlippe. In den vergangenen Jahren hatte er kaum an Martha gedacht. Man hatte ihre Existenz totgeschwiegen, auf Sankt Wendelin ebenso wie im Haus *zem Crüz* in Basel. Auch später, als er längst Advokat mit eigenem Hausstand war, hatte er die Erinnerung an seine älteste Schwester aus dem Gedächtnis gestrichen.

Nachdenklich machte er sich auf den Rückweg. Sie waren sich nur für Sekunden gegenübergestanden. Hatte sie tatsächlich, als sie den Arm gegen ihn streckte, die Finger gekreuzt, als wolle sie den Leibhaftigen bannen? Er mochte sich getäuscht haben. Gewaltsam versuchte er das Bild, das ihn wohl nicht mehr loslassen würde, zu verscheuchen.

Während er auf der Passstrasse bergwärts schritt, dachte Samuel an Salome. Als er am Vormittag das Haus verlassen hatte, war sie hinter ihrer Staffelei gesessen, die sie neben dem Brunnen aufgestellt hatte. Ob sie Blumen male wie ihre Mutter, hatte er wissen wollen. Salome hatte den Kopf geschüttelt und mit zusammengekniffenen Augen Mass an Paul genommen, der mit nacktem Oberkörper auf dem First des Stalls stand und mit kräftigen Hammerschlägen Dachlatten auf die Balken nagelte, die er gestern mit Peter eingezogen hatte.

«Was für ein seltsames Motiv.»

«Weshalb?» Sie hatte den Blick nicht von Paul abgewandt. «Siehst du nicht, dass er mit seinen Muskeln und sehnigen Armen einem Bildhauer Modell für die Statue eines antiken Kriegers stehen könnte?»

Paul war für eine Woche von seinen Hochweiden hinunter nach Sankt Wendelin gekommen und arbeitete mit Peter an der Erweiterung des Stalls für seine grösser werdende Schafherde, die im Winter mehr Platz brauchen würde. Heute hatte er auf die Hilfe des älteren Bruders verzichten müssen, denn der war mit Verena und den Kindern zum *Chellenchöpfli* hinaufgestiegen, um den Vater, der vorübergehend das Hirtenamt seines Zweitältesten übernommen hatte, mit Lebensmitteln und Salz zu versorgen. Salome hatte darum gebeten, dass Lisette sie begleiten dürfe. Ihr Dienstmädchen solle etwas davon haben, wenn sie schon einmal in der Schweiz sei.

Samuel blieb stehen und fächelte sich mit dem Hut Kühlung zu. Es war drückend heiss. Sein Rücken war schweissnass. Längst hatte er seinen Rock ausgezogen, die Weste aufgeknöpft und die Ärmel seines Hemds zurückgerollt. Die Sonne, die durch eine mächtige Wand aus Gewitterwolken brach, tauchte das Land in ein unbarmherziges, grelles Licht. Die Luft war erfüllt von den seltsam hohen und durchdringenden Rufen der Rauchschwalben, die über den frisch gemähten Wiesen nach Mücken jagten.

Als er den Hof erreichte, war niemand zu sehen. Das Dach des neuen Schafstalls war zur Hälfte gedeckt, die Staffelei weggeräumt. Samuel ging zum Brunnen, beugte sich unter die Röhre und liess Wasser über seinen Nacken rinnen. Aus dem Kuhstall drangen Geräusche, die er nicht einordnen konnte. Er trat näher und öffnete die angelehnte Tür einen Spaltbreit. Jetzt hörte er es deutlich: Jemand stöhnte. Allmählich gewöhnten sich seine Augen an die Dunkelheit. Auf einem Haufen Heu lag Salome, das Kleid weit über die Hüften hochgeschlagen, ihre weiss bestrumpften Beine in Pauls Kniekehlen verhakt. Er war nackt, bis auf die Hosen, die er zu den Oberschenkeln hinuntergestreift hatte. Sein Hintern bewegte sich rhythmisch auf und ab.

«War es das, was Ihr wolltet, Madame?» Pauls Stimme klang heiser.

«Ja, ja, ja.» Ihre Fäuste trommelten auf seinen Rücken. Mit weit aufgerissenen, glasigen Augen starrte sie über seine Schulter direkt in Samuels Gesicht. Aber sah sie ihn überhaupt? Er glaubte, noch nie ein derart von unbändiger Lust gezeichnetes Antlitz gesehen zu haben. «Mehr», keuchte sie, «härter!»

Samuel, den eine Woge rasender Eifersucht überflutete, zog sich zurück. Er ging ins Haus und stieg die Treppe hinauf in seine Kammer, wo er sich, hinter dem Vorhang halb verborgen, ans Fenster stellte. Nach einer Weile beobachtete er, wie Salome ihren Kopf aus der Tür des Kuhstalls streckte. Sie prüfte wohl, ob die Luft rein sei. Dann eilte sie über den Hof ins Haus. Ihre Haare und ihre Kleidung waren derangiert. Nach einer Weile hörte er, wie sie ihre Wohnung betrat. Sie würde sich dort wieder zurechtmachen. Etwas später verliess auch Paul den Stall. Er schlenderte zum Brunnen. Mit beiden Händen schöpfte er Wasser und klatschte es sich ins Gesicht. Sein nackter Oberkörper glänzte. Überdeutlich nahm Samuel die lange, rote Narbe wahr, die quer über seinen Rücken lief. Sie stamme von einem Säbel und sei eine Erinnerung an eine Schlacht in Spanien, hatte Paul einmal erzählt.

In der Nacht entlud sich ein gewaltiges Gewitter über dem Waldenburgertal, das mit seinen Blitzen, die schier im Sekundentakt über den schwefelgelben Nachthimmel fuhren, die Hügellandschaft taghell erleuchtete. Gleichzeitig stillte ein ergiebiger Regen den Durst des unter der Trockenheit stöhnenden Landes. Während er vom Bett aus durchs offene Fenster das Spektakel beobachtete, das der liebe Gott zum Besten gab, dachte Samuel an Salome. Im Haus *zem Crüz* hatte sie angedeutet, ihre Ehe sei nicht glücklich. Er fragte sich, ob sie bei Paul suchte, was ihr der hochgebildete Sebastian Hoffmann nicht geben konnte. Aber warum bei Paul, weshalb nicht bei ihm? Noch vor wenigen Tagen waren sie sich nah gewesen. Sie hatte ihm die Hand auf die Wange gelegt. Eine zarte, keusche Geste, mehr nicht. Nicht er – Paul, der Soldat, der antike Krieger, konnte ihre Leidenschaft wecken. Er selber würde für sie wohl immer der jüngere Bruder bleiben, bestenfalls ihr Seelenfreund. In ohnmächtiger Hilflosigkeit biss Samuel die Zähne zusammen und ballte die Fäuste.

Am nächsten Morgen verabschiedete er sich von den Verwandten. Salome bestand darauf, ihn bis zur Passstrasse zu begleiten. Als sie den Wald erreichten, blieb sie stehen. «Wir sind doch fast Geschwister, Sämi?» Ihre Stimme klang unsicher.

«Gewiss, so habe ich das immer empfunden», bestätigte er kühl.

«Geschwister verraten einander nie, nicht wahr?» Sie schaute ihn flehend an.

«Ich würde meinem Freund, Sebastian Hoffmann, nie Schmerzen zufügen», sagte er und liess sie stehen.

Samuel war bewusst früh aufgebrochen, damit ihm in Waldenburg vor der Abfahrt der Postkutsche noch Zeit blieb für einen kurzen Besuch im Pfarrhaus.

Antoinette Frey öffnete die Türe. «Gereon ist nicht da», beschied sie ihm. «Man hat ihn an ein Krankenbett gerufen.»

Er liess sich nicht abweisen. Seine Frage könne auch sie beantworten, meinte er. Er möchte lediglich wissen, wie viel Geld sie seiner Schwester Martha aus dem Kirchen-Almosen gegeben habe.

Die Frage schien sie zu verwundern. «Da müsste ich zuerst nachschauen.»

«Ich bitte darum.»

Sie forderte ihn auf, einzutreten und am Tisch in der Halle Platz zu nehmen. Sie holte ein Buch aus einem Schrank, setzte sich ihm gegenüber, blätterte darin, addierte halblaut Zahlen und nannte ihm endlich eine bescheidene Summe.

Samuel zog seine Börse aus der Rocktasche und zählte den doppelten Betrag auf den Tisch. «Von unserer Familie ist noch nie jemand aus dem Almosen unterstützt worden, und das soll so bleiben.» Er werde ihr über ihren Bruder, mit dem er nun in geschäftlicher Beziehung stehe, einmal jährlich Geld zukommen lassen, das für Martha bestimmt sei, fuhr er fort. Was übrig bleibe, könne sie nach eigenem Gutdünken unter die Armen der Gemeinde verteilen.

Während sie ihm die Quittung ausstellte, dachte er an das Gespräch, das er gestern Abend noch mit Verena gehabt hatte. Selbstverständlich wisse Peter, dass sie Martha Lebensmittel bringe, hatte sie erklärt. Auch der Vater sei damit einverstanden. Es sei sogar dessen Idee gewesen. Nach dem Tod von Pfarrer Grynäus habe Mathis seine Tochter aufgesucht, um sich mit ihr zu versöhnen. Sie habe aber nichts von ihm wissen wollen und ihm die Tür gewiesen. Er sei erschüttert gewesen, in welch ärmlichen Verhältnissen Martha lebe. Sorgen wir wenigstens dafür, dass sie nicht darben muss, habe er gesagt und bestimmt, dass man Martha, um sie in ihrem törichten Stolz nicht zu verletzen, im Glauben lasse, die Gaben kämen allein von der Schwägerin.

Mamsell Antoinette reichte Samuel die Empfangsbestätigung. Er faltete sie zusammen und steckte sie ein. «Ich bitte Sie, Martha nicht zu sagen, woher das Geld kommt.» Er erhob sich. «Und noch etwas: Glauben Sie nicht, dass Verena ihre wöchentlichen Liebesgaben für meine Schwester hinter dem Rücken des Vaters in die *Chüegasse* bringt. Auch wenn wir keine Kirchengänger sind, wissen wir Jacobs, was sich gehört.»

Das Fräulein war ebenfalls aufgestanden. Sie habe ihn und seine Familie falsch eingeschätzt, sagte sie errötend. Sie bitte ihn um Verzeihung.

Samuel deutete ein Lächeln an. Dann verbeugte er sich und wandte sich zum Ausgang.

Kurz vor ihrer Rückreise trafen sich Salome und Samuel noch einmal im Haus *zem Crüz*. Sie hatte um dieses Gespräch gebeten. Vordergründig ging es um eine Erbschaftsstreitigkeit mit ihrem Onkel Benedikt Preiswerk, bei der sie auf Samuels Hilfe angewiesen war. Nachdem er ihr zugesagt hatte, die Angelegenheit in ihrem Sinne zu regeln, kam sie auf das zu sprechen, was sie belastete. Sie wolle nicht nach Tübingen fahren mit dem Gefühl, dass zwischen ihnen eine Unstimmigkeit zurückbleibe, sagte sie.

Er verschränkte abwehrend die Arme vor der Brust. «Du kannst herumhuren, mit wem du willst», sagte er schroff. «Du bist mir keine Rechenschaft schuldig. Ich habe dir versprochen, dass ich Sebastian nichts von deinem kleinen, schmutzigen Abenteuer erzählen werde. Auch niemandem sonst.»

«Ach Sämi, mach es mir nicht so schwer! Paul bedeutet mir doch nichts. Ich sehne mich so nach einem Kind, und allem Anschein nach kann mir Sebastian, der einmal im Monat seiner ehelichen Pflicht nachkommt, und auch das nur, weil ich ihn dazu dränge, diesen Wunsch nicht erfüllen.»

«Und deshalb hast du meinen Bruder als Bock benutzt?»

«Benutzt!» Sie lachte schrill. «Glaub mir, den muss man nicht zweimal auffordern. Er hat ja mehr als einmal geprahlt, dass er auf den vielen Feldzügen seinen Samen über halb Europa verstreut hat. Und von wegen herumhuren: Weshalb soll das nur Männern erlaubt sein?»

Samuel, der an seine gelegentlichen Besuche im Etablissement von Madame Claude dachte, wurde wütend. «War das auch der Grund, weshalb du vor deiner Hochzeit zu mir ins Bett gestiegen bist?», fragte er.

Sie sah ihn betroffen an. «Glaubst du das? Ich war doch damals noch ein halbes Kind und hatte fürchterlich Angst davor, was Sebastian mit mir in der Hochzeitsnacht anstellen würde. Ich hatte ja keine Ahnung. Maman wagte ich nicht zu fragen, meine Freundinnen wussten ebenso wenig wie ich, und nur bei dir konnte ich erfahren, was das ist, ein Mann. Dir habe ich vertraut. Du warst doch für mich viel mehr als ein Bruder.» Sie begann zu weinen. Weshalb wollte er sie missverstehen? Weshalb wollte er sie verletzen?

«Madame hat also die Söhne ihres Pächters missbraucht: Einen, um an ihm die männliche Anatomie zu studieren, den andern, um ihr ein Kind zu zeugen.» Samuel holte tief Atem. «Ich habe dich geliebt!», stiess er hervor. «Ich habe dich all die Jahre geliebt!» Er war aufgestanden, wollte nur noch weg, rannte fast zur Tür und schmetterte sie hinter sich zu.

Salome blieb sitzen. «Ich dich doch auch», flüsterte sie.

11

Wie ein Lauffeuer verbreitete sich im Frühjahr 1815 die Nachricht über ganz Europa: Er war zurückgekehrt. Am 26. Februar hatte sich Napoleon mit rund tausend Mann in Elba eingeschifft und war am 1. März im kleinen Mittelmeerhafen Antibes gelandet. Er marschierte über die Seealpen nordwärts nach Grenoble. Dort erwartete ihn das fünfte königliche Infanterieregiment. Aber statt ihn, wie es der König befohlen hatte, gefangen zu nehmen, schlossen sich ihm die Männer mit fliegenden Fahnen an. Napoleons Marsch nach Paris wurde zum Triumphzug. Die Bevölkerung am Strassenrand empfing ihn mit Jubel. Seine Truppe wuchs täglich, schwoll an, wurde zur Armee. Das Regime des Bourbonenkönigs, der die vorrevolutionären Verhältnisse wiederherstellen wollte, brach zusammen wie ein Kartenhaus. Ludwig XVIII. floh.

Wie in der ganzen Eidgenossenschaft zogen auch in Basel die ehemals Gnädigen Herren die Köpfe ein. Die Rückkehr des Kaisers, den man seit seiner Verbannung nach Elba als den leibhaftigen Gottseibeiuns schmähte, bedeutete Krieg. Russland, Österreich, Preussen und England würden die Koalition gegen ihn erneuern. Man war sich bewusst, was das bedeutete: Besetzung, Einquartierungen, Plünderungen, möglicherweise Schlimmeres. Der Kommandant der Festung Huningue, deren Artillerie in der Lage war, Tod und Verderben über die Stadt zu bringen, hatte sich offen für Bonaparte erklärt.

Das einfache Volk auf dem Land und in der Stadt wusste nur zu gut, dass man zu den Verlierern gehörte, unabhängig davon, ob man den städtischen Ratsherren oder Napoleon untertan war. Man wartete geduldig ab, wie sich die Dinge entwickeln würden. Nur wenige freuten sich über die Rückkehr Bonapartes. Zu ihnen gehörte Paul Jacob, der entschlossen war, sich bei der kaiserlichen Armee zu melden. Nach Ostern werde er nach Paris reisen, erklärte er seinem Bruder, als die Neuigkeiten in der Karwoche endlich auch Sankt Wendelin erreichten.

Peter konnte es nicht fassen. «Du willst wieder diesem Blutsäufer dienen? Nach allem was du in Russland erlebt hast?»

«Ich habe ihm Treue geschworen. Ich werde meinen Eid nicht brechen.»

«Und wer soll für deine Schafe sorgen?»

«Das kann der Vater machen, er wird es gerne tun.»

«Und wer hilft mir auf dem Hof?»

«Das ist mir egal. Du bist hier der Pächter. Ich bin Soldat. Der Kaiser braucht jeden Mann.»

Einen Moment lang sah es aus, als wolle Peter die Hand gegen den Bruder erheben. Aber er beherrschte sich.

Ein halbes Jahr zuvor, im November 1814, hatten die Jacobs Zuwachs erhalten. In einer Ecke der Stube stand eine Wiege, in der satt und zufrieden der kleine Johann schlief. Er war im vergangenen Dezember in der Kirche von Langenbruck auf den Namen des Urgrossvaters getauft worden. Samuel, sein Pate, beugte sich über ihn und stellte befriedigt fest, dass der Kleine, genau gleich wie die meisten Jacobs, ein Grübchen am Kinn hatte.

Wie jedes Jahr waren er, Hanna und Friedrich nach Waldenburg gekommen, um die Ostertage am Oberen Hauenstein zu verbringen. Heute, am Karfreitag, tischte Verena, die auf Tradition hielt, nur eine karge Mahlzeit auf: ein Mus aus Rüben. Im Sand vergraben, hatten sie den Winter überstanden. Dazu Frühkartoffeln und einen Salat aus Brunnenkresse. Fleisch gebe es dann am Sonntag. Man ass schweigend. Wie ein Schatten lag Pauls Entschluss, wieder in den Krieg zu ziehen, auf der kleinen Gemeinschaft.

Oben am Tisch sass Mathis Jacob, dessen Haar und Bart inzwischen völlig weiss waren. Auch wenn er den Hof längst seinem Ältesten übergeben hatte, war seine Stellung als Familienoberhaupt unbestritten. Immer wieder schaute er über die Köpfe seiner Kinder und Enkel. «Weshalb sind die Hoffmanns nicht hier?», wollte er schliesslich wissen.

Samuel schwieg. An seiner Stelle gab Hanna Auskunft: Salome werde im Mai mit einem Kind niederkommen. Sebastian Hoffmann habe dem Bruder geschrieben, er möge seine Frau so kurz vor der Geburt nicht den Strapazen einer Reise von Tübingen ins Baselbiet aussetzen. «Der Professor ist ausser sich vor Freude, dass er endlich Vater wird.» Hanna strahlte. «Er ist so ein guter Mensch. Es ist ihm von Herzen zu gönnen!»

«Im Mai, sagst du.» Paul hob den Kopf und schien nachzudenken.

Samuel, der den Bruder beobachtete, verharrte in seinem Schweigen.

Am Karsamstag suchte Samuel Gereon Frey in Waldenburg auf. Der Pfarrer hatte um seinen Besuch gebeten. Er habe mit ihm ein paar Dinge im Zusammenhang mit der Verwaltung des Vermögens seines Neffen zu besprechen. Zunächst aber unterhielten sie sich über die Pietisten, die nicht nur in der Stadt, sondern auch im Baselbiet regen Zulauf hatten. «Frömmler sind sie und Schwarmgeister», polterte der Pfarrer, «und dabei von einer gnadenlosen Intoleranz. Wenn immer ihnen etwas nicht passt, so schlagen sie dir einen Vers aus der Bibel um die Ohren, der ihnen recht gibt.»

«Manchmal frage ich mich, weshalb du Geistlicher geworden bist», lächelte Samuel.

«Das weisst du doch! Mein seliger Bruder war Offizier, wie der Vater. Mich als Zweitgeborenen bestimmten die Eltern für eine Laufbahn als Pfarrer. In den Kreisen des gehobenen Bürgerturms legt man Wert darauf, dass mindestens ein Mitglied der Familie die Verbindung zum Himmelreich aufrechterhält. Mein Pfarramt bringt es ausserdem mit sich, dass meine jüngere Schwester versorgt ist, bis sie sich verheiratet, nicht wahr, Antoinette?»

Samuel hatte nicht bemerkt, dass Mamsell Frey die Studierstube betreten und die letzten Sätze des Bruders mitbekommen hatte. Sie trug ein Tablett mit Kaffee und Kuchen herein. Nicht zum ersten Mal dachte er, es sei schade, dass sich das Fräulein so spröde und unnahbar gab. Er erhob sich und deutete eine Verbeugung an. Sie nickte freundlich. Seit sie wusste, dass er seine Schwester Martha unterstützte, war sie ihm gegenüber etwas milder gestimmt. «Ihr wisst die leichtfertigen Reden Gereons sicher richtig zu beurteilen, Monsieur Jacob.» Sie bediente sich der französischen Sprache. «Ich versichere Ihnen, dass er, auch wenn der Eindruck täuschen mag, ein aufrechter Christenmensch ist.»

«Mindestens von christlicherer Gesinnung als Benedikt Preiswerk, dieser protestantische Jesuit», knurrte der Pfarrer, nachdem seine Schwester das Tablett auf den Tisch gestellt und den Raum wieder verlassen hatte. «Ist er nicht der Bruder deiner verstorbenen Pflegemutter? Er war mit meinem Vater befreundet. Und jetzt hat er einen Brief geschrieben, in dem er mir empfiehlt, für meinen Neffen Anteilscheine an einer Schiffsexpedition zu kaufen. Er gehe von einer Dividende von mindestens zehn Prozent aus. Er wolle einen Beitrag zur Mehrung des Gutes des vaterlosen Kindes leisten und bietet mir die *Actions* unter pari an. Bei mir haben alle Alarmglocken geschrillt, als ich realisierte, dass der alte Frömmler auf einen Gewinn verzichtet.»

«Was hast du ihm geantwortet?»

«Dass du dich um die Finanzen meines Neffen kümmerst und ich seine Offerte deshalb an dich weiterleiten werde.

Du würdest dann mit ihm Kontakt aufnehmen.» Er schob den Brief über den Tisch.

Samuel überflog das Schreiben. Es handelte sich um den «Cultivateur», der von Christophe Bourcard in Nantes ausgestattet worden war. Aus der Zeitung hatte er erfahren, dass Napoleon nach seiner Rückkehr aus Elba den Sklavenhandel per Dekret verboten hatte. Wie Gereon richtig vermutet hatte, war es nicht Nächstenliebe, die den Handelsherrn bewegte – er versuchte lediglich, seine Anteile abzustossen. «Es ist ein illegales Geschäft, das er dir anbietet.»

«Wie meinst du das?»

«Der ‹Cultivateur› transportiert Sklaven in die Karibik.»

«Sklaven – und der fromme Preiswerk ist daran beteiligt?» Gereon Frey war perplex. «Ob das seine Freunde von der Christentumsgesellschaft wissen?»

«Ich nehme an, du willst die *Actions* nicht?»

«Natürlich nicht! Schreib dem Schurken, dass wir sein Angebot mit Dank ablehnen.»

«Mit Vergnügen», meinte Samuel.

Wie jedes Mal, wenn er von Waldenburg nach Sankt Wendelin hinaufwanderte, nahm Samuel die Natur intensiv wahr. In diesen Ostertagen war sie zu neuem Leben erwacht. Die blühenden Schlehdornhecken und Wildkirschbäume feierten den Frühling in jungfräulichem Weiss. Auf den Äckern neben den Einödhöfen, an denen er vorbeikam, strebten die Schösslinge des Winterroggens dem Sonnenlicht entgegen und versprachen knuspriges, dunkles Brot für die kommenden Monate. Im Wald roch es nach Bärlauch.

Auf der Bank vor dem Haus sassen Mathis Jacob und sein ältester Enkel, Friedrich. Samuel nahm neben ihnen Platz. Sie schauten Paul zu, wie er ein Lamm auf den Hof führte, wo die Söhne Peters auf ihn warteten. Das Tier knabberte an einem Büschel Klee, das ihm Paul vor die Nase hielt, und drängte sich zutraulich an ihn.

Wie vielerorts war es auch auf Sankt Wendelin Brauch, zur Feier der Auferstehung Christi ein Osterlamm zu schlachten. Heinrich reichte seinem Onkel ein grosses Messer. Paul drückte das Tier sanft zu Boden, bog seinen Kopf in den Nacken und schnitt ihm mit einer raschen, sicheren Bewegung die Kehle durch. Während Matthias das Blut, das in einem dicken Strahl aus dem Hals des Lammes schoss, in einer Schüssel auffing, stand Paul, das Gesicht zum Himmel erhoben, mit ausgebreiteten Armen da, den Mund zu einem stummen Schrei geöffnet.

Samuel begriff den Sinn der Gebärde nicht. «Was macht er?», fragte er den Vater.

«Ein russischer Bauer, den er vor zwei Jahren in der Gegend von Borodino kennengelernt hat, soll ihm erklärt haben, man müsse Gott um Verzeihung bitten, wenn man ein unschuldiges Geschöpf töte.» Paul habe das Tier bereits nach seiner Geburt im vergangenen Frühjahr als Osterlamm bestimmt, fuhr er fort, er habe es von Hand aufgezogen, habe ihm während des Winters immer wieder Brot zugesteckt, und er hätte nie zugelassen, dass es von jemand anderem als ihm geschlachtet würde. «Ich verstehe das nicht.» Gedankenverloren fuhr er seinem Enkel durchs rote Haar. «So viel zarte Gefühle für ein Tier ohne Seele und Verstand von einem, der das Kriegshandwerk zu seinem Beruf gemacht hat.»

«Heinrich will auch Soldat werden, wie der Onkel», mischte sich Friedrich ins Gespräch.

«Ja, ich weiss, und Matthias wird einmal Bauer, so wie ich und sein Vater. Und was sind deine Pläne?» Mathis legte seinem Enkel den Arm um die Schulter.

«Ich möchte Rheinschiffer werden», sagte Friedrich mit einem schüchternen Blick auf Samuel.

«Als du noch nicht auf der Welt warst, hat mir dein Vater einmal erklärt, der Rhein sei sein Acker. Der Vergleich hat mir gefallen. Schiffer, das ist gewiss ein schöner Beruf. Was sagt denn die Mutter dazu?»

«Sie meint, ich solle in mich hineinhören und werden, was meine Bestimmung sei.» Noch immer waren Friedrichs Augen auf Samuel gerichtet.

«Deine Mutter ist eine kluge Frau. Und jetzt lass uns allein. Wir haben zu reden.»

Paul hatte das Lamm inzwischen an den Hinterbeinen an der Stalltüre aufgehängt und zog ihm geschickt das Fell ab. Die drei Jungen standen daneben und schauten ihm bei der Arbeit zu.

Samuel seufzte. «Friedrich ist für mich wie ein Sohn, und ich habe gehofft, ihn so weit fördern zu können, dass er im Pädagogium aufgenommen wird und später studiert.»

«Ich weiss. Hanna hat es mir erzählt.» Mathis seufzte «Ich habe vor Jahren einmal Dorothe gesagt, dass wir nicht mehr tun können, als unsere Kinder mit unseren besten Wünschen auf den Weg zu entlassen, den sie sich selber wählen. Ich habe das zum ersten Mal begriffen, als ich dich nach Basel gehen liess, dann erneut, als Paul Soldat werden wollte. Und ich muss es mir jetzt abermals in Erinnerung rufen, wo er wieder in den Krieg zieht.» Er legte die Hand auf Samuels Arm. «Bist du glücklich?»

«Ob ich glücklich bin? Was für eine seltsame Frage.» Er dachte an Salome. Sie hatten sich in den vergangenen Monaten geschrieben, hatten sich wieder versöhnt, schriftlich wenigstens. Sie hatte ihm gestanden, dass er in ihrem Herzen einen besonderen Platz habe. Was immer das hiess. Aber das war es wohl nicht, was der Vater von ihm hören wollte. «Als ich zu Tante Dorothe zog, hast du mir gesagt, ich solle nie vergessen, woher ich stamme und wer meine Vorfahren seien. Daran habe ich mich gehalten.»

Der Druck von Mathis' Hand auf Samuels Arm verstärkte sich. «Ich weiss es, und es macht mich stolz.»

12

Am Ostermontag war Paul mit Hanna, Samuel und Friedrich nach Basel gereist. Er hatte im Haus am Barfüsserplatz geschlafen. Schon früh am nächsten Morgen brach er auf. Sein Ziel war die Festung Huningue, wo man ihm eine Uniform und Waffen geben werde, möglicherweise auch ein Pferd, worauf er als Offizier Anspruch habe. Dort erhalte er gewiss auch Order, wo er sich melden müsse, um wieder in die Armee aufgenommen zu werden.

Samuel bestand darauf, den Bruder bis zum Sankt-Johanns-Tor zu begleiten. Sie gingen durch die Gerbergasse, durch die in einem offenen Kanal der Birsig floss, der den Unrat der Bevölkerung Richtung Rhein schwemmte. Schellenwerker, arme Schelme, die zu Zwangsarbeit verurteilt worden waren und an deren Hälse man an eisernen Reifen Glocken geschmiedet hatte, reinigten die Strasse. Das Klirren ihrer Fusseisen vermengte sich mit dem Geschrei der Gerbergesellen, die vor den Werkstätten ihrer Meister Tierhäute in grosse Bottiche mit Farbstoffen tauchten. Auf dem Kornmarkt und am Fischmarkt hatten die Händler Stände aufgestellt und boten ihre Waren feil.

Paul kam Samuel ganz verwandelt vor. Er hatte sich den Bart abrasiert und nur seinen Schnauz stehen lassen, was ihm ein kriegerisches Aussehen gab. Aus dem Schafhirten war wieder ein Soldat geworden. Zwar trug er noch Zivil: Rock, Weste, enge Hosen, die in derben Stiefeln steckten und einen Zweispitz. Aber er ging nicht – er marschierte. Den Kopf erhoben, das Kreuz durchgedrückt, bewegte er sich mit weit ausholenden Schritten. Auf dem Rücken trug er einen Ranzen, den ihm Hanna mit Proviant vollgestopft hatte.

Als sie den Sankt-Johanns-Schwibbogen durchquert hatten und an der Predigerkirche vorbeigingen, bemerkte er, es sei ein Jammer, dass die Vorstadtbewohner den ehemaligen Klosterfriedhof in einen Park umgewandelt und die Mauer mit dem monumentalen Totentanz abgebrochen hätten.

Samuel war damals neunzehn Jahre alt gewesen. Er erinnerte sich gut an jene Nacht im August 1805, als die Leute, die mehr Licht und Luft in ihrer Strasse haben wollten, zur Selbsthilfe gegriffen hatten und der mächtigen Mauer mit Spitzhacken zu Leibe gerückt waren. Barbaren seien das, hatte sich Tante Dorothe echauffiert und mitgeholfen zu retten, was noch zu retten war. Ihr und anderen Kunstfreunden war es gelungen, knapp zwei Dutzend Fresken vor der Zerstörungswut des Pöbels zu bergen.

«Ich habe die Bilder noch gesehen», sagte Paul. «Eines von ihnen habe ich nie vergessen: Der Tod, ausgerüstet mit Brustharnisch und Schwert, der einen Ritter zum Tanz auffordert. Er hat mich auf allen Feldzügen begleitet. Immer wieder habe ich davon geträumt, wie er pfeifend oder fiedelnd vor mir schreitet. Er geht auch heute wie ein Schatten neben mir.» Er verfiel in düsteres Brüten. Erst beim Ritterhaus, das sich unmittelbar neben dem Sankt-Johanns-Tor befand, sprach er weiter. «Dort drüben auf dem alten Gottesacker der Johanniter liegt die Geliebte unseres Vaters.» Er kam auf die *Danse macabre* zurück. «Der Tod und die Edelfrau», knurrte er. «Bei den frommen Vätern im Predigerkloster holte der Tod auch den Bauern, einen wie Vater und Peter, und, wenn ich mich recht entsinne, den Juristen ebenfalls, einen wie dich. Keiner von uns entrinnt ihm. Nicht einmal das Kind.» Er schaute den Bruder fragend an. «Im Mai soll Salome Mutter werden, hat Hanna erzählt?»

«Und Sebastian Hoffmann Vater», erwiderte Samuel scharf.

Paul verzog sein Gesicht zu einem schiefen Grinsen, sagte aber nichts.

Die Brüder waren inzwischen durchs Tor geschritten und auf der schmalen Fallbrücke, die über den Graben führte, stehen geblieben. Sie schauten hinunter auf ein paar Hirsche, die dort ihr Leben fristeten, bis man sie bei einem festlichen Zunftmahl verspeisen würde. Rechter Hand, der Rheinschanze vorgelagert, eroberte die Natur das Gräberfeld zurück, auf dem man im vorigen Jahr die vom Fleckfieber dahingerafften Russen, Österreicher und Preussen verscharrt hatte. Zahlreiche Holzkreuze waren umgestürzt, an anderen rankte sich Unkraut empor.

«Keiner entrinnt ihm», wiederholte Paul. «Bald wird niemand mehr an die armen Teufel denken, deren Gebeine hier in fremder Erde vermodern. Dabei haben sie noch Glück. Hast du gewusst, dass man nach einer Schlacht die Toten auf dem Feld verrotten lässt? Händler sammeln später die Knochen ein und verarbeiten sie zu einem Mehl, mit dem die Bauern ihre Äcker düngen. Soldatenschicksal», fügte er leise hinzu.

Für Samuel war die Bitterkeit des Bruders – oder war es Verzweiflung? – schwer zu ertragen. «Du musst nicht zurück in die Armee gehen», sagte er und betonte jedes einzelne Wort. «Du bist dem Kaiser nichts schuldig.»

Paul reagierte heftig: «Was verstehst du davon? Du konntest die Schranken, die uns die Geburt setzte, überwinden. Du hattest das Glück, dass eine reiche Frau aus besseren Kreisen dein Talent entdeckt und den Narren an dir gefressen hat. Du durftest studieren und konntest Advokat werden. Wie vielen Bauernkindern ist schon ein solches Glück beschieden?» Er ballte die Fäuste. «Ich selber hatte nur die Wahl, unserem ältesten Bruder als Knecht zu dienen, Tauner, Posamenter oder Soldat zu werden. Unter dem Regime der Gnädigen Herren wäre ich in der Landmiliz nie über den Rang eines Sergeanten hinausgekommen. Die Offiziersstellen waren Höhergeborenen vorbehalten. Erst Napoleon gab auch einem armen Schlucker wie mir die Chance aufzusteigen. Sag nicht, ich sei ihm jetzt, wo er sein Reich zu retten versucht, nichts schuldig.»

«Und dafür bist du bereit zu sterben? Aus Dankbarkeit?»

«Ja, genau dafür. Aber wir sollten nicht streiten, jetzt, wo wir uns vielleicht zum letzten Mal sehen.» Paul umarmte den Jüngeren. «Lebewohl!» Er rückte den Ranzen zurecht und wandte sich der Landstrasse zu, die durch den Auenwald nach Huningue führte. Samuel sah ihm nach, bis er zwischen Silberweiden, Erlen, Eschen, Ulmen und Pappeln verschwand.

13

Im Schicksalsjahr 1815, in dem nach dem Willen der Mächtigen das Rad der Zeit zurückgedreht und die vorrevolutionären Verhältnisse wiederhergestellt wurden, waren für Samuel Jacob zuallererst zwei private Nachrichten von Bedeutung: eine, die ihn erreichte, und eine, die ausblieb.

Ende Mai teilte Sebastian Hoffmann seinem Freund mit, Salome habe ihm einen Sohn geschenkt. Sie hätten sich entschieden, ihn Jean-Jacques zu taufen.

«Jean-Jacques – Hans-Joggi», wunderte sich Hanna. «Weshalb geben sie dem Kind einen welschen Namen?»

Man nenne ihn wohl wegen Rousseau so. Der Professor verehre den Genfer Philosophen, erklärte Samuel und verschwieg, dass er überzeugt war, der künftige Erbe von Sankt Wendelin sei sein und Hannas Neffe. Mehr als über das Kuckuckskind des ahnungslosen Freundes freute er sich über die Nachricht, dass die Hoffmanns im Herbst nach Basel zurückkehren würden. Sebastian war an die hiesige Universität berufen worden. Er würde die Gespräche mit ihm, die er vermisst hatte, wiederaufnehmen können. Und Salome – mit ihr erneut in derselben Stadt zu leben, erfüllte ihn mit jener unsinnigen Hoffnung, von der er wusste, dass sie unerfüllt bleiben musste.

Stimmte diese erste Nachricht Samuel froh, so bereitete ihm die zweite, jene, die er täglich erwartete und die nicht kommen wollte, zunehmend Kummer. Seit bekannt war, dass Napoleons Armee am 18. Juni bei Waterloo, einem Dorf unweit von Brüssel, von englischen und preussischen Truppen vernichtend geschlagen worden war und man den Korsen auf die Insel Sankt Helena verbannt hatte, hoffte Samuel, von Paul zu hören. Er wusste nicht, woher er die Zuversicht nahm, dass der Bruder das grosse Morden, das Zehntausenden von Soldaten das Leben gekostet hatte, heil überstanden habe. Vielleicht konnte er sich schlicht nicht vorstellen, dass Paul, der während mehr als zehn Jahren in zahlreichen Schlachten für Bonaparte gekämpft und selbst dessen Feldzug nach Russland überlebt hatte, versehrbar war.

Hanna meinte dazu lediglich, wer zum Schwert greife, werde durch das Schwert umkommen. Seit sie im *Fälkli*, dem Haus am Stapfelberg, das dem Sekretär der Christentumsgesellschaft, Christian Friedrich Spittler, gehörte, an den Versammlungen einer pietistischen Frauengruppe teilnahm, zitierte sie oft die Bibel. Sie sei wiedergeboren als Kind Gottes, behauptete sie. Auch Juliana Vischer gehöre zu den «Erweckten», berichtete Hanna. Die Mamsell habe der Hoffart ganz entsagt. Sie sei sanft geworden und demütig. Manchmal frage sie sich, ob der Bruder recht daran getan habe, das Fräulein sitzenzulassen.

«Grundgütiger», murmelte Samuel, verzichtete aber auf eine Diskussion. Hannas Frömmigkeit war ihm suspekt. Kopfschüttelnd nahm er zur Kenntnis, dass man in pietistischen Kreisen überzeugt war, die Herrschaft Satans, der die Gestalt Napoleons angenommen hatte, sei gebrochen. Ein letztes Mal noch hatten sich die Mächte des Bösen aufgebäumt: Über den Sturz des Korsen hinaus hatte die Festung Huningue den österreichischen und eidgenössischen Truppen, die sie belagerten, Widerstand geleistet. Die Artillerie der Franzosen hatte die Sankt-Johanns-Vorstadt unter Beschuss genommen. Aber im August musste die Garnison kapitulieren. Die Festung, die mehr als hundert Jahre lang die Stadt Basel bedroht hatte, wurde geschleift. Hanna versicherte Samuel, dass jetzt, wo die Gewalt des Antichristen gebannt war, auf Erden das Reich Gottes und mit ihm Frieden und Gerechtigkeit anbreche, so wie das in der Offenbarung des Johannes nachzulesen sei.

Der Sommer neigte sich dem Ende entgegen, und noch immer hatte er nichts von Paul gehört. Anfang September berichtete Hanna, auf Anregung von Christian Friedrich Spittler und Pfarrer Niklaus von Brunn hätten Männer der Christentumsgesellschaft beschlossen, eine Anstalt zu gründen, in der man Missionare ausbilden wolle. Sie sollten den Völkern in Afrika und Asien das Evangelium des Friedens verkünden. Es handle sich um ein Reichgotteswerk, eine Wiedergutmachung für alle Gräuel, welche weisse Christen den Heidenvölkern angetan hätten, erklärte sie mit leuchtenden Augen.

«Mit diesen Gräueln meinst du wohl den Menschenhandel und die Sklaverei», stellte Samuel trocken fest.

«Gewiss! Es ist eine Schande, dass man arme Neger wie Vieh verkauft und sie für reiche Plantagenbesitzer auf den Zuckerrohrfeldern in der Karibik zu Tode schuften lässt.»

«Gehört der Bruder von Tante Dorothe auch zu den Gründern dieser Anstalt?»

«Vermutlich schon. Er ist ja im Vorstand der Christentumsgesellschaft.»

Samuel zog die Brauen hoch und ging in sein Arbeitszimmer. Er setzte sich an seinen Schreibtisch und dachte darüber nach, wie seltsam es war, dass ausgerechnet jetzt, wo Basler Pfarrherren und Kaufleute ein Missionsinstitut gründeten, ein Schiff den Ozean überquerte, in dem schwarze Kinder, Frauen und Männer aneinandergekettet elend dahinvegetierten, damit fromme Handelsherren wie Benedikt Preiswerk ihr Vermögen mehren konnten.

Im Oktober sprach man in Basel fast nur davon, dass Christophe Bourcard, der den «Cultivateur» für seine Expedition ausgestattet hatte, sich das Leben genommen habe. Die britische Marine hatte das Sklavenschiff, das im vergangenen Frühjahr, dem Verbot Napoleons zum Trotz, ausgelaufen war, bei der Einfahrt ins Nigerdelta gekapert und beschlagnahmt. Bourcard hätte seinen Basler Handelspartnern gestehen müssen, dass sich ihre Investitionen in Luft aufgelöst hatten. Diese Schande war ihm unerträglich erschienen. Sein Tod erfüllte Samuel mit einer grimmigen Genugtuung.

Im November kamen Sebastian und Salome Hoffmann mit dem kleinen Jean-Jacques und ihrer schwäbischen Magd nach Basel und zogen wieder im Haus *zem Crüz* ein. Salome als Mutter. Als Samuel sie besuchte, um vom Stand der Verhandlungen mit ihrem Onkel um die strittige Erbschaftsangelegenheit zu berichten, legte sie ihm den Säugling in den Arm.

«Der kleine Mann hat ein Grübchen am Kinn, fast wie wir Jacobs», meinte er augenzwinkernd.

Sie schaute ihn strafend an. «Der Junge ist ein Hoffmann, vergiss das bitte nie!»

Während sie bei einer Tasse Tee auf Sebastian warteten, der an der Universität eine Vorlesung hielt, erkundigte sich Salome beiläufig nach Paul. Sie versuchte ihre Erleichterung zu verbergen, als sie hörte, dass er in den Krieg gezogen und bis heute nicht zurückgekehrt war. «Muss man mit dem Schlimmsten rechnen?», wollte sie wissen.

«Was wäre denn für dich das Schlimmste?», fragte er schroff.

Sie hatte den Anstand zu erröten.

An der Herbstmesse, die wie jedes Jahr um Sankt Martin stattfand, schneite es während fünf Tagen ununterbrochen. Die Stadt versank unter einer dicken, weissen Decke. Anschliessend wurde es kalt. Ein eisiger Nordostwind fegte durch die Strassen und Gassen und stäubte den Passanten Wolken von glitzernden Schneekristallen in Gesichter und Nacken. Noch vor Weihnachten, früher als in anderen Jahren, trieben Eisschollen den Rhein hinunter. Am Dreikönigstag war der Strom zugefroren. Man konnte ihn trockenen Fusses überqueren.

Wie überall waren auch im Haus am Barfüsserplatz die Fensterscheiben am Morgen mit Eisblumen bedeckt. Sobald er aufgestanden war, ging Samuel hinunter in die Wohnstube und legte frisches Holz in den grossen Kachelofen, der über Nacht die Wärme gespeichert hatte. Er genoss diese erste halbe Stunde, die ihm allein gehörte. Seine Gedanken waren bei Paul und bei seinem Vater.

Vor Weihnachten fuhr Samuel mit Hanna und Friedrich allein ins Waldenburgertal. Die Hoffmanns hatten aus Angst, der kleine Jean-Jacques könnte bei der kalten Witterung auf der langen Reise Schaden nehmen, entschieden, die Feiertage in Basel zu verbringen.

Auf Sankt Wendelin herrschte eine bedrückte Stimmung. Der Vater war krank. Er schien nur noch aus Haut und Knochen zu bestehen. Seine dunklen Augen lagen tief in den Höhlen, und die Adern an den Schläfen traten überdeutlich hervor. Wie ein Schatten seiner selbst sass er am Stubenfenster und schaute den Krähen zu, einer Schar düsterer Gesellen, die wie Russflocken am bleigrauen Himmel durcheinanderwirbelten. Am Heiligabend kostete er nicht mehr als ein oder zwei Bissen von den Weihnachtskarpfen, die Hanna am Vortag in Basel auf dem Fischmarkt gekauft und über Nacht in Buttermilch eingelegt hatte. Verena stellte schweigend einen Teller Suppe vor ihn hin. Er nahm ein paar Löffel, dann schob er ihn weg.

Mathis Jacob sprach kaum mehr. Und wenn, dann nur heiser, fast flüsternd. Ob er etwas von Paul gehört habe, wollte er wissen, während die Frauen sich nach dem Essen in der Küche zu schaffen machten und Peter mit den drei Buben im Stall zum Rechten sah.

«Nein.» Samuel legte dem Vater die Hand auf den mageren Arm. «Nichts.»

Es war, als sinke Mathis in sich zusammen. Er wandte

sein Gesicht ab und starrte durch die Fensterscheiben in die Dunkelheit.

Am Abend feierte man, sang Lieder, und Hanna las die Weihnachtsgeschichte aus dem Lukasevangelium vor. Nachher stellte sich Ruth neben die Wiege, in welcher der kleine Johannes das Fest verschlief, und trug Hebels Gedicht *Die Mutter am Christabend* vor. Wenn sie ins Stocken geriet, half der Grossvater, der es mit ihr eingeübt hatte, weiter. Beim Schlussvers: *Der heilig Christ isch hinecht cho,/het Chindes Fleisch und Bluet agno; wärsch au so brav wie er!* bekamen Verena und Hanna feuchte Augen. Später erhielten die Kinder ihre Geschenke. Bevor man sich zur Ruhe legte, trank man heissen Punsch und freute sich über die Schokolade und Bonbons, die Hanna aus Basel mitgebracht hatte.

Samuel konnte in dieser Nacht nicht schlafen. Er sass in Pauls Kammer beim Schein einer Kerze am Tisch und las im Buch *Lebensgeschichte und Natürliche Ebentheuer des Armen Mannes im Tockenburg* von Ulrich Bräker. Sebastian Hoffmann, der begeistert war von der Autobiographie dieses einfachen Ferggers, hatte ihm das Buch ausgeliehen. Aber Samuel wollte es nicht gelingen, sich auf die Lektüre zu konzentrieren. Immer wieder musste er an den Vater denken, an die von Krankheit und Zerfall gezeichnete Gestalt dieses einst so kraftstrotzenden Mannes. Die Vorstellung, dass er sterben könnte, erschreckte ihn. Überrascht hob er den Kopf, als Mathis gegen Mitternacht in der Türe stand.

«Er ist tot», sagte er leise und liess sich kraftlos auf den Stuhl sinken, den ihm sein Sohn anbot. «Er ist tot», wiederholte er. Ein paar Tränen rollten über die pergamentene Haut seiner eingefallenen Wangen.

«Ja», sagte Samuel, «ich glaube auch, dass Paul gefallen ist.» Es war das erste Mal, dass er aussprach, was für ihn in den letzten Monaten zur Gewissheit geworden war.

«Mein Junge, mein lieber Junge», flüsterte Mathis. «Ich komme jeden Abend hierher, um an ihn zu denken.» Und nach einer Pause seufzte er: «Es ist nicht gut, wenn die Söhne vor den Vätern gehen.»

So sassen sie beisammen, trauernd, schweigend. Einmal wurde Mathis von einem Hustenanfall geschüttelt. Er presste ein Taschentuch vor den Mund, das sich zu Samuels Entsetzen mit Blut verfärbte. Samuel zog ihn, als könne er ihn beschützen, wie ein Kind an sich und legte ihm, als alles vorbei war, das Fell des Lamms, das der Bruder vergangene Ostern geschlachtet hatte, über die schmalen Schultern. Nach einer oder zwei Stunden stand Mathis auf und verliess die Kammer, ohne ein Wort zu sagen. Samuel, dessen Augen vom langen Wachen brannten, warf sich aufs Bett.

Als er Anfang November mit den Schafen von der Hochweide zurückgekommen sei, habe der Vater von Schmerzen im Hals gesprochen, von einer Kröte, die ihm das Schlucken erschwere, berichtete Verena, als Samuel nach einem kurzen, unruhigen Schlaf bei ihr in der Küche eine Schale heisser Milch trank. Nein, geklagt habe er eigentlich nicht. So habe man der Sache auch nicht viel Bedeutung beigemessen. Er habe auch gearbeitet, habe zu den Schafen geschaut, die Tiere ganz allein geschoren. Erst allmählich sei ihnen aufgefallen, dass er immer weniger esse. Inzwischen nehme er nur noch flüssige Nahrung zu sich. Nachts höre man ihn würgend husten. Das Tagewerk falle ihm immer schwerer. Inzwischen müsse er oft lange Pausen einlegen. Nein, den Arzt habe man nicht kommen lassen. Das habe der Vater verboten. Verena wandte sich ihren Töpfen zu. «Er ist jetzt dreiundsechzig, ein alter Mann», sagte sie.

Ob ihm klar sei, dass es mit dem Vater zu Ende gehe, wollte Samuel später von Peter wissen, den er im Stall aufsuchte.

Der Bruder, der eine Kuh molk, unterbrach seine Arbeit und presste den Kopf gegen den schweren Leib des Tiers. «Er will mit mir nicht darüber sprechen», stiess er hervor. «Wir reden kaum mehr miteinander, er hat sich ganz in sich zurückgezogen.»

Am Neujahrstag besuchte Samuel Gereon und Antoinette Frey im Waldenburger Pfarrhaus. Sie hatten ihn zum Mittagessen eingeladen. Zwischen den beiden Männern war im Verlauf des vergangenen Jahres eine Freundschaft entstanden, welche die Mamsell bis zu einem gewissen Grad miteinschloss. Als sie später bei einer Tasse Kaffee vor dem offenen Feuer am Kamin sassen, erzählte er den Geschwistern von seiner Gewissheit, dass Paul bei Waterloo gefallen sei, und vom sterbenskranken Vater, der sich nicht trösten lassen wolle, weder von Peter noch von der Schwägerin.

«Der arme Mann.» Antoinette schaute von der Stickerei hoch, mit der sie sich beschäftigte und wandte sich an Gereon: «Wäre es nicht an der Zeit, dass du einmal auf Sankt Wendelin vorbeischaust?»

«Ich weiss nicht …» Der Pfarrer wirkte ratlos. «Würde er mich überhaupt empfangen? Wie hält er es denn mit der Religion?»

Wider Willen musste Samuel lächeln. Nun, sein Vater, der in einer Täuferfamilie aufgewachsen sei, in der man ihm die Worte der Schrift mit dem Stecken eingebläut habe, sei bibelfest. «Das Vertrauen in die baslerische Staatskirche hat ihm Theophil Grynäus allerdings gründlich ausgetrieben. Das bedeutet aber nicht, dass er deswegen ein Heidenmensch ist, wie du einmal im Scherz behauptet hast.»

«Ist es denn nicht etwas seltsam, wenn ich ausgerechnet jetzt, wo es bei Mathis Jacob ans Sterben geht, in Sankt Wendelin erscheine und ihm den Trost der Kirche Christi anbiete, die er stets abgelehnt hat?»

«Sei kein Pharisäer!» Antoinette schaute ihn streng an. «Man könnte meinen, du gehörest, wie Benedikt Preiswerk, zu jenen selbstgerechten Frömmlern, die zurzeit in der Stadt die Oberhand gewinnen.»

«Wenn sie mich ärgern will, vergleicht sie mich mit diesen pietistischen Muckern», wandte er sich an Samuel. «Aber was meinst du – soll ich oder soll ich nicht?»

«Es geht um einen Besuch bei einem Menschen, der an der Schwelle zum Tod steht.» Und mit leisem Spott: «Wenn der Herr Pfarrer aber glaubt, er müsse meinem Vater zu einem pietistischen Erweckungserlebnis verhelfen, um ihn auf den rechten Weg zu führen, so kann er sich den Gang wohl ersparen.»

«Sei nicht gleich eingeschnappt», knurrte Frey. «Natürlich gehe ich. Ich habe den Mann, der vor Jahren den Sturm aufs Schloss Waldenburg anführte, schon immer kennenlernen wollen.» Und lächelnd: «Mehr als hinauswerfen kann mich der alte Revoluzzer ja nicht.» Im Übrigen sei es auch höchste Zeit, dass er bei dieser Gelegenheit Samuels Bruder Peter und dessen Frau einmal ins Gewissen rede. Er nehme es den beiden noch immer übel, dass sie ihren Jüngsten beim Amtskollegen in Langenbruck und nicht bei ihm hätten taufen lassen. Vielleicht gelinge es ja, die beiden verirrten Schäfchen wieder in die Gemeinde von Sankt Peter zurückzuführen, wo sie hingehörten.

Am Berchtoldstag verliessen Samuel, Hanna und Friedrich Sankt Wendelin frühmorgens, um in die Stadt zurückzukehren. Mathis stand vor dem Haus und schaute ihnen nach. Bevor sie den Wald erreichten, drehten sie sich nochmals um. Der Vater stand noch immer dort. Er hatte die rechte Hand erhoben. Winkte er ihnen zu? Segnete er sie? Friedrich rannte zu ihm zurück. Er umarmte den Grossvater und drückte sich an ihn, während ihm der Alte durch den

Rotschopf fuhr. Dann kam der Junge langsam zur Mutter und zum Onkel zurück. Er weinte.

«Weshalb hast du das getan?», fragte Hanna.

«Wir werden ihn doch nie mehr sehen», schluchzte Friedrich.

14

Ende Januar erhielt Samuel einen Brief von Gereon, in dem ihm der Freund mitteilte, dass er, wie versprochen, seinen Vater aufgesucht habe. Das Schreiben schilderte eine offenbar etwas merkwürdige Begegnung:

Ich habe Mathis Jacob im Schuppen hinter dem Haus angetroffen, schrieb der Pfarrer, *wo er mit dem Hobel ein knapp zwei Meter langes Tannenbrett bearbeitete. Als ich zu ihm trat und fragte, was er mache, schaute er hoch. Er war bleich. Auf seiner Stirn stand kalter Schweiss. Die Arbeit strengte ihn über Gebühr an. Er sei dabei, seinen Sarg zu zimmern, sagte er: einen Boden, zwei Seitenwände, einen Deckel, dazu je einen Abschluss für das Kopf- und Fussende. Mehr benötige er nicht.*

Du kannst dir vorstellen, wie verblüfft ich über diese Auskunft war, die dein Vater vortrug, als sei es die natürlichste Sache der Welt, sich seine letzte Wohnung selbst zu bauen.

Auf meine Frage, ob er denn sterben wolle, meinte er, das sei keine Frage des Wollens. Er sah mich durchdringend an. «Meine Zeit ist gekommen.»

Im Gespräch bat er mich später, dafür zu sorgen, dass er auf dem ehemaligen Friedhof der Johanniter in Basel, neben seiner geliebten Dorothea Staehelin bestattet werde. In seinem Letzten Willen sei nachzulesen, dass er sein eigenes Grab bereits kurz nach ihrem Tod erworben habe.

Im Übrigen, schloss Frey den Brief, steige er inzwischen alle vierzehn Tage zu Samuels Geburtshaus hinauf, um mit dessen Vater zu reden. Nein, nicht um ihn zu trösten. Der alte Mann bedürfe keines Trostes, er sei so voller Lebensklugheit, dass er als Geistlicher ganz beschämt sei, wie viel er von diesem einfachen Bauern über das rechte Sterben lernen dürfe.

Bis Mitte Februar des Jahres 1816 hielt der Winter das Land in seinem eisigen Griff. Dann begann es zu regnen. Während Tagen und Wochen. Dunkle Wolken hingen tief über dem Land und entleerten sich auf die längst gesättigte Erde. Den Rhein hielt es nicht länger in seinem Bett. Die Leute, die an den Uferwegen wohnten, schöpften täglich Wasser aus ihren Kellern. Strassen, die nicht gepflastert waren, verwandelten sich in einen sumpfigen Morast. In der Basler Landschaft schauten die Bauern besorgt zum Himmel. Wenn der Regen nicht bald aufhören würde, musste man sich um die Ernte Sorgen machen. Was das bedeutete, wusste man aus früheren Hungerjahren.

Zu Beginn der Karwoche brachte ein Bote aus Waldenburg ein kurzes Schreiben von Gereon Frey. Mathis Jacob sei am Palmsonntag, dem 7. April 1816, gestorben. Man habe ihn in Sankt Wendelin aufgebahrt, damit seine Freunde und Bekannten von ihm Abschied nehmen könnten. Am Gründonnerstag werde man den Toten nach Basel überführen, um ihn, wie er das verfügt habe, neben Dorothea Staehelin zur letzten Ruhe zu legen. Für die Abdankung brauche man keinen städtischen Pfarrer zu bemühen. Er werde das selber übernehmen. Es sei ihm eine Ehre.

Nicht ganz vier Jahre waren vergangen, seit man Dorothea Staehelin auf dem Gottesacker der ehemaligen Johanniter-Komturei bestattet hatte. Mathis Jacob hatte angeordnet, dass, so wie damals, nur die engsten Angehörigen zur Beerdigung kommen sollten. Peter hatte den Sarg mit der Leiche des Vaters im Fuhrwerk, das von zwei Pferden gezogenen wurde, nach Basel gebracht. Matthias, Heinrich und Ruth waren mit ihm gekommen. Verena war mit dem kleinen Johannes in Sankt Wendelin geblieben. Ausser Hanna, Samuel und Friedrich waren auch Salome und Sebastian Hoffmann da. Und natürlich Gereon Frey, der in seiner eigenen Chaise nach Basel gereist war. Ohne in der Bibel, die er in den Händen hielt, nachzuschlagen, zitierte er den ersten Teil aus dem fünften Vers des einundzwanzigsten Kapitels der Offenbarung: *Und der auf dem Throne sass, sprach: siehe, ich mache alles neu*.

Für Mathis Jacob, 1753 als Leibeigener zur Welt gekommen, sei dieser Satz, der vor mehr als sechzehnhundert Jahren auf der Insel Patmos geschrieben worden war, stets wegweisend gewesen, behauptete der Pfarrer. Dafür habe er gekämpft: für eine neue Zeit in Freiheit und Gerechtigkeit. «Freiheit und Gerechtigkeit», wiederholte er. Und während Frey vor den Angehörigen das Leben des Verstorbenen Revue passieren liess, seine als fromme Konventikel getarnten Versammlungen mit Freunden erwähnte, in denen man über die Forderungen einer neuen Epoche diskutierte, die mit der Erklärung der Menschenrechte angebrochen war, während Frey den Trauernden in Erinnerung rief, wie Mathis an der Spitze von Gleichgesinnten das Schloss Waldenburg gestürmt habe, dieses Symbol städtischer Herrschaft über die Landleute, starrte Samuel auf den Sarg, in dem der Vater lag. Man hatte ihn zwischen das Grab von Tante Dorothe und die offene Grube gestellt, in die man ihn bald versenken würde. Dahinter erhob sich das ehemalige Ritterhaus der frommen Väter, die vor Zeiten ihr Leben der Pflege und Betreuung von Pilgern und Kranken gewidmet hatten. Die verwitterte Mauer, an der sich Efeu emporrankte, schien ihm Zeugnis des Verfalls und der Vergänglichkeit.

Hanna, die neben Samuel stand, berührte seine Schulter und lenkte seine Aufmerksamkeit auf zwei Frauen, die bei der Friedhofspforte standen. Eine von ihnen war Antoinette Frey, die offenbar ihren Bruder nach Basel begleitet hatte. Die andere, eine eher untersetzte Gestalt, war ganz in Schwarz gekleidet. Ihr Gesicht hatte sie mit einem Schleier verhüllt. «Es ist Martha», flüsterte er der Schwester ins Ohr.

Nun aber bleiben Glaube, Hoffnung, Liebe, diese drei; aber die Liebe ist die grösste unter ihnen, zitierte der Pfarrer die berühmte Stelle aus dem Ersten Korintherbrief und erinnerte daran, dass Mathis Jacob mit seiner Liebe zu Dorothea Staehelin gegen alle Widerwärtigkeiten die Schranken einer ständischen Gesellschaft überwunden und auch in seiner privatesten Beziehung für eine neue Zeit eingestanden sei.

Samuel beobachtete, dass es Sebastian Hoffmann, welcher der Predigt aufmerksam folgte, nicht gelang, ein Lächeln zu unterdrücken. Dass ausgerechnet ein Pfarrer aus einer in besseren Kreisen als Skandal empfundenen Mesalliance, die ohne kirchlichen Segen ausgekommen war, eine Art Befreiungstat machte, schien ihn zu amüsieren. Martha, die wegen seines Verhältnisses zu Dorothea mit dem Vater gebrochen hatte und ihm deswegen noch über den Tod hinaus gram war, schüttelte den Arm von Mamsell Frey, die sie zurückhalten wollte, ab und verliess den Friedhof.

«In den Wochen vor seinem Sterben hat mir Mathis Jacob einmal erklärt», sagte der Pfarrer zum Schluss seiner Rede, «jetzt, wo die Obrigkeit die Freiheitsrechte der Landleute erneut mit Füssen trete, möge es so scheinen, als hätten er und seine Freunde vergebens gekämpft. Das sei aber nicht der Fall.» Er wandte sich direkt an Peter und Samuel. «Männer wie meine Söhne, hat er zu mir gesagt, werden es nicht zulassen, dass die Herrenjahre, die mit dem Sturz Napoleons angebrochen sind, für Zeit und Ewigkeit Bestand haben werden. Amen.»

Freiheit und Gerechtigkeit?
1816–1852

1

Aus dem Spiegel, der über der Waschkommode in seinem Schlafzimmer angebracht war, schaute ihm ein Mann mit etwas schütterem grauem Haar entgegen. Falten hatten sich in sein Gesicht eingegraben. Seine Haut war blass, und das Fleisch seines nackten Oberkörpers nicht mehr straff. Ausserdem hatte er einen kleinen Embonpoint, der davon zeugte, dass er den guten Dingen aus Küche und Keller nicht abgeneigt war.

Ich bin alt geworden, dachte Samuel Jacob. Er war jetzt sechsundsechzig. Mit einem Blick durchs offene Fenster stellte er fest, dass dieser 21. Juni 1852 ein prachtvoller Sommertag zu werden versprach. Der Morgenhimmel wölbte sich strahlend blau über den Dächern, und die Sonne, die bereits über dem Münsterhügel stand, tauchte den Barfüsserplatz in helles Licht.

Am Nachmittag würde er sich mit Salome auf dem Sankt-Johanns-Gottesacker treffen. Dreimal im Jahr besuchten sie die Gräber von Dorothea Staehelin und Mathis Jacob: an deren Todestagen im April und im Juni sowie an Allerseelen.

Er wrang ein Tuch im heissen Wasser aus, das ihm Sophie, seine Haushälterin, gebracht hatte, und wusch sich gründlich Gesicht und Arme. Dann schäumte er Wangen und Kinn ein und griff zum Rasiermesser.

Während der Morgentoilette gingen seine Gedanken zurück zum unseligen Jahr 1816, in dem der Vater gestorben war und eine nie dagewesene Wetterlage Hunger und Elend über das Land gebracht hatte.

Kurz nach der Bestattung von Mathis Jacob hatte es erneut zu regnen begonnen, und erst am Ostersonntag gönnte sich der Himmel vorübergehend eine Pause. Sebastian Hoffmann und Samuel nutzten die Gelegenheit zu einem Spaziergang. Sie verliessen die Stadt durch das Steinentor und folgten dem Birsig, diesem sonst so harmlosen Flüsschen aus dem Leimental, das jetzt Hochwasser führte und sich als schäumende, braune Brühe Richtung Basel wälzte.

Die Freunde stiegen den schmalen Weg, der durch die Reben führte, hinauf zum Margarethen Kirchlein. An der gemauerten Brüstung vor der Kirche blieben sie stehen. Ihnen bot sich ein trostloser Anblick: Die Vegetation war Wochen im Rückstand. Das kahle, schwarze Geäst der Obstbäume in den zahlreichen Gärten am Fuss des Hügels spiegelte sich in den Wasserlachen. Auch die Eichen und Buchen rund um die Handvoll herrschaftlicher Sommersitze im Gundeldingerfeld waren noch unbelaubt. Im Norden, wo sich die oberrheinische Tiefebene im Ungefähren des Horizonts verlor, verschwanden die Höhenzüge des Schwarzwalds hinter Regenschleiern. Über den Vogesen braute sich schwarz und drohend die nächste Wetterfront zusammen. Über den mächtigen Mauern der Stadt glänzten dunkel die steilen Ziegeldächer der Häuser. Die beiden Münstertürme ragten in den bedeckten Himmel, als flehten sie ihn an, er möge ein Einsehen haben und das Land vor einer neuen Sintflut verschonen.

«Mit sieben Toren, zehn Bollwerken und zweiundfünfzig Türmen stemmt sich die Basler Obrigkeit gegen den Lauf der Zeit», spöttelte der Professor. Dann erfasste ihn ein heiliger Zorn: «Mit der neuen Verfassung haben sie, wie das dein Freund, der Pfarrer, richtig bemerkte, die erkämpften Rechte wieder ausser Kraft gesetzt. Nicht einmal die Freiheit der Religion wollen sie gewähren!» Es kam selten vor, dass Sebastian Hoffmann die Contenance verlor. Mit erhobener Faust, als beschwöre er Unheil über die Stadt, stand er da wie ein biblischer Prophet. Seine Brillengläser blitzten, sein dünnes, langes Haar flatterte im Wind, der in heftigen Böen über die Rheinebene fegte. Als er Samuels verwunderten Blick bemerkte, lächelte er schief. «Verzeih, manchmal packt mich die Wut über die Philister da unten, die im Windschatten des reaktionären Zeitgeistes glauben wollen, Gottvater persönlich habe sie zum Regiment berufen.»

«Die Menschenrechte sind geschrieben», sagte Samuel. «Wir werden vollenden müssen, was die Generation meines Vaters begonnen hat.»

Die Freunde schauten sich mit leuchtenden Augen an. Dann realisierten sie, dass sie sich wie zwei heissblütige Jünglinge in eine revolutionäre Begeisterung hineingeredet hatten. Lachend schlug Sebastian Samuel auf die Schulter. «Dein Wort in Gottes Ohr.»

In jenem Jahr 1816, das man später «Achtzehnhunderthunger» nannte, verweigerte der Himmel weiten Teilen Europas und Amerikas den Sommer. Es war geprägt von einer unerhörten Kälte und endlosen Regengüssen, und es verging kein Monat ohne Schneefall. Was auf den Feldern nicht verfaulte oder der Frost nicht zerstörte, spülten die Flüsse, die über die Ufer traten, weg. Die Preise für Getreide und Kartoffeln, die man aus Polen und Russland importierte, stiegen ins Unermessliche. Bauern wie die Jacobs auf Sankt Wendelin mussten einen Teil ihres Viehbestands schlachten, denn sie hatten zu wenig Heu für die Winterfütterung. Immerhin gab es auf dem Hof genügend Fleisch, Milch, Käse und Eier. An den Backtagen streckte Verena das Mehl mit Eicheln, Kastanien oder Bohnen. Das Brot schmeckte nicht besonders, aber wenigstens hatte man genug zu essen. Beim ärmeren Teil der Bevölkerung allerdings gaben sich Not und Elend die Hand. Man war gezwungen, sich von Kleiebrei, Wurzeln, Kräutern, Schlachtabfällen, Katzen- und Hundefleisch zu ernähren und durfte sich glücklich schätzen, wenn man ab und zu aus dem Kirchenopfer etwas erhielt. Und noch war der Becher nicht bis zur bitteren Neige geleert. Eine Typhusepidemie raffte zahlreiche Menschen dahin. Viele wanderten aus: nach Amerika oder Südrussland. Nicht alle verliessen die Schweiz freiwillig. Die Behörden drängten Heimatlose, aber auch Alte und Kranke, die den Staatssäckel belasteten, in die Emigration.

Samuel Jacob ging es leidlich gut. Wer wie er über genügend Geld verfügte, konnte sich auf dem Markt weiterhin kaufen, was man zum Leben brauchte. Nachdem er für einen seiner Klienten einen viel beachteten Rechtsstreit gegen einen einflussreichen Handelsherrn gewonnen hatte, galt er in fortschrittlichen Kreisen als tüchtiger Advokat, der sich nicht scheute, auch gegen jene, die im Land das Sagen hatten, ins Feld zu ziehen. Zwar bekam er seit seiner Trennung vom Ratsherrn Vischer keine Aufträge mehr aus dem städtischen Patriziat, aber wohlhabende Handwerker, Ärzte und Professoren suchten seinen juristischen Rat, was ihm ein ausreichendes Einkommen sicherte.

2

Als das Schuljahr im Juni zu Ende war und Samuel nach einem Gespräch mit Friedrichs Lehrer einsehen musste, dass aus seinem Neffen wohl nie ein Gelehrter würde, gab er seinen Widerstand auf und bezahlte dem Schiffer Franz Brändlin das Lehrgeld für den Vierzehnjährigen. Darauf nahm der den Jungen, wie das üblich war, in sein Haus auf. Wenn alles gut ging, würde Friedrich in vier Jahren die Gesellenprüfung ablegen und dann, wie schon sein verstorbener Vater, Mitglied der Zunft zu Schiffleuten werden.

Hanna hatte von ihrem Sohn Abschied genommen, als sei er hinaus in die weite Welt gezogen und nicht nur über den Fluss ins mindere Basel an die Rheingasse. Jetzt, wo sie sich nicht mehr um Friedrich kümmern konnte, suchte sie neue Aufgaben. Wie andere pietistisch gesinnte Frauenzimmer ging sie einmal pro Woche in ihrem Quartier von Haus zu Haus und ermunterte auch ärmere Personen, mit einem oder einem halben Batzen einen Beitrag zum neuen Missionsinstitut zu leisten. Das *Fälkli* mit seinen Konventikeln wurde für sie zu einer neuen Heimat. Samuel sah es mit Missvergnügen.

Im Herbst entdeckte er, dass Hanna nicht nur seine Wäsche besorgte, sondern auch andere Männerkleider wusch und plättete. Als er sie deswegen zur Rede stellte, errötete sie. Pfarrer von Brunn habe sie gebeten, sich als mütterliche Freundin um Christian Engist aus Gelterkinden zu kümmern, der seit dem vergangenen Frühjahr an der Missionsanstalt studiere. Sie halte nicht nur seine Kleider in Ordnung, sondern begleite den frommen Baselbieter auch zu den sonntäglichen Gottesdiensten und nehme ihn zu den Versammlungen ins *Fälkli* mit. Sie hoffe nicht, dass der jüngere Bruder meine, er könne ihr das verbieten, sagte sie energisch. Schliesslich würden die Menschen frei und gleich an Rechten geboren und blieben es. «Salome Hoffmann hat mir diesen Satz seinerzeit solange vorgesagt, bis ich ihn auswendig kannte. Sie hat mir erklärt, dass er auch für Frauen gilt.» Hanna schaute den Bruder herausfordernd an.

Samuel, mit den eigenen Waffen geschlagen, zog es vor zu schweigen. Heimlich holte er Erkundigungen über Christian Engist ein. Er erfuhr, dass der Mann siebenundzwanzigjährig war und dass er im väterlichen Betrieb das Handwerk eines Zimmermanns erlernt hatte. Irgendeinmal sei er zu neuer Frömmigkeit erweckt worden und habe sich um die Aufnahme in die Missionsanstalt beworben.

«Erweckt, sagst du?» Sebastian Hoffmann lächelte. «Das ist eine dieser typisch pietistischen Redensarten», meinte der einstige Kandidat der Theologie.

Samuel sass mit ihm und Salome im Haus *zem Crüz* beim Tee. Er hatte den beiden von Hannas neuer Bekanntschaft erzählt. Immerhin, fuhr der Professor fort, gebühre dem Mann Respekt. Für einen Baselbieter, der wohl nicht mehr als den himmeltraurigen Unterricht in der Gemeindeschule genossen habe, bedeute das dreijährige Studium an der Missionsanstalt eine grosse Herausforderung. Er habe sich sagen lassen, Pfarrer Blumhardt, der die Anstalt leite, wolle fromme Männer und Jünglinge aus Bauern- und Handwerkerfamilien befähigen, den Heiden nicht nur das Evangelium zu predigen, sondern sie auch in ganz praktischer Arbeit anzuleiten.

«Wie sieht er denn aus, dieser Christian Engist?», erkundigte sich Salome, die bisher schweigend zugehört hatte.

«Ich habe keine Ahnung.» Samuel schob die Unterlippe vor. «Hanna hat mir den Mann nicht vorgestellt, und soweit es mich betrifft, will ich ihn auch gar nicht kennenlernen. Je eher er zu den Heiden fährt, umso besser.»

«Ach, der Herr will wohl die Schwester und Haushälterin allein für sich? Ist er gar eifersüchtig?» Salome lachte hellauf. «Wer weiss, vielleicht ist es ja mehr als nur eine Seelenfreundschaft, die sie mit ihrem Schutzbefohlenen verbindet.»

«Rede keinen Unsinn», tadelte sie ihr Mann. «Engist ist zehn Jahre jünger als Hanna Jacob.»

«Und?» Salome funkelte ihn an. «Du bist zehn Jahre älter als ich. Weshalb soll eine Frau nicht auch ihr Vergnügen an einem Jüngeren haben?» Abrupt stand sie auf und erklärte schroff: «Ich habe mich um mein Kind zu kümmern. Ich will nicht, dass es meint, Lisette sei seine Mutter.»

Mein – nicht unser Kind. Hoffmann, der die Brille abgenommen hatte, sah ihr nach. Verletzt? Dann lächelte er den Freund verlegen an und hob die Schultern. Er sah plötzlich alt und etwas hilflos aus.

Zwei Wochen später klopfte Salome an die Tür von Samuels Kanzlei. Sie habe Besorgungen in der Stadt machen müssen und die Gelegenheit genutzt, bei ihm vorbeizuschauen, sagte sie und nahm unaufgefordert Platz. Sie strahlte ihn an. «Er ist ein prachtvolles Mannsbild», erklärte sie.

«Von wem sprichst du?»

«Von Christian Engist natürlich, Hannas Galan. Er ist gross und kräftig und hat Hände, die zum Zupacken geschaffen sind. Braunes, gewelltes Haar, blaue Augen. Ich verstehe, dass sich deine Schwester in ihn verguckt hat.»

«Ich wäre froh, wenn du ihn nicht ‹Hannas Galan› nennen würdest», sagte Samuel ärgerlich. «Sie hat gesagt, sie hege ihm gegenüber mütterliche Gefühle. Weshalb weisst du überhaupt, wie er aussieht?»

«Ich war am letzten Sonntag in der Martinskirche und habe die Predigt von Pfarrer von Brunn über mich ergehen lassen, nur um deinen künftigen Schwager zu sehen. Es hat sich gelohnt. Ich wünschte, ich wäre ein Heidenweib und dürfte mich von ihm bekehren lassen.»

«Du bist mindestens schamlos wie ein Heidenweib.»

«Ach Sämi, lass mich dich doch ein wenig auf den Arm nehmen. Allerdings», sie machte eine dramatische Pause, «ein gut aussehender Kerl ist er, und ich würde mich nicht wundern, wenn unsere liebe Hanna den Kopf respektive ihr Herz verlöre.»

Samuel starrte schweigend auf den Schriftsatz, der vor ihm auf dem Tisch lag.

«Sämi, schau mich an!»

Er hob den Kopf. Salome musste lachen. «Mach nicht so ein unglückliches Gesicht. Du solltest lernen, dass deine Schwester nicht dir gehört, dass sie, wie jede Frau, ein Recht auf ihr eigenes Leben hat. Hanna ist nicht auf dieser Welt, um dir zu dienen.» Sie stand auf, beugte sich über ihn und legte ihre Hände auf seine Schultern. «Du hast doch noch mich, Sämi.»

Er lehnte sich an sie. «Du verwendest wieder Jasminduftwasser», sagte er. «Wie früher.»

«Ich weiss doch, dass du es magst», flüsterte sie ihm ins Ohr.

«Ihr habt Probleme, du und Sebastian.»

Salome biss sich auf die Lippen. «Unsere Ehe existiert schon lange nicht mehr. Er interessiert sich nur für seine Wissenschaft und die Debatten mit seinen gelehrten Freunden. Vielleicht hält er sich eine Mätresse. Ich weiss es nicht, und es ist mir auch egal.» Sie hatte sich wieder gesetzt und schaute Samuel trotzig an. «Wir schlafen längst in getrennten Zimmern. Zuhause hat er sich in deiner ehemaligen Kammer eingerichtet. Was uns noch zusammenhält ist Jean-Jacques. Er ist in das Kind, das an ihm hängt, vernarrt, obwohl …» Sie stockte.

«Obwohl?»

«Obwohl er glaubt, dass ein anderer als er sein Vater sei.»

«Nun …» Nur mit Mühe unterdrückte er ein Lächeln. «Das kann man ihm wohl kaum übelnehmen. Wen hat er denn im Verdacht?»

Sie schaute Samuel seltsam an.

Er brauchte eine Weile, bis er begriff. «Mich?», fragte er fassungslos. «Weshalb hat mich Sebastian noch nie auf seinen Verdacht angesprochen?», wollte er endlich wissen. «Und warum begegnet er mir unverändert freundlich?»

«Er mag dich eben», meinte sie und beschwor ihn, das Thema ihrem Mann gegenüber nicht zu erwähnen. Dass Paul, dessen kriegerisches Wesen er stets abgelehnt habe, der Vater des Kleinen sei, wäre für Sebastian weit schlimmer zu ertragen als die Vorstellung, dass sie von Samuel, den sie beide liebten, ein Kind empfangen habe.

Den sie beide liebten … Er sah Salome an. Was sollte aus ihnen werden, aus ihr, dem Freund und ihm?

In den nächsten Wochen und Monaten blühte Hanna auf. Ihre Augen leuchteten, sie lachte oft ohne ersichtlichen Grund, und Samuel hörte, wie sie in der Küche sang. Es war wie damals, als sie in den Schiffer Fritz Buser verliebt gewesen war. Aus ihrem Nadelgeld kaufte sie Stoff und nähte sich ein neues Kleid, das ihre Figur, die noch immer jugendlich schlank war, dezent betonte. Sie wusch sich jetzt oft die Haare und massierte die Kopfhaut mit Eigelb ein. Das verleihe der Frisur einen gewissen Glanz, erklärte sie dem Bruder. Überhaupt verbrachte Hanna neuerdings mehr Zeit vor dem Spiegel, vor allem vor dem sonntäglichen Predigtbesuch. Auf ihrem Waschtisch standen zahlreiche Töpfe und Tiegel mit Puder und Salben, ausserdem eine Flasche mit Lavendelduftwasser, die ihr Salome Hoffmann geschenkt hatte. Sie strahlte den Bruder an, während sie vorsichtig Wangenrouge auftrug.

Salome! Offenbar hatte sie sich mit Hanna verbündet und unterstützte sie in ihren törichten Bemühungen, sich jünger zu machen als dies ihren siebenunddreissig Jahren entsprach.

Samuel war verstimmt. Er weigerte sich, Christian Engist kennenzulernen und fand hundert Ausreden, wenn die Schwester vorschlug, den jungen Mann einzuladen, der ja wie sie beide auch ein Baselbieter sei. Schliesslich liess sie es bleiben. Auch Salome, die ihn drängte, den Missionsschüler kennenzulernen, biss auf Granit. Samuel verbat sich jede Einmischung, worauf sie seltsam lächelte und schwieg.

Am vierten Adventsonntag 1819, drei Jahre, nachdem Hanna Christian Engist kennengelernt hatte, konnte er nicht mehr ausweichen. Der künftige Missionar betrat unangemeldet das Kontor im Haus am Barfüsserplatz, wo Samuel Arbeiten erledigte, die während der Woche liegengeblieben waren.

Engist stellte sich vor. Wie schon sein Vater, habe er den Beruf eines Zimmermanns erlernt. «Ich wäre es auch geblieben, hätte ich nicht gespürt, dass ich berufen bin, den Heiden das Evangelium zu verkünden», erklärte er, nachdem er Platz genommen hatte.

«Aha, eine Berufung. Wie Jesus, der dasselbe Handwerk ausübte, bevor er mit seinen Jüngern durchs Land zog», spöttelte Samuel.

Der Vergleich sei vermessen, wies ihn Engist zurecht. Er sei nicht mehr als ein bescheidener Arbeiter im Weinberg des Herrn. Im nächsten Frühjahr werde er ausgesandt, um in Katharinenfeld, einer kleinen Gemeinde in Transkaukasien, die schwäbische Siedler mitten unter Muselmanen und orthodoxen Christen gegründet hätten, seinen Dienst als Pastor anzutreten.

«Nach Transkaukasien fährt Ihr?» Samuel vermochte seine Befriedigung darüber, dass Engist Basel verlassen würde, kaum zu verbergen. Er wünschte dem Herrn viel Glück und Erfolg.

«Wir beten um Gottes Segen», bemerkte der Besucher.

«Wir?»

«Hanna und ich sind übereingekommen, die Reise gemeinsam anzutreten. Als Mann und Frau.»

«Ihr wollt sie heiraten!» Samuel war wie vor den Kopf geschlagen. «Sie ist doch viel älter als Ihr.»

«Darauf kommt es nicht an. Hanna ist ein liebevolles und tüchtiges Weib, das mir bei meiner grossen Aufgabe hilfreich zur Seite stehen wird. An Ostern findet die Hochzeit statt.» Er schaute Samuel bedeutungsvoll an. «Ich bin gekommen, um meinen künftigen Schwager endlich kennenzulernen und ihm die Hand zu drücken.»

Dann führte ihn Engist, als sei er der Hausherr, vom Kontor ins Esszimmer, wo man die beiden bereits erwartete. Samuels Bruder Peter war mit Frau und Kindern nach Basel gekommen, Friedrich war da, ausserdem Salome und Sebastian Hoffmann, die den inzwischen fünfjährigen Jean-Jacques mitgebracht hatten, sowie ein ländlich gekleidetes, älteres Paar, Engists Eltern aus Gelterkinden, wie sich herausstellte.

Hanna ging dem Bruder entgegen und küsste ihn auf die Stirne. «Sie alle sind gekommen, um unsere Verlobung zu feiern.»

Samuel brauchte einige Zeit, sich damit abzufinden, dass Hanna ihn verlassen würde. Irgendeinmal, im Lauf des Januars, ging er in die Lesegesellschaft, um sich über Transkaukasien zu informieren. In einer älteren Ausgabe der *Allgemeinen Zeitung*, die in Augsburg herausgegeben wurde, fand er einen Bericht über eine Gruppe süddeutscher Radikalpietisten, die dorthin ausgewandert waren. Zar Alexander, den sie als Bezwinger des Satans Napoleon verehrten, hatte das Land bereits 1801 zum russischen Protektorat erklärt und zehn Jahre später annektiert. Er gewährte deutschen Zuwanderern Lebensbedingungen und Freiheiten, von denen sie im Königreich Württemberg nur träumen konnten: Sie mussten keinen Militärdienst leisten, erhielten die Erlaubnis, unbegrenzt Land zu kaufen, durften ihre Gemeinden autonom verwalten und genossen vor allem die Freiheit, ihre Religion auszuüben.

Samuel studierte in der Lesegesellschaft Atlanten und Karten. Es ist eine Reise, die fast bis ans Ende der Welt führt, dachte er bekümmert. Er konnte sich sein künftiges Leben im Haus am Barfüsserplatz ohne seine Schwester nicht vorstellen. Seit ihrer Kindheit auf Sankt Wendelin und später in Basel waren sie durch so viele gemeinsame Erlebnisse verbunden gewesen. Und das sollte jetzt zu Ende sein? Für immer?

3

Samuel rieb sich das Gesicht mit Eau de Cologne ein und träufelte ein paar Tropfen auf sein Taschentuch. Anschliessend streifte er sich ein frisches Hemd über den Kopf und befestigte die modisch helle Hose an den Hosenträgern. Abermals schaute er in den Spiegel. Mit der Eitelkeit eines alternden Menschen fand er, trotz grauem Haar und Backenbart sehe er noch immer ganz passabel aus. Dann öffnete er den Rollladen seines Sekretärs und nahm ein Bündel Briefe aus einer der Schubladen. Er faltete das brüchig gewordene Papier des ältesten Schreibens auseinander.

Lieber Bruder, las er. Es war nicht Hannas Schrift. Wie alle Nachrichten aus Transkaukasien hatte die Schwester das, was sie ihm mitteilen wollte, ihrem Mann diktiert. Samuel lächelte. Als Fünfzehnjähriger war er Hannas Schreiber gewesen, wenn sie Fritz, der in der Garnison von Strassburg diente, eine Nachricht zukommen lassen wollte.

Sie berichtete von ihrem und Christian Engists Leben in Katharinenfeld. Man hatte den neuen Pastor und seine Frau, die von der Basler Mission gesandt worden waren, gut aufgenommen und ihnen das Haus eines im Vorjahr verstorbenen Auswanderers zur Verfügung gestellt. Samuels Schwager, der vom Bau einer richtigen Kirche träumte, predigte vorderhand im *Beetahus* und unterrichtete die deutschen Kinder. Er lernte eifrig die Landessprache, da er auch für die Einheimischen, die Hanna als Tataren bezeichnete und die fast alle Analphabeten waren, eine Schule eröffnen und ihnen das Evangelium verkünden wollte.

Einmal im Jahr hatte Samuel einen Brief aus Katharinenfeld erhalten. Durch die Feder ihres Mannes erzählte ihm Hanna von der wachsenden Gemeinde, von den Freuden und Sorgen der Siedler, von Aussaat und Ernte, von Geburten und Tod. 1822 hatte er erfahren, dass sie im Alter von dreiundvierzig Jahren zum zweiten Mal Mutter geworden sei. Das Kind, ein Knabe, war zu Ehren von Pfarrer von Brunn Niklaus getauft worden.

Samuel strich mit den Fingern der rechten Hand über den letzten Brief. Er brauchte ihn nicht zu öffnen. Er kannte ihn auswendig.

Lieber Schwager, in tiefer Trauer teile ich dir mit, dass deine Schwester, meine liebe Frau, Hanna Engist-Jacob, am 23. Februar 1831 einer schweren Grippe, die unter den deutschen Siedlern zahlreiche Opfer gefordert hat, erlegen ist. Wir haben sie auf dem Friedhof von Katharinenfeld zur ewigen Ruhe gebettet.

Über den kurzen Zeilen hatte Christian geschrieben: *Du bist Anfang und Ende, grosser Gott. Solange es Menschen gibt, kommen sie von dir, und du bist ihr Ziel. Du rufst: Komm wieder, Menschenkind (Psalm 90, 2.3).*

Samuel hätte gerne gewusst, wie Hannas Grab aussah. Wuchsen Blumen darauf? Rosen, wie sie es sich sicher gewünscht hätte? Gab es überhaupt Rosen dort, am Ende der Welt? Hatte man einen Stein gesetzt mit ihrem Namen und den Daten von Geburt und Tod? Und besuchten Christian und Niklaus die Tote, so wie er heute Nachmittag zusammen mit Salome die Gräber von Dorothe und Mathis besuchen würde?

Drüben im Esszimmer hörte er Sophie, die den Frühstückstisch deckte. Jetzt klopfte sie an die Tür seines Schlafzimmers und rief, dass angerichtet sei. Seit Ostern 1820, als Hanna das Haus am Barfüsserplatz verlassen hatte, kümmerte sie sich als Haushälterin um Samuel.

Bevor sie Basel Richtung Transkaukasien verliess, hatte Hanna geglaubt, sie müsse ihrem Bruder eine Magd suchen, die seinen Haushalt führen würde. Auch Salome hatte sich anerboten, Samuel ein tüchtiges Frauenzimmer zu vermitteln. Selbst seine Schwägerin Verena erwähnte eine ehrbare Jungfer aus Bärenwil, die zweifellos gerne bereit wäre, in seine Dienste zu treten. Und als er wieder einmal im Schönthaler Hof zu Besuch war, bemerkte Gereon Frey, es wäre an der Zeit, jetzt, wo Hanna ihn verlasse, nach einer Ehefrau Ausschau zu halten.

Er bedankte sich lächelnd bei Hanna, Salome und Verena für deren Fürsorge und beschied dem Freund, mit einem Seitenblick auf dessen errötende Schwester, dass er sich wohl nicht zum Ehemann eigne. Er gab eine Annonce auf und entschied sich unter mehreren Bewerberinnen für die erst zwanzigjährige Sophie Bürklin aus Hausen im Wiesental.

Samuel erinnerte sich mit Vergnügen an das Vorstellungsgespräch. Die junge Frau reichte ihm gerade einmal bis zu den Schultern. Sie hatte ihr Sonntagskleid angezogen und ihr braunes, in der Mitte gescheiteltes Haar auf dem Hinterkopf zu einem strengen Dutt geknüpft. Die Frisur liess sie älter erscheinen, was sie möglicherweise beabsichtigte. Unbeeindruckt vom in ihren Augen wohl vornehmen Basler Advokaten erklärte sie, dass er es nicht bereuen werde, wenn er sie anstelle. Als älteste Tochter in einer armen und kinderreichen Familie aufgewachsen, sei sie gewohnt, hart zu arbeiten. «Bereits mit zwölf bin ich in der Manufaktur von Schopfheim täglich zwölf Stunden an der Spinnmaschine gestanden», berichtete sie nicht ohne Stolz. «Später habe ich im Haus des Fabrikbesitzers als Jungmagd gedient, wo man mir kochen, putzen, waschen, plätten und nähen beigebracht hat.» Sophie zog aus der Tasche ihres dunklen Kleides ein Empfehlungsschreiben, in dem ihr die Fähigkeit, einen Haushalt zu führen, und ein guter Charakter bescheinigt wurden.

Samuel las es und sprach sie dann auf Johann Peter Hebel an, der wie sie aus Hausen stammte. Ob sie ihn kenne?

Anstelle einer Antwort zitierte sie aus dessen Gedicht «Die Wiese»:

Aber rotet jetz, wo's hoffertig Jümpferli hi goht!
Denkwol uffe Platz, denkwol zuer schattige Linde
Oder in d'Weserei und zue de Husemer Chnabe?

Damit hatte sie Samuels Herz gewonnen. Als Hanna und Salome bedenkliche Gesichter machten und fanden, es schicke sich nicht, mit einem so jungen Ding unter einem Dach zu leben, erinnerte er die Schwester daran, dass sie sich mit einem Mann vermähle, der fast ihr Sohn sein könnte, und bezweifelte mit hochgezogenen Augenbrauen Salomes Kompetenz, in Fragen der Schicklichkeit Ratschläge zu erteilen, worauf die beiden Frauen beleidigt schwiegen.

Er stellte Sophie Bürklin an und musste diesen Entscheid nie bereuen. Seit dreissig Jahren führte sie das Regiment im Haus am Barfüsserplatz und sorgte für Samuel, wie er es sich besser nicht hätte wünschen können. Mehr noch: Das energische Persönchen aus dem Badischen hatte letztlich auch verhindert, dass aus ihm ein melancholischer Eigenbrötler wurde.

Wenige Monate nach ihrem Stellenantritt hatte Sophie, die gewohnt war, kein Blatt vor den Mund zu nehmen, erklärt, es gehe nicht an, dass Herr Samuel (so nannte sie ihn) sich Abend für Abend hinter seinen Büchern vergrabe. Er müsse hin und wieder ausgehen und Gäste empfangen. Ein Mann seines Standes sei sich das schuldig.

Woher sie wisse, was sich für einen wie ihn gehöre, hatte er sie verwundert gefragt.

Sie kenne das aus Schopfheim. Der Fabrikant, in dessen Diensten sie gestanden sei, habe regelmässig zu Soireen eingeladen. Das sei eine vergnügliche Sache. Die Herrschaften hätten musiziert, getanzt, Scharaden gespielt oder sich über Gott und die Welt unterhalten. Das gebe für das Personal zwar zu tun, aber sie würde sich durchaus zutrauen, den zusätzlichen Aufwand zu bewältigen. Allenfalls könne man Madame Hoffmann bitten, ihnen für solche Anlässe ihre Magd Lisette, mit der sie sich inzwischen befreundet habe, zur Verfügung zu stellen. Sie selber habe ja auch schon im Haus *zem Crüz* aushelfen müssen.

In der Folge hatte Samuel zunächst unregelmässig, dann aber jeden Monat zu einem Herrenabend eingeladen, an dem sich rund ein Dutzend liberal gesinnte Intellektuelle trafen. Unter ihnen waren Ärzte und Geschäftsleute, vor allem aber Professoren, Kollegen von Sebastian Hoffmann, die sich über die rückwärtsgewandte Politik in Europa, in der Eidgenossenschaft und im Kanton Basel empörten und sich einig waren, dass die Tage des altfränkischen Ratsherrenregimes gezählt seien.

Während Sophie und Lisette die Becher und Gläser der Gäste mit Bier und Wein nachfüllten, Würste und kalten Braten auftischten, erklärte Sebastian, die Disputationen erinnerten ihn an die Zusammenkünfte auf Sankt Wendelin, wo vor Jahren Samuels Vater und dessen Freunde gemeinsam die neuesten Nachrichten aus Frankreich gelesen hätten, was schliesslich mit dem Sturm auf das Schloss der Landvogtei Waldenburg geendet habe. Er stand auf, hob sein Glas zu einem Hoch auf den Hausherrn und die anwesenden gelehrten Häupter und regte an, aus den Versammlungen, ähnlich dem «Kämmerlein zum Rheineck», in dem sich die Basler Revolutionäre von 1798 getroffen hatten, eine politische Vereinigung zu machen: die «Barfüsser-Gesellschaft». Seine Anregung wurde mit Jubel aufgenommen.

Sophie Bürklin war es einerlei, worüber sich Samuels Gäste unterhielten. Hauptsache, sie fühlten sich wohl. Sie bemerkte lediglich, einige der Herren würden sich vermutlich manierlicher benehmen, wenn auch ein paar Damen anwesend wären. Jedenfalls müssten sie und Lisette sich dann nicht mehr gewisser Männerhände erwehren, die versuchten, sie in den Hintern zu kneifen, während sie servierten.

4

Am 15. Juni 1820, das Datum hatte sich in Samuels Gedächtnis eingegraben, liess ihm Salome durch Lisette ausrichten, sie bitte ihn, gegen Abend bei ihr vorbeizuschauen. Sie habe Dringendes mit ihm zu besprechen, bevor sie nach Waldenburg in die Sommerfrische fahre.

Um achtzehn Uhr machte er sich auf den Weg in die Sankt-Johanns-Vorstadt. Vor dem Haus *zem Crüz* blieb er stehen. Aus dem offenen Fenster drang Musik. Samuel lächelte. Es war der erste Satz der vierzehnten Klaviersonate von Beethoven, ein ungemein populäres Stück, das zum eisernen Bestand von Tante Dorothes Repertoire gehört hatte. Er kannte jeden Ton.

Die Tür war nur angelehnt, und so stieg er die Treppe hoch in den ersten Stock, wo Salome im Salon am Pianoforte sass. Sie trug einen mit Blumenmustern bedruckten, am Saum kreisrunden, mit Rüschen verzierten Rock aus heller Baumwolle, der ihre schlanke Taille betonte. Die kurzen Puffärmel und der Spitzenkragen liessen sie mädchenhaft jung und, dem Zeitgeist entsprechend, züchtig zurückhaltend erscheinen. Ihr blondes, mit Zierkämmen geschmücktes Haar hatte sie zu einem Chignon frisiert. Ihre Ohren waren hinter Korkenzieherlocken halb verborgen.

Sie unterbrach ihr Spiel und forderte Samuel auf, sich neben sie auf die Klavierbank zu setzen. Hoffmann sei heute früh nach Freiburg gereist, wo er eine ganze Woche an einem Symposium teilnehme, erklärte sie. Lisette habe sie mit dem kleinen Jean-Jacques zu dessen Grosseltern geschickt, die in Arlesheim auf einem Landgut lebten. Sie erwarte die beiden erst am Sonntag zurück. Tags darauf würden sie dann zu dritt nach Sankt Wendelin reisen. Sie schwieg, nahm ihr Spiel wieder auf und konzentrierte sich auf die Triolen, mit denen Beethoven diesen ersten Satz dahinfliessen liess. Sie kannte die Sonate, die sie wieder und wieder geübt haben musste, auswendig.

Auch Samuel, der erst jetzt realisierte, dass nur sie zwei im Haus waren, sagte nichts und wartete, wie sich die Situation, die seine Gefühle in Aufruhr brachte, entwickeln würde.

Salome setzte zum zweiten Satz an, wechselte von cis-Moll zu Des-Dur, von *Adagio* zu *Allegretto*. Dann brach sie ihr Spiel erneut ab. Den Blick über das Klavier hinweg aus dem offenen Fenster gerichtet, erklärte sie nach einer Weile: «Ich mag es nicht, dass du nach Saint-Louis ins Bordell gehst.»

Betroffenes Schweigen. Dann: «Woher willst du wissen, dass ich das tue?»

«Ich weiss es.» Wütend schlug sie ein paar Akkorde an. «Versuch es nicht zu leugnen.»

«Und falls es so wäre – was ginge dich das an?»

«Wenn es jemanden etwas angeht, dann mich. Immerhin liebe ich dich.» Noch immer starrte sie aus dem Fenster.

Wir lieben dich beide, hatte sie gesagt, als sie ihm von Sebastians Verdacht, Samuel sei der Vater von Jean-Jacques berichtet hatte. Jetzt: Ich liebe dich. Wieder liess sie die Finger über die Tasten gleiten. Sie beendete den zweiten Satz.

«Ich habe gar nicht gewusst, dass du dein Klavierspiel bis zur Konzertreife entwickelt hast», sagte er in die Stille.

«Etwas anderes als das Pianoforte ist mir ja nicht geblieben, nachdem Hoffmanns Interesse an der ehelichen Gemeinschaft nachgelassen hat», zischte sie. «Die Musik, die Literatur, mein Tagebuch und, wenn ich ganz verzweifelt bin, der Stickrahmen.»

Salome schlug die ersten Takte des dritten Satzes an: wieder cis-Moll, aber diesmal *Presto agitato*. Ihr Spiel wurde leidenschaftlich, zornig. Ihre Finger flogen über die

Tasten, hämmerten auf sie ein. Da war nichts mehr von jener Sensibilität, mit der sie die beiden vorangehenden Sätze interpretiert hatte. Ihr ganzer Körper spielte mit. Manchmal warf sie den Kopf in den Nacken. Schweissperlen traten auf ihre Stirn. Sie schien nicht mehr auf Samuel zu achten, benötigte ihre ganze Konzentration, um die Flut der Töne, die dem Instrument entströmte, zu bändigen. Dann brach sie ab: abrupt, brutal. Sie schlug den Deckel des Klaviers zu, blickte ihn zornig an und sagte: «Ich verbiete dir, künftig ins Hurenhaus zu gehen. Von jetzt an will ich deine Hure sein, deine einzige!»

Sekundenlang starrten sie sich an. Salomes Augen füllten sich mit Tränen. Sie stand auf, nahm seine Hand und zog ihn hinter sich her ins Zimmer, das ihr vor Jahren die Mutter überlassen hatte, ihr und Sebastian Hoffmann.

Später, viel später lag Samuel, die Arme hinter dem Kopf verschränkt, auf demselben Bett, in dem sich 1798, am Tag der Vereinigung von Stadt und Land, sein Vater und Dorothea Staehelin zum ersten Mal geliebt hatten. Anders als Salome, die ruhig neben ihm atmete, hatte er die Nacht durchwacht. Draussen brach der Tag an. Durchs offene Fenster sah er wie sich im Osten über dem Schwarzwald der Himmel rötete. Er drehte den Kopf zu ihr. Ihr am Abend zuvor kunstvoll frisiertes Haar lag auf dem Kissen wie ein schlafender Sturm. Spürte sie, dass er sie anschaute? Sie schlug die Augen auf, betrachtete ihn und zog ihn dann an sich.

5

Sophie Bürklin war das energische Persönchen geblieben, das Samuel vor drei Jahrzehnten angestellt hatte: tüchtig, unerschrocken und geradeheraus. Auch wenn ihr Haar inzwischen von grauen Strähnen durchsetzt und ihre Figur eine Spur rundlicher geworden war, erinnerten ihre lebhaften Bewegungen, die hellen, klaren Augen und die glatte Haut noch immer an die junge Frau, die damals aus dem Wiesental in die Stadt gekommen war und eine Stelle gesucht hatte.

Als er sich jetzt an den Frühstückstisch setzte, leistete sie ihm bei einer Tasse Kaffee Gesellschaft. Jean-Jacques habe sie gebeten, ihm zu bestellen, dass er heute einen Klienten vor Gericht zu vertreten habe, berichtete sie. Er werde wohl erst am Nachmittag zurück sein.

Samuel hatte Salomes Sohn, der auch Advokat geworden war, nach dessen Studium als künftigen Kompagnon in seine Kanzlei am Barfüsserplatz aufgenommen. Er hatte das Versprechen, das er Sebastian Hoffmann an dessen Sterbebett gegeben hatte, eingelöst und den damals Zehnjährigen unter seine Fittiche genommen. Im Einverständnis mit Salome hatte er den Jungen bei seinen Schulaufgaben unterstützt und ihn gefördert – ähnlich wie Jahre zuvor Hannas Sohn. Aber anders als Friedrich, der längst seinen Zunftbrief als Schiffer erhalten hatte, lernte Jean-Jacques leicht und strebte nach einer höheren Bildung. Er nannte ihn Onkel, ohne zu wissen, wie präzis diese Bezeichnung zutraf.

Samuels Wirtschafterin war für ihn Tante Sophie. Sie hatte Anteil an seiner Entwicklung genommen und tat es noch immer. «Unser Junge», sagte sie manchmal gerührt, wenn sie sich mit Samuel über dessen inzwischen zum Kompagnon aufgestiegenen Schützling unterhielt. Von

Jean-Jacques Mutter war sie weniger angetan. Sie hielt Madame Hoffmann für ein loses Frauenzimmer. Sie wusste, dass sie bereits zu Lebzeiten ihres Mannes zu Herrn Samuel, den sie für ein Opfer ihrer Verführungskünste hielt, ein ehebrecherisches Verhältnis eingegangen war, das bis heute andauerte. Dass diese Kokotte, wie sie sie heimlich nannte, inzwischen seit siebenundzwanzig Jahren Witwe war, stimmte sie nicht milder.

Als Samuel ihr mitteilte, er werde am Nachmittag mit Salome die Gräber seines Vaters und ihrer Mutter besuchen und sie anschliessend zum Nachtessen ins Haus am Barfüsserplatz einladen, stand Sophie auf und meinte spitz, dann müsse sie wohl auf den Markt gehen, um einzukaufen. Sie frage sich, wann er zum letzten Mal am Grab des armen Professors gestanden sei. Sophie sah ihn stirnrunzelnd an. Dann warf sie den Kopf ruckartig in den Nacken, ging hinaus und schloss die Tür hinter sich etwas lauter, als es unbedingt notwendig gewesen wäre.

Es hatte sich nicht vermeiden lassen, dass Sophie schon bald realisierte, dass Herr Samuel und Madame Hoffmann ein Paar geworden waren. Sie mochten sich ja nicht immer stundenweise ein Zimmer im Gasthof Neubad mieten, einem Etablissement, das eine halbe Stunde vor den Toren der Stadt lag. So kam es, dass sie ihre Heimlichkeiten auch im Haus am Barfüsserplatz austauschten, während Sebastian an der Universität lehrte und Lisette sich um den kleinen Jean-Jacques kümmerte. Sophie, die sich ausrechnen konnte, dass die beiden hinter der verschlossenen Schlafzimmertüre gegen Anstand und Moral verstiessen, klapperte in der Küche mit Pfannen und Töpfen den Takt zum sittenlosen Tun ihres Dienstherrn.

Samuel, der sich immerhin auf ihre Diskretion verlassen durfte, hatte sie schliesslich ernsthaft ermahnen müssen, ihre Missbilligung weniger lautstark zum Ausdruck zu bringen.

Sie hatte ihn mit blitzenden Augen angeschaut. Es sei nicht recht, dass die Frau Professor ihren Mann und Herr Samuel seinen besten Freund betrüge. Wenn Madame zu Besuch komme, werde sie in Zukunft ausser Haus gehen, aber er könne ihr nicht verbieten, dass sie dafür bete, dass er aus seiner sündhaften Verstrickung befreit werde.

«Tu das, Sophie», hatte er gesagt und sich ein Lächeln verkniffen. «Bete, aber sei dabei etwas leiser.»

Ihre Liaison hatte für Salome etwas von der Raserei einer *Amour fou*, mit der sie gegen die Tristesse der Lebensmitte wütete, zu der die ersten Vorboten des Alterns gehörten. Samuel seinerseits gab sich leidenschaftlich einer Liebe hin, von der er geglaubt hatte, sie würde unerfüllt bleiben. Es schien, als könnten sie beide nicht genug voneinander bekommen.

Samuel wusste nicht, ob Sebastian ahnte, dass er mit seiner Frau ein Verhältnis hatte.

«Darüber brauchst du dir keine Gedanken zu machen», fand Salome. Selbst wenn es so wäre, nähme er ihm nichts weg, was ihm gehöre. Sie sei nicht der Besitz ihres Ehemannes. «Willst du wissen, was meine Meinung zu dieser Frage ist?» Ohne seine Antwort abzuwarten, zog sie aus ihrem *Ridicule* ihr Tagebuch hervor, blätterte darin und las dann laut vor: «Kein Mensch hat Anspruch auf die Zuneigung eines anderen. Liebe, auch körperliche, kann man schenken, aber es ist abscheulich, wenn man glaubt, sie erzwingen zu können, sei es mit Gewalt oder mit einem Ehekontrakt.» Sie sah ihn durchdringend an und fuhr dann fort. «Liebe lässt sich nicht kaufen, auch wenn viele Männer das glauben. Gegen Entgelt erhalten sie lediglich die

Befriedigung ihrer fleischlichen Lust und sind sich nicht bewusst, dass sie sich damit selber mehr entwürdigen, als die sogenannten *filles de joie* das tun, die ihrem traurigen Gewerbe nur nachgehen, weil sie Not und Armut dazu zwingen.» Sie habe das geschrieben, bemerkte Salome, als sie erfahren habe, dass er im Bordell von Madame Claude in Saint-Louis verkehre.

«Verkehrt habe», korrigierte Samuel, der sich unbehaglich fühlte. Er wechselte das Thema: «Trägst du eigentlich dein Tagebuch immer mit dir herum?»

«Immer!» Ihre Gesichtszüge wurden weich. «In ihm bewahre ich die Geheimnisse meiner Seele auf, die ich mit dir teile. Nur mit dir.» Sie legte ihm die Hand auf die Wange.

«Auch nicht mit Sebastian?»

«Nein, auch nicht mit Hoffmann. Der beschäftigt sich mit Mathematik, mit der Ordnung am Himmel und auf der Erde. So etwas Nebensächliches wie unsere Ehe vermag sein Interesse nicht zu wecken.» Ihre Stimme klang nicht einmal bitter, eher gleichgültig.

Was die Ordnung am Himmel betraf, so spielte Salome auf die Liebe ihres Mannes zur Astronomie an. Tatsächlich stieg der Professor in sternenklaren Nächten auf den Margarethenhügel, um durch sein Fernrohr in die Unendlichkeit zu staunen. «Angesichts des Himmels über uns», pflegte er ironisch zu sagen, «kann man sich über jene traurigen Gestalten nur wundern, die glauben, von Gottes Gnaden zum Regiment über andere berufen zu sein.»

Damit war Sebastian Hoffmanns zweite Leidenschaft angesprochen: Die Ordnung auf der Erde respektive in der Eidgenossenschaft und im kleinen Kanton Basel. An den Sitzungen der «Barfüsser-Gesellschaft» mokierte er sich über den konservativen Berner Patrizier Karl Ludwig von

Haller, für den der Staat Ausdruck einer göttlichen Ordnung war, die den Stärkeren zum Herrschen bestimme und ihm die Pflicht auferlege, den Schwächeren väterlich zu führen. Die Legitimation zu regieren, war Hoffmann überzeugt, könne sich niemals auf ein behauptetes Naturgesetz stützen, sondern allein auf den Willen des Volkes, das seine Vertreter ins Parlament delegiere. Dieses wähle dann die Besten aus seinem Kreis in die Regierung. Radikalere Formen der Demokratie lehnte er ab. Wenn jeder Posamenter und Tauner über Fragen des Bildungswesens, des Strassenbaus oder gar der Höhe der Steuern zu entscheiden hätte, würde das zur Anarchie führen, war er überzeugt. Er war sich aber mit den meisten der Anwesenden einig, dass das Volk das Recht habe, sich mit Waffengewalt gegen das Basler Ratsherrenregiment zu erheben, falls es nicht endlich das 1798 abgegebene Versprechen der politischen Gleichheit von Stadt und Land einlöse.

«Der gute Hoffmann.» Salome lachte hellauf, als ihr Samuel davon erzählte. Sie zog ihr Tagebuch hervor und zitierte aus dem «Grossen Lied» von Karl Follen, dem Professor aus Jena, der seit kurzem an der Basler Universität Jurisprudenz lehrte: *Brüder im Bauernkleid / Reicht Euch die Hand! / Allen ruft Teutschlands Not / Allen des Herrn Gebot: / Schlagt Eure Plager tot / Rettet das Land!*

«Der gute Hoffmann», wiederholte sie. «Waffengewalt! Ausgerechnet er, der keiner Fliege etwas zuleide tun kann! Der Himmel bewahre den unkriegerischen Menschen vor dem Ungemach, mit dem Gewehr in der Hand gegen die biederen Basler Ratsherren ins Feld zu ziehen. Aber da besteht keine Gefahr. Wie alle seine gelehrten Freunde würde er seinen ‹Brüdern im Bauernkleid› den Vortritt lassen, wenn es ums Hauen und Stechen ginge. Und anschliessend dürften die ungebildeten Haudraufs, die ihm und seinesgleichen stets fremd geblieben sind, die Herren Professoren in den Rat wählen.» Sie schüttelte den Kopf. «Da halte ich es lieber mit dem streitbaren Gereon Frey, dem Radikaldemokraten, der wenigstens der Hälfte des Volkes das Recht einräumt, in Fragen, die alle etwas angehen, mitzuentscheiden.»

«Der Hälfte des Volkes?» Samuel hob die Brauen.

«Besteht das Volk nur aus Männern? Muss ich dir immer noch die *Erklärung der Rechte der Frau und Bürgerin* in Erinnerung rufen, für die Olympe de Gouges als Märtyrerin aufs Schafott gestiegen ist?»

Im April 1825 kursierte in Basel das Gerücht, in den Armenvierteln der Stadt sei Typhus ausgebrochen. Die hochansteckende Seuche verbreitete sich rasch. Zusammen mit der Cholera galt sie als eine der Geiseln des neuen Jahrhunderts, als eine Art wiederauferstandene Pest, welche die kollektive Erinnerung an längst vergangene Heimsuchungen wachrief. Man war ihr hilflos preisgegeben. Jeder Zehnte, je nach Verlauf der Epidemie gar jeder Fünfte, wurde von ihr dahingerafft. Wer Typhus hatte, musste hoffen, über genügend Widerstandskräfte zu verfügen, was naturgemäss bei den Reichen eher der Fall war. Letztlich aber schützte selbst Geld nicht vor der Krankheit. So breitete sich auch in den Häusern der Bürger Angst und Schrecken aus. Die Gläubigen strömten in die Kirchen und flehten Gott an, sie zu verschonen. Wer es sich leisten konnte, floh aus der Stadt, um erst zurückzukehren, wenn sich die Seuche ausgetobt hatte.

Zu ihnen gehörte Salome. Sie entschloss sich, mit dem zehnjährigen Jean-Jacques vier Wochen früher als in anderen Jahren in die Sommerfrische zu fahren. Der Junge verpasse nicht viel, wenn er in der Schule fehle, meinte sie, als Sebastian protestierte. Im Übrigen werde sie ihn auf Sankt

Wendelin selber unterrichten. «Und wenn du mir das nicht zutraust, so kann der Herr Vater ja jeweils am Sonntag nach Waldenburg kommen und das Kind an seiner Weisheit teilhaben lassen», ergänzte sie spitz.

Der Tag der Abreise kam. Nachdem Salome und er sich kühl voneinander verabschiedet hatten, drückte der Professor Jean-Jacques, der nicht verstand, weshalb die Eltern verstimmt waren, an sich und fuhr ihm zärtlich durchs Haar. Mit unbewegtem Gesicht schaute er der Kutsche nach, bis sie unter dem Sankt-Johanns-Schwibbogen verschwunden war.

Am 23. Mai erschien Lisette, die während Salomes Abwesenheit im Haus *zem Crüz* allein zum Rechten sah, bei Samuel. Der Herr Professor sei erkrankt, berichtete sie aufgeregt. Er lasse Monsieur Jacob bitten, so rasch als möglich bei ihm vorbeizukommen. «Ich glaube, er liegt im Sterben», flüsterte sie mit weit aufgerissenen Augen.

Der Hausarzt Sebastians, Ulrich Christ, sass am Bett des Kranken. Er erhob sich, als Samuel in der Türe stand. Er möchte mit ihm unter vier Augen sprechen, sagte er. Draussen im Treppenhaus erklärte der Doktor ohne Umschweife, der Professor sei an Typhus erkrankt, und es bestehe wenig Hoffnung auf Genesung. Er gehe davon aus, dass er in den nächsten Stunden sterben werde.

Samuel versuchte die Nachricht zu begreifen. Ob er sicher sei, fragte er schliesslich.

«Glauben Sie mir, ich kenne die Symptome. Wie mir die Magd berichtet hat, klagte Hoffmann bereits vor zwei Wochen über Kopfschmerzen, Müdigkeit, Erbrechen, Durchfall und Fieber, das in den letzten Tagen dramatisch gestiegen ist. Auf seinem Oberkörper breiten sich rötliche Flecken aus. Sein Bewusstsein ist zeitweise gestört. Und wenn Sie eines letzten Beweises bedürfen, so schauen Sie sich seine Zunge an, eine typische Typhuszunge, in der Mitte grauweiss belegt mit roten Rändern.» Es bestehe kein Zweifel. Nur noch ein Wunder könne ihn retten, fuhr er fort. Der Mann wolle nicht mehr kämpfen, es sei, als habe er sich selbst aufgegeben. Monsieur Jacob kenne den Professor offenbar schon seit langem und wisse wohl, dass er unter einem Kummer leide, der ihm die Lebenskraft raube.

Täuschte sich Samuel oder hörte er einen leisen Vorwurf? Wusste Sebastian von seinem Verhältnis mit Salome und hatte er sich seinem Arzt anvertraut? Er schwieg betroffen. Dann erkundigte er sich, ob er Salome Hoffmann benachrichtigen solle.

«Sie käme ohnehin zu spät. Wenn er sie hätte sehen wollen, würde er längst nach ihr geschickt haben. Nein, er hat allein nach Ihnen verlangt. Und noch ein letztes: Vor dem Typhus versagt die ärztliche Kunst. Wir wissen zu wenig über die Krankheit. Aber dass sie ansteckend ist, sollte auch Ihnen bekannt sein. Halten sie also Abstand von ihrem», er zögerte unmerklich, «Freund.» Christ wandte sich zum Gehen. «Mein nächster Patient wartet.»

Samuel betrat das Krankenzimmer. Es war die Kammer, in der er während Jahren gewohnt hatte. Kaum etwas war seither verändert worden. Der Schrank, der Tisch, selbst die Vorhänge am Fenster mit dem Blumenmuster – alles war noch da.

Er trat ans Bett, sein ehemaliges Bett, das Salome in der Nacht vor ihrer Hochzeit mit ihm geteilt hatte. Sebastian lag auf dem Rücken, bleich, regungslos, Arme und Hände auf dem Deckbett. Die Wangenknochen sprangen förmlich aus seinem ohnehin schmalen Gesicht. Die scharfen Falten, die von der Nase zu den Mundwinkeln führten, waren womöglich noch tiefer in die Haut eingegraben als sonst. Sein Atem ging flach. Ohne die Augen zu öffnen, sagte er leise: «Setz dich.»

Samuel gehorchte und nahm Platz auf dem Stuhl, den vor ihm der Arzt benutzt hatte.

«Mit mir geht es zu Ende.» Der Kranke öffnete jetzt die Augen und suchte den Blick des Freundes. «Ich habe eine letzte Bitte, an dich.» Er holte tief Luft. «Kümmere dich um deinen Sohn!»

«Meinen Sohn?»

Die Gesichtszüge des Sterbenden nahmen einen gequälten Ausdruck an. «Mir fehlen Kraft und Zeit für eine unnütze Diskussion. Ich weiss alles. Jean-Jacques ist ein Jacob und mit denselben reichen Gaben ausgestattet wie du. Wer also, wenn nicht du, soll sein Vater sein? Versprich mir, dass das Kind, das ich liebe, als wäre es mein eigenes, kein Soldat wird und kein Bauer wie deine Brüder. Und versprich mir, dass er als ein Hoffmann aufwächst.»

Samuel schluckte. Einen Augenblick lang war er in Versuchung, Sebastian über Pauls Vaterschaft aufzuklären. Dann verwarf er den Gedanken. Wer war er, dem Todgeweihten die Illusion zu zerstören, in Jean-Jacques Adern fliesse wenigstens das Blut jenes Jacobs, der nicht zuletzt dank ihm eine höhere Bildung erlangt hatte? «Ich werde alles tun, damit aus dem Jungen ein Mann wird, auf den du stolz sein kannst», sagte er heiser.

Sebastian Hoffmann entspannte sich. «Das ist gut», murmelte er und schloss erneut die Augen.

Es gab nichts mehr zu sagen. Samuel sass schweigend da. Er dachte an die Jahre, in denen ihn der Sterbende gefördert hatte, er dachte an sein Verhältnis zu Salome, und er fühlte sich, nicht zum ersten Mal, schuldig. Er hatte die Zuwendung Sebastians schlecht gedankt. Er wusste, dass er mit seiner Schuld würde leben müssen und dass sie durch den Tod des Freundes nicht kleiner wurde.

Sebastian rang nach Atem. Die Abstände, zwischen denen er Luft holte, wurden länger. Sein Mund blieb offen.

Es war als blecke er grinsend seine Zähne. Sein Gesicht wurde immer mehr zur Fratze des Todes. Samuel graute. Die vertrauten Züge waren ihm plötzlich fremd.

6

Als die Glocken der nahen Leonhardskirche an diesem 21. Juni 1852 elfmal schlugen, unterbrach Samuel für einen Augenblick seine Arbeit und lauschte den Klängen nach. In einer Stunde würde Sophie ihn zum Mittagessen rufen. Anschliessend war es Zeit, dass er sich für den Besuch auf dem Gottesacker der ehemaligen Johanniter-Komturei bereitmachte. Später würde er mit Salome im Haus am Barfüsserplatz soupieren, möglicherweise mit ihr auch die Nacht verbringen, sehr zum Missfallen Sophies, die an ihrer von keinem Geistlichen gesegneten Beziehung Anstoss nahm. Es wäre ihr allerdings auch nicht recht gewesen, wenn er sich mit seiner Pflegeschwester verehelicht hätte.

An einem seiner Herrenabende nach Sebastians Tod war er zufällig Zeuge geworden, wie sie in der Küche mit ihrer Freundin Lisette darüber werweisste – alemannisch die eine, schwäbelnd die andere – welche von ihnen beiden bei einer Heirat ihrer Herrschaften wohl die Stelle verlieren würde. Als er sich geräuspert hatte, waren die beiden Jungfern herumgefahren und hatten ihn angestarrt, schuldbewusst wie zwei ertappte Schulmädchen. Er hätte sie beruhigen und ihnen sagen können, dass Salome nicht danach strebte, seine Frau zu werden, dass sie, wie Olympe de Gouges, ihr grosses Vorbild, und wie ihre Mutter, sich nie mehr einem Eheherrn unterordnen würde. Sie hätten es nicht verstanden.

Erst als Madame Hoffmann nach Ablauf des Trauerjahrs ihre schwarzen Röcke in den Schrank hängte und gegen bunte Kleider tauschte und Sophie aus Samuels Verhalten schliessen konnte, dass keine Veränderungen anstanden, nahmen sie und Lisette erleichtert zur Kenntnis, dass alles beim Alten bleiben würde. Worauf die beiden Frauenzimmer unter sich das Verhältnis von Monsieur und Madame erneut als unschicklich bezeichneten.

Samuel, der sich nicht auf seine Arbeit konzentrieren konnte, schob die Dokumente, die vor ihm auf dem Schreibtisch lagen, beiseite. Er dachte an Sophie, die beim Frühstück gefragt hatte, wann er zum letzten Mal das Grab des vor fünfundzwanzig Jahren verstorbenen Professors besucht habe.

Er hätte ihr das Datum nennen können: Es war am 18. März 1832 gewesen. Drei Tage zuvor, am 15. März, hatte ein von allen guten Geistern verlassenes Ratsherrenregiment sechsundvierzig Baselbieter Dörfer aus dem Kantonsverband ausgeschlossen, weil sie eine Verfassung ablehnten, die der doppelt so grossen Landbevölkerung im Parlament nicht mehr Vertreter zugestehen wollte als der Stadt. Zwei Tage nach dem Ausschluss hatten sich die betroffenen Gemeinden zusammengetan und einen neuen Kanton gegründet. Damit war die Trennung von Stadt und Landschaft Basel Tatsache geworden. Die Nachricht hatte Samuel erregt. Im Baselbiet waren endlich jene demokratischen Verhältnisse Wirklichkeit geworden, für welche die Generation seines Vaters gekämpft hatte.

Einem sentimentalen Impuls folgend, spazierte er zum Friedhof an der oberen Elisabethen beim Aeschenbollwerk. Man hatte das Gräberfeld, auf dem tausend Tote ihre letzte Ruhestätte fanden, 1814 angelegt, um die völlig überfüllten Kirchhöfe von Sankt Martin, Sankt Alban und des Münsters zu entlasten.

Es war ein milder Vorfrühlingsabend. Die beiden Trauerweiden am Portal des Gottesackers, auf dem es sonst weder Bäume noch Büsche gab, trugen bereits ein Kleid aus zartem Grün. Ein sanfter Wind bewegte ihre Zweige. Obwohl er seit sieben Jahren nie mehr dort gewesen war, fand Samuel das Grab sofort. Es lag in unmittelbarer Nähe des Schargenhauses, der Leichenhalle. Im schlichten Sandstein, den Salome gekauft hatte, waren lediglich Name, Geburts- und Todesjahr eingegraben: Sebastian Hoffmann, 1774–1825.

Samuel schloss die Augen und überliess sich seinen Erinnerungen, die ihm den längst verstorbenen Freund heraufbeschworen. Was würde Sebastian sagen, wenn er wüsste, dass sich heute die Baselbieter vom städtischen Regime losgesagt hatten, und was, wenn er die Revoluzzerfahnen sähe, die jetzt in fast allen Dörfern der Landschaft wehten: einen roten Bischofstab auf weissem Grund, dessen Krümme provokativ in die andere Richtung zeigte als der schwarze des städtischen Wappens?

Dumpfer Trommelschlag holte Samuel in die Wirklichkeit zurück. Ein Detachement der Basler Standeskompagnie, Stänzler, wie sie der Volksmund nannte, begleiteten mit gesenkten Gewehren einen Kameraden auf seinem letzten Gang. Ein Tambour, der die schwarz verhängte Trommel rührte, schritt ihnen voran. Vor einem offenen Grab nahmen sie Aufstellung. Vier Füsiliere liessen den Sarg in die Grube. Ein Geistlicher hielt eine kurze Ansprache. Samuel vernahm, dass der Soldat in einem Gefecht bei Muttenz von Baselbieter Revoluzzern erschossen worden war. Der Pfarrer empfahl die Seele des Toten dem Allmächtigen. Dann erteilte der Leutnant, der den Trupp führte, ein scharfes Kommando. Die Männer legten ihre Waffen an und richteten sie gegen den Himmel. Drei Salven zerrissen die Stille des friedlichen Frühlingsabends.

In den vergangenen Monaten war es zwischen der städtischen Standestruppe, der Söldner aus allen Teilen der Eidgenossenschaft angehörten, und aufständischen Baselbietern zu mehreren Scharmützeln gekommen, in denen es auf beiden Seiten Tote und Verletzte gegeben hatte. Als Samuel die zornigen Gesichter der Stänzler betrachtete, in denen sich der unausgesprochene Schwur, den gefallenen

Kameraden zu rächen, spiegelte, wurde ihm bewusst, dass am heutigen Tag das letzte Wort zur Trennung von Stadt und Land noch nicht gesprochen worden war. Das Ratsherrenregime würde die Gründung eines neuen Kantons durch die ehemaligen Untertanen nicht einfach hinnehmen.

Einen Monat später, am Gründonnerstag, reisten Samuel und Salome in einer Mietkutsche von Basel nach Sankt Wendelin. Für einmal war Jean-Jacques nicht mit von der Partie. Er und seine Klassenkameraden feierten den Abschluss ihrer Ausbildung am Pädagogium mit einer Schifffahrt rheinabwärts nach Breisach.

Wie die Dörfer im unteren Kantonsteil war auch das Städtchen Waldenburg rotweiss beflaggt. Auf halbem Weg zur Passhöhe liessen sie den Kutscher anhalten. Sie nahmen ihr Gepäck in Empfang und bezahlten den Mann. Das letzte, kurze Wegstück gingen sie zu Fuss.

Als sie den Wald durchquert hatten, blieben sie stehen. Unter ihnen, auf der Weide, wo Peters Vieh graste, lag Sankt Wendelin. Die Sonne, die immer noch drei Handbreit über der Richtflue stand, tauchte die fast weissen Bruchsteinmauern und das rote Ziegeldach des Gehöfts in ein helles Licht. In Verenas Garten hinter dem Haus leuchteten gelb Narzissen.

Wie sein Vater und vor ihm sein Grossvater hatte Peter Jacob, der den Hof nun schon seit zwei Jahrzehnten als Pächter bewirtschaftete, einen Acker angelegt. Eben jetzt streute er das Saatgut aus. Bedächtig schritt er über das Feld, holte in gleichmässigen Abständen Körner aus der Schürze, die er sich umgebunden hatte, und warf sie in weitem Schwung in die Furchen. Für Samuel sah der jetzt sechsundfünfzigjährige Bruder aus, wie er den Vater in Erinnerung hatte: gross und kräftig, mit grauem Bart und Kopfhaar. «Er sät das Brot, das uns der liebe Gott schenkt», flüsterte er.

Salome schaute ihn verwundert an. «Wie meinst du das?»

«Das hat meine Mutter immer gesagt: Das Brot des lieben Gottes.» Er nahm das Bild in sich auf: Der Ackermann, der sein Feld bestellt, wie das seine Vorfahren jedes Frühjahr getan hatten. Trotz Zwist und Hader zwischen Stadt und Land würde er in den nächsten Wochen wie alle Bauern immer wieder nach der Frucht sehen. Er würde Angst vor Unwettern und Hagelschlag haben. Und wenn sich dann das golden gereifte Korn in den heissen Augusttagen unter der Last seiner Frucht beugte, würden er und seine Söhne es schneiden, dreschen und in prall gefüllten Säcken zur Mühle fahren, wo es zu Mehl gemahlen wurde, aus dem Verena, wie vor Jahren Barbara Jacob, jenes Brot backen würde, über dem die Mutter, bevor man es ass, jeweils ein Gebet gesprochen hatte.

«Schau!», unterbrach Salome seine Gedankengänge. «Auch deine Angehörigen sind Rebellen.»

Tatsächlich stand auf dem Brunnenstock ein Tännchen, das von Verena mit rotweissen Bändeln geschmückt worden war. Auf der Bank vor dem Haus sass Heinrich, Peters Zweitältester, und reinigte sein Gewehr. Samuel stellte verblüfft fest, dass der inzwischen Achtundzwanzigjährige mit seiner hageren, aber kräftigen Gestalt und den sehnigen Armen immer mehr seinem verstorbenen Onkel Paul glich. Wie er trug er das Haar kurz geschnitten, und wie bei ihm zierte ein gestutzter Bart das markante Gesicht. Vor zwei Jahren hatte man Heinrich zum Wildhüter des Amtes Waldenburg gemacht. Seither lebte er nicht mehr auf dem Hof, sondern unten im Städtchen.

Ob er auf der Jagd gewesen sei, fragte ihn Salome.

«Ja, so kann man das auch nennen», meinte er und unterbrach seine Arbeit.

«Er will sagen, dass er am Sturm auf Gelterkinden teilgenommen hat und auch weiterhin für unsere Freiheit kämpft.» Heinrichs Bruder Matthias, der in Aussehen und Art seinem Vater und seinem Grossvater nachgeraten war, stand unter der Stalltüre und hob grüssend die Hand.

Samuel wusste, wovon die Rede war. Mitten im neuen Kanton gab es eine Handvoll Gemeinden, die sich nicht von der Stadt trennen wollten. Reigoldswil gehörte dazu und eben – Gelterkinden. Hitzköpfe wie Heinrich hatten sich deshalb entschlossen, den Abtrünnigen mit Waffengewalt den wahren Patriotismus einzubläuen. Am Abend des sechsten Aprils überfielen sie das Dorf und steckten eine der beiden Bandwebereien in Brand. Ein Trupp der Basler Standeskompagnie, welche die Bewohner schützen sollte, floh Hals über Kopf vor dem Furor der Freischärler. Dass der Kampf nicht mehr als sechs Tote gefordert hatte, war ein Wunder.

«Gehörst du auch zu jenen, die sich anschliessend am Altar der Kirche am Wein und Schnaps aus den geplünderten Vorräten des geflohenen Pfarrers gütlich getan haben?», erkundigte sich Salome mit hochgezogenen Brauen.

Heinrich musterte sie von Kopf bis Fuss. Dann stand er auf und hängte sich das Gewehr über die Schulter. «Ich habe es nicht nötig, mich vor einer Angehörigen des städtischen Patriziats zu rechtfertigen», erklärte er ausgesprochen feindselig und verliess den Hof.

Salome sog scharf Luft ein. Dann wandte sie sich an Samuel. «Er ist wie sein Onkel Paul», meinte sie. «Nur weniger charmant.»

Er verstehe ja den Zorn der Leute auf eine Obrigkeit, die ihnen die anno 1798 zugesicherten Rechte vorenthalte, kam Samuel beim Abendbrot auf den Wortwechsel mit seinem Neffen zurück. Was er nicht begreife, sei, dass Männer wie Heinrich jene Freiheit, die sie für sich beanspruchten, ihren Landsleuten in den stadttreuen Gemeinden nicht zubilligen wollten und sie mordend und sengend heimsuchten.

Man sass in der grossen Stube. Verena hatte Kraut, Kartoffeln und Gesottenes aufgetischt.

«Das ist nicht so schwer zu verstehen», sagte Peter bedächtig. «Der neue Kanton ist ein verstümmeltes Flickwerk. Mittendrin gibt es ein paar Dörfer, die nicht dazugehören wollen. Das ist ein Ärgernis.»

Salome, die bisher geschwiegen hatte, liess Messer und Gabel sinken. «Das ist doch kein Grund, Landsleute zu töten. Mir scheint, die Baselbieter suchen den Bürgerkrieg.» Sie stand abrupt auf und verliess den Raum.

Die andern hatten aufgehört zu essen. Sie starrten Salome, die sonst stets Contenance bewahrte, verblüfft nach.

Für Samuel waren ihre Temperamentsausbrüche nichts Neues. Er wusste, dass sie der Rebellion der Baselbieter, die zur Trennung von Stadt und Land geführt hatte, verständnislos gegenüberstand. «Sie wird sich schon wieder beruhigen», meinte er lächelnd und wandte sich dann an seinen Bruder. «Hältst du einen Krieg für unvermeidlich?», wollte er wissen.

«Die Basler Obrigkeit hat Liestal zweimal besetzen lassen.» Peter trank einen Schluck Wein. «Zuerst im Januar 1831, als wir eine provisorische Regierung gewählt haben, und im selben Jahr nach der Abstimmung über die neue Verfassung noch einmal. Damals haben die Stänzler den Freiheitsbaum vor dem Rathaus umgehauen. Wenn die städtischen Herren glauben, ihre Macht ein drittes Mal demonstrieren zu müssen, um uns zu demütigen, werden wir uns zur Wehr setzen.»

«Wir …?»

«Paul und ich waren als junge Burschen mit dabei, als Vater mit seinen Leuten das Schloss Waldenburg stürmte. Wir hatten Gewehre und hielten damit die Wache des Landvogts in Schach. Du kannst mir glauben: Wir waren bereit, zu schiessen. Und wir sind es heute wieder.»

Peters Söhne, Matthias und Johannes, nickten zustimmend.

Am Montag nach Ostern fuhren Salome und Samuel nach Basel zurück. Über die Feiertage hatte der Frühling endgültig Einzug gehalten. Die bewaldeten Hügel schimmerten in hellen Grüntönen. Auch die Silberweiden, Schwarzerlen und Eschen, welche die Ufer der Frenke säumten, trugen frisches Laub.

Samuel war unfähig, sich über die Schönheit der Natur zu freuen. Er sah die entschlossenen Gesichter seines Bruders und seiner Neffen vor sich, die bereit waren, ihren jungen Kanton mit Waffengewalt zu verteidigen. Er erinnerte sich an den Zorn und den Wunsch nach Rache, den er in den Augen der Stänzler gelesen hatte, als sie vor einem Monat auf dem Elisabethenfriedhof einen Kameraden zu Grabe getragen hatten.

«Woran denkst du?», fragte Salome, die neben ihm sass.

«Ich fürchte, es wird zu Mord und Totschlag kommen.»

7

Der Morgen des 21. Juni 1852 hatte sein Versprechen eingelöst. Um vierzehn Uhr, als Samuel Jacob sein Haus am Barfüsserplatz verliess, spannte sich ein makellos blauer Himmel über Basel.

Nach dem Mittagessen hatte er sich für das Rendezvous mit Salome sorgfältig herausgeputzt. Er hatte sein graues Haar so lange gebürstet, bis es, wie er hoffte, silbern glänzte. Dann hatte er sorgfältig ein seidenes Halstuch geknöpft, sodass es, leicht gebauscht, jene Stelle, die der hohe Kragen offenliess, bis unters Kinn bedeckte. Schliesslich war er in seinen dunklen, zu den hellen Hosen passenden, zweireihig geknöpften Frack geschlüpft, hatte seine weichen Stiefel angezogen, die aus feinem, braunen Leder geschaffen waren, und sich Sophie präsentiert. Wie stets wenn er ausging, hatte sie ihm mit einer Kleiderbürste imaginären Staub von den Schultern entfernt, sich dann auf die Zehenspitzen gestellt und ihm eine aufgehende Rosenblüte, eine weisse diesmal, denn er wollte ja auf den Gottesacker, ins Knopfloch im Revers gesteckt.

«Schmückst du mich für Madame Hoffmann?», hatte er sie geneckt. Auch das gehörte zum Ritual.

Und wie üblich hatte sie spröde geantwortet, das habe nichts mit Madame zu tun. Irgendjemand müsse sich ja darum kümmern, dass Herr Samuel einen repräsentablen Eindruck hinterlasse, wenn er in die Stadt gehe.

Als er jetzt, den Zylinder in der Hand, beschwingt den Barfüsserplatz überquerte und den Weg Richtung Münsterplatz einschlug, fühlte er sich freudig erregt wie ein Galan, der zu seiner Geliebten unterwegs ist. Was gewissermassen zutraf, denn Samuel und Salome befanden sich in einem nicht enden wollenden Verlöbnis. Sie werde nie mit ihm unter einem Dach leben, hatte sie klargestellt, nachdem sie vor über drei Jahrzehnten zum ersten Mal miteinander geschlafen hatten. Gewöhnung sei, wie sie das aus ihrer Ehe mit Hoffmann wisse, der Tod jeder Beziehung. Sie wolle, dass sie beide ihr Verhältnis ständig erneuerten. Samuel, der in seiner Jugend ein Übermass an weiblicher Fürsorge erfahren hatte, war es recht so. Sie trafen sich wöchentlich, manchmal in kürzeren, manchmal in grösseren Abständen und achteten darauf, ihre gegenseitige Zuneigung nicht der Tristesse des Alltags auszusetzen.

Er hatte sich mit Salome um fünfzehn Uhr auf dem Johanniter-Gottesacker verabredet, war aber bewusst früher aufgebrochen, denn er wollte zuerst, wie vor vierzig Jahren, am Tag von Tante Dorothes Begräbnis, auf die Pfalz. Damals hatte er dort seinen Vater angetroffen, der sich von seiner nächtlichen Wanderung von Waldenburg nach Basel auf einer Bank im Schatten einer alten Kastanie ausgeruht hatte.

Samuel betrat den Kreuzgang des Münsters. Hier waren die Grabstätten von jenen, die einst Rang und Namen hatten: Bürgermeister, Handelsherren, Gelehrte, Ratsmitglieder und ihre Angehörigen. Man hatte sie hier und nicht auf den allgemeinen Kirchhöfen, wo Krethi und Plethi lagen, bestattet.

Eine Frau, die Samuel den Rücken zuwandte, stand in stiller Andacht vor einem Grab. Sie trug einen schwarzen Umhang. Als ob sie seinen Blick spürte, drehte sie sich um. Er erkannte Juliana, die Tochter des längst verstorbenen Ratsherrn Vischer. Ihr einst schwarzes Haar, das wie je unter dem Häubchen hervorquoll, war grau geworden, die spröde, blasse Haut ihres Gesichts von einem Netz, gewoben aus tausend Fältchen, überzogen.

Sie musterte ihn streng, wartete, dass er seinen Zylinder hob und eine Verbeugung andeutete. Erst dann nickte sie ihm gnädig zu und entfernte sich wortlos. Ein Gespenst aus der Vergangenheit.

Samuel betrachtete das Epitaph, vor dem er sie betend angetroffen hatte. *Hier ruhet in Gott nach vollendeter rühmlicher Laufbahn von 90 Jahren der Ehrwürdige Greis, Johannes Debary. Bey 30 Jahren Bürgermeister des Freystandes Basel.* Weisse Buchstaben auf grauem Marmor. Johannes Debary! Er hatte, bereits vom Tod gezeichnet, seinem Vater keifend prophezeit, dass der Tag kommen werde, an dem ein Herr wieder ein Herr sein werde und ein Bauer wieder ein Untertan. In gewisser Weise hatte er recht behalten. Auch wenn sie inzwischen ihre Behörden selbst wählen durften, waren die Baselbieter von den städtischen Herrschaften wirtschaftlich abhängig geblieben. Herr und Knecht, oben und unten, arm und reich. Es war, als hätte es den 3. August 1833 nie gegeben.

An jenem Samstag vor bald zwei Jahrzehnten war Samuel gegen drei Uhr morgens aus dem Schlaf gerissen worden. In den Strassen der Stadt trommelten Tambouren den Generalmarsch. Er stand auf und trat ans Fenster. Vor der Silhouette der Barfüsserkirche, die sich dunkel vom Nachthimmel abhob, stand Kopf an Kopf eine erregte Menschenmenge. Im flackernden Schein von Laternen und Fackeln blitzten Bajonette und Gewehrläufe auf. Soldaten bahnten sich einen Weg zum Sammelplatz.

Samuel kleidete sich an und ging hinunter auf die Strasse. Von einem Nachbarn erfuhr er, der Wächter auf dem Turm der Martinskirche habe gemeldet, dass auf dem Vogelberg ein Signalfeuer angezündet worden sei. Die Reigoldswiler, die wie die Bewohner Gelterkindens, nicht zum neuen Landkanton gehören wollten, würden offenbar von den Rebellen angegriffen, und nun eilten ihnen Basler Truppen zu Hilfe.

Am Fuss des Steinenbergs wartete bereits die Standeskompagnie. Hinter ihr stellte sich eben die Miliz in Viererkolonnen auf. Es folgten die Artilleristen mit ihren Kanonen und vierzig Scharfschützen, denen sich zwanzig Studenten angeschlossen hatten. Sie skandierten patriotische Parolen und schwenkten ihre Tschakos, die sie mit Totenkopfabzeichen geschmückt hatten. Den Schluss des Zugs bildeten ein paar Ärzte, eine Handvoll Schüler der Missionsanstalt, die sich freiwillig zum Sanitätsdienst gemeldet hatten, und ein Dutzend Fuhrwerke, welche für den Transport von Verwundeten bestimmt waren.

Samuel schritt die Kolonne entlang und betrachtete die erwartungsfrohen, siegesgewissen Gesichter. Die rund achthundert Mann der städtischen Streitkräfte schienen darauf zu brennen, den Baselbietern, die sich von der Stadt getrennt hatten, eine Lektion zu erteilen. Bei der Miliz, mitten unter seinen Genossen von der Zunft zu Schiffleuten, entdeckte er Friedrich. Ihre Blicke begegneten sich. Sein Neffe, ein inzwischen gut dreissigjähriger Mann, war gross und stark, ein Schiffer eben, einer, der mit Ruder und Stachel umzugehen wusste. Er hatte sich einen roten Bart wachsen lassen. Am Ärmel trug er die Streifen eines Wachtmeisters. Er und sein Onkel hatten sich auseinandergelebt. Ohne jeden Groll. Es war einfach so, dass Friedrich sich seit Hannas Abreise nach Transkaukasien nicht mehr oft im Haus am Barfüsserplatz hatte blicken lassen. Er führte sein eigenes Leben, war viel auf dem Rhein unterwegs, längst verheiratet und Vater von zwei Kindern.

Samuel trat auf ihn zu. «Willst du wirklich gegen die Familie deiner Mutter in den Krieg ziehen?»

«Ich bin kein Jacob, sondern ein Buser», sagte Friedrich schroff. «Ich kämpfe für meine Vaterstadt.» Abrupt drehte er ihm den Rücken zu und pflanzte sein Bajonett auf das Gewehr.

Von der Spitze der Kolonne tönten scharfe Befehle. Unter Trommelwirbeln setzte sich das Detachement in Bewegung.

Bräute, Schwestern und Mütter gaben dem Zug bis zum Aeschentor das Geleit. Samuel blieb stehen und sah der kriegerischen Schar mit schwerem Herzen nach.

An diesem Tag konnte sich Samuel nicht auf seine Arbeit konzentrieren. Er dachte an seinen Bruder Peter, der jetzt wohl mit seinen drei Söhnen und anderen bewaffneten Waldenburgern in grossen Leiterwagen talauswärts fuhr. Ihr Ziel war vermutlich die Hülftenschanze bei Frenkendorf, welche die Basler stürmen mussten, wenn sie in Liestal einmarschieren wollten. So wie die Städter waren die Landleute bereit zu töten und sich töten zu lassen. Zwei Haufen irregeleiteter Narren, dachte Samuel erbittert, verführt von ihren Oberen, die sich als unfähig erwiesen hatten, ihren Streit mit vernünftigen Mitteln zu lösen. Er überlegte, ob Friedrich und seine Vettern bereit wären, aufeinander zu schiessen.

Kurz vor Mittag beobachtete er, wie Sophie mit zwei Kesseln über den Barfüsserplatz schritt, um am Brunnen Wasser zu holen. Ein Dutzend Frauen stand dort um einen Unteroffizier, der ihnen mit ausladenden Gesten etwas erzählte. Als sie zurückkam, öffnete Samuel das Fenster und rief sie zu sich in die Kanzlei. «Hast du etwas Neues erfahren, Sophie?»

Sie blieb in der Tür stehen. «Die Mordbrenner haben Pratteln angezündet und schiessen auf wehrlose alte Männer, Frauen und Kinder, die zu löschen versuchen und ihr Hab und Gut retten wollen», sagte sie. Ihre Stimme zitterte vor Empörung. «Auf Kinder!» Ihre Augen füllten sich mit Tränen.

«Von wem sprichst du?»

«Von den Baslern, die heute Morgen ausgerückt sind. Gott möge sie strafen.»

«Bist du sicher, dass das stimmt?»

«Der Korporal hat es erzählt. Er ist ein Meldeläufer und war vorhin im Rathaus. Jetzt reitet er zurück. Die Truppe sei inzwischen unterwegs Richtung Hülftenschanze, wo es zur Schlacht kommen werde, hat er gesagt.» Sophie ergriff die beiden Kessel, die sie zuvor abgestellt hatte. «Mordbrenner!», wiederholte sie und wandte sich der Treppe zu, die zu den Wohnräumen führte.

Samuel stützte sein Kinn auf beide Fäuste. «Mordbrenner», flüsterte er. Er fragte sich, ob Friedrich fähig war, Kinder zu töten. Und dann fiel ihm ein, dass auch Jean-Jacques im waffenfähigen Alter war. Gehörte er auch zu jenen, die jedes Gefühl für Menschlichkeit verloren und zu Bestien wurden, wenn sie in einer Uniform steckten? Aber weshalb hatte er ihn heute früh nicht gesehen, als er die Reihen der Miliz entlang geschritten war?

Samuel hielt es nicht länger in seiner Kanzlei. Er musste mit Salome sprechen. Er setzte den Hut auf und verliess das Haus.

Auf seinem Weg in die Sankt-Johanns-Vorstadt begegnete er zahlreichen Gruppen von Menschen, die erregt miteinander diskutierten. Die Nachricht vom Überfall auf das schutzlose Dorf, dessen wehrfähige Männer bei der Hülftenschanze die städtischen Angreifer erwarteten, hatte sich offenbar wie ein Lauffeuer verbreitet.

Im Haus *zem Crüz* sass Salome am Klavier und improvisierte über Themen aus Beethovens Dritter Sinfonie in Es-Dur. Ihr Spiel war gewalttätig, laut, wild und durchsetzt von Dissonanzen. Sie sah erschreckend aus. Obwohl es bereits Mittag war, hatte sie offenbar keine Zeit für die Morgentoilette gefunden. Ihre nackten Füsse steckten in Pantoffeln, und unter einem alten Hausmantel trug sie ihr Nachtkleid. Ihr sonst sorgfältig frisiertes Haar fiel offen auf die Schultern. Ihr Gesicht war ungeschminkt, und ihre verquollenen Augen verrieten, dass sie geweint hatte.

Als sie Samuel bemerkte, brach sie ihr Spiel ab und sah ihn mit einem derart jammervollen Blick an, dass es ihm schier das Herz brach. Als er nähertrat, umschlang sie, ohne sich von ihrer Klavierbank zu erheben, seine Taille, drückte ihr Gesicht an seinem Bauch und brach in Tränen aus. Er fuhr ihr durchs wirre Haar, streichelte ihren Rücken, und erst als er spürte, dass sie sich ein wenig entspannte, fragte er, was denn los sei.

«Jean-Jacques», wimmerte sie. «Jean-Jacques!»

War der junge Kerl tatsächlich ausgerückt, war er möglicherweise in Pratteln mit dabei gewesen und marschierte jetzt wie Friedrich Richtung Hülftenschanze, um an einem Bürgerkrieg teilzunehmen? Samuel war masslos enttäuscht. In den vergangenen Jahren hatte er sich nicht nur um Jean-Jacques' Ausbildung gekümmert, sondern auch versucht, ihm humanistische Werte zu vermitteln und ihm beizubringen, dass Konflikte nicht mit Gewalt, sondern nur mit Vernunft gelöst werden dürfen.

«Nun, er wird sich schon nicht totschiessen lassen», versuchte er Salome zu beruhigen.

Sie stiess sich etwas von ihm ab. «Natürlich nicht!», fauchte sie. «Hast du geglaubt, ich lasse es zu, dass er in den Krieg zieht?»

«Wo ist er denn?»

«In seinem Zimmer. Ich habe ihn dort eingesperrt. Und jetzt wird er nie mehr mit mir sprechen. Er hat es geschworen.» Erneut begann sie zu schluchzen. Geschüttelt von Weinkrämpfen berichtete sie, was vorgefallen war.

Als am frühen Morgen in der Sankt-Johanns-Vorstadt der Generalmarsch getrommelt worden war, hatte Jean-Jacques erklärt, er werde, sobald die Truppen aus der Stadt seien, nach Liestal eilen und sich den Baselbietern anschliessen. Er empfinde Sankt Wendelin, wo er die glücklichsten Tage seiner Jugend verbracht habe und das er einst erben werde, als seine wahre Heimat. Er wolle gemeinsam mit den Jacobs für Recht und Freiheit kämpfen. Während er sich ankleidete, hatte Salome die massive Eichenholztüre seines Zimmers zugesperrt. Aus der Kammer, die auf der hinteren Seite des Hauses fünf Stockwerke über dem Rheinweg lag, gab es kein Entkommen. Der junge Mann hatte getobt, hatte mit den Fäusten gegen die Tür gehämmert, hatte sich aufs Bitten verlegt und die Mutter angefleht, ihn freizulassen und schliesslich geschrien, er sei nicht mehr ihr Sohn und er werde nie mehr mit ihr sprechen.

«Nie mehr», flüsterte Salome, «nie mehr.»

Samuel spürte, wie zum ersten Mal an diesem verfluchten Tag die Spannung, unter der er stand, nachliess. Er lachte, lachte, bis ihm die Tränen über die Wangen liefen. «Du bist gut», keuchte er. «Einfach eingesperrt. Und in deiner Verzweiflung hast du auf dem Pianoforte Beethovens ‹Eroica› Gewalt angetan und deinem Häftling ein Ständchen gebracht. Ich liebe dich.» Er drückte sie an sich und bedeckte ihr Gesicht mit Küssen.

«Er ist doch kein Krieger wie sein Vater.»

«Nun, du hast ihn als Hoffmann erzogen», meinte Samuel.

«Und du hast mich dabei unterstützt.»

Lisette stand in der Türe. Sie hüstelte. Ob sie den Herrschaften etwas auftischen solle?

Er bitte darum, sagte Samuel, der heute noch nichts gegessen hatte. Was sie denn von der Sache halte, wollte er dann von ihr wissen.

Sie habe Madame gesagt, dass sie nicht mehr länger in ihren Diensten bleiben werde, wenn sie den Bub freilasse, bevor er zur Vernunft gekommen sei, schwäbelte die Magd und schaute den Besucher herausfordernd an.

Der Bub! «Ich werde ihm die Flausen austreiben.» Samuel wandte sich an Salome: «Gib mir den Schlüssel!

Und während Lisette uns etwas zubereitet, wirst du dich hübsch machen.»

«Onkel!», rief Jean-Jacques – erleichtert, fragend, trotzig? –, als der die Tür zu seiner Kammer aufschloss und auf der Schwelle stehenblieb. Der junge Mann sass am Fenster. Jetzt klappte er das Buch zu, in dem er gelesen hatte, um sich die Zeit seiner Haft zu vertreiben.

«Du wärst also in den Krieg gezogen, wenn das deine kluge Mutter nicht verhindert hätte», sagte Samuel lächelnd und setzte sich aufs Bett. Es war dasselbe, in dem er vor Jahren geschlafen hatte.

«Ich werde ihr das nie verzeihen. Ich habe meine Ehre verloren.»

«Du wolltest an der Seite meines Bruders und seiner Söhne mit den Baselbietern gegen die Truppen deiner Heimatstadt kämpfen? Weisst du überhaupt wofür?»

«Natürlich. Für die Freiheit und das Recht des Volkes, seine Regierung selber wählen zu können.»

«Das ist Unsinn. Diese Dinge haben sie bereits erreicht, als sie im vorigen Jahr einen eigenen Kanton gründeten. Jetzt wollen sie die paar Gemeinden, die, weshalb auch immer, bei der Stadt bleiben möchten, auf höchst undemokratische Art zwingen, sich ihnen anzuschliessen. Auf der anderen Seite nutzt die Basler Obrigkeit, welche die Kantonstrennung nie verwunden hat, die Gelegenheit, sich für den Abfall ihrer ehemaligen Untertanen zu rächen, indem sie behauptet, sie sei verpflichtet, die Bewohner dieser Dörfer zu schützen. Und so artet ein Konflikt, der 1798 für eine kurze Zeit gelöst schien, in eine Orgie von Hass und Gewalt aus. Und dass du dummer Kerl dabei mittun wolltest, ist nicht zu fassen.»

Jean-Jacques senkte den Kopf. «Es ist doch eine Frage der Ehre», widersprach er schwach.

Samuel lachte bitter. «Es ist nicht besonders ehrenvoll, sich gegenseitig totzuschlagen und auf Frauen und Kinder zu schiessen, weil man unfähig ist, einen Streit zivilisiert zu lösen.» Er stand auf. «Lisette hat einen Imbiss zubereitet. Hör jetzt auf, von Ehre zu schwadronieren, und setz dich mit uns an den Mittagstisch.»

Salome erwartete die beiden in ihrem besten Kleid. Sie hatte sich die Spuren der Verzweiflung aus dem Gesicht geschminkt und war adrett frisiert.

«Da hast du ihn wieder, deinen kleinen Löwen», sagte Samuel. Salome und ihr Sohn standen sich gegenüber. Weder sie noch er fanden das erlösende Wort.

«Umarme jetzt deine Mutter, du Holzbock», knurrte Samuel, den die Befangenheit der beiden rührte. «Und bedanke dich bei ihr, dass sie dich vor Taten bewahrt hat, derer du dich später, wenn du einmal gelernt hast, dich von deiner Vernunft und nicht von deinen Gefühlen leiten zu lassen, ein Leben lang schämen müsstest.» Er schubste Jean-Jacques gegen Salome, die ihn in ihre Arme schloss.

«Mein Kleiner», sagte sie und strahlte Samuel über den Rücken ihres Sohnes aus tränenfeuchten Augen an.

Beim Essen beobachtete Samuel amüsiert wie Salome und Lisette Jean-Jacques schöntaten, um ihn die Gefangenschaft, die ihn in seiner Jungmännerehre gekränkt hatte, vergessen zu machen.

Am späteren Nachmittag verliess Samuel das Haus *zem Crüz*, wo der Friede wieder Einzug gehalten hatte. Auf dem Barfüsserplatz allerdings bot sich ihm ein Bild des Grauens. Soldaten mit blutdurchtränkten, notdürftig angelegten Verbänden lagen und hockten auf dem Pflaster, und vom Aeschentor her kamen immer neue Fuhrwerke voller Verwundeter. Manche der Krieger, die am frühen Morgen siegesgewiss ausgezogen waren, weinten wie kleine Kinder, andere schrien vor Schmerzen. Mütter, Ehefrauen und

Töchter, die nach ihren Söhnen, Männern, Vätern und Brüdern suchten, irrten klagend zwischen den Wagen umher. Jene, die ihre versehrten Angehörigen fanden, durften sich glücklich schätzen. Die Basler Truppen hatten fast jeden Zehnten der Ihren tot zurücklassen müssen. Offiziere und Soldaten, die heil geblieben waren, sassen auf der Treppe des Casinos. Sie starrten ins Leere. Ihre Gesichter waren gezeichnet vom Schrecken der vergangenen Stunden. Die stolze Stadt war von ihren ehemaligen Untertanen vernichtend geschlagen und gedemütigt worden.

Erst im Laufe der folgenden Wochen konnte sich Samuel zusammenreimen, was an jenem 3. August 1833 geschehen war, nachdem die städtischen Truppen Pratteln gebrandschatzt und die Baselbieter an der Hülftenschanze angegriffen hatten. Die Söldner der Standeskompagnie waren von den Landleuten zurückgeschlagen worden. Während sich die wackeren Bürger der Miliz vornehm im Hintergrund hielten, wurden die Stänzler von ihren Oberen solange ins feindliche Feuer getrieben, bis sie erbittert über die «Sonntagssoldaten», die sie nicht unterstützten, meuterten und den Rückzug antraten, der bald in eine wilde Flucht ausartete. Verfolgt von den Landschäftlern, liefen die Basler Streitkräfte durch den Hardwald Richtung Stadt um ihr Leben. Sechzig, vielleicht siebzig Männer schafften es nicht. Sie blieben auf der Landstrasse liegen, niedergestreckt von den Kugeln feindlicher Heckenschützen, die im Unterholz verborgen auf sie lauerten wie Jäger auf ihr Wild. Sie wurden ihrer Kleider beraubt und teilweise grässlich verstümmelt. Schliesslich sammelten die Baselbieter die Leichen ein, warfen sie auf Fuhrwerke und transportierten sie nach Liestal, Pratteln und Muttenz.

Einer der geschändeten Toten, aber das erfuhr Samuel erst nach Tagen, war Friedrich, Hannas Sohn. Er wurde am

Montag nach dem Gefecht an der Hülftenschanze, zusammen mit zweiunddreissig weiteren gefallenen Baslern, nackt und von jenen, die sie hatten kujonieren wollen, entsetzlich zugerichtet, in einem Massengrab in Muttenz der Erde übergeben. Für die Bestattung stellte der Gemeinderat den städtischen Behörden vier Franken pro Leiche in Rechnung.

Ein paar Tage später besetzte die Landesregierung Basel und das Baselbiet mit eidgenössischen Truppen, um weiteres Blutvergiessen zu verhindern. Am 17. August verfügte sie die endgültige Trennung von Stadt und Land. Auch die stadttreuen Gemeinden Gelterkinden und Reigoldswil wurden in den jungen Kanton Basel-Landschaft eingegliedert. Die Revolution und der jahrzehntelange Kampf der Landleute, von der Generation von Samuels Vater in den 1790er-Jahren begonnen, waren beendet.

Samuel entschloss sich, die Witwe seines Neffen Friedrich, die in Kleinbasel wohnte, aufzusuchen, um zu kondolieren und ihr seine Unterstützung anzubieten. Gertrud Buser war die Tochter Christoff Davids, des Meisters der Zunft zu Schiffleuten. Ihr Vater hatte seinerzeit dafür gesorgt, dass Friedrich bei den Schiffern Bannerherr geworden war. Samuel hatte sie an der Hochzeit seines Neffen kennengelernt, seither aber keinen Kontakt mehr mit ihr gehabt.

Auf sein Klopfen öffnete sie die Tür ihres schmalen Hauses in der Rebgasse. Gertrud trug Trauerkleidung und sah verhärmt aus. Zwei scharfe Falten rahmten die blutleeren, zusammengepressten Lippen ein. Ihre ganze Haltung drückte Abwehr aus. An der Hand hielt sie zwei kleine Mädchen, die den Fremden misstrauisch musterten. Sie mochten vier und fünf Jahre alt sein.

Als er sich vorstellte, unterbrach ihn die Frau unfreundlich. Sie wisse, wer er sei. Sie stand im Türrahmen und machte keinerlei Anstalten, ihn hereinzulassen. «Was wollt Ihr von mir?»

«Ich will Euch mein Beileid aussprechen und fragen, ob ich in dieser schweren Zeit etwas für Euch tun kann», erklärte Samuel.

«Ich brauche Euer Mitleid nicht», sagte sie schroff. «Und Gott sei Dank auch nicht Eure Hilfe. Mein Vater und die Zunftbrüder meines Mannes werden mich nicht im Stich lassen.» Sie schaute ihn böse an. «Ich weiss nicht, weshalb Ihr, einer der Rebellen, die den Tod meines Mannes zu verantworten haben, glaubt, mir Unterstützung anbieten zu dürfen», fuhr sie ihn an.

«Ich habe meinen Neffen nicht umgebracht», stellte Samuel klar.

«Aber Ihr seid ein Jacob!» Ihr Gesicht rötete sich vor Zorn. «Ihr gehört zur Baselbieter Revoluzzerbrut. Ihr seid ein Sohn jenes Jacobs, der das Schloss Waldenburg gestürmt hat. Ihr seid ein Bruder jenes Jacobs, der in den Diensten des Blutsäufers Napoleon stand, und Euer zweiter Bruder ist Pächter der Witwe Hoffmann, mit der Ihr schon herumgehurt habt, als ihr Mann noch lebte. Wagt es nie mehr, Euch hier blicken zu lassen!» Sie schlug ihm die Tür vor der Nase zu. Er hörte, wie sie von innen den Riegel vorschob.

Samuel war wie vor den Kopf geschlagen. Auch wenn er den Schmerz der Frau über den Verlust ihres Mannes in Rechnung stellte, verstand er ihren Hass nicht. Er fragte sich, ob er im Kleinen zum Ausdruck brachte, was künftig das Verhältnis zwischen Stadt und Land prägen würde, die ja, der Trennung zum Trotz, aufeinander angewiesen blieben.

8

Das alles lag weit zurück. Fast zwanzig Jahre. Samuel, der längst vom Grab des alt Bürgermeisters durch die Halle, die den grossen mit dem kleinen Kreuzgang verband, hinaus in die Wärme getreten war, sass auf dem Mäuerchen, das die Pfalz gegen den Rhein hin abschloss. An diesem strahlenden Junitag hatte man von der Münsterterrasse einen herrlichen Rundblick auf die Baselbieter Jurahöhen, den Schwarzwald und die Vogesen, welche den natürlichen Rahmen für die oberrheinische Tiefebene bildeten.

Samuel stand auf. Er überquerte den Münsterplatz, wandte sich Richtung Rheinsprung und ging am Blauen Haus vorbei, das jetzt dem ältesten Bruder von Juliana Vischer gehörte. Die spätbarocke Pracht des riesigen Palais, in dem er vor Jahren verkehrt hatte, zeugte von der ungebrochenen Macht der städtischen Oberschicht. Samuel wusste, wie sich die alteingesessenen Familien über ihre ehemaligen Untertanen mokierten, die glaubten, Freiheit und Unabhängigkeit gewonnen zu haben, nur weil sie ihre Obrigkeit neuerdings selber wählen durften und gleichwohl blieben, was sie stets gewesen waren: arme Schlucker. Sie mussten sich bei ihnen als Dienstboten verdingen, oder sie sassen für Hungerlöhne und unter dem Diktat einer gnadenlosen Betriebsordnung täglich vierzehn Stunden in einer der mehr als vierzig Leinenwebereien, Spinnereien und Bandfabriken und malochten an den mit Wasserkraft und Dampf betriebenen Industriewebstühlen.

Jean-Jacques, sein junger Kompagnon und heimlicher Neffe, wurde nicht müde, ihn darauf hinzuweisen, dass eine neue Zeit angebrochen sei. Er hatte ja recht. Nicht nur die zahlreichen Textilfabriken prägten das Bild der Stadt. Seit wenigen Jahren gab es Dampfschiffe auf dem Rhein und eine Eisenbahn, die Basel mit dem Elsass verband.

Inzwischen hatte Samuel den Sankt-Johanns-Schwibbogen passiert, der Teil der inneren Stadtmauer war, welche das Zentrum von den fünf Vorstädten trennte. Das Basler Befestigungswerk mit seinen Gräben, Schanzen und Toren stammte aus einer anderen Zeit. Es würde dem Feuer eines modernen Artilleriebombardements nicht standhalten. Vor neunzehn Jahren hatte es letztmals seine Aufgabe erfüllt, als die Mauern der Basler Miliz und den Stänzlern auf ihrer kopflosen Flucht vor den aufständischen Baselbietern Schutz bot. Heute behinderte es nur noch den Verkehr und sollte, wenn es nach fortschrittsgläubigen Leuten wie Jean-Jacques ging, geschleift werden.

Samuel sah hinüber zum kleinen Park vor der Prediger-kirche, den man noch immer Totentanz nannte. Vielleicht hatte die neue Zeit, die Jean-Jacques beschwor, bereits 1805 begonnen, als die Friedhofmauer, auf der einst der grosse Schnitter Reich und Arm, Hoch und Niedrig aus der Welt trommelte, flötete und fiedelte, den Spitzhacken der Vorstadtbewohner zum Opfer gefallen war. Er dachte an Paul, mit dem er vor siebenundzwanzig Jahren hier vorbeigekommen war. Er hatte ihn auf seinem Weg, der ihn nach Waterloo führen sollte, bis zum Sankt-Johanns-Tor begleitet.

Auch wenn er nie eine offizielle Nachricht von seinem Tod erhalten hatte, war für Samuel gewiss, dass die Gebeine des Bruders, so wie der es damals prophezeit hatte, zu Knochenmehl verarbeitet und von einem flandrischen Bauern über seinen Acker gestreut worden waren. Sieben-unddreissig Jahre waren ihm beschieden gewesen, fünf mehr als Friedrich, der wie sein Onkel im Krieg gefallen war. Dessen Mutter Hanna, die in kaukasischer Erde ruhte, war zweiundfünfzig geworden. Samuel hatte lange um sie getrauert, mehr als um seinen ältesten Bruder Peter, der 1846, siebzigjährig, gestorben war. Er lag auf dem Friedhof von Oberdorf neben seiner Frau Verena, die ihm vorausgegangen war und nahe bei seiner Mutter Barbara und der unglücklichen Martha, die man bereits 1840 zu Grabe getragen hatte.

Samuel seufzte. Das Leben war so kurz. Was würde von den Kindern Mathis Jacobs bleiben, wenn auch er sich in die Schar der Toten einreihte? Heinrich, der zweite Sohn Peters, war schon vor Jahren nach Amerika ausgewandert. Johannes, der Jüngste, hatte es in der Florettspinnerei Füllinsdorf vom einfachen Arbeiter zum Fabrikmeister gebracht. Ruth war mit einem Fergger verheiratet und lebte in Liestal. Sankt Wendelin, die Heimat der Jacobs, war allein für die erstgeborenen Söhne bestimmt, die dort als Pächter der Nachkommen des Seidenbandfabrikanten Remigius Preiswerk lebten. Zurzeit war die Reihe an Matthias, dem Ältesten von Peter.

Es war eine seltsame Fügung des Schicksals, dachte Samuel, dass nach Salomes Tod Jean-Jacques den Hof erben und Matthias dann die Pacht an Pauls Sohn, seinen Vetter, bezahlen würde, ohne dass die beiden etwas von ihrer Verwandtschaft ahnten.

Salome beharrte darauf, dass Jean-Jacques kein Jacob sei. «Er ist ein Hoffmann», behauptete sie hartnäckig, wenn Samuel die Rede darauf brachte. Die Vorstellung, dass ihr Sohn je erfahren könnte, dass er im Lotterbett gezeugt worden war und aus liederlichen Verhältnissen stammte, war ihr unerträglich.

Eigentlich war es gleichgültig, spann Samuel seinen Gedankengang weiter, welchem Nachkommen von Mathis Jacob Sankt Wendelin gehörte. Es war auch egal, welchen Namen er trug. Irgendeinmal, nach hundert, zweihundert oder gar dreihundert Jahren würde das Gehöft verfallen. Dass mitten in den Hochweiden und den von Felsen durchzogenen Bergwäldern des Kettenjuras einmal ein Zweig der Familie Jacob gelebt hatte, dass dort Kinder geboren, aufgewachsen, weggezogen oder geblieben waren, würde niemanden mehr interessieren. Alles war Werden und Vergehen. Nichts und niemand hatte Bestand vor der Zeit.

Als die Glocken von Sankt Peter die dritte Nachmittagsstunde anzeigten, trat er durchs schmale Portal auf das Gelände der ehemaligen Johanniter-Komturei. Der Gottesacker verfiel immer mehr: Zwischen umgestürzten, verwitterten Grabsteinen, auf denen sich Eidechsen sonnten, hatte sich ein Grasteppich ausgebreitet, aus dem weiss, rot, goldgelb und lila Kletten-Labkraut, Klatschmohn, Löwenzahn und Weidenröschen leuchteten. Das Summen der Bienen, die aus Blütenkelchen Nektar nippten, öffnete Samuels Sinne für die Stille dieser kleinen Wildnis mitten in der Stadt, die ihn an einen *Hortus conclusus* erinnerte, wie er es von Bildern oberrheinischer Meister aus dem 15. Jahrhundert kannte.

Salome sass hinter einem Vorhang hängender Zweige auf der Bank unter der grossen Trauerweide, dem einzigen Baum auf dem Gottesacker. Sie las in einem Buch, das offen auf ihrem Schoss lag, und bemerkte Samuel nicht, der im Portal stehen geblieben war und sie betrachtete.

Sie hatte sich ihre schlanke, mädchenhafte Figur bewahrt. Natürlich hatte das Leben in ihrem Gesicht und auf den Händen, die dem Pianoforte noch immer betörende Töne entlocken konnten, seine Spuren hinterlassen. Aber auch als bald Siebzigjährige, mit weissem Haar, das sie wie früher mit Spangen und Kämmen hochgesteckt hatte, war sie von einer zeitlosen Schönheit. Sie trug ein blassblaues Kleid aus einem leichten Leinengewebe. Um ihre schmalen Schultern lag locker eine mit Goldfäden durchwirkte, weisse Seidenstola. Noch immer erkannte Samuel in ihr das kleine Mädchen, das er als Bauernjunge auf Sankt

Wendelin verehrt hatte, die Heranwachsende, in die er hoffnungslos verliebt gewesen war, und die für ihn unerreichbare Frau seines Freundes Sebastian. Es erschien ihm wie ein Wunder, dass sie vor über drei Jahrzehnten seine Geliebte geworden war, und noch immer brachte sie in ihm jene Gefühle zum Klingen, von denen er geglaubt hatte, sie seien ausschliesslich jungen Menschen vorbehalten.

Endlich hob sie den Blick. Mit einer kaum merklichen Kopfbewegung lud sie ihn lächelnd ein, neben ihr Platz zu nehmen. Er beugte sich über sie und küsste sie auf die Stirn. Dann setzte er sich. Sie klappte das Buch zu und ergriff seine Hand.

Wenn sie das Bedürfnis hatte nachzudenken, war ihre Mutter, Dorothea Staehelin, oft hier gewesen. Manchmal war Mathis Jacob neben ihr gesessen, schweigend, so wie jetzt, ein halbes Menschenalter später, Samuel neben Salome.

Er wandte den Kopf und schaute hinüber zum ehemaligen Ritterhaus der Johanniter, an dessen Fuss die beiden Toten Seite an Seite lagen. Ihr einziger Grabschmuck waren die unzähligen, karminroten Kletterrosen, die sich am Gemäuer in die Höhe rankten.

Mathis Jacob war fast bis zu seinem vierzigsten Lebensjahr Leibeigener der städtischen Herrschaft gewesen. Der Kampf für die Freiheit und seine Liebe zu Dorothe hatten ihm Sinn und Inhalt gegeben. Auch für Samuel war die Liebe, die ihn in einer Zeit der Revolutionen und des Umbruchs mit Salome verbunden hatte, die Grundmelodie seines Lebens gewesen. Nicht zum ersten Mal fragte er sich, ob das Schicksal des Einzelnen gar nicht so einmalig sei, wie man oft glaubte, ob nicht vielmehr das Leben sein Spiel von Geschlecht zu Geschlecht in Variationen wiederholte.

«Auch unsere Zeit läuft ab, und wir werden ihnen folgen», sagte er bedrückt. «Unsere Spuren werden sich in der Tiefe der Jahrhunderte verlieren. Niemand wird mehr wissen, dass es uns einmal gegeben hat.»

Noch immer hielt sie seine Hand. «Ich möchte dir etwas vorlesen.» Sie schlug das Buch auf, das in ihrem Schoss lag. Es war ein in schwarzes Leder gebundener Band, auf dessen Seiten er ihre zierliche Handschrift erkannte.

«Ein neues Tagebuch?», fragte er.

Sie schüttelte den Kopf. «Hör einfach zu.»

Am Sonntag, dem 16. Juli 1775, wollte Mathis Jacob, dessen Vater Pächter auf dem Sennhof Sankt Wendelin am Oberen Hauenstein war, mit der achtzehnjährigen Barbara Strub vor den Traualtar treten. Die Zeit drängte, denn die Braut war bereits im vierten Monat schwanger, und ihr Zustand würde sich nicht mehr lange verbergen lassen. Was noch fehlte, war der Eheschein, der in der Kanzlei des Schlosses ausgestellt wurde und für den eine Gebühr von zwei Pfund zu entrichten war.

«Du hast die Geschichte unserer Familie aufgeschrieben», stellte er überrascht fest.

Sie nickte lächelnd und drückte seine Hand. «Hör einfach zu», wiederholte sie, «und unterbrich mich nicht.»

Und während sie die Jahre ihrer Kindheit auf Sankt Wendelin und später im Haus *zem Crüz* ebenso Revue passieren liess wie die Liebe, die ihre Mutter mit seinem Vater verbunden hatte, und den Kampf, den Mathis Jacob und seine Gesinnungsgenossen für ein Leben in Freiheit und Würde geführt hatten, schloss er die Augen und gab sich den Bildern aus der Vergangenheit hin, die Salome heraufbeschwor. Er legte den Arm um ihre Schultern, spürte ihre Nähe und nahm den vertrauten Duft nach Jasmin wahr, der für ihn seit seiner Jugend untrennbar mit ihr verbunden war.

Seit sie zu lesen begonnen hatte, waren mehr als zwei Stunden vergangen. Die Sonne stand bereits tief, und das

Gemäuer des Ritterhauses, in dem einst die frommen Johanniter gelebt hatten, warf seinen Schatten weit über die Gräber ihrer Eltern hinaus. Sie legte ihren Kopf auf Samuels Schulter. «Ich werde ein anderes Mal weiterlesen», sagte sie. «Jetzt bin ich müde.»

Er schwieg lange. «Weshalb hast du das alles aufgeschrieben?», fragte er endlich.

«Es ist unsere Geschichte und die Geschichte derer, die vor uns waren und nicht mehr sind», sagte sie. «Und ich möchte, dass jene, die nach uns kommen, spüren, dass wir in ihnen weiterleben. Irgendwie.»

Nachwort

Bis vor etwas mehr als zweihundert Jahren waren die Menschen in der Landschaft Basel leibeigene Untertanen ihrer städtischen Herrschaft. Erst 1790 beschloss der Basler Rat, nicht zuletzt unter dem Druck der Geschehnisse im benachbarten Frankreich, *dass die Leibeigenschaft, mit welcher die Landleute der Stadt zugethan sind, aufgehoben und zernichtet sey*. In der Folge kämpften von der Aufklärung beeinflusste städtische Kreise um den Oberzunftmeister Peter Ochs und dessen Schwager, den Ratsherrn Peter Vischer, im Verbund mit Baselbieter Patrioten für die politische Gleichstellung der Land- und Stadtbevölkerung. In Liestal errichtete man einen Freiheitsbaum und in einem unblutigen Streich wurden die Basler Landvögte vertrieben und ihre Sitze, Schloss Waldenburg, die Farnsburg und die Homburg, in Brand gesteckt. Endlich, am 22. Januar 1798 feierte man auf dem Basler Münsterplatz *die Vereinigung der Stadtbürger mit den Landbürgern, als zu Einem Körper gehörend, welche gleiche Rechte und gleiche Freiheit zu geniessen haben*.

Mit dem Einmarsch der Franzosen in die Schweiz folgten der Zusammenbruch der alten Eidgenossenschaft und die Gründung der Helvetischen Republik. Nach den napoleonischen Kriegen, dem Sturz Napoleons, dem Wienerkongress und mit ihm der Restauration versuchte ein reaktionäres Regime in Basel die Uhr wieder zurückzustellen. Es verweigerte den Leuten auf der Landschaft eine ihrer Zahl angemessene Vertretung im Parlament. In Zunftkreisen wurde sogar die Forderung nach Wiedereinführung der Leibeigenschaft laut. Nicht zuletzt unter dem Einfluss der französischen Julirevolution von 1830 gründeten die Baselbieter am 17. März 1832 einen eigenen Kanton. Es kam zu militärischen Auseinandersetzungen zwischen Stadt und Land. Sie fanden am 3. August 1833 mit der Schlacht an der Hülftenschanze, wo die städtischen Truppen geschlagen wurden, ein blutiges Ende. In der Folge sprachen die Bundesbehörden die definitive Trennung der verfeindeten Parteien in die Halbkantone *Basel-Landschaft* und *Basel-Stadtteil* aus. Sämtliche Bemühungen, sie wieder zu vereinen, blieben erfolglos. Bis heute.

Mein Roman «Die Revoluzzer» spielt in dieser Umbruchzeit an der Wende vom 18. zum 19. Jahrhundert. Die historischen Ereignisse sind korrekt wiedergegeben. Das gilt nicht nur für die politischen und militärischen Auseinandersetzungen im Raum Basel, in der Schweiz und in Europa. Bei meiner Schilderung der Schlacht an der Beresina, einem der eidgenössischen «Heldenmythen», stütze ich mich auf Adam Zamoyskis Werk «1812. Napoleons Feldzug in Russland». Nach bestem Wissen und Gewissen habe ich ferner jene Personen wiedergegeben, die tatsächlich gelebt haben: Peter Ochs, Peter Vischer und seine Familie, die Basler Landvögte und Ratsherren, den Handelsherrn und Sklavenhändler Christophe Bourcard von den «Segerhof-Burckhardts», die Gründer der Basler Missionsgesellschaft und viele andere. Über sie gibt es zahlreiche Quellen. Für mich am wichtigsten waren «Revolution in Basel» von André Salvisberg, aus dem ich die im Roman kursiv geschriebenen Originalzitate verwendet habe, Wilhelm Schlatters «Geschichte der Basler Mission», ferner «Baumwolle, Sklaven und Kredite», herausgegeben vom Christoph Merian Verlag, sowie «Lebensbild», die Autobiografie des Theologen, Ständerats und Armeninspektors Martin Birmann. Er wurde als Sohn armer Baselbieter Posamenter geboren und als Fünfundzwanzigjähriger von Juliana Birmann-Vischer, der Witwe des Malers Samuel Birmann, adoptiert. Seinen Erinnerungen habe ich zahlreiche Details entnommen.

Dorothea Staehelin und Mathis Jacob sind ebenso «Kopfgeburten» wie ihre Angehörigen und der Hof Sankt Wendelin. Was Mathis betrifft, den ich als Urenkel von Anna Jacob («Das Ketzerweib») schildere, so stimmt immerhin, dass direkte Nachfahren der von den Gnädigen Herren von Bern verbannten Täuferin im 18. Jahrhundert aus dem Fürstbistum Basel ins Amt Waldenburg ausgewandert sind, wo sie oberhalb von Reigoldswil den Sennhof Bürten bewirtschafteten. Gewisse biografische Elemente von Martin Birman (siehe oben) sind in den Lebenslauf meines Protagonisten Samuel Jacob eingeflossen. Seine Geliebte, Salome Hoffmann, habe ich teilweise Anna Maria Preiswerk-Iselin (1758–1840) nachempfunden, einer bemerkenswerten Frau, die in ihren Tagebüchern als frühe Feministin auf uns zukommt.

Was mich an der Baselbieter Revolution stets fasziniert hat, ist der Wille zweier Generationen, sich gegen die Ansprüche eines Regimes aufzulehnen, das glaubte, zum Herrschen geboren zu sein. Wie schon in meinem «Walliser Totentanz» und «Das Ketzerweib» möchte ich in «Die Revoluzzer» in literarischer Form ein Stück Schweizer Geschichte von Menschen erzählen, die zum Spielball der Mächtigen und der Geschehnisse ihrer Zeit wurden.

Werner Ryser: Das Ketzerweib

Roman. 224 Seiten. Cosmos Verlag

Täuferjäger! Und sie ist das Wild, Anna Jacob, die sich gegen Kirche und Obrigkeit auflehnt. In einer Aprilnacht im Jahr 1693 wird sie von den Häschern festgenommen und im Schloss Trachselwald an die Wand des Kerkers geschmiedet. Die Gnädigen Herren von Bern kennen keine Gnade: Täufer werden gefoltert, verbannt oder zu einer Galeerenstrafe verurteilt. Doch Anna, Bäuerin und Mutter von acht Kindern, lässt sich nicht brechen.

Werner Ryser, der Autor des Bestsellers «Walliser Totentanz», führt uns in eine Zeit, in der Menschen, die die Erwachsenentaufe praktizieren und den Kriegsdienst verweigern, erbarmungslos verfolgt werden. Zu einer Frau, die trotz unmenschlicher Strafandrohungen ihrem Gewissen folgt. Am Johannistag 1688 lässt sich Anna taufen – ein Jahr nachdem die Berner Obrigkeit ihren Mann Ueli als Rudersklaven auf die Galeeren nach Venedig verkauft hat.